delícia, delícia

Ficar
na cozinha
nunca foi
tão gostoso

DONNA KAUFFMAN

delícia, delícia

valentina
Rio de Janeiro, 2016
1ª Edição

Copyright © 2012 *by* Donna Kauffman
PUBLICADO MEDIANTE CONTRATO COM KENSINGTON PUBLISHING CORP. NY, NY USA.

TÍTULO ORIGINAL
Sugar Hush

CAPA
Beatriz Cyrillo

FOTO DE CAPA
Ruth Black/Stocksy

DIAGRAMAÇÃO
Babilonia Cultura Editorial | Kátia Regina Silva

Impresso no Brasil
Printed in Brazil
2016

CIP-BRASIL. CATALOGAÇÃO NA PUBLICAÇÃO
SINDICATO NACIONAL DOS EDITORES DE LIVROS, RJ

K32d

Kauffman, Donna
Delícia, delícia / Donna Kauffman; tradução Ana Death Duarte. – 1. ed. –
Rio de Janeiro: Valentina, 2016.
296p. ; 23 cm.   (Clube do cupcake; 1)

Tradução de: Sugar rush
ISBN 978-85-65859-96-7

1. Romance americano. I. Duarte, Ana Death. II. Título. III. Série.

CDD: 813
CDU: 821.111(73)-3

16-31069

Todos os livros da Editora Valentina estão em conformidade com
o novo Acordo Ortográfico da Língua Portuguesa.

Todos os direitos desta edição reservados à

EDITORA VALENTINA
Rua Santa Clara 50/1107 – Copacabana
Rio de Janeiro – 22041-012
Tel/Fax: (21) 3208-8777
www.editoravalentina.com.br

Este livro é dedicado a todos que entendem a simples alegria encontrada ao se retirar a forminha de uma guloseima com cobertura e saborear o maravilhoso prazer encontrado em um único cupcake.

Vocês fazem parte do meu

Clube do Cupcake.

AGRADECIMENTOS

São tantas pessoas a quem agradecer, entre as quais meu instrutor de zumba na academia, que está me ajudando a me livrar dos centímetros de "pesquisa" que adquiri desde que comecei a escrever este livro. E devo dizer que foi muito mais divertido ganhá-los do que perdê-los!

Meu profundo e sincero apreço a todos os donos e funcionários de confeitarias de cupcakes e padarias que responderam às minhas infindáveis perguntas, que me levaram em diversos tours por suas cozinhas, que me explicaram inúmeros e detalhados processos dos negócios e de culinária, e, acima de tudo, que me deixaram experimentar os produtos! (Tudo em nome da pesquisa, é claro. Vide o primeiro parágrafo.) A Crumbs, na Broadway; a Magnolia, em Midtown; a Edibles Incredible, no Reston Town Centre; The Cupcakery, em St. Louis (Crave the Cup!); a Nostalgia, em Annapolis; e a Hello, Cupcake!, no Dupont Circle... só para citar algumas.

Meus agradecimentos vão também aos meus gurus da internet, que me ajudaram a criar meu blog sobre cupcakes em meu site, a colocá-lo no ar e atualizá-lo, de forma que eu pudesse descrever e compartilhar minhas aventuras e desventuras ao descobrir, em primeira mão, o necessário para se tornar uma pâtissière e confeiteira especializada em cupcakes. Eu aconselharia você a não tentar fazer isso em casa — mas eu fiz, ah, se fiz! E ainda estou fazendo.

Obrigada a Frank, James, Martha e a minha mãe por serem meus instrutores, tanto pessoalmente quanto por mensagens e ao telefone. Juro que vou ficar melhor nisso. E prometo que incidentes como aquele em que queimei a manteiga no fogão nunca acontecerão de novo.

Obrigada a todos no Food Network e no Cooking Channel por me ajudarem com as inúmeras espiadelas nos bastidores para entender como os programas vão ao ar, e por responderem com paciência às minhas perguntas e me deixarem ter acesso a tantas informações. A Giada, Bobby, Tyler, Ina, Alton e ao chefão, obrigada por me fazerem companhia nas madrugadas. Vocês sãos os melhores chefs e os melhores amigos que uma garota poderia ter.

A todos aqueles que me concederam tão graciosamente seu tempo e com tanta generosidade compartilharam comigo seus talentos consideráveis, queiram aceitar meu pedido adiantado de desculpas pelas vezes em que me servi de licença poética para os propósitos da história. Vocês todos me ajudaram muito, possibilitando que eu baseasse este livro em um mundo e um cenário tão realistas quanto possível. Quaisquer erros cometidos ou liberdades tomadas são totalmente meus.

E, por fim, obrigada à maravilhosa Alicia Condon, cujo entusiasmo por este livro, tanto como editora quanto como colega confeiteira, foi além do que qualquer escritora poderia ter esperado!

Bon appétit, cupcake!

CAPÍTULO 1

FORAM OS CUPCAKES QUE A SALVARAM. ERA NISSO QUE LEILANI TRUSDALE PENSAVA ENQUANTO EXTRAÍA CUIDADOSAMENTE O CENTRO DO ÚLTIMO CUPCAKE FLORESTA NEGRA. DEPOIS, COLOCOU DE LADO O DESCAROÇADOR E PEGOU O SACO DE CONFEITAR, CHEIO DE TRUFA DE framboesa. Ela sentiu os aromas mesclados de chocolate meio amargo e frutas. Era realmente inspirador. Quanto poder uma única guloseima confeitada era capaz de exercer. Cupcakes eram sempre uma bênção!

Lani ajeitou a ponta do saco, colocando-a na posição certa.

— Então, agora é só com vocês, meus saborosos amiguinhos. Façam a sua magia. Resolvam meus problemas.

Leilani concentrou-se, com atenção e exagero, em colocar a quantidade precisa de recheio dentro de cada um dos 156 cupcakes enfileirados nas bandejas sobre a bancada de aço inoxidável. Era completamente desnecessário. A concentração exagerada, não o recheio. Ela poderia rechear uma mesa repleta de cupcakes de olhos fechados. Dormindo. Com apenas uma das mãos. Até mesmo pulando em um pé só. Nunca tentara, mas aposto que conseguiria fazê-lo.

É claro que havia outras coisas que nunca fizera antes, coisas grandes, importantes, em que também tinha apostado. E todas elas haviam se concretizado. Todas mesmo. Então, deveria se sentir confiante quanto à mais recente, não? Essa imensa e ridícula aposta que a mantinha acordada noite após noite, perguntando-se em que diabos estava pensando quando tomara aquela decisão.

Teria ficado louca, deixando em Nova York uma carreira pela qual trabalhara como uma escrava, à qual dera o sangue e suara a camisa, além das muitas lágrimas que derramara? E tudo para começar do zero na pequena ilha de Sugarberry e abrir a sua própria confeitaria.

Quem fazia uma coisa dessas?

— Eu fiz — disse em voz alta, de forma um tanto provocativa, na esperança de que a declaração lhe inspirasse confiança.

Não que ela não pudesse voltar a Nova York se tudo desse errado. Não odiava a vida que construíra lá. Totalmente. Então, Lani tinha um plano B... se fosse mesmo necessário.

Seu celular vibrou no bolso do seu dólmã. Franzindo o cenho, Lani pôs de lado o saco de confeitar e limpou as mãos para pegar o aparelho. Só uma pessoa lhe telefonaria ao nascer do dia. Ela apertou o botão de mudo no controle remoto do aparelho de som, silenciando a trilha sonora de *Star Wars* — todo mundo tinha uma seleção de músicas, a dela só calhava de ser composta de hits de seus filmes prediletos —, e então ativou o viva voz antes de colocar o aparelho em cima da bancada.

— Oi, Charlotte — cumprimentou Lani. — O que conta de novo? Além de estar madrugando?

Ela pegou o saco de confeitar novamente e voltou ao trabalho, inquieta demais para ficar conversando parada.

Inquieta e com raiva.

— Pela sua voz, já estava acordada — disse Charlotte —, o que significa que está na cozinha.

— Onde mais eu estaria?

— Você mora na Geórgia agora, onde até mesmo os pâtissiers devem dormir até depois das cinco da manhã.

— Não se quiserem que seus produtos estejam assados e confeitados antes de abrirem a confeitaria.

— Você não está em Atlanta. Quantos cupcakes a população inteira da ilha de Sugarberry poderia consumir em um dia?

— Char...

— Responde. Quantas prateleiras de cupcakes você tem aí neste momento?

Lani não respondeu. Sabia que a verdade a incriminaria por completo. De vez em quando, amigos podem ser um pé no saco. Especialmente as melhores amigas. Elas sabem demais.

— De chocolate? — sondou Charlotte.

Lani soltou um suspiro.

— Floresta Negra. São 156 no total. — Como Charlotte se manteve em silêncio, Lani soltou outro suspiro. — Tá. Com recheio de trufa de framboesa. E cobertura de ganache de chocolate processado.

— Ah, não! Tarde demais! Você ficou sabendo!

— Tenho que fazer esses cupcakes. — Lani tentou não ficar na defensiva, já consciente de que não conseguiria quando as palavras saíram de sua boca. — Eles são para o Clube dos Kiwanis.

— Que diabos é um Kiwani? — perguntou Charlotte. — Deixa pra lá. Não sei se quero saber. Menos ainda por que estão se reunindo em clubes.

— Faz parte do festival anual de outono daqui — explicou Lani. — Começa com um imenso jantar comunitário hoje à noite. Os Kiwanis arrecadam dinheiro para projetos sociais, então estou contribuindo com cupcakes para ajudar a causa.

— Pelo amor de Deus, Lan, você está trabalhando… o quê, em feiras agora? As coisas estão indo tão mal assim para chegar a esse ponto? — A cadência do sotaque indiano de Charlotte saiu um pouco mais forte do que de costume, o que sempre acontecia quando estava preocupada.

— Sua confiança é inspiradora. Não estou ajudando o coral da escola a arrecadar dinheiro. Estou fazendo cupcakes especiais, arrumados em caixinhas, como parte de um enorme leilão que eles vão realizar como evento de abertura depois do jantar. As pessoas aqui me apoiam. Estou feliz em ajudar. E o Clube dos Kiwanis, que estou patrocinando, vai doar todo o dinheiro arrecadado para a expansão dos centros da juventude e da terceira idade.

— Viu? O fato de vocês precisarem manter seus jovens e idosos em centros é o que mais me preocupa em relação a essa sua repentina mudança de vida — retorquiu Charlotte. — Mas já tivemos essa conversa. Torço pelos seus cupcakes. Mesmo que você ache que precisa se isolar numa ilha no meio do nada.

Lani sabia disso, sim. Charlotte podia não entender suas intenções, mas fazia seu melhor para apoiá-la.

— Você precisa vir até aqui, Char. Vai ver só. Morar nesta cidade é como viver em um abraço coletivo apertado e eterno. Você não consegue acreditar em como é ter tanto apoio. Quero dizer, em grande parte é porque sou uma Harper, e minha bisavó era reverenciada aqui, mas eles são muito sinceros quanto a isso. E a sensação é… bem, na verdade, é o máximo. Vem pra cá. Vem sentir o amor de Sugarberry.

Então você vai entender, eu sei que vai. Nunca se sabe, poderia até mesmo resolver ficar por aqui.

Lani abriu um sorriso. Se fosse possível ouvir uma pessoa estremecendo, com certeza ouviria Charlotte agora.

— Sinto sua falta.

— Eu também. No momento, porém, temos coisas mais importantes a discutir. Não achei que você já soubesse. Foi por isso que liguei tão cedo. Queria dar a notícia primeiro. Você está bem?

Lani espremeu o saco com mais força do que o necessário, mas conseguiu evitar formar um vulcão de trufa de framboesa no cupcake. Ela não fingiu não saber do que a amiga estava falando.

— Estou bem.

Uma mentira completa, e uma mentira em que Charlotte não acreditaria nem por um segundo. Especialmente por causa dos cupcakes Floresta Negra e da ganache de chocolate processado, que acabaram entregando-a, fato.

— Como diabos *você* sabe? Li sobre isso no jornal daqui faz menos de uma hora.

E esse era o motivo pelo qual ela estava recheando cupcakes como se sua vida dependesse disso.

— Eu ainda estou em Nova York, lembra? Nós ficamos sabendo de tudo primeiro. Franco me contou hoje de manhã, quando chegou. Ele está aqui me ajudando com os preparativos. Estamos fazendo serviço de bufê para uma festa regada a champanhe no Lincoln esta noite. Está uma loucura.

— *Bon matin, ma chère!* — gritou Franco de algum lugar ao longe, pelo viva voz.

Lani nunca deixava de se divertir com o sotaque forçado dele. Franco era alto, sedutor e moreno. Era o mais jovem de sete filhos, com seis irmãs mais velhas, e era o melhor amigo gay que uma garota poderia ter. Mas ele fora batizado como Franklin Ricci e criado no Bronx. Era tão francês quanto beisebol e torta de maçã caseira. Ainda assim, de alguma forma, conseguia se passar por um típico parisiense.

— *Bonjour, mon ami* — disse Lani, feliz por ouvir a voz animada dele, mas sentindo-se muito longe de ter o mesmo ânimo que Franco.

— Antes que você pergunte — disse Char —, ele ficou sabendo da novidade na noite passada: ouviu de um assistente de produção do programa do Baxter por quem arrasta uma asa há um mês. Eu tive que contar a você assim que fiquei sabendo. Ainda não foi amplamente divulgado, então não é notícia nacional.

— Será notícia internacional quando finalmente ficarmos juntos, *ma chère* — falou Franco meio cantando. — E nascemos para ficar juntos. Como o melhor chocolate belga com recheio de baunilha francesa. Hum-hum. Apenas para uso privado.

A risada dele ecoou pela cozinha de Lani.

— Sério, Franco — falou Char em tom de bronca. — Ninguém se importa com sua última conquista. Estamos em um estado de emergência aqui.

— Quase conquista. E é amor de verdade desta vez, *chérie* — disse Franco, com um suspiro desejoso e dramático. — Ou poderia ser.

— O que mais você sabe? — perguntou Lani, sentindo um pouco de náusea, junto com inquietação e raiva. — O que exatamente você descobriu, Franco?

— Não muito — disse ele, momentaneamente abandonando o sotaque francês. — Só que a produção está se preparando, a todo vapor, para começar a filmar a próxima temporada em Sugarberry. Liguei uma coisa à outra na hora, mas ninguém falou nada em relação a isso. Nem sobre você. Pelo menos não que eu tenha ouvido. Agora, o site do Baxter e o site do programa estão anunciando a terceira temporada, que estreia esta semana. Baxter está circulando, indo a vários eventos para promover o programa, mas é apenas uma questão de tempo até que ele mencione a próxima, já que vai começar a ser produzida nesta semana também. Seus índices de audiência são tão altos que estão dizendo que as grandes redes de TV querem roubá-lo, para que tenha seu próprio programa durante o dia. Aparentemente, os executivos da rede dele estão insistindo para que comece logo a filmar a próxima temporada. Querem assinar logo com todos os patrocinadores, antes que os boatos fujam do controle. — Franco chegou mais perto do telefone de Charlotte. — Brenton disse que eles vão fazer um grande alarde sobre este primeiro episódio nos talk-shows matinais durante a semana. Alguém vai conseguir fazê-lo abrir o jogo.

— Brenton? — perguntou Lani. — Sério, Franco?

— Fica adorável nele, pode acreditar — disse o amigo, assumindo totalmente seu sotaque do Bronx agora. — Escuta, o Baxter deve fazer uma participação surpresa amanhã no programa *Today*. E, doçura, você sabe que Hoda e Kathy Lee vão ficar babando por ele, porque, hétero ou gay, quem não babaria? Elas vão trazer à tona os rumores, e eu não ficaria surpreso se ele mencionasse que já começou

14   **Donna Kauffman**   Delícia, Delícia

a filmar a próxima temporada, só para acabar com as fofocas. A notícia vai vazar, *ma chère*. É claro que eles vão ligar A com B, pois é a única coisa a se fazer. É só uma questão de tempo.

Charlotte voltou à linha.

— Nós só queríamos te avisar antes, Lan. Eu não queria que você ficasse sabendo disso por nenhuma outra pessoa. Como seu jornalzinho local descobriu antes dos noticiários daqui?

— Pergunte ao Baxter.

Lani tinha certeza de que ele estava por trás da notícia. O homem era mestre em controlar os acasos do seu próprio destino. A questão para a qual ainda não tinha resposta era *por quê*? Por que ele estava fazendo isso? Tudo isso? Ela fez essas perguntas em voz alta.

— Eu não sei — respondeu Charlotte. — Mas, como o Franco disse, o seu nome não foi mencionado nem pela equipe nem pela produção, então não acho que alguma outra pessoa tenha notado.

— Bem, não sou famosa nem motivo de notícia, então por que alguém no set se importaria comigo? A única pessoa que vai ficar incomodada com essa coisa toda sou eu. Com tanto lugar no mundo, não entendo que explicação ele deu para justificar filmar o programa em Sugarberry.

— Lani — disse Franco, voltando a se meter na conversa —, você sabe que não se trata de uma coincidência. Eu não sei o que o Baxter falou para os chefes dele, mas obviamente caíram. Tem que haver um chamariz, não? E esse chamariz deve ser você.

— Mas por quê? Só porque trabalhei pra ele?

— Sabe que não é só isso. O mundo pode não estar prestando atenção agora, mas você sabe que é apenas uma questão de tempo antes da verdade aparecer. Qualquer notícia sobre o Chef Hot Delícia estar interessado em uma mulher, especialmente uma com quem ele já trabalhou, treinou, e a quem entregou a direção de sua amada confeitaria… e sobre quem, na época, rolaram umas fofocas bem interessantes… isso não será apenas uma notícia. Será *a* notícia.

A mera sugestão fez com que o estômago de Lani ficasse ainda mais embrulhado. Assim como acontecia, com frequência, "na época". Mas a época tinha, misericordiosamente, visto seu fim havia dez meses. Ela queria manter as coisas assim.

— Não há notícia *nenhuma*. Vamos, você e a Char sabem disso melhor do que ninguém. Nunca houve motivo para aqueles boatos. Principalmente da parte do

O Clube do Cupcake   15

Baxter. Vocês dois são os únicos que sabiam como *eu* me sentia, e eu os mataria durante o sono se tivessem aberto a boca.

Charlotte ficou ofegante.

— Você não acha que nós…

— Não, é claro que não.

Charlotte e Franco eram as duas pessoas em quem Lani mais confiava no mundo. Eles eram sua família, e o sentimento era recíproco.

— Não teria importado muito, de qualquer forma, mesmo que tivessem falado — prosseguiu. — Quero dizer, o mundo não se importaria com meus sentimentos por ele, porque o Baxter não se importa. Certamente não é algo digno de virar notícia agora. Sim, ele tornou a minha vida profissional um inferno por uns três anos, mas eu sabia que seria desse jeito. E, sim, ele nunca me defendeu das fofocas, nem ao menos uma vez. Mas, apesar de eu odiar aquela situação e ter ficado magoada, não foi exatamente uma surpresa que ele não tenha feito nada. O Baxter ignora completamente qualquer coisa que não seja de seu interesse. Então, também tenho certeza de que ele não fazia ideia de como minha vida era um inferno na época, e eu quero muito acreditar que não faz a mínima ideia de que está mexendo com um ninho de marimbondos ao vir até aqui. Não consigo imaginar que ele faria, de propósito, algo tão…

— Cruel? — disse Franco.

— Sádico? — acrescentou Charlotte.

— Inconsequente — finalizou Lani.

Charlotte soltou um suspiro.

— Como eu disse, ele teve que vender a ideia dele de alguma forma.

— Você acha que o Baxter me usou como motivo? Mesmo que tivesse feito isso, por que os produtores teriam caído na dele? Não há nada a ser explorado aqui. Nós nunca fomos nada além de colegas de trabalho.

— Tem razão, não parece algo que ele faria. Ainda assim, o homem está indo até aí, acompanhado por uma equipe de filmagem. É óbvio que teve que dizer algo à rede de TV, e não sei que outro argumento usaria para filmar em Sugarberry que não fosse você.

— Talvez ele realmente tenha se dado conta do quanto dificultou a sua vida — sugeriu Franco. — Pode ser que, da perspectiva dele, ambientar o programa na ilha de Sugarberry seja uma maneira de ajudar a consertar as coisas. Isso parece algo que ele faria.

16 **Donna Kauffman** 🍰 Delícia, Delícia

Lani quase se engasgou com a própria língua.

— *Ajudar?* Como? Invadindo o meu santuário? Meu lar? E transformando-o em uma espécie de circo da mídia? Como diabos isso faria algo diferente de transformar a minha nova vida na mesma loucura infernal que acabei de deixar pra trás? Até o Baxter não é assim tão idiota.

Ou seria?

— Talvez as fofocas e os problemas nos bastidores da cozinha não tenham sido o chamariz. Ele pode simplesmente ter mencionado você, que largou uma carreira em ascensão como pâtissière premiada para abrir sua própria confeitaria de cupcakes na ilha. Como você está combinando os dois mundos? Eu não sei, mas isso é algo peculiar, único, e é meio que um chamariz — disse Charlotte, embora não soasse completamente convencida da ideia.

— Além disso — acrescentou Franco —, quando você foi embora, o que deixou para trás foi um bocado de gente impressionada com seu talento.

Quando Lani bufou, Charlotte acrescentou:

— Tudo bem, talvez tenham ficado impressionados e boquiabertos porque você provou que eles são um bando de asnos fofoqueiros e de mentes pequenas. Mas o que importa é que, agora, ninguém duvida do seu talento nem de você. — O sotaque perfeito e adorável de Charlotte sempre criava um contraste estranho quando ela ficava com raiva. Era como se estivesse levando uma bronca da realeza. — O Baxter te favoreceu e te escolheu porque seu talento fez com que merecesse esse tipo de apoio e treinamento. Ele deixou você encarregada da confeitaria porque era capaz de cuidar dela. O homem trata o Gateau como se fosse um filho. Ele nunca o teria confiado a uma pessoa qualquer. Quando você partiu, todo mundo sabia que mereceu tudo que conquistou.

— Essas mesmas pessoas não tiveram nada melhor a fazer do que espalhar fofocas cruéis e grosseiras sobre como achavam que eu "conquistei" o meu lugar, e em quantas posições eu fiquei, e com quanta frequência, para merecê-lo — disse Lani. — Eu sei o que diziam, Char. Todos nós sabemos o que diziam. Foi feio e nojento, e não vou fingir que não fiquei magoada. Muito magoada. Aquilo nunca aconteceu comigo antes.

— Porque você é boazinha — disse Franco. — É uma garota legal, a melhor amiga que todo mundo quer ter. É claro que a massacraram. Mas você, Lani, mostrou a eles que o buraco era mais embaixo.

O **clube do cupcake**   17

— Franco, não aceitei gerenciar o Gateau quando o Baxter começou a filmar o programa de TV porque queria provar que eu merecia. Fiquei lá porque achei que era o que queria, aquilo pelo que tinha me esforçado tanto. Era o meu sonho. Sabia que tinha conquistado aquilo, porque fui eu quem ralei pelo meu objetivo. E isso era tudo o que importava.

Na época, de qualquer forma. Agora, sabia o que importava de verdade. E a cereja no topo do bolo era a satisfação que havia encontrado ali. Sim, Lani estava apavorada, pois a Cakes By The Cup era importante demais para ela. Mais do que tudo que já tivera na vida. Porém, entendia que seu caminho a levara até ali. Então, estava grata pelas experiências, porque, no fim das contas, aprimorara seus talentos... e aprendera como era a vida em cozinhas cinco estrelas. Se houvesse uma forma de aplicar esse conhecimento para tornar sua confeitaria um sucesso, ela descobriria. Em Sugarberry, Lani havia encontrado felicidade e alegria. Sem nenhuma pressão externa nem situações desagradáveis e indesejadas, ela própria determinava suas metas e recebia as recompensas.

Só que, agora, todas as coisas que havia deixado para trás, especificamente as piores partes, estavam prestes a voltar à sua vida. O que Lani mais temia não era a volta dos fofoqueiros e das pessoas maldosas. Ela não esperava nada diferente vindo daquela gente. Qual a importância disso agora? Estava sã e salva, vivendo feliz em Sugarberry, longe daquele mundo. E longe do Baxter.

Como ele pôde fazer isso?

Lani voltou a colocar recheio de trufa de framboesa nos cupcakes em rápida sucessão, enquanto sua fúria aumentava.

— Estou bem aqui, Charlotte, vivendo minha vida. O Baxter, de quem, aliás, eu nunca recebi notícias, está feliz na televisão. E o Gateau está indo muito bem sem nenhum de nós dois lá. Então por que ele não pode me deixar em paz? Qual é a vantagem de vir pra cá? Não é coincidência, certo? Quero dizer, eu entenderia se o Baxter, os produtores ou quem quer que fosse desejasse filmar num local remoto, peculiar, incomum. A maioria das pessoas nem sabe que existem ilhas fora da costa da Geórgia. Tem um monte ao sul com resorts chiques e clubes luxuosos com restaurantes quatro estrelas que seriam perfeitos para o Baxter fazer suas sobremesas cheias de frescura. Aqui é uma ilha simples, no meio de santuários de natureza selvagem e barcos de pesca. É perto, mas um mundo completamente diferente das ilhas douradas da Geórgia. Se St. Simon é a Palm Beach das ilhas costeiras, então nós somos... Mayberry. Quem vai até Mayberry para fazer um programa de TV quando se pode ir a Palm Beach? Vou te dizer: ninguém.

— Só se Mayberry tiver uma pâtissière que já trabalhou com o apresentador gostosão do programa, que todos achavam que ia para a cama com o tal apresentador gostosão para subir na carreira, que provou que estavam errados, subiu até o topo, conseguiu uma indicação ao James Beard por seu trabalho, e depois partiu e abriu uma pequena confeitaria na Geórgia.

Lani ficou em silêncio por um instante, enquanto seu estômago ficava pesado, como se estivesse cheio de chumbo.

— Fui chef executiva do Gateau por pouco mais de um ano, e, sim, talvez seja conhecida na indústria gastronômica. Ou fui. Fiz figuração nas telas, no máximo, e agora não estou mais lá. Mesmo que isso seja verdade, por que ele me arrastaria de volta para tudo aquilo? Por quê? O Baxter é e continuará sendo bem-sucedido o bastante sem mim, tenho certeza disso.

Charlotte soltou um suspiro.

— Eu não sei. Talvez ele pense que está ajudando de alguma maneira.

— O que é meio arrogante e ofensivo, você não acha? Não pedi ajuda, e definitivamente não a ajuda dele. Eu nem mesmo preciso de ajuda. Estou indo bem.

Por enquanto.

A verdade era que não tinha noção de como gerenciar o seu próprio negócio.

Quando tomara a decisão de ficar em Sugarberry, havia assinado o contrato de locação, comprado os equipamentos e formado um plano rudimentar, mas só pensara na saúde e no bem-estar de seu pai. Bem, também tentara não se sentir culpada por abandonar o Gateau e se preocupar com o fato de que deixara para trás o sucesso pelo qual tinha trabalhado tanto em Nova York. As coisas só ficaram ainda mais confusas quando se deu conta de que a principal sensação causada pelo fato de ter abandonado a carreira que conseguira com tanto esforço era... alívio.

Mesmo assim... ninguém tinha ficado mais surpreso do que a própria Lani ao descobrir que, em algum momento durante o período tenso e louco que levara para escolher o nome da confeitaria, instalar os equipamentos de cozinha, encher as prateleiras e os armários com as ferramentas necessárias, e arrumar as vitrines para seus doces... ela se apaixonara. Se apaixonara louca, desesperada, completa e ridiculamente. Por sua própria confeitaria.

Lani se sentia tão possessiva, como proprietária, e tão orgulhosa dela como se fosse um filho. Queria exibi-la, vê-la crescer e prosperar... e queria manter tudo

O clube do cupcake   19

isso para si. Era como sua própria e em tamanho real confeitaria da Barbie, onde poderia brincar e satisfazer todos os seus caprichos criativos... sem nenhum risco de fracasso. E sem comentários.

Levara apenas seis meses e meio desde a ideia inicial até o dia da inauguração. Era um pequeno milagre realizar algo assim com tanta rapidez. Até mesmo em um lugar tão rural quanto Sugarberry, e contando com a influência de seu pai para conseguir as licenças necessárias, todos os segundos de todos os seus dias foram dedicados para realizar a proeza antes do festival de outono, quando ela acreditava que teria mais chance de causar impacto. Mas havia conseguido. A Cakes By The Cup fora oficialmente inaugurada fazia quatro semanas.

E, desde então, ela andava tendo miniataques do coração.

Lani faria qualquer coisa para manter sua confeitaria em funcionamento. Qualquer coisa, menos pedir ajuda para o Baxter; ele já fizera a sua parte, e ela era grata por isso. Mais do que grata. Se tudo que fosse necessário para uma confeitaria ter sucesso fosse ser um bom confeiteiro, então seria moleza. Até mesmo vendada e usando só uma das pernas. Baxter tinha garantido isso, mas ele não a ensinara a gerenciar negócios. Aquele não tinha sido o foco da parceria deles. Como sua assistente, Lani se concentrara na culinária e em aprender a confiar no seu talento natural. Posteriormente, como chef executiva do Gateau, havia sido responsável pelo cardápio, pela produção, pela qualidade e pela criação. Baxter e seus sócios eram os responsáveis pela burocracia, por assinar os cheques.

— Sabe, só existe uma forma de descobrir o que está acontecendo — disse Charlotte, fazendo com que Lani saísse de seus devaneios e voltasse a si. — Liga pra ele.

— O quê? Não. Não vou dar a ele a satis...

— Veja por este lado, Lani. Desse jeito, você controla o encontro, você fica no comando da situação.

— No comando? — repetiu Lani, sem emoção na voz. — Com o Baxter? Quando alguém conseguiu fazer isso? Ah, certo: nunca!

— Só estou dizendo...

— Charlotte tem razão — concordou Franco. — Pelo menos mostre a ele que você sabe o que está acontecendo, e deixa claro como vai lidar com isso. Você não trabalha mais pra ele, não gerencia mais o Gateau, não deve nada ao homem, Leilani. Pensa nisso. Baxter não faz mais parte da sua vida.

Ah, se isso fosse verdade, pensou Lani, mas depois parou, com as mãos em prontidão no saco de confeitar. Franco realmente tinha razão. Ela não tinha pensado na situação daquele jeito. Não em um sentido puramente profissional. Lani confrontara a notícia como a mulher que fora antes de sair de Nova York, aquela que ainda estava pateticamente meio apaixonada por um homem que não fazia ideia de que tinha sentimentos por ele, e que nunca a teria notado se não fosse por seu talento nato na arte de fazer doces.

Mas Lani não era mais aquela mulher. Não por completo, de qualquer forma. Não fazia tanto tempo assim desde que saíra de Nova York, mas tanta coisa havia acontecido desde que chegara a Sugarberry. Sua vida inteira tinha mudado. Ela havia mudado.

— Quer saber? Talvez vocês estejam certos.

Um gritinho de alegria soou do outro lado da linha.

— Quero saber de todos os detalhes! — afirmou Charlotte.

— Isso mesmo, *ma chérie amour*! — cantarolou Franco.

Uma série de sons de alarme soaram pelo viva voz.

— Tenho que ir, os bolos estão prontos — disse Charlotte, apressada.

— Nós estamos fazendo bolos solidários para te apoiar, *ma chère* — disse Franco. — Vamos servir aquelas suas gostosuras com especiarias, nozes, cobertura de cream cheese e cardamomo como o especial do dia.

— Obrigada, pessoal — disse Lani, com sinceridade.

— Todos os detalhes! Me liga! — ordenou-lhe Charlotte antes de desligar.

Ela ficou ali parada, segurando o saco de confeitar, e olhou para as bandejas à sua frente. E pensou nos amigos em Nova York. Bolos solidários. Bolos que curavam.

— Melhorando a vida dos insatisfeitos, deslocados e ignorados — disse ela, sorrindo por um breve momento. — Um bolo de cada vez.

Lani e Charlotte sabiam muita coisa a respeito disso. Eram amigas desde a escola de culinária. Charlotte tinha mais experiência do que Lani, pois, depois de se formar, fora imediatamente trabalhar como pâtissière em um pequeno hotel luxuoso em Midtown, enquanto Lani decidira dar continuidade a seus estudos na Bélgica e na França. Logo depois, seus pais decidiram se mudar de Washington D.C. para Sugarberry. Fora um período cheio de transição e mudanças, mas também promissor e animado. A melhor amiga de Lani havia se lançado em uma carreira enquanto ela aprendia tudo o que podia com os melhores profissionais da Europa. Para o pai, fora o momento de se aposentar da polícia e assumir um desafio muito diferente na Geórgia... e para a mãe, que crescera em Savannah, fora uma oportunidade de voltar para casa, para um lugar do qual sentia muita falta.

Lani e Char mantiveram contato esse tempo todo, e sua amizade só se fortalecia enquanto suas experiências separadas ampliavam suas respectivas carreiras e impulsionavam seus sonhos. Quando Lani voltara, Char ainda estava em Nova York, já tendo sido promovida pâtissière executiva do hotel. Franco estava no mesmo barco como braço direito de Charlotte, e rapidamente se tornara o outro melhor amigo de Lani. Ela recebera uma oferta de trabalho como confeiteira de um conhecido restaurante em um hotel cinco estrelas no Upper East Side. No mesmo hotel que tinha acabado de importar o chef mais gostoso do Reino Unido; os Estados Unidos eram o mais novo desafio do jovem impetuoso e ridiculamente carismático Baxter Dunne.

A carreira dele sofrera uma ascensão meteórica, e Baxter levara Lani junto, transformando-a em sua assistente pessoal e protegida quando abriu, miraculosamente, o Gateau, apenas 18 meses depois. Ele crescera vertiginosamente em um mercado muito desafiador e competitivo. Três anos depois, quando entrara no mundo da culinária na TV, seu sucesso imediato não havia surpreendido ninguém.

Lani piscou para afastar as imagens mentais de Baxter, de como ele era na época, de quão loucamente apaixonada fora pelo carisma e pelo talento daquele homem, quase desde o momento em que pusera os pés naquela cozinha no Upper East Side pela primeira vez. Certo, a atração tinha começado antes. Ela já sabia muita coisa sobre Baxter, mais do que a maioria das pessoas, tendo ouvido falar dele durante o tempo que passara na Europa. Era três anos mais novo do que ela e estava anos-luz à sua frente em todas as formas mensuráveis em termos de trabalho. A confeiteira em Lani queria ser Baxter quando crescesse. E a parte dela já adulta queria estar com ele *como* mulher. Tinha sido uma adoração e uma fantasia inofensivas.

Então ela havia conseguido a oportunidade de sua vida.

Fora convencida de que Deus e o destino estavam lhe enviando uma mensagem direta quando tentou e conseguiu um emprego tão perto dele.

Tão perto dele.

Lani fez uma careta por pensar maldade e passou para uma nova bandeja de cupcakes, forçando seus pensamentos a voltarem para o trabalho que estava fazendo.

A ironia patética era que ela desejara mesmo estar perto dele. O mais perto possível. Então todo mundo começara a fofocar, de um jeito bastante grosseiro, que era exatamente isso que estava acontecendo. Quando não estava. Lani levou a culpa sem os benefícios.

A competição em qualquer cozinha era feroz, mas, com uma estrela em ascensão como Baxter conduzindo o show, a batalha para se destacar mais era completamente apocalíptica, e a oportunidade de fazer um nome e iniciar carreiras brilhantes eram os espólios da guerra. Baxter era o epítome do garoto de ouro, da sua aparência, seu comportamento, até seu talento impressionante. A especulação quanto ao relacionamento dos dois era o assunto do dia — de todos os dias. Alimentadas pelo ciúme, pelo medo e pela paranoia, as fofocas eram maldosas e cruéis. E não exatamente discretas.

Para acompanhar o ritmo caótico e as demandas insanas, uma cozinha precisava funcionar como uma máquina bem-calibrada, o que implicava trabalho de equipe no sentido mais básico. Era um ambiente pequeno, para não dizer mínimo, em que se trabalhava quase um em cima do outro. Não havia para onde ir, onde se esconder. E, certamente, nenhum lugar para se conversar em particular. Não que os fofoqueiros fossem se dar ao trabalho de fazer isso, de qualquer forma.

Sempre que podiam, pelo menos quando ela não estava trabalhando bem ao lado de Baxter, faziam de tudo para atacá-la.

Conforme Lani foi se destacando aos olhos do chefe, e ele lhe dava cada vez mais tratamento preferencial, as fofocas pioraram. O que ele poderia ver na garota tímida de Washington D.C., que era boazinha demais para o seu próprio bem? O que a tornava tão especial? O fato de Lani ter certeza de que olhava para Baxter como uma patética adolescente impressionada só tornava a lembrança ainda mais dolorosa. Ela tentara se controlar quando se dera conta do que estava acontecendo, quando ouvira o que estava sendo dito. Sabia que sua paixonite idiota só piorava as coisas. Tanto em termos pessoais quanto profissionais.

É claro que, em algum momento, quando tudo já fora longe demais, ela achara, esperara, que Baxter iria defendê-la. Afinal, ele era o príncipe no cavalo branco, não?

Tantas ilusões tinham sido estilhaçadas com tamanha rapidez. Lani era mais durona do que qualquer um deles pensava, e o tempo que passara no exterior a preparara de modos que muitos deles não poderiam ter imaginado. Era calma e educada porque optava por ser assim, não porque era uma idiota que não sabia se defender. Ela meramente se abstinha de fazer um escândalo, pois qualquer tentativa teria sido afogada pela maré que estava contra ela, de qualquer forma. Preferia ter

O clube do cupcake   23

esperanças de que seu trabalho árduo e a confiança de Baxter falariam por ela, mas não fora esse o caso. Então, por fim, concluíra que, se quisesse sobreviver lá, o caminho mais fácil seria ficar em seu próprio mundo, criar uma tranquilidade ao seu redor, onde poderia se concentrar em aprender. E em Baxter. De preferência, nos dois ao mesmo tempo. Mas... nem sempre.

Lani aguentara quase cinco anos daquela insanidade constante. E, ao fazer isso, havia aprendido mais com seu mentor, em termos profissionais, do que havia esperado. Não se arrependia de nada. E daí que Baxter nunca a defendera? E daí se, na verdade, ele a jogara diretamente aos leões quando partira para as luzes brilhantes de seu novíssimo programa de TV, colocando o bebê dele, o Gateau, basicamente nas mãos dela? Lani havia resistido, não? Havia mostrado a eles.

Embora tivesse lhe custado. Não importava o quão calma e centrada ela permanecesse, aquele tipo de vida cobrava seu preço. Lani pensou em toda a boloterapia que ela e Char tinham feito durante aquele tempo. Geralmente, no meio da madrugada. Aqueles momentos nunca tinham nada a ver com seus respectivos empregos.

Era terapia para manter a sanidade.

O mundo delas duas poderia ser um caos descontrolado, mas confeitar sempre fazia sentido. Farinha, manteiga e açúcar eram partes intrínsecas dela, assim como respirar.

Fazia muito tempo que Lani tinha perdido a conta das noites em que ela e a amiga haviam se enfurnado em sua minúscula cozinha, ou na cozinha mais minúscula ainda de Charlotte, criando uma obra ou outra enquanto moíam e remoíam quaisquer que fossem os problemas do dia. Era a única coisa de que Lani realmente sentia falta em Nova York.

Ninguém em Sugarberry entendia como confeitar a acalmava. Algumas pessoas gostavam de um dry martíni. Lani e Char, por outro lado, desabafavam para sair do fundo do poço emocional enquanto comiam cupcakes deliciosos de baunilha e um pouco de calda de chocolate. Poderia demorar um tempinho a mais para fazer efeito do que uma bebida alcoólica... mas o consolo que Lani encontrava no processo confiável de medir os ingredientes e fermentar a massa era o que tornava a prática o seu martíni. Isso sem falar que os resultados finais eram bem melhores.

Aquelas noites também não se tratavam de excelência culinária. Quanto mais básica e simples fosse a receita, melhor. Talvez Lani deveria ter entendido isto desde o começo. Seu destino não se encontrava em Nova York e nem mesmo em Paris ou em Praga, preparando os mais deliciosos e complexos bolos, e os mais delicados doces franceses. Não, a felicidade culinária — para ela, a mesma coisa que felicidade na vida —, seria vivenciada em um minúsculo pedaço de terra afastado da costa da Geórgia, onde ela poderia ficar à vontade para encher o mundo com seus gloriosamente despretensiosos, rústicos, simples e pequenos cupcakes.

— Esta sou eu. — Lani ergueu o saco de confeitar em saudação. — A Barbie Confeiteira de Cupcakes!

Ela mirou com a pontinha prateada do saco e encheu uma fileira de cupcakes com framboesa, depois outra, com precisão e rapidez, e depois outra, e mais outra, antes de finalmente se esticar e apoiar no ombro o saco de confeitar vazio, como se fosse uma arma. Ela era um Barbie Confeiteira impiedosa, isso, sim.

— É... Sejam bem-vindos ao Clube do Cupcake — disse ela, fazendo sua melhor imitação de Brad Pitt em *Clube da Luta*.

Lani abriu um largo sorriso e tentou se convencer de que estava pronta para o verdadeiro teste de sua recém-descoberta tenacidade, a verdadeira prova de sua independência.

O telefonema.

Ela seria capaz de fazer isso. Faria isso. Não precisava mais se curvar aos caprichos de Baxter Dunne. Não estava ali, em sua própria cozinha, trabalhando por conta própria?

— Ah, se estou... É claro que estou!

Lani passou para a próxima bandeja, descartando o saco de confeitar vazio e pegando um novinho e cheio, o posicionando como um exímio *sniper* prestes a dar o próximo tiro.

— Ouviu isto, Chef Hot Cakes? — Ela colocou recheio nas próximas três fileiras com uma precisão mortal. — Eu... não... preciso... de... você. — Pontuou cada palavra apertando o saco de confeitar.

Endireitou-se. E soltou palavrões.

— É, é por isso que estou aqui, em pé, no raiar do dia, disparando recheio de framboesa como se fosse uma mulher armada com uma AK-47.

Mas Lani tinha que admitir que a sensação era boa. Sentia-se até mesmo poderosa.

Bolos que curavam, de fato.

Então, seguiu em frente. Passando para a última bandeja, soltou mais um esguicho de framboesa, visualizando o belo rosto dele enquanto fazia isso.

O clube do cupcake   25

— *Por que* você está fazendo isso comigo, Bax? — *Pá-pá-pá.* — Por que está invadindo o meu mundo? — *Pá-pá-pá.* — *Meu* mundo, *minha* cozinha, *meu* lar.

Tantas eram as perguntas fervilhando no seu cérebro. Elas tornavam impossível pensar direito, impossibilitando que se concentrasse em qualquer outra coisa que não fosse...

— Droga! — Lani olhou com ódio para o cupcake que transbordava recheio trufado, vazando, como se ele houvesse cometido um crime inafiançável.

Culpava Baxter por aquilo também.

Talvez tenha até rosnado, mas só um pouco. Era idiota ficar preocupada com isso. Como dissera Franco, era ela quem tinha o controle agora.

Quem se importava com o motivo pelo qual ele estava indo até sua cidade?

Ou como ela se sentiria ao vê-lo novamente? Lani já lidara com coisas piores, sabia disso. Coisas muito, muito piores. A perda da mãe, dois anos atrás. A quase perda do pai há dez meses.

— Consigo lidar com Baxter Dunne — murmurou ela.

Porém, enquanto estava ali parada, com farinha de trigo nos cabelos, uma mancha de recheio de framboesa no queixo, um saco de confeitar vazio na mão, feliz e contente em seu próprio habitat, pensou nisso tudo e tentou canalizar sua Barbie Confeiteira Durona... Tentou mesmo, mas continuava visualizando o rosto dele, ouvindo sua voz, vendo suas mãos, tão belas e eficientes enquanto trabalhava, fazendo com que cada uma das etapas parecesse tão simples, tão fácil... desejando que ele colocasse aquelas mãos habilidosas e talentosas nela... e se viu falhando em seu propósito. De um jeito terrível.

O som da porta de serviço batendo com força atrás dela fez com que Lani se virasse de forma abrupta, e o saco de confeitar voador fez com que pelo menos meia dúzia de cupcakes recém-recheados fossem parar no chão.

A visão com que seus olhos se depararam fez com que seu coração batesse mais rápido. Como apenas Baxter conseguiria fazer.

Ele era muito alto, com pernas e braços longos que ficariam desajeitados em qualquer outra pessoa, mas eram graciosos e elegantes em seu corpo esguio e musculoso. Tinha cabelos espessos, loiro-claros, que sempre ficavam espetados para todos os lados, olhos castanhos tão brilhantes e cálidos que competiam até mesmo com o mais delicioso chocolate derretido, e um sorriso torto e ridiculamente charmoso, que sempre fazia com que ela ficasse imaginando em que encrenca Baxter havia se metido... e desejar, desesperadamente, juntar-se a ele.

— Olá, meu bem. Está feliz em me ver? Meu Deus, você está com uma cara terrível!

E sempre, sempre, tarde demais, Lani se lembrava de que a encrenca em que ela própria estava eternamente se metendo… era ele.

CAPÍTULO 2

ERA VERDADE, LANI ESTAVA REALMENTE COM UMA CARA HORRÍVEL. SEUS CABELOS CASTANHO-ESCUROS, SEMPRE ARRUMADINHOS, PRESOS EM UM COQUE BRI-LHANTE E ELEGANTE EM SUA NUCA, ESTAVAM MAIS CLAROS AGORA, QUEIMADOS PELO SOL, SUPUNHA ELE, e se espalhavam em mechas irregulares por seu rosto, com o coque confuso atrás de sua cabeça se soltando do que quer que fosse que ela usara para prendê-lo. No Gateau, os prendia com um palitinho similar a um hashi, fino, engenhoso, que mantinha seus cabelos estratégica e perfeitamente no lugar. Tudo que ele conseguia ver agora era algo fofo... e cor-de-rosa. Um cor-de-rosa bem berrante, que parecia ainda mais berrante em contraste com a pele dela.

Lani não tinha mais a pele branca e rosada de que ele se lembrava. Estava bronzeada, o que mudava tudo. Com aqueles cabelos soltos, selvagens, tinha quase... um ar pagão, o que conferia aos seus normalmente belos olhos azuis uma qualidade penetrante, quase como um laser. Por outro lado, ela sempre fora robusta, magra, mas de um jeito forte e saudável, e, no momento... envolvida pelo dólmã que vestia, parecia que, ou a roupa era um número maior, ou Lani, de repente, havia ficado menor.

Nada disso importava. Só estar no mesmo aposento que ela já instigava algo dentro dele. Algo vital. Necessário. Como esperava que fosse acontecer. Na verdade, rezava para que acontecesse. Somente essa crença o levaria até este lugar abandonado por Deus, quente que nem o inferno e infestado de insetos. Era outubro. Uma umidade daquelas não devia ser possível.

Parado ali, agora, ele não conseguia acreditar que tinha sido tão idiota a ponto de deixá-la partir.

— Por quê? — perguntou Lani, ignorando a carnificina de cupcakes a seus pés.

Foi só então que Baxter notou que o queixo dela, sujo de framboesa, estava travado, com ares de uma irritação incomum... e se deu conta de que Lani não estava tão feliz assim em vê-lo. Na verdade, nem um pouco feliz.

— Olha por onde pisa — começou a dizer, indicando o chão com um movimento de cabeça, mas foi impedido de se oferecer para ajudá-la quando Lani repetiu a pergunta.

— Por que, Baxter? — E, para o caso de ele não ter entendido o que queria dizer, esclareceu as coisas, falando entre dentes em tom de irritação: — Por que você está aqui?

Confuso, e sem entender o que acontecia, ele abriu um largo sorriso e levantou as mãos.

— Isso é jeito de cumprimentar um velho amigo?

— Amigo? — Ela não gritara a palavra. Só falou um pouco alto.

Mesmo assim, ele se encolheu, e sua confusão aumentou.

— Colega, então?

— Quando penso em você, o que não faço, poderia te chamar de várias coisas... mas também não seria disso.

— Ah. — O sorriso desapareceu. — Entendi.

Só que não entendia. Nem um pouco. Baxter realmente não sabia o que esperar ao vê-la novamente, mas não fora isto. Lani largara o Gateau do nada e, embora ele tivesse lhe desejado boa sorte e melhoras à sua família, não tinha conseguido se despedir pessoalmente. Seria isso? Então, ela havia tomado a decisão de permanecer na Geórgia com o pai, e eles nunca mais se viram nem trabalharam juntos. Isso não tinha como ser culpa dele. Além do mais, nem imaginara como aquela mudança repentina afetaria seus sentimentos. Mas, agora, tinha noção disso.

— Você recebeu as flores? — perguntou ele, indo mais devagar. — Pela inauguração da confeitaria?

— Recebi. Não precisava.

Ele deu de ombros e esboçou um sorrisinho.

— Mas eu quis. Sei que não faz muito tempo, mas espero que as coisas estejam sendo um sucesso até agora.

O clube do cupcake   29

Ele se deu conta de que estava nervoso. Aquele não era um sentimento normal para Baxter. Para falar a verdade, era raro, quase inexistente. A reação dela o abalara.

— Ainda está usando seu dólmã do Gateau. — Esforçando-se para encontrar algum denominador comum, tentou desfazer o clima ruim e melhorar a situação. — Você não encomendou os seus?

Lani olhou para baixo e depois voltou a encará-lo; Baxter poderia jurar ter visto algo rosado, que não era recheio de framboesa, nas bochechas dela. Embora não fizesse a mínima ideia de por que diabos ela ficaria envergonhada.

— Eu… ahn, não, eu não… eu uso aventais. Lá na frente. Com os clientes. Eu sempre… faço coleção deles. Desde… — Ela se interrompeu. — Só uso isto quando estou aqui, quando estou confeitando, porque… — Lani parou de falar de novo, franziu o cenho, para si mesma ou para ele, Baxter não sabia ao certo. — Não importa o motivo. O que importa é que você está aqui, parado na minha cozinha, sem ter avisado que viria, às — olhou de relance para o relógio na parede — seis e quinze da manhã.

Realmente estava confuso. Lani sempre fora profissional com ele. Eternamente de bom humor, a calma no meio do caos. E o caos fora intenso. Baxter sempre contava que ela estaria tranquila, que seria competente e focada. Além do talento incrível que Lani tinha, a forma como lidava com a loucura diária da cozinha, com tanta serenidade e autoconfiança, era o que ele mais admirava. Tinha certeza de que bombas poderiam explodir e Lani continuaria trabalhando, firme e forte, com aquele sorriso misterioso dela, realmente contente, como se vivesse em um universo paralelo.

Para Baxter, ela era a eterna Branca de Neve, bondosa com todo mundo, sempre facilitando a vida dos que estavam a seu redor. Era por isso que não havia notado de imediato, não tinha se dado conta de… bem, de muitas coisas, na verdade.

A diferença era que Lani não mais trabalhava para ele e, portanto, não mais precisava manter um comportamento profissional.

Talvez devesse ter levado isso em consideração.

— Por que está aqui, Baxter? — perguntou ela de novo, com sua tolerância claramente no limite.

— Sabe, eu não me lembro de você ser tão…

— Nervosinha?

Ele ergueu as sobrancelhas.

— Eu ia dizer impaciente. Ou irritada. Nunca te vi assim.

— Isso é porque você não me conhece.

Então ele franziu o cenho. Não fazia a mínima ideia do que aquilo significava. Os dois haviam trabalhado lado a lado durante anos. É claro que a conhecia.

— Parece que você está chateada comigo. Um tanto quanto... zangada, pra falar a verdade. Achei que estava tudo bem com a gente, considerando a situação. Quero dizer, é claro que odiei perder você, e tão de repente. O Gateau nunca será o mesmo sem as suas ideias e o seu talento, mas não sou um monstro. Entendo que família é importante. — Baxter tentou não olhar ao seu redor e avaliar a inexperiência de Lani nos negócios, temendo que ela perceberia o quanto estava chocado com sua nova vida. Ela merecia coisas bem melhores do que isto. — Sim, achei uma pena ter escolhido não voltar, mas, por favor, entenda, Leilani, não estou com raiva de você por ter largado tudo.

— Você? Com raiva de m... — Ela se interrompeu novamente, e parecia estar lutando para manter o pouco controle que lhe restava, se a intensidade do apertão que dava naquele saco de confeitar era alguma indicação disso.

Uma Branca de Neve temperamental? Ele não conseguia entender aquilo.

— Isso não nos vai levar a lugar nenhum — disse Baxter, na esperança de que pudesse recomeçar.

— Porque, como de costume, você não está me ouvindo. Não está ouvindo nada além das vozes na sua cabeça, que te dizem para se focar apenas no que *você* quer.

— Do que está falando? Vozes na minha cabeça? Está dizendo que sou louco?

— Você não escuta, Baxter. Nunca escutou. Se escutasse, saberia por que não acho graça em você ter vindo até a minha ilha ou invadido minha cidade, que dirá ter posto os pés na minha confeitaria. Minha confeitaria, Baxter. Você não manda aqui.

— É claro que não. — Ele se perguntou como e quando tinha caído naquela furada sem perceber. — Não quero mandar aqui.

— Que bom! Até que enfim! Agora estamos chegando a algum lugar. O que você quer?

Lani havia enunciado a última parte como se ele fosse meio surdo.

— Sinceramente, não estou entendendo por que estamos discutindo. Nunca tivemos problemas de comunicação antes. Você sempre foi direta, a voz da razão...

Lani meio que latiu uma risada, fazendo com que os fios soltos de seus cabelos dançassem em volta do rosto, ela mesma parecendo um pouco louca.

— Porque não havia motivo para agir de outra forma. Era uma energia que eu não poderia me dar ao luxo de jogar fora. E ela seria jogada fora. Nós nos comunicávamos bem porque só você fazia a parte da comunicação. Mas isso acabou, Baxter. Você pode ser um bitolado carismático e sem noção, mas isso não vai lhe servir para conseguir seja lá o que for que quer de mim. E não se dê ao trabalho de me dizer que simplesmente escolheu uma ilhazinha na costa da Geórgia como um local remoto para seu programa de TV, e, por um acaso, calhou de eu morar nessa mesma ilha. É óbvio que veio até aqui com algum propósito. Só não consigo entender qual. Você sabe por que fui embora, e sabe qual é o motivo de eu estar aqui. Nada daquilo mudou. Não vou voltar.

— É por isso que acha que vim pra cá? Pra fazer com que você volte a trabalhar para mim?

— Que outro motivo poderia ter? Não consigo nem mesmo pensar em mais nada. Seu programa é superpopular. "O programa de culinária com a audiência mais alta e consistente da história da TV", acho que li isso em algum lugar. Ainda falo com alguns dos funcionários do Gateau, então eu sei que o Adjani está cuidando muito bem da cozinha e do cardápio, e você está ótimo sem mim por lá.

— Tem razão, eu não preciso de você no meu programa de TV, e o Gateau está sobrevivendo sem a sua presença.

— Então, por quê...?

— Porque, Leilani...

Baxter entrou por completo na cozinha, planejando parar a poucos passos dela, simplesmente desejando que a mulher entendesse o quanto estava falando sério, o quão sincero era. De alguma forma, porém, acabou não parando até estar mais próximo do que deveria. Já haviam estado assim muitas vezes antes, um do lado do outro. Mas nunca cara a cara. E nunca por motivos pessoais.

— Porque... — repetiu Lani, com o tom bem menos estridente.

E o maxilar dela, quando Baxter colocou o dedo sob ele, não estava tão rígido. Na verdade, teve certeza de ter sentido um leve tremor ali. Ou seria ele que tremia?

A pele dela era extremamente macia. Como havia se controlado e ficado sem a tocar por tanto tempo? Assim, bem de perto, conseguia ver as sardas claras espalhadas por suas bochechas recém-bronzeadas, e descobriu-se surpreendentemente encantado por elas. Queria inclinar-se na direção de Lani, respirar o cheiro dela, sentir seu gosto, tocá-la... envolver por completo cada um e todos os seus sentidos. Sentir prazer, deleitar-se, afogar-se nela.

32 **Donna Kauffman** DELÍCIA, DELÍCIA

— Pra falar a verdade, é bem simples, minha velha e irritada colega.

Baxter precisou fazer um esforço descomunal para se controlar e apenas falar, e não, simplesmente, tomar aquilo que, por fim, tinha em suas mãos. Ele passou um polegar de leve pelas bochechas sardentas e sorriu para aqueles familiares olhos azuis, dos quais sentira tanta falta.

— Estou aqui porque *eu* não ando bem sem você.

Baxter havia jurado que iria devagar, para que Lani entendesse o que ele estava pensando, sentindo... e, quem sabe, retribuísse seus sentimentos. Era fundamental, crucial, que desse tempo e espaço para que ela estivesse certa tanto dele quanto de si mesma. Aquele plano logo deu errado. A única coisa que conseguiu fazer devagar foi inclinar a boca... mas até mesmo isso fora por um triz.

Lani não o impediu. Nem, ele se deu conta ao encostar os lábios nos dela... respondeu ao beijo.

Droga.

Baxter levantou a cabeça.

Lani o encarava, sua boca ainda bem fechada.

Droga.

Que tremendo idiota ele era, arriscando o que poderia ter sido sua melhor oportunidade. A pior parte eram os segundos que se arrastavam criando um silêncio interminável... e cada segundo que se passava era pior. Eles nunca tinham se sentido desconfortáveis um com o outro. Nenhuma vez.

— Eu não sei que brincadeira é esta — disse Lani por fim, pronunciando as palavras de forma lenta e precisa, como uma faca cortando uma massa. — Mas, por favor, que isso... nunca mais... se repita!

— Leilani...

— Eu tenho que trabalhar.

Baxter passou mais um segundo ou dois considerando defender seus atos e fazer com que ela entendesse tudo que estava passando pela sua mente, mas bastou olhar para os olhos de Lani para decidir que o melhor seria bater em retirada. Por hoje.

Raiva era algo que Baxter poderia ter aceitado, mesmo sem entendê-la. Que inferno, até mesmo uma fúria indignada, embora nunca tivesse testemunhado isso vindo dela, seria algo mais fácil de se lidar, pois chegaria ao cerne do problema em algum momento; mas o olhar naqueles adoráveis olhos azuis não era nenhuma dessas coisas. Lani parecia perplexa. E um tanto quanto... perdida.

O clube do cupcake   33

Ele entendia ambos os sentimentos. No íntimo. Especificamente quando relacionados a ela.

Porém, aquelas eram emoções que nunca achou que veria no rosto doce e encantador de Leilani. O fato de ele ter causado isso só tornava as coisas piores.

— Tudo bem — disse, e recuou um passo.

Foi então que Baxter notou que Lani apertava a bancada atrás dela com tanta força que deixava os nós de seus dedos brancos. E se sentiu ainda pior. Que diabos tinha dado nele?

Ainda mais preocupante era imaginar que diabos tinha acontecido com ela? Lani era a boa garota, um anjo, certo? Desde o princípio soubera que era durona. Não teria durado um minuto sequer no mundo da gastronomia se não tivesse determinação. Baxter nunca tinha visto Leilani em nenhuma situação pessoal comprometedora, tampouco ouvido falar que estivesse envolvida em alguma. Se algum dia existira um homem, ou homens, na vida dela durante o tempo em que passaram trabalhando juntos, fora muito discreta em relação a isso. Baxter jamais imaginara que reagiria dessa forma ao receber um beijo indesejado. Acharia mais provável que despachasse o transgressor com um golpe de rolo de massa no peito, usando-o como se fosse uma lança.

A própria ideia disso acontecendo foi o bastante para fazer com que ele saísse de seu estranho devaneio. O único culpado ali era ele. O único a colocá-la em uma situação comprometedora... tinha sido ele. *Mas que bosta!*

Ele seguiu seu caminho de volta à porta de serviço nos fundos, sabendo que deveria simplesmente continuar andando, cruzá-la e sair dali. Desaparecer era o mínimo que poderia fazer por ela no momento. Mas não. Baxter se virou, pensando, como um idiota, que ainda podia dar algum jeito de consertar a situação.

Lani não havia se mexido, nem mesmo um fio de cabelo dela mudara de posição.

— Vou pedir desculpas — disse ele —, por ter feito isso na hora errada. E pela burrice de não te contar como me sinto. Mas não peço desculpas por beijar você, Leilani. Ou, melhor, por querer beijar você. — Baxter parou de falar, ouvindo o sotaque de sua infância se metendo em suas palavras.

Ele abriu um largo sorriso para encobrir o quanto seu pequeno deslize o deixara nervoso, sabendo muito bem que usava seu infame sorriso oportunista, que já o livrara de inúmeras enrascadas e situações difíceis. Durante um bom tempo, sorrir era a única coisa que Baxter soubera fazer. Isso provavelmente não afetaria as decisões de Leilani… mas era um mecanismo de defesa inevitável no momento.

— Não foi exatamente como eu tinha imaginado, mas juro que sou muito insistente quando quero aperfeiçoar algo novo.

Ela não disse nada em resposta a isso.

Continuar sorrindo de repente estava dando um pouco de trabalho, então Baxter se virou e abriu a porta.

— Você imaginou me beijar?

Ele virou a cabeça para olhar novamente para os olhos de Lani, com o sorriso ficando maior, nada calculista desta vez.

— Pensar nisso é uma das melhores partes do meu dia. — Achou melhor não mencionar os sonhos mais vívidos que tinha à noite.

Lani abriu a boca, pareceu reconsiderar a resposta e a fechou de novo. Sua mão livre ainda segurava, com força, a mesa atrás de si. Porém, de onde Baxter estava, em pé e parado, achou que ela não parecia mais tão perdida e perplexa.

Era um começo.

Lani observou enquanto Baxter saía e fechava a porta. Continuou imóvel, exatamente onde estava, por mais tempo que o normal.

Pois é. Ao que tudo indicava, ela havia canalizado sua Barbie Durona interior.

— Seja realmente bem-vindo ao Clube do Cupcake — murmurou, e então desmoronou sobre a bancada.

Caramba!

Mesmo ao analisar em sua mente toda a conversa, cada momento, ainda lhe parecia mais uma alucinação do que algo que tivesse realmente acontecido.

Havia mesmo descascado Baxter Dunne?

O homem responsável por ela ser uma pâtissière indicada ao James Beard? O homem que lhe dera sua base de conhecimento e confiança para tentar qualquer coisa na cozinha?

E... esse mesmo homem, o homem com quem ela havia fantasiado fazer sexo selvagem, enlouquecido, cheio de açúcar, direto na bancada da cozinha, durante mais de quatro anos... realmente havia acabado de aparecer e beijá-la? *A ela?*

Mesmo?

— Por quê? — sussurrou, atormentada com mais perguntas do que tivera antes de ele voltar a entrar em sua vida.

Outro pensamento surgiu e fez com que seu estômago se revirasse novamente. Ela e Charlotte haviam imaginado que Baxter fora a Sugarberry para ajudá-la.

Mas Lani começou a achar que talvez ele tivesse ido até lá para se ajudar... e precisava dela para completar a tarefa.

Eu não ando bem sem você.

As palavras de Baxter ecoaram pela mente de Lani. Isso, junto com o beijo, levaria qualquer mulher normal e sã a achar que ele a desejava. De um jeito íntimo. Romântico. Sexual.

Mas ela estava longe de ser normal naquele momento, muito menos de se sentir remotamente sã. Havia ficado louca de raiva dele, o que não acontecia com frequência. Na verdade, durante todo o tempo em que os dois trabalharam juntos, nunca havia sentido raiva dele, nem ao menos uma vez. Abertamente. Então... ao ver sua irritação, teria Baxter simplesmente forçado a barra, na esperança de persuadi-la a ser novamente doce e obediente, da forma como sempre agira? Seria ele... poderia ele... ser realmente tão manipulador?

Charlotte e Franco haviam concordado que Baxter não era assim. Geralmente apenas usava o seu charme para conseguir o que queria das pessoas. O que, supunha Lani, era uma forma de manipulação, embora fosse tão natural nele que aquilo lhe parecia bem inofensivo. Apesar dos efeitos que causava em sua libido.

Seria possível que Baxter soubesse o tempo todo dos sentimentos dela, e agora estava simplesmente usando-os para seu benefício? O que o faria tomar esse tipo de atitude? Deveria ser algo bem terrível e desesperador, e os atuais sucessos dele não apontavam para nada do gênero. Mas do que ela realmente sabia?

O início de uma dor de cabeça latejava nas suas têmporas.

O festival do outono começaria no dia seguinte. Seria a primeira e a melhor oportunidade de Lani, desde a inauguração de sua confeitaria, de realmente estabelecer a Cakes By The Cup e a si mesma na comunidade. Era um evento importante para todo mundo que vivia na ilha, e todos fariam parte dele de uma forma ou de outra. Ela havia passado um bom tempo, e gasto boa parte de seu orçamento, pensando na melhor maneira de chamar atenção durante o evento, na esperança de impulsionar sua credibilidade profissional na comunidade e marcar presença com os habitantes da cidade, que eram seus novos vizinhos, e, quem sabe, seus novos amigos em breve.

Estivera animada com as possibilidades, e também nervosa, mas de um jeito bom. A ligação com os Kiwanis realmente a ajudara a solidificar seu plano.

— E ele escolhe *agora* para voltar à minha vida? — Lani olhou para cima, como se estivesse conversando com a sua mãe, com algum poder superior ou os dois; não sabia ao certo. — Mesmo?

E me beija?

Lani se afundou ainda mais na beirada da bancada, levando os dedos cobertos de trufa aos lábios.

— Sim, ele fez isso. Baxter realmente me beijou.

— Você está aí dentro, docinho? Eu vi a luz acesa, usei a minha chave.

Lani deu um pulo, sentindo-se culpada, o que era ridículo. Não tinha feito nada para que se sentisse culpada. Pendurara sinos na porta da frente, mas não os ouvira. Mais uma coisa pela qual culpava Baxter.

— Oi, papai — disse, voltando rapidamente ao modo profissional, movendo-se com rapidez para limpar a bagunça no chão, jogando os cupcakes destruídos no lixo, lavando as mãos. — Vem aqui atrás. — Ele faria isso de qualquer forma, mas sempre a chamava primeiro para avisar que estava lá, até mesmo se a confeitaria estivesse aberta e em funcionamento. Hábitos do policial que fora um dia.

Lani abriu um sorriso. Esta era outra coisa em relação à sua vida que tinha mudado. Nestes dias, ela se sentia perfeitamente feliz com a proteção excessiva do pai. Feliz por ouvir a voz grave e resmungona dele, sabendo o quão perto estivera de nunca mais a ouvir novamente.

Usando um pano seco, Lani limpou o recheio que havia vazado dos bolinhos para o chão, e então jogou o pano no lixo também, endireitando-se bem a tempo de dar uma espiada no jornal que havia largado sobre a bancada vazia mais cedo. Jogou-o na lata de lixo, em cima de todo o resto. Queria conseguir se livrar do problema que havia aterrissado em sua cozinha esta manhã com tanta facilidade…

O xerife Leyland Trusdale entrou na cozinha caminhando em passos lentos, enquanto Lani terminava de lavar as mãos uma segunda vez, e sentou-se, como ele sempre fazia, na cabeceira da mesa que ficava mais perto da porta. Dali, conseguia ver a porta vaivém que dava na frente da confeitaria, a porta de serviço nos fundos, a janela na extremidade mais afastada, perto da entrada do escritório de Lani, e a ela, tudo sem ter que se mexer muito mais do que uns poucos centímetros em qualquer direção. E isso o colocava bem à mesa na qual sua filha estava trabalhando.

Ainda se sentindo meio sem chão, Lani apanhou o cupcake vulcão que enchera por último e começou a limpar a explosão de trufa.

Seu pai indicou com a cabeça o cupcake super-recheado.

— Me dá esse, faço ele desaparecer rapidinho.

— O médico disse…

38 **Donna Kauffman** 🧁 Delícia, Delícia

— Eu não vou ter outro ataque cardíaco porque comi uma droga de um cupcake de chocolate!

— Se fosse só uma droga de um cupcake de chocolate, eu não diria nada. Mas ele já tem dono. Sou uma das patrocinadoras do Clube dos Kiwanis. Estes são para o leilão de hoje à noite.

— Você fez outros, certo?

— É claro que fiz outros, mas isso não quer dizer que...

Lani soltou um suspiro quando ele se esticou e tirou o cupcake da sua mão. Ela não tentou pegá-lo de volta nem se deu ao trabalho de continuar com o sermão. Desta vez. Havia aprendido a escolher as suas batalhas. Na verdade, estava pra lá de aliviada por seu pai estar obedecendo tantas das ordens dadas pela dra. Anderson. Só o fato de ter permitido que uma médica, mulher, lhe dissesse qualquer coisa já tinha sido um milagre em si.

Não que Lani dissesse isso ao pai. Mas alguém tinha que ficar no pé dele, certificar-se de que não voltaria a uma dieta repleta de frituras e com sal em excesso. Ela era a única parente que ainda podia fazer isso. Lani era a única da família que restava, na verdade.

Ela pegou o saco de confeitar e decidiu que era melhor fingir que nada tinha acontecido, voltar ao trabalho, rechear os cupcakes, e tudo daria certo. Bolos que curam, esse é o mantra.

— As coisas com o conselho para o festival estão indo bem? — perguntou ela, jogando conversa fora. Tudo para não pensar sobre Baxter. — O Arnold não continua te perturbando sobre as licenças, não é? Até mesmo o prefeito, especialmente o prefeito, tem que seguir a lei.

— Arnold Granby é um velho chato e tagarela, que se delicia com o som da própria voz. Eu deixei que fizesse os discursos dele e alimentei seu ego superinflado. A Barbara vai acabar ficando de saco cheio de ouvir o homem e dará um jeito na documentação. Os bons cidadãos de Sugarberry terão seu festival de outono com tudo que têm direito: tendas, cadeiras e banheiros químicos.

Barbara era a assistente do prefeito Granby, assim como sua secretária. Seu trabalho incluía resolver problemas e lidar com pessoas. Na maior parte do tempo, lidava com ele. Como também era sua esposa, a mulher tinha vantagem nesse departamento. Ela precisava fazer isso. Se não fosse por Barbara realmente fazer com que as coisas funcionassem no gabinete, os bons cidadãos de Sugarberry teriam tirado Arnold de seu cargo como prefeito havia anos.

O pai de Lani comeu o cupcake em três mordidas, então se inclinou para a frente para jogar a forminha de papel na lata de lixo antes que ela pudesse bloquear seu movimento.

O xerife Leyland fez uma pausa, olhou de relance para a lata de lixo, e depois olhou novamente para a filha. Por que ela achara que poderia esconder qualquer coisa de um dos melhores detetives que a capital do país tinha visto, era um mistério. Aposentar-se para virar xerife de uma ilhazinha sonolenta no sul do país, onde a maior onda de crimes era perpetrada por qualquer que fosse o animal que tivesse invadido o "jardim utópico da paz" de Conway Hooper naquela semana, não diminuíra seus instintos.

Leyland passou o dedo na bandeja de cupcake, soltou um pigarro, mas não disse nada. Por fim, amassou a embalagem do cupcake que tinha comido e jogou-a na lata de lixo. Bem em cima do rosto sorridente e bonito de Baxter.

— Quer conversar sobre isso?

— Na verdade... não.

Lani sempre correra para a mãe para falar de coisas pessoais. Sabia que o pai a amava com todo o seu coração, mas ele tinha a sua própria maneira de demonstrar isso. Se ela quisesse saber que tipo de pneus arrumar para o seu carro, ou discutir as possibilidades de os Redskins terem uma chance nas semifinais, era só perguntar. Além disso, os conselhos dele pendiam mais para como uma mulher deveria proteger o seu corpo. Lani carregava spray de pimenta e gás lacrimogêneo suficientes para trazer abaixo uma multidão furiosa, e era, provavelmente, a única pessoa a ter ganhado uma arma de choque como presente de Natal. Porém, em se tratando de ajudá-la proteger seu coração, ele estaria completamente sem prumo, irremediavelmente boiando.

Lani não fazia a mínima ideia do que sua mãe tinha contado a seu pai durante o tempo em que trabalhara para Baxter. Sabia que ele estava ciente de que o antigo chefe e mentor de sua filha não tornara sua vida fácil, e, em muitos casos, deixara sua vida muito mais difícil. Profissionalmente falando, de qualquer forma. Mas essa era a função de Baxter.

Olhando para o seu pai agora, e para a maneira desajeitada e desconfortável como se mexia sobre a banqueta, Lani suspeitava que a mãe contara muito mais do que as frustrações profissionais da filha.

Nos primeiros anos, ele nunca teria se oferecido para conversar. Até mesmo desde que sua mãe falecera, não havia tentado dar nenhum passo para preencher esse vazio em particular. E nem Lani lhe pedira para fazer isso. Porém, com o ataque do coração que sofrera logo depois do Ano-Novo e a mudança permanente de Lani para Sugarberry no final de março, a dinâmica entre os dois havia mudado. Não exatamente de um jeito ruim, mas os seus papéis não eram mais os mesmos. E nenhum deles sabia direito como agir.

Lani suspeitava de que isso fazia com que sentisse ainda mais falta de sua mãe. Com certeza, sentia saudades dela. Marilee Harper Wyndall Trusdale saberia exatamente o que fazer e o que dizer.

Contudo, no momento, foi a tentativa desajeitada do pai de ocupar esse papel que deixou os olhos de Lani cheios de lágrimas, fazendo com que quisesse um dos raros e fortes abraços de urso dele. Por saber que o pai definitivamente não saberia o que fazer se ela o abraçasse, abaixou a cabeça e tentou controlar o choro enquanto colocava o recheio de framboesa, rapidamente, no último dos inocentes bolinhos.

— Eu ainda preciso colocar a cobertura nestes cupcakes, e então embalá-los. O Walter vem buscá-los mais tarde.

Normalmente, liberar seu pai de quaisquer deveres antes maternais era um alívio para ambos. Lani esperava que ele aceitasse a deixa, grato, desse uma desculpa e saísse. Surpreendentemente, o homem continuou por lá.

Lani não ergueu o olhar, mas seus cupcakes estavam acabando... rápido.

Ele pigarreou.

— Você quer que eu... faça alguma coisa? Que proíba que ele venha à ilha?

Lani soltou uma risada horrorizada, então piscou para se livrar das lágrimas e olhou para o pai com um sorriso no rosto.

— Gostei da ideia, pai. Mas como seria isso? Você e o Arnold vão passar uma lei, do nada, que proíba o pâtissier mais famoso do país de gravar seu programa de culinária megapopular na ilha de Sugarberry? Os bons cidadãos daqui vão querer linchar vocês dois. Todos amam o Baxter. — Ela engoliu um suspiro. — Todo mundo ama o Baxter.

Lani viu o canto da boca de seu pai se erguer um pouco — a versão dele de um sorriso —, e, pior ainda, um brilho determinado surgir nos seus olhos azuis e límpidos. Ela soltou um gemido. Nunca deveria dar esse tipo de ideia a ele. Lani, acima de todo mundo, sabia do que aquele homem era capaz.

— Eu não estava falando sério. Você não pode...

O clube do cupcake   41

— Esse pessoal já pensa que nós somos uns caipiras idiotas mesmo, com todos os tipos de leis bizarras e tal. E se o Arnold quiser que eu faça vista grossa para aquelas licenças…

— Pai — disse ela, no tom que apenas uma filha sofrendo poderia usar. — Em primeiro lugar, você nasceu e foi criado em Washington D.C., e não conseguiria se passar por local mesmo que quisesse, menos ainda por um caipira. E, em segundo lugar, você não colocaria em jogo a segurança das pessoas aqui na ilha só para que eu não tenha que lidar com…

— O homem que infernizou a sua vida? Pode apostar que eu faria isso e muito mais.

— Não. — Ela estava pasma com a atitude protetora de seu pai. O que dera nele? — Você não vai fazer isso. É por causa do Baxter que sou a chef que sou, que tive a carreira que tive, e só por isso posso fazer o que quero agora. — Ela fez um gesto para a cozinha bem-estocada que os cercava. Olhou para o pai e decidiu simplesmente abrir o jogo. Com Baxter já na ilha, provavelmente isso viria à tona de qualquer forma. Ainda mais se aquele beijo tivesse mesmo significado alguma coisa. E isso… rapidamente se impediu de ter esse pensamento. — É verdade — inspirou fundo para se acalmar — que os meus sentimentos por ele não me ajudaram muito, e talvez o Baxter devesse ter tido mais noção de que eu teria problemas por ele me tratar de um jeito diferente, mas consegui lidar com isso, pai. Eu me virei. Lidei com as pessoas que duvidaram de mim. E lidei com o Baxter. — *Bem aqui nesta cozinha*, acrescentou mentalmente. — Posso fazer isso de novo.

Rezou muito para que estivesse certa. Não sabia ao certo por quanto tempo conseguiria agir como a Barbie Confeiteira Justiceira.

— Você não deveria ter que fazer isso. — O pai de Lani soava mais como o tira rabugento e durão que ele costumava ser. — Sim, ele foi seu mentor, mas então jogou todas as responsabilidades em cima de você e caiu fora para ficar rico e famoso. E te largou num ambiente de trabalho horroroso, mas você administrou bem o lugar e fez com que brilhasse. Eu diria que, no mínimo, isso deixa vocês empatados.

— Concordo, pai, e é por esse motivo que eu vou lidar com… o que quer que seja que ele esteja vindo fazer aqui.

Com o humor esquisito que o pai estava, definitivamente não era a hora de revelar que já tinha visto Baxter. E definitivamente não era a hora de contar sobre o beijo. Não que Lani algum dia planejasse contar a seu pai sobre essa parte.

42   **Donna Kauffman**   Delícia, Delícia

— Você sabe por que ele está aqui? — perguntou-lhe seu pai. — Falou com ele?

— Não faço ideia — disse Lani, sendo honesta, optando por ignorar a outra pergunta. — Conversei com a Char e o Franco hoje de manhã, e achamos que, talvez, o Baxter diga o motivo nas entrevistas que dará para a TV na semana que vem, para promover a temporada atual. Mas ninguém sabe de nada em Nova York, nem pela produtora do Baxter nem pela rede de TV. Tudo que eu sei é o que estava no jornal hoje de manhã... que ele vai usar Sugarberry para gravar uma semana de episódios. — Deu de ombros. — Talvez seja só isso. Deve ser uma manobra para conseguir mais audiência. — Ela gostaria de acreditar nisso.

A expressão do seu pai dizia que ele estava tão convencido disso quanto ela.

Antes que ele visse algo em seu rosto que entregasse mais alguma coisa, Lani deu a volta na mesa.

— Eu não quero que você faça nada para complicar ainda mais as coisas. — Lani deu um beijo na testa do pai, o que surpreendeu a ambos, que ficaram em silêncio. — Mas obrigada mesmo por oferecer. — Lágrimas ameaçaram cair de novo, e ela sabia que precisava terminar a conversa antes que se tornasse ainda mais embaraçosa. — Eu dou um jeito em Baxter Dunne.

— Não tenho dúvidas disso. Você é um amor, e todo mundo te adora, mas sei que a sua mãe e eu não criamos uma garota ingênua. — Ele arrastou o banco para trás e se levantou. — É só que... não precisa lidar com ele de novo, Lei-lei. Só se quiser. Isso é tudo que estou dizendo. Você não precisa.

Leyland não a chamava assim com muita frequência. Lani fora batizada em homenagem ao pai, pelo menos em parte. Ele queria ter um filho, homônimo, mas sua mãe tinha tido um parto tão difícil que ambos sabiam que sua filha seria única. Marilee tinha lhe honrado do jeito que podia. O pai a apelidara de Lei-lei quando era pequena. Porém, o mais tradicional, Lani, fora o apelido que acabara pegando. Então, teimoso como era, ele a chamava por seu nome inteiro. Era rara a ocasião em que usava o apelido da sua infância.

Fazia um tempinho desde a última vez. Para falar a verdade, desde o funeral da mãe. Lani precisou de um segundo para se recompor e conseguir falar com o nó que havia se formado em sua garganta.

— Eu já lidei com coisa pior, pai.

Imediatamente desejou ter pensado melhor antes de fazer esse comentário. Ela não pretendia invocar a memória da morte de sua mãe, que tinha sido, de longe, a coisa mais difícil que os dois enfrentaram, bem pior do que qualquer pesadelo que

O Clube do Cupcake   43

Baxter poderia causar. O pai falava na sua mãe com frequência, daquele jeito como as pessoas fazem, como se ela ainda estivesse ali. Era simplesmente… mais fácil assim. Discutir a morte dela, o impacto da perda, o buraco imenso que havia deixado na vida dos dois, ainda era uma coisa difícil. Uma coisa muito difícil.

Ela se encolheu quando viu que o pai baixara o olhar, e então se deu conta de que havia outra coisa que poderia magoá-lo. Colocou a mão no braço dele, um gesto que geralmente seria um pouco emocional demais para Leyland, mas que, naquele momento, parecia natural.

— Eu posso ter vindo até a Geórgia por você — disse Lani, em um tom firme de voz, tendo há muito tempo descoberto que ser direta com seu pai era a única maneira de expor o que pensava a ele. — Mas foi por mim mesma que fiquei.

— Leilani…

— Pai, eu estou bem. Nós estamos bem. — Ela deu um apertãozinho no braço dele uma vez, e depois o soltou. — Agora, vai tomar conta da cidade. Eu preciso deixar esses cupcakes fabulosos, para que possam me arranjar clientes depois que forem leiloados. — Ela abriu um sorriso. — Então vou me tornar ridiculamente bem-sucedida, e fazer com que o Baxter se arrependa de não ser um pouco mais sensível em relação às pessoas que trabalharam para ele, certo? — Ela queria melhorar o clima, fazer com que eles voltassem a uma posição segura e familiar.

Mas, quando ergueu o olhar de relance para ele, em vez do olhar impenetrável que o pai normalmente tinha, Lani viu… para ser sincera, não sabia exatamente o que tinha visto ali. Não era uma expressão de que se lembrasse de ter visto antes nele.

— Você já é ridiculamente bem-sucedida — disse Leyland, quase com raiva. — E eu não conheci o homem, mas sei que Baxter Dunne é um asno por permitir que sua melhor funcionária fosse embora, e um idiota cego por não ver que você foi a melhor coisa que já aconteceu na vida dele.

Lani ficou ali parada, boquiaberta, e então, por fim, se recompôs e respondeu uma parte, a única parte do comentário que conseguiria responder.

— Pai, eu não quero trabalhar de novo pro Baxter. E não quero voltar para Nova York. Nem para nenhum outro lugar. Adoro a minha confeitaria. Eu amo Sugarberry. Quero ficar aqui. Quero fazer isso. — Ela engoliu em seco para conter as lágrimas que ameaçavam cair novamente, mas por motivos completamente diferentes. — Você… ficou com vergonha? Pela minha decisão de ter o meu próprio lugar aqui em vez de dirigir o Gateau?

44 *Donna Kauffman* 🍮 DELÍCIA, DELÍCIA

Lani havia se preocupado em fazer com que o pai entendesse que queria ficar ali por suas próprias razões, e não porque achava que ele precisava de ajuda. O homem era teimoso e orgulhoso demais. Nunca, nem ao menos uma vez, tinha ocorrido a ela que seu pai não apoiasse realmente a sua escolha porque achasse que era algo inferior ao que a filha merecia.

— Eu nunca senti nada além de orgulho de você — respondeu Leyland em um tom de voz ainda ríspido. — Mas você costumava servir banquetes nas Nações Unidas e trabalhar para figurões. As suas sobremesas foram servidas para algumas das pessoas mais importantes do mundo. Você realmente espera que eu acredite que está satisfeita fazendo cupcakes para um bando de...

— Homens e mulheres que trabalham duro, cuidam de sua comunidade e fazem o que podem para melhorar as vidas daqueles que os cercam? — Ela colocou seu saco de confeitar sobre a mesa antes que o apertasse com tanta força que acabaria explodindo. Não sabia se estava mais irritada ou decepcionada. O que realmente sabia era que tremia. — Sim, pai. Sim, estou satisfeita. Eu gosto de ter meu próprio negócio. Na verdade, eu amo ser a minha própria chefe. E, melhor ainda, gosto de deixar as pessoas felizes com a minha comida. Pessoas que eu conheço. Pessoas que verei mais de uma vez na vida. Pessoas que significam algo e que se importam comigo também, realmente se importam.

Lá no fundo, Lani sabia que ele não estava tentando insultá-la nem ferir os seus sentimentos, sabia que o pai queria o melhor para a sua única filha. Porém, era difícil, muito difícil, ouvir que ela aparentemente havia retrocedido em sua carreira ao se mudar para Sugarberry, abrindo sua própria confeitaria.

Impulsivamente, deu a volta na mesa de novo e o abraçou forte. Então, o beijou na bochecha.

— Estou feliz aqui, pai. Mais do que já estive na vida, tanto em termos pessoais quanto profissionais. E estou falando sério. Eu sei que você não entende, e quero que sinta orgulho de mim, mas o que mais preciso é que pare de se preocupar comigo.

— Eu sinto orgulho de você, docinho. — Leyland a surpreendeu novamente ao retribuir o abraço dela. Com força. Aquele abraço de urso que ela queria tanto. Era tão bom quanto lembrava. Ou melhor. — E não vou me preocupar — disse ele com a voz rouca. — É só você parar de se preocupar comigo. — Seu pai a soltou, e então se inclinou e pegou outro cupcake atrás dela, antes que Lani se desse conta. — Vou trancar a porta — despediu-se ele, não parecendo ainda estar

O **clube do cupcake**   45

irritado. Nem tranquilo. Ela não sabia como o pai estava se sentindo, para falar a verdade.

— Bem-vindo ao clube — murmurou.

Lani tinha se preocupado sobre como contaria a seu pai sobre Baxter, e que rumo essa conversa tomaria. Agora, ganhara um monte de coisas em que pensar e com que se preocupar.

Virou-se e olhou para as bancadas cheias de bandejas prateadas, aliviada além da conta por ainda ter mais de cem cupcakes para colocar cobertura.

Disso, pelo menos, ela entendia.

Sete longas horas se passaram antes de ela ter que encarar a questão de Baxter Dunne novamente. Continuava sem saber como lidaria com aquela pedra no sapato, que dirá com o homem em pessoa. Ela não o vira desde que ele saíra por sua porta de serviço, não fazia a mínima ideia de onde estava hospedado, o que estava fazendo nem quem da equipe de produção poderia estar na ilha também.

Lani havia aberto sua confeitaria na hora, às nove. Seu café especial estava sendo passado e ficando pronto para ser servido, junto com os cupcakes quentinhos, recém-saídos do forno, com uma cobertura de farofa doce — ambos populares junto a seu crescente grupo de fregueses matinais — a proprietária dava um pulo toda vez que os sinos tocavam na porta. Ela meio que ficava esperando erguer o olhar e dar de cara com os olhos sorridentes de Baxter novamente. Quando não era ele — e ainda não tinha sido —, esperava pelas inevitáveis fofocas, histórias animadas de testemunhas oculares contadas por todos os clientes, sobre como o viram em algum lugar na cidade ou na ilha.

Houve muito falatório sobre o programa que será gravado na cidade, causado pela história no jornal, o que havia deixado alguns de seus clientes loucos de expectativa quanto à chegada do famoso apresentador. Lani estava bem certa de que vendera diversas dúzias de cupcakes, todos antes do meio-dia, só porque as pessoas queriam sondar a antiga funcionária de Baxter para descobrir o possível paradeiro dele e detalhes do programa. Para grande frustração desses clientes, ela havia sido uma completa decepção em ambos os departamentos. Lani tinha esperança de que os cupcakes compensassem um pouquinho isso.

Já passava das duas da tarde e ninguém avistara o Chef Hot Cakes. Em uma ilha do tamanho de Sugarberry, se Baxter tivesse sido visto por alguém, todos os homens, todas as mulheres e até os pássaros saberiam disso em cinco minutos. Ela havia até mesmo tido a cara de pau de considerar deixar a confeitaria nas mãos de sua ajudante de meio expediente, Dre, e ir para casa se esconder até que ele aparecesse — em algum lugar, em qualquer lugar —, mas havia decidido que já passara da idade de fazer essas coisas. Bem, além disso, tinha o fato de que Dre começara a trabalhar ali não havia uma semana inteira. Ainda assim, ela gostaria de pensar que ficara na confeitaria porque era uma mulher forte e independente, e estava se lixando para onde o Baxter estava ou o que fazia.

Então... onde ele está? O que está fazendo?

E como é que ninguém além dela sabia que o homem já chegara à ilha?

Lani quase tinha se convencido a acreditar que o episódio todo fora alguma espécie de alucinação alimentada pelo estresse, ou que tinha sonhado acordada de alguma maneira. Considerando a forma como agira... depois do quê... ele a beijara! — aquela era a explicação mais sensata, a explicação racional.

Então, Alva Liles entrou correndo na Cakes By The Cup no exato momento em que Patty Finch, a bibliotecária local, e sua filha de 9 anos, Daisy, estavam saindo... e a lógica de Lani de que tudo tinha sido um sonho foi por água abaixo.

— Boa tarde, Patricia, Srta. Daisy. — Alva sorriu enquanto elas seguravam a porta para ela. — Ah, Lani May, aí está você!

A pequena senhora atropelou tudo em seu caminho, que era a descrição perfeita de como Alva Liles se movia sempre, e foi direto até o balcão. Animada e nervosa também eram duas palavras que poderiam descrevê-la perfeitamente.

Isso fez com que o coração de Lani afundasse no peito. E que sentisse uma fisgada na barriga. *Lá vem bomba*, pensou, se preparando. É claro que teria que ser a Alva. Ela deveria ter adivinhado.

— Sim, dona Alva, eu estou aqui.

Lani controlou-se e não comentou que seria improvável, durante o horário do expediente, que ela estivesse em qualquer outro lugar. Ou que seu nome do meio era Marie, e não May. Já havia aprendido que isso era, aparentemente, uma mania carinhosa dos sulistas, e então se lembrou da versão de Charlotte, com seu sotaque indiano, da fala dos habitantes de Sugarberry, repetindo o nome diversas vezes depois que Lani o compartilhara. Seu sorriso passou a ser mais natural.

— Tenho certeza de que você leu o jornal hoje cedo — disse Alva, com seus cachos loiro-brancos perfeitamente arrumados, completamente vibrantes em volta de sua cabeça; era como uma colmeia em miniatura.

Tudo em Alva Liles era mínimo, de sua altura a sua estrutura física, até os óculos bifocais com armação pequenina e prateada, na ponta de seu perfeito e minúsculo nariz. Ela era, em uma palavra, adorável. A Betty White de Sugarberry.

Normalmente, Alva era uma das clientes prediletas de Lani, que sempre gostava de vê-la cruzar a porta. Normalmente. A mulher tinha as melhores histórias pra contar, e ainda assim, de alguma forma, conseguia soar como se de fato se importasse, e se importasse demais, com cada uma das pessoas na ilha…. enquanto as jogava diretamente na fogueira da fofoca. Lani a adorava.

Normalmente.

Agora, tinha a sensação de que a fogueira da fofoca estava prestes a ser direcionada para ela.

— Só dei uma olhadinha. — Foi a resposta de Lani. — Eu acordei bem cedo hoje para fazer uns sabores especiais que vou apresentar no festival do outono amanhã. — Na esperança de distraí-la e mudar seu foco, Lani apoiou-se no balcão, convidando Alva a se aproximar. — Eu tenho um aqui pra degustação limitada. Uma variação do recheio de creme. É um pouco mais forte que o normal, e a cobertura de chocolate é especial.

— Eu tenho certeza de que se superou — disse Alva com sinceridade —, mas só espero sucesso vindo de você. Você é uma maravilha completa. A minha cintura nunca te perdoará, mas eu não consigo passar aqui na frente sem entrar.

Lani abriu um sorriso.

— Então cumpri minha missão.

O lampejo de prazer nos olhos de Alva deu lugar a um brilho mais especulativo quando ela se inclinou por cima do balcão e abaixou o tom de voz, chegando a um sussurro.

— Qual vai ser a guloseima terrível do leilão hoje à noite, querida?

Lani ergueu as sobrancelhas, mostrando-se surpresa, como sabia ser a intenção de Alva, dado o sorriso de satisfação em seu rosto coberto de base.

— Ora, ora, a lista de patrocinadores era para ser secreta! — disse Lani baixinho, mas ela não estava realmente chocada.

— Você sabe que nada é segredo nesta ilha por muito tempo.

Lani queria ressaltar que o motivo para isso estava bem diante dela, mas apenas sorriu.

— E o que você ouviu por aí?

— Que você encheu caixas com algo delicioso para tentar a todos nós. — Alva fez um biquinho. — O Walter, aquele chato, nem se abalou quando pedi mais detalhes enquanto comia meus biscoitos com geleia no restaurante da Laura Jo hoje de manhã. A propósito, você viu a Laura Jo desde que ela pediu para a Cynthia tingir os cabelos dela no salão? Minha nossa, aquela mulher é linda, mas vou te contar, ela gostou muito de virar ruiva. Diz que isso faz com que se sinta mais corajosa, disposta a correr riscos. — Alva abaixou o tom de voz, mas só um pouquinho. — Se me perguntassem, acho que, se ela quer ser corajosa, deveria considerar trocar aquelas blusas florais que tanto gosta por uma sem estampa, mais justa. Com um pouco de decote. Eu vivo dizendo que ela tem um corpão debaixo daquele monte de roupas. Presumindo, é claro, que todo esse lance de mudar completamente o visual tenha a ver com chamar atenção daquele cara novo que assumiu a Biggers' Bait and Tackle depois que o Donny Biggers fugiu com a Delia Stinson. Delia Stinson. Vinte anos mais jovem. Ela poderia conseguir algo muito melhor, se quer saber. Eu nem imaginei que aquilo ia acontecer. Felipe Montanegro é o nome do cara novo. Você já o conheceu?

Lani balançou a cabeça em negativa, tentando continuar com a conversa. O Twitter era fichinha ao lado de Alva Liles. E o Facebook então... ela era, por si só, uma supervia expressa de informações.

— Ainda não.

— Bem, ele é bastante bonito. Se você gosta de tipos mais morenos, como o Ricardo Montalbán. — Lani não fazia a mínima ideia de quem era Ricardo Montalbán, mas não pediu nenhum esclarecimento. — Apesar do quê, ser ruiva foi uma vantagem para Lucy quando ela foi atrás do Desi.

Tá, ela conhecia Ricky Ricardo, mas não sabia se deveria fazer que sim ou que não com a cabeça. Havia perdido o fio da meada, então mudou de assunto.

— Eu tenho certeza de que ela vai dar um jeito. Você deu uma olhada nos sabores especiais de hoje? Talvez queira experimentar um pouco do de creme?

Alva curvou-se levemente para espiar através de seus óculos bifocais enquanto analisava as diversas bandejas e os diversos suportes cheios de cupcakes alinhados dentro da vitrine.

— Eu quero, mas aquele Red Velvet ali é um pecado. É como o paraíso na forma de um bolinho.

Alva espiou Lani, com um brilho especulativo nos olhos.

O clube do cupcake   49

— É de longe o seu melhor, se quer saber. Talvez seja até o que você preparou para o leilão. — Lani negou com um movimento de cabeça. — Ah, vamos lá, não seja tímida. Sabe que pode me contar. Eu sou um túmulo.

Lani fez um grande esforço para não revirar os olhos, mas seu sorriso era genuíno.

— Você terá que esperar até ver a lista oficial do leilão hoje à noite, antes do jantar.

— Sabe, eu tentei explicar ao Walter e ao Arnold que eles estão sendo muito limitados com todo esse negócio de leilão silencioso e secreto. Se nos deixassem saber de antemão quem são os patrocinadores e os itens do leilão, nós poderíamos começar a nos dedicar a isso logo, poderíamos ter uma guerra de ofertas antes mesmo de o leilão começar.

Lani sabia exatamente o porquê de o leilão silencioso ser... um leilão silencioso, mas não havia por que entrar em detalhes sobre isso com a própria pessoa responsável pela mudança da regra.

— Eu vou te contar o seguinte — disse Lani, e Alva chegou mais perto, alegre por fazer parte de uma conspiração. — Se você conseguir uma caixa... o pessoal do seu grupo de pôquer vai achar que morreu e foi para o céu. Eu juro. São os cupcakes mais deliciosos que já criei até hoje.

A maioria das mulheres na idade de Alva jogava buraco. A mãe de Lani, sua avó, Winnie, e sua bisavó, Harper — Nona, como Lani a chamava — amavam o jogo, e Sugarberry sempre tivera um grupo de buraco um tanto quanto animado e ativo. Contudo, Lani soubera que o centro da terceira idade de Sugarberry, que patrocinava o clube, tinha convidado Alva a se retirar do grupo de buraco quando descobriram que ela estava fazendo apostas em dinheiro nas duplas. Quem diria. Uma insuspeita agenciadora de apostas.

A resposta de Alva a isso fora dar início a seu próprio grupo de pôquer para damas, o que quase acabara com o clube de buraco original. Elas jogavam uma vez por semana nos fundos do restaurante de Laura Jo Starkey e tinham a reputação de serem feras no pôquer e um tanto quanto competitivas. A idade média das mulheres no clube: 76 anos.

Na verdade, Alva tinha uma quedinha por fazer apostas em relação a tudo, desde quantos furacões ameaçariam as costas da ilha em uma temporada (só para os de categoria 3 ou mais, nada de furacões fracos para Alva) até que item levaria o lance mais alto no leilão silencioso do festival do outono. Esse tinha sido o motivo para mudarem as regras do leilão. A última notícia que Lani tivera era que Alva também fora barrada nas noites de bingo do centro.

— Minha cara Lani May, eu já tive *essa* conversinha com o Walter — disse Alva, com o brilho nos olhos um pouco presunçoso. — Eu não sei o que tem nelas, mas dei um lance em duas caixas, sem nem as ver. Nosso torneio mensal que vara a noite é nesta segunda-feira. — Ela se aproximou mais de Lani. — Você não pode me dar só uma dicazinha?

— Como exatamente você descobriu que eu era uma das patrocinadoras?

— Você conhece a mulher do Walter, a Beryl? Bom, ela está em segundo lugar no ranking do grupo. — Alva baixou novamente o tom de voz, apesar de ser a única pessoa na confeitaria naquele momento. — Não é segredo nenhum que ela quer o título dela de volta. Dee Dee Banneker ganhou pontos e virou líder depois do último torneio. Bem, Dee Dee é esperta. Então a Beryl vai se aproveitar de todas as vantagens que puder obter. E está torcendo para que o excesso de açúcar desconcentre as outras garotas. Isto é, a Dee Dee e duas amigas chegadas dela, a Suzette e a Louise. Aquelas três fazem um grupinho formidável, viu? Mas os seus cupcakes são de matar, e Beryl sabe que as garotas não vão parar em apenas um. Além do mais, Laura Jo está do lado da Beryl. — Ela começou a sussurrar. — Laura Jo vai servir aquela sangria que aprendeu a fazer no cruzeiro em que esteve no ano passado. Entre isso e todo o chocolate… eu sei que você vai fazer alguma coisa de chocolate, acertei? Bem, entre os cupcakes e a sangria, se a Beryl conseguir resistir à tentação, acho que ela ganha.

Só porque todas as outras mulheres já estarão fora de si, passou pela mente de Lani, pensando que a mistura de cupcakes Floresta Negra, sangria e mulheres idosas, que deveriam estar dormindo, era sinônimo de problema. Porém, manteve um sorriso no rosto. Visualizar as colegas de Alva ficando alucinadas com vinho doce e chocolate era suficiente para deixá-la feliz.

— O que acontece se você não ganhar com seu lance no leilão? — quis saber Lani.

O sorriso de Alva aumentou.

— Anote o que estou dizendo, a Beryl vai fazer com que a vida do Walter seja um inferno se não servirmos os seus deliciosos cupcakes na segunda-feira. Ela mesma não pode dar um lance, por causa de conflito de interesses e tudo o mais, então pediu para mim. Eu já apostei na Beryl, mas o restante das mulheres, é claro, ainda está colocando dinheiro na Dee. — Alva deu uma piscadela, e então, toda formal, colocou a sua pequenina bolsa de mão debaixo do braço e recuou um passo, afastando-se do balcão, parecendo tão inocente quanto uma freira na igreja. — Elas não sabem que nós temos a arma secreta.

Lani não conseguiu evitar: abriu um largo sorriso. Betty, a agenciadora de apostas, realmente. Com seus bolos como arma secreta.

— Falando em armas, como vai a campanha para a sua coluna? Você já convenceu o Dwight? — Lani apoiou o quadril no balcão e sorriu. — Sabe, ele ama cupcakes. Só estou dizendo.

Dwight Bennett era o editor do jornal local, o *Daily Islander*, para o qual Alva queria porque queria escrever uma coluna de conselhos. Dwight estava pensando em uma coluna sobre jardinagem, ou o que chamava de notícias do "clube das damas". Mas, visto que a ideia de Alva de um clube de damas incluía torneios de pôquer Texas Hold'em sem limites e degustação de conhaque, Dwight não confiava que ela era a mulher certa para o emprego.

Tarde demais, Lani se deu conta de que tinha levado Alva bem de volta ao tópico do qual ela fora tagarelar em sua confeitaria para começo de conversa. *Droga!*

— Ele é um querido, mas tem a mente pequena — disse Alva, e Lani não conseguia saber se ela realmente se importava com o homem… ou se queria que ele morresse. — Eu tentei explicar que jornalismo imparcial, equilibrado e justo não significa só publicar o que a pessoa gosta. Nós poderíamos simplesmente chamar de *Diário do Dwight Bennett* então. Mas, na verdade, querida, foi um artigo no jornal desta manhã que me trouxe até aqui. É claro que todos nós lemos aquela matéria sobre o seu chefe estar vindo para cá, para a nossa ilha! E para filmar o programa de TV dele! — Ela bateu palmas, com a bolsa ainda bem presa debaixo de um dos braços. — Essa não é a melhor novidade que tivemos em séculos?

— Ex-chefe — esclareceu Lani, não que isso fosse fazer alguma diferença.

— Ah, você estava escondendo isso da gente, dona Lani May — disse Alva, em um tom de reprimenda, apesar de ainda sorrir. — É claro que já sabia dessa visita-surpresa. Foi você quem organizou as coisas para que o programa viesse pra cá? Essa é uma ótima maneira de se destacar no festival do outono. — Ela se inclinou mais para perto de Lani, segurando sua minúscula bolsa bem apertada junto ao peito magro. — É óbvio que eu quis vir logo falar com você para convencer o homem a dar uma passadinha no torneio de segunda-feira. Acabei me distraindo! E, cá entre nós, se eu conseguir esse furo, o Dwight vai ser obrigado a me deixar escrever a coluna.

52 **Donna Kauffman** 😋 Delícia, Delícia

— Bom, eu não tenho nada a ver com... espera, eu achei que você queria escrever uma coluna de conselhos, não? Tipo com dicas amorosas. Como Baxter dar uma passada no torneio de pôquer vai ajudar com isso?

Alva endireitou-se, ajeitando os ombros estreitos.

— Eu quero escrever coisas que as mulheres de Sugarberry gostariam de ler. Um pouco de conselhos aqui, um pouco de fofoca ali. As besteirinhas que todo mundo só descobre quando vai ao salão da Cynthia. Ou ao restaurante da Laura Jo. Mas, pra isso, é preciso circular, e você sabe o telefone sem fio que essas coisas viram. Não que ninguém distorça a verdade de propósito, é claro.

— É claro.

— Eu só quero reunir todas as novidades num lugar só, para contar os fatos, como aconteceram de verdade. E também vou oferecer conselhos para todos. Um verdadeiro serviço público. — Ela deu um sorriso tão doce que Lani quase achou que poderia acreditar nisso. — Você vai ver só, será a primeira coisa que as pessoas vão ler no jornal. Pode apostar.

Lani não duvidava disso.

— Parece que você já pensou em tudo, Alva, e eu queria mesmo poder ajudar com seu furo, de verdade.

Os sinos tocaram na porta, e Lani se inclinou mais para perto da senhora, querendo falar logo o que tinha para dizer e acabar com aquilo — aquilo sendo Baxter, no caso — antes que o próximo cliente ouvisse. Alva tinha razão em uma coisa, uma coisa bem importante: os verdadeiros detalhes das histórias sempre eram distorcidos.

— Infelizmente, eu não faço ideia do itinerário do Baxter enquanto ele estiver na cidade. Fiquei sabendo do programa junto com você. Então, não tenho como conseguir que ele vá ao clube...

— Que clube?

Ao som da nova voz, Lani ergueu o olhar... e lá estava ele. Como é que o homem sempre parecia ocupar o ambiente todo, não importando o tamanho da sala? *É aquele sorriso*, pensou ela, enquanto Alva se virava na direção de Baxter, tão radiante que conseguiria iluminar toda a Avenida Strip de Las Vegas.

— Ah, meu Deus! — disse ela, passando a mão pelos cabelos, e depois colocando sua bolsa de volta debaixo de um dos braços. — Eu não acredito nisto. É o Baxter Dunne, o Chef Hot Cakes. Bem aqui, na nossa cidadezinha. Mas olha só pra você! — Ela virou-se para Lani e depois voltou seu sorriso iluminado para

Baxter. — Como é alto! Eu não fazia ideia. A televisão realmente passa a impressão errada, mas todas nós já achávamos que você fica um escândalo de avental.

— Dólmã — disse ele, mas o sorriso que acompanhou sua resposta era largo e sincero.

Lani observou a cena, pensando que era meio como ter uma experiência extracorpórea. E ela realmente queria conseguir sair do seu corpo naquele momento, e ir para qualquer outro lugar.

— E, por favor, pode me chamar de Baxter. — Ele olhou de relance para Lani. — Só os meus funcionários são obrigados a me chamar de chef. — Ele se inclinou para baixo, bem para baixo, de forma que pudesse colocar a boca perto do ouvido de Alva. — Mas vou deixar você me chamar de Hot Cakes, se quiser.

Lani achou que a velhinha iria ter um treco. Ela não se lembrava de ter visto a mulher corar antes, nunca. Alva poderia parecer minúscula e frágil, mas era à prova de balas, delicada, porém durona, como, aliás, a maioria das mulheres em Sugarberry. Mas, naquele momento, estava cor-de-rosa como as framboesas rechonchudas que Lani colocara sobre cada um dos bolos dos Kiwanis sobreviventes daquela manhã.

— Ah, mas que atrevido! — exclamou Alva, tentando parecer chocada com o jeito insolente e direto dele, mas claramente enamorada da cabeça até seus idosos dedos dos pés. — Que danadinho! — Ela continuou a gesticular. — Eu estava dizendo à dona Lani May como ficamos animadas com a sua visita.

Baxter olhou de relance para Lani, com uma sobrancelha erguida e seus olhos castanhos brilhando, divertidos. Ela fez uma careta, e depois, rapidamente, voltou a exibir um sorriso luminoso quando Alva olhou de um para o outro.

A mulher virou-se novamente para Baxter e continuou tagarelando.

— E só de pensar que você vai filmar o seu programa de TV bem aqui na nossa ilha! Meu Deus, eu nem consigo acreditar na nossa sorte. Quem sabe podíamos marcar de tomar um café? Eu escrevo uma coluninha para o jornal local, e ia adorar entrevistar você.

Alva olhou de relance para Lani, com um sorriso brilhante demais, e uma levantada de sobrancelha que só a mulher mais jovem conseguiu ver, aparentemente uma súplica para que ela não entregasse sua mentirinha a Baxter. Quando se voltou para o chef e colocou sua mão pequena, cheia de veias azuis, no braço dele, como se fosse frágil e precisasse se apoiar na sua força, já era toda sorrisos novamente.

— O que me diz, Sr. Dunne?

Frágil, pensou Lani, *frágil como um pitbull*. Como as aparências enganam.

— Baxter — corrigiu ele, ainda todo sorridente. — E seria uma honra, de verdade, mas minha agenda anda meio cheia.

Alva pareceu ter murchado instantaneamente, mas Lani viu que a mulher não desistiria fácil. Talvez até tivesse murchado, mas, se bem conhecia Alva, ela estava longe de derrotada. Baxter ergueu o olhar para Lani e abriu mais o sorriso. Ele cobriu a mão de Alva com a sua e deu um tapinha de leve.

— Olha só, senhorita…?

— Liles — disse ela, não perdendo um segundo, embora suas bochechas tenham ficado novamente cor-de-rosa quando recebeu o tapinha na mão. — Alva Liles. Para você, Alva.

— Dona Alva. — A intensidade do sorriso dele quase fez com que Lani corasse, e ela achou que pelo menos já estivesse imune a isso, dada à sua longa exposição aos sorrisos de Baxter. — Eu adoraria conversar mais — prosseguiu —, mas preciso falar com a Srta. Trusdale para tratar dos detalhes do programa.

— Com a Lani May? — Alva voltou o olhar para ela. — Mas você disse que não sabia…

— É meio que uma surpresa — interrompeu Baxter, e então fixou seu olhar, com aqueles olhos cor de chocolate, diretamente nos de Lani.

E foi nesse momento que ela percebeu que "lidar com o Baxter" estava prestes a ficar muito mais problemático.

— Vou precisar de uma cozinha, e a pequena confeitaria da Leilani, hum, da Lani May, é perfeita. — Os olhos dele faiscaram quando usou o apelido que ela ganhara na ilha, e levantou levemente a sobrancelha, só para parecer ainda mais incorrigível. — Estou torcendo para ela nos deixar filmar uns episódios do *Hot Cakes* bem aqui.

Seu sorriso se alargou até se transformar naquele que era sua marca registrada, com o olhar contemplativo ainda fixo em Lani, até mesmo enquanto Alva soltava um gritinho agudo de felicidade. Baxter ergueu a mão e fez um leve movimento floreado insolente no ar.

— Surpresa!

Bem. As coisas não tinham ido exatamente como ele havia planejado.

Pra falar a verdade, as coisas não tinham ido nem um pouco como ele havia planejado. Baxter pretendia tirar Leilani por um instante da confeitaria e fazer sua proposta em particular. Na verdade, fora até lá mais cedo justamente com esse propósito. Tinha certeza de que ela estaria na cozinha quando deixara seu hotel antes do nascer do sol e subira a ponte, serpeando seu caminho em meio às estradas escuras e estreitas da ilha até o centro da cidade. Se é que a minúscula praça local poderia ser chamada de centro. Só padeiros e entregadores de jornais estariam acordados numa hora tão ingrata. Baxter havia contado com as duas coisas naquele dia.

Apesar de tudo, até agora, seus planos cuidadosamente planejados haviam ido por água abaixo. Se a forma como Leilani acabara de cruzar os braços sobre o peito fosse um indício, Baxter teria metido os pés pelas mãos mais uma vez. Como se o beijo daquela manhã não tivesse sido um erro idiota o bastante.

Ele não estava acostumado a fazer burradas. A verdade era que geralmente conseguia o que queria. Na maioria das vezes, isso acontecia porque tinha boas ideias, mas estava ciente de que tinha outras qualidades que convenciam as pessoas. Um pouco de charme e um belo sorriso nunca atrapalharam ninguém na busca pelos objetivos. Que culpa tinha se a genética fora generosa com ele? Não ia reclamar por causa disso.

Baxter achava mesmo que Leilani ficaria feliz de vê-lo. Depois, pediria, de um profissional para o outro, para usar a cozinha dela. Embora os verdadeiros motivos para o pedido fossem mais de uma natureza pessoal, tinha certeza de que ela concordaria. Afinal, só teria a ganhar ao apresentar sua pequena confeitaria em rede nacional. Tudo havia sido bem-planejado e sem margem para erros, na verdade. O trabalho árduo viria depois que chegassem a um acordo.

Mas... ele já tinha perdido as esperanças de a primeira parte de seu plano infalível dar certo. Embora soubesse que fizera tudo do pior jeito até então, tendo sido idiota o suficiente para dar os motivos pessoais para estar ali antes dos profissionais, já estava começando a se perguntar qual diabos era o problema de Leilani com ele.

— Bem, meus queridos, eu tenho que ir.

Alva abriu um sorriso brilhante para Baxter, que se sentia como um gigante em comparação com o tamanho minúsculo da mulher.

— Foi um prazer, dona Alva — disse Baxter, tentando não olhar de relance para Lani, na esperança de que ela aproveitasse a partida da senhora para pensar melhor nas coisas, ser mais objetiva e dar-se conta do favor que ele estava lhe fazendo.

Alva apertou a mão de Baxter com uma força surpreendente, enquanto seus olhos permaneciam reluzentes.

— Estou tão animada, mal posso esperar para contar pra todo mundo que o seu programa vai ser filmado bem aqui! Na nossa própria confeitaria de cupcakes! — Alva abriu um sorriso reluzente para Lani. — Imagine só!

— Imagine só... — repetiu ela com um fraco sorriso e muito menos entusiasmo.

Certo, sem nenhum entusiasmo. Mas ela não fez questão de corrigir Alva.

Baxter achou que isso era um bom sinal. Apesar do quê, talvez estivesse forçando a barra ao interpretar qualquer parte do comportamento atual de Leilani como um bom sinal.

— Esperem até eu contar para a Beryl! Agora a Dee Dee e a Suzette vão se roer de raiva!

Os sinos tocaram quando Alva saiu toda feliz.

Baxter não teria ficado surpreso se a pequenina e alegre senhora tivesse batido os calcanhares e saltitado pela pequena praça da cidade. Seria uma visão e tanto, com seus sapatos ortopédicos.

— Mas você é muito abusado.

Baxter virou-se de novo para encarar a irritação de Lani, pensando que tinha aguentado coisas muito, mas muito piores em sua carreira, trabalhando em cozinhas totalmente imprevisíveis, do tipo que ela não poderia nem mesmo imaginar. Não ia amarelar.

Ainda assim, ao ver a expressão inflexível de Lani, sentiu uma leve desvantagem. Se algum dia fosse criado um Iron Chef de cupcakes, ela só precisaria daquele olhar de raiva para ganhar.

— Me desculpa, sério — disse ele, dando um passo mais para perto dela. — De coração. Eu queria falar com você hoje cedo, mas nós meio que…

— Você! — corrigiu ela. — Eu estava trabalhando, cuidando dos meus negócios. Literalmente.

Baxter analisou-a com mais cuidado e percebeu que ela não estava com raiva — bem, ela *estava* com raiva —, mas parecia mais perturbada, confusa, o que explicava pelo menos uma porcentagem da sua irritação. A mulher com quem ele tinha trabalhado, a quem tinha ensinado coisas, e que consistentemente o deixava orgulhoso, nunca tinha ficado perturbada nem confusa. Pelo menos, nunca demonstrara se sentir assim. Naquele momento, Lani era tudo menos a serena Branca de Neve, assobiando, por assim dizer, enquanto trabalhava. Estava mais para a rainha das trevas. Com algo a esconder. Provavelmente, o motivo pelo qual estava perturbada.

Interessante. E tão atípico dela.

Baxter caminhou em direção ao balcão, determinado a chegar à raiz do problema.

— Eu ia dizer que nos distraímos — terminou ele, sorrindo e decidido a ser desaforado.

Se Lani realmente estava com raiva de Baxter, teria que dar uma explicação para isso. E se ele a deixava nervosa… então queria saber mais sobre o motivo.

— Se você queria marcar uma reunião, deveria ter ligado e agendado — disse ela, falando rápido e mais agitada conforme Baxter se aproximava. — Você aparece aqui, do nada, e acaba com toda a minha programação…

— Eu sinto muito — disse ele, baixinho e com sinceridade.

Baxter achou que foi provavelmente a última parte que colocou um fim abrupto ao discurso dela. Fora mesmo sincero. Queria fazer graça da irritação dela, distraí-la para que os dois pudessem se acalmar e resolver as coisas. Em vez disso, descobriu que a atitude de Lani o incomodava. Principalmente porque ele era, de alguma forma, a fonte daquilo.

Realmente, esse sentimento protetor que sentia em relação a ela era a coisa mais estranha do mundo. No geral, a mulher agia mesmo como uma adorável Branca de

Neve, mas, com aquela atitude ferrenha, Baxter estava certo de que Leilani poderia lidar com todos os sete anões e a rainha malvada com as mãos amarradas nas costas e um sorriso em seu adorável rosto. Na verdade, ela com frequência fizera isso, se Baxter parasse para pensar em como eram as cozinhas do Gateau durante o horário de pico.

— Foi por isso que eu vim mais cedo, durante a preparação. Queria conversar com você em particular. Discutir tudo isso antes de se tornar notícia.

— Que estranho então você ter plantado uma história anunciando a sua chegada no jornal local. Dwight Bennett é um bom editor, mas não tão bom assim. E não está superantenado às notícias do mundo da televisão. Por que se dar ao trabalho de ser cheio de segredos e discreto, se me pegar desprevenida, na frente dos meus clientes, vai garantir o que você deseja? Alva está lá fora agorinha mesmo, contando a Deus e a todo mundo…

— Você não a impediu.

— A Guarda Nacional não conseguiria impedi-la!

Baxter tentou não sorrir, mas, tendo conhecido o minúsculo tornado que era aquela senhora, concluiu que Leilani provavelmente tinha razão.

— Então desculpa por abrir a boca na frente da pior fofoqueira da ilha. Eu não queria que aquilo saísse da forma como saiu, mas o entusiasmo dela era contagiante, e eu acabei…

— Entrando na onda dela? Baxter, você é perseguido por mulheres maníacas o tempo todo desde que seu programa estreou, e não de um jeito ruim. Uma multidão de mulheres fica em êxtase só por te ver. Você vive cercado de fãs que o adoram, todos os dias. E noites, imagino eu. Sua imagem é de um cara despretensioso, mas lindo de morrer, que consegue, de alguma forma, ser um líder sério e passional ao mesmo tempo. Junte a isso o sotaque, e você é tipo… o Hugh Grant da confeitaria. Eu entendo que elas não consigam evitar ter essa reação. Mas você já deveria estar acostumado com isso. Então, é forçar um pouco a barra achar que uma idosa minúscula possa deixar você nervoso.

Baxter ficou surpreso com essa descrição. Era assim que ela realmente o via? Era um tanto quanto lisonjeiro em alguns pontos, especialmente considerando a cara feia que Lani destinava a ele no momento. Mas… *Hugh Grant*?

— Bom, ela realmente é uma senhora bem minúscula. — Baxter parou do lado oposto do balcão onde Lani estava, com os braços ainda cruzados. — Mas você tem razão em uma coisa. Talvez tenha sido instinto, simplesmente eu jogar a informação, ganhar essa vantagem.

— Tá, isso não é uma… o que foi que disse?

— Eu disse que talvez você esteja certa, e eu tenha me aproveitado da situação por instinto. Não pretendia fazer isso, não foi algo premeditado, mas isso não muda o que fiz. Nem que eu sinto muito por isso. Foi impulsivo e errado.

— Bom… então, tá. — O tom irritado não estava mais ali. Mas a perturbação continuava, e ele notou isso. Na verdade, Leilani parecia mais nervosa do que antes. — Então só me diga qual é o motivo disso tudo — implorou ela. — Tem que ter uma razão. Eu não sou idiota.

— Longe disso.

— Obrigada.

— O que foi que eu fiz pra deixar você com raiva? É sério, não faço a mínima ideia.

— Eu não estou com raiva. É só… — Lani parou quando ele cruzou os braços em uma posição que espelhava a dela. Inspirou fundo, audivelmente, e expirou devagar. — É complicado. E você está certo. Eu não estou sendo justa. Desculpa. Não sou assim.

— De novo, longe disso. — Então Baxter sorriu, aliviado porque finalmente estavam voltando ao normal.

Mas Lani não retribuiu o sorriso. E o olhar levemente perdido que apresentava naquela manhã, depois que Baxter a beijara, estava de volta. Ele achou que isso poderia ser pior.

— Eu acho que é só… não entendo por que você veio até aqui e virou a minha nova vida maravilhosa de cabeça para baixo. — Ela ergueu uma das mãos. Sua intensidade silenciosa se mostrava mais provocante do que sua frustração. — E, por favor, não me venha com aquela ladainha de hoje de manhã. Eu trabalhei ao seu lado por três anos, e dirigi a cozinha do Gateau por mais um ano depois disso. Você nunca, nem ao menos uma vez, demonstrou nem um tiquinho de interesse em mim que não fosse meramente profissional durante todo aquele tempo. Nós concordamos que eu não sou idiota, então não venha até aqui, até a *minha* confeitaria, Baxter, e espere que eu acredite que, de repente, você não pode viver sem mim. Seja em termos pessoais ou profissionais. É ofensivo e… bom, também não é justo. Eu não mereço esses joguinhos. Eu mereço uma resposta direta.

— Parece que nenhum de nós vai conseguir o que quer hoje. — Baxter manteve os braços cruzados. — Já passou pela sua cabeça que não acreditar em mim também é ofensivo? Quem deveria estar com raiva aqui sou eu. Além de não ter te avisado antes, o que eu não podia fazer porque a emissora é paranoica com essas coisas de sigilo, que eu saiba, não fiz nada de errado. Estou, na verdade, te oferecendo uma ótima oportunidade.

— Que não pedi e não preciso. Se eu quisesse usar você ou o Gateau para chamar atenção pra confeitaria, já teria feito isso. Estou criando algo diferente aqui. Sozinha.

— Leilani...

— Você deveria ter me perguntado primeiro, Baxter, antes de planejar qualquer coisa aqui, com ou sem mim ou a minha confeitaria. Eu sei que não sou dona da ilha nem do seu programa, mas existem, literalmente, milhares de lugares que você poderia ter escolhido. Mas escolheu o único minúsculo pedaço de terra em que, por acaso, eu moro, e onde tenho meu ganha-pão. Você devia ter percebido que isso iria perturbar a minha vida de alguma forma, por mais que achasse que estava me fazendo um favor. Considerando o relacionamento de trabalho que tivemos, você me devia um aviso prévio, no mínimo, e que se danasse a rede de TV.

— Eu...

— Deveria simplesmente ter sido honesto e direto quanto a... seja lá o que for que o fez vir até aqui. E eu não considero um artigo escrito no jornal local na mesma manhã em que você chega, acompanhado de sua equipe, como um aviso prévio. Agora, se você me der licença, eu tenho trabalho a fazer enquanto não está cheio aqui. Espero que não se importe por eu não te levar até a saída.

E suma da minha vida, ficou subentendido. Ela fizera seu discurso com sinceridade, mas estava igualmente claro que Leilani não choraria pelo leite derramado nem pelos cupcakes derrubados se nunca mais o visse.

— Você não quer uma resposta para a sua pergunta? — questionou em um tom calmo. Ela, mais que qualquer um, o conhecia bem o bastante para entender que Baxter estava a ponto de explodir agora, como ela estivera antes. — Como você mencionou hoje de manhã, eu não vim até aqui porque preciso da sua ajuda pra minha vida profissional continuar sendo um sucesso.

— Foi exatamente o que eu quis dizer.

— Eu também.

O clube do cupcake   61

Ele reclinou-se junto ao balcão e encarou Lani, que lutava para ficar onde estava e não colocar um espaço extra entre os dois. Para alguém que tinha passado uma boa parte dos últimos quatro anos quase literalmente grudada a ele, seu comportamento era bastante esquisito.

— Apesar do que fiz hoje de manhã, não vou atacar você, sabe? Não precisa ficar tão nervosa.

— Não estou nervosa. Só tenho que voltar pro trabalho.

Ele se inclinou mais para perto dela, e Lani, por instinto, recuou um passo, batendo no balcão às suas costas, fazendo todas as bandejas balançarem.

— Que nervosa. Só estou curioso pelo motivo. Eu nunca te vi nervosa perto de mim antes.

— Eu estava sempre nervosa perto de você.

Ele arregalou os olhos ao ouvir isso.

— Desde quando?

— Desde que alguém tão brilhante na cozinha como você virou meu mentor.

— Ah, nervosismo profissional então. Você escondia isso muito bem.

Lani deu de ombros.

— Eu queria o emprego e o seu respeito.

Ela apertou mais os braços contra si, atraindo o olhar de Baxter para a frente de seu avental.

— Você tinha ambos. Sempre. — Analisando o avental dela, perguntou: — Esse é o...?

— O Chapeleiro Maluco — disse ela. — Eu falei que tenho uma coleção.

— Você coleciona aventais?

— Desde pequena, quando minha mãe me ensinou a assar bolos. — Baxter sorriu, e ela arqueou uma sobrancelha. — Tem gente que acha isso fofo.

— Você nunca usou nenhum deles no Gateau.

— Que surpresa, né? Porque tenho certeza de que o pessoal de lá teria visto muita graça neles.

O sorriso dele ficou ainda mais largo ao ouvir esse comentário.

— Realmente. E estou achando esse seu lado irônico bem interessante. O que está escrito aí? — Ele apontou para a frente do avental.

Lani ergueu os braços para que ele pudesse ler o que estava escrito junto com a imagem de um esboço do Chapeleiro Maluco sentado a uma longa mesa, segurando uma xícara de chá.

— *Nunca se é velho demais para dar uma festa na hora do chá* — leu ele em voz alta, e depois sorriu. — Realmente. Mas sua versão da Alice é mais charmosa e engraçadinha do que eu teria esperado. A Alice também passava a maior parte do tempo irritada e confusa. Talvez, se eu tivesse chegado com chá e bolinhos, e com um coelho branco maluco de óculos, agarrando um relógio de bolso em sua pata, você seria mais amigável.

Baxter viu Lani lutando para não sorrir e, descarado, abriu um largo sorriso.

Ela perdeu a batalha e deixou escapar um risinho, mas era óbvio que fora contra sua vontade, e continuava sem parecer nem um pouco feliz com ele, apesar do sorriso que permanecia em sua boca.

— Você não tem vergonha, não? Fica aí fazendo gracinhas pra me convencer. Cara de pau. — Ela ergueu um dedo em forma de aviso. — Não é só porque me fez rir que vou entregar a minha confeitaria pra você e pra sua equipe de produção. Eu não quero essa loucura da TV na minha vida. Isso sem falar que não estou acreditando numa vírgula dessa sua história.

Baxter apoiou o corpo no balcão e ergueu as mãos.

— Que outro motivo eu poderia ter?

— Não faço a mínima ideia — disse ela. — E é isso que está me incomodando.

— Não passa pela sua cabeça que posso estar falando a verdade? Sobre sentir a sua falta? Que estou aqui por você?

Lani cruzou os braços.

— Se sentiu minha falta, demonstrou isso de um jeito bem esquisito. Além das flores de parabéns, que enviou em nome de todos os funcionários do Gateau, eu não ouvi nem um pio de você desde que saí de Nova York. Não que estivesse esperando alguma coisa, mas acho isso estranho depois de tudo que disse. Se isso é algo que você percebeu do nada, podia ter feito um monte de outras coisas, todas bem mais discretas, ao contrário de arrastar toda a sua equipe da TV até aqui para filmar seu programa na minha cozinha mínima.

Baxter ia replicar mas então se deu conta de que, mais uma vez, Lani tinha um bom argumento. Ele enfiou as mãos nos bolsos.

— Tem gente que acharia meu gesto fofo.

Ela quase sorriu novamente.

— Sério. Para. Com. Isso.

— Ah, mas estou falando sério — respondeu ele, e então fez com que Lani arregalasse os olhos quando apoiou a palma da mão no balcão e pulou para o seu lado.

O clube do cupcake   63

Ela imediatamente recuou um passo, e continuou indo para trás, enquanto ele a seguia.

— Sabe o que mais é fofo?

— Essa é uma pergunta retórica? Baxter, sério, o que está… para!

— Não — disse ele, direto. — Sabe o que eu acho? Que você está nervosa, só que não é por causa do trabalho.

— Acho que é porque você está me perseguindo!

Lani deu a volta nas vitrines em forma de L e então percebeu que havia se colocado em um beco sem saída, já que esse caminho levava à parede externa da confeitaria.

Ele continuou seguindo-a.

— Eu não teria que te perseguir se você parasse de fugir de mim.

— Não estou fugindo, eu…

Baxter ergueu uma sobrancelha.

— Você…?

Lani ficou sem ter para onde fugir quando suas costas atingiram a pequena pia de aço inoxidável que ficava atrás da vitrine lateral. Ela bateu na pia e colocou a mão atrás de si para se equilibrar.

— Baxter…

— Leilani.

Ele não parou até estar quase grudado nela.

— O que você está fazendo?

— Testando a minha teoria.

Baxter se inclinou mais para perto.

Os olhos de Lani se arregalaram… e suas pupilas se dilataram. E… com certeza não era de medo.

— Curioso… — murmurou ele.

— Você… não faz isso, Baxter. Eu… tem janelas. Muitas janelas. Bem ali.

Ela apontou com a mão na direção geral da frente da confeitaria, derrubando um porta-guardanapos de prata enquanto fazia isso.

— Nunca te vi sendo desajeitada antes. Parece que estou abalando a sua compostura.

— As janelas — repetiu Lani. — Com pessoas. Do outro lado. Olhando para cá. E vendo…

Baxter esticou a mão e passou um dedo na bochecha dela. Os lábios de Lani se abriram em um leve suspiro. Mas foi quando umedeceu o lábio inferior com a ponta da língua que as suspeitas dele foram totalmente confirmadas. Baxter deslizou os dedos até a lateral do pescoço dela, até sentir, bem debaixo do seu toque, a pulsação acelerada.

— Você não está com medo de mim, Leilani.

— Não — concordou ela, e a palavra saiu como um sussurro rouco. Seu olhar contemplativo fixou-se na boca dele. — Não estou com medo de você.

Baxter perdeu a batalha, se é que em algum momento esteve travando uma, para começo de conversa. Só precisava de um sinal de que não estava sozinho nisso. Segurou a nuca dela e baixou a cabeça, com mais vontade de sentir o gosto daquele lábio inferior do que já tivera de saborear o mais refinado chocolate belga. No último segundo possível, o olhar de Lani foi voando de encontro ao dele.

— Eu tenho medo de voltar a ser o centro das fofocas. E... do falatório prejudicar o meu trabalho, porque agora afetaria a minha confeitaria. E eu me sentiria... como... como me senti. Antes. Tudo de novo. Era diferente em Nova York, Baxter. Mas eu trabalho onde moro agora, e aqui é um lugar muito pequeno. Cheio de gente que conheço e com quem me importo. Então, não faça isso comigo. Não agora. Não aqui. Por favor.

Ele não poderia ter imaginado que Lani seria capaz de dizer algo que pudesse ter quebrado o clima mais rápido do que isso, ou que o interrompesse de forma tão abrupta.

Mas foi o que aconteceu.

Baxter ergueu a cabeça, com o olhar grudado no dela.

— Que diabos você quer dizer com isso?

— Exatamente o que eu disse.

Lani empurrou seu peito, e Baxter ergueu as mãos e se afastou dela. Qualquer tom de brincadeira que pudesse ter existido antes, definitivamente sumira.

— Me explica. — Ele se afastou ainda mais para trás, e depois se reclinou contra uma das estantes, enfiando as mãos nos bolsos. Não estava na defensiva, apenas preocupado. E surpreso. — Por favor, eu realmente não estou entendendo. Mas quero entender.

Ela contemplou o olhar dele, soltou um suspiro, e murmurou algo, bem baixinho, que ele não conseguiu entender. Soava como "por que agora?".

— Porque só agora fui saber disso — disse ele.

— Você só precisava ter prestado atenção.

— Prestado atenção em quê, exatamente?

O Clube do Cupcake   65

— Em mim. Nos seus funcionários. E em tudo que estava sendo dito sobre o nosso suposto relacionamento.

Ele arregalou os olhos.

— É por isso que você está chateada?

Se é que era possível, Lani arregalou ainda mais os olhos.

— Você está me dizendo que sabia de tudo aquilo?

— É claro que sim. Minha cozinha, meu mundo. Eu não deixo passar nada que acontece na minha cozinha. Você deveria saber disso. Era bobagem na época, e é bobagem agora. Qualquer um com o mínimo de bom senso sabia como você era incrível. É. Seus talentos falam por si.

— Teria ajudado se você tivesse me defendido. Teria ajudado muito. Pelo menos uma vez.

— E dar crédito àquele falatório idiota?

— Fa-falatório? — Ela ficou boquiaberta, e depois fechou a boca de imediato. — Idiota pra você, talvez, mas aquilo tornou a minha vida... a minha vida no trabalho, que era tudo para mim, um absoluto e completo inferno. — Lani tentou sorrir e fracassou totalmente. — Era você que devia ter feito isso, Chef. E não eles. — Ela deu de ombros, mas acabou girando-os. Então soltou o ar lentamente, e chacoalhou a tensão de seus braços antes de entrelaçar as mãos à sua frente. Como se fosse possível mexer os braços e desvencilhar-se das lembranças com tanta facilidade. — Meu trabalho era ser o seu alvo, aguentar seja lá o que você exigisse de mim. E apreciei cada desafio que isso trouxe. Mais do que você nunca, jamais, poderia imaginar. Mas eu não estava ali para ser o alvo deles, para ter a minha reputação jogada no lixo e sofrer sabotagens.

— Isso faz parte do dia a dia de todas as cozinhas, em qualquer lugar — disse ele. — Não é uma desculpa, só a verdade. E eu gerencio a minha de um jeito mais tranquilo que a maioria. Acho que o humor sempre funciona mais que os gritos. O charme tem seus benefícios, porém, ainda assim, isso só torna o clima menos desagradável, porque não há nenhuma forma real de esconder o fato de que se trata de um negócio competitivo e implacável. Apunhalar os outros para seguir em frente é algo esperado no mercado. E as suas costas tinham o maior alvo de todos. O truque é não levar para o lado pessoal.

Os olhos dela ficaram arregaladíssimos.

— Melhor ainda, pensa naquilo como um elogio e aprenda com a situação. E era um elogio, e você aprendeu, se parar pra pensar a respeito. Quero dizer, você era quem eles queriam derrubar. Quanto piores os rumores, maior a prova da sua capacidade.

— Que estranho, eu não senti as coisas dessa forma. Como disse, era o seu mundo, e você era o rei. Uma palavra vinda de você...

— Teria tornado seu inferno muito pior. — Baxter endireitou-se e afastou-se da estante. — Sei que não faz diferença, mas, por fora, você lidou com a situação de um jeito incrível. Foi brilhante, o que deixava eles loucos, por sinal. Você nunca deixou que vissem como se incomodava com aquilo tudo, e eu fiquei bastante orgulhoso disso. — Ele deu um passo na direção dela. — E você esfregou toda aquela ignorância na cara deles quando virou a primeira herdeira do trono do Gateau.

— Sim, aquilo realmente foi ótimo. Mas, em toda a história da humanidade, raramente alguém sobe ao trono por ser o mais merecedor, e sim por ser o mais esperto. E, com frequência, aqueles que acompanham o rei raramente são considerados, digamos, cidadãos decentes e legais. É bem o oposto.

— Como você disse, era o meu mundo. E eu não governo o meu mundo dessa forma. Eu sei disso. Você sabe disso. E eles também sabiam disso. Quando deixei você encarregada do Gateau, foi porque era a melhor escolha. Qualquer um idiota o bastante para pensar diferente logo viu que estava errado.

Ele enfiou as mãos mais fundo nos bolsos. Era isso ou tocá-la. E já havia ferrado as coisas o suficiente para um dia. Saiu de trás do balcão, dando a volta, devagar, e foi até o lado dos clientes. Lani permaneceu onde estava.

Baxter virou-se quando chegou à porta.

— Eu lidei com as coisas da melhor maneira que consegui... que foi mantendo as minhas mãos longe de você e deixando que se defendesse, como eu sabia que faria. Senão, não teria chegado até ali. Se você tivesse me dito como se sentia em relação àquilo, eu teria lhe explicado por que agia daquele jeito. Isso não mudaria as coisas na cozinha, mas você teria ficado sabendo, sem sombra de dúvida, que sempre, sempre teve o meu total e completo apoio. O que me deixa mais chateado é que achei que você já soubesse disso. Aparentemente, não foi o bastante. — Ele colocou a mão na maçaneta e depois olhou para trás, para ela, uma última vez. — E é por causa disso tudo que você não soube de nada até agora.

Lani foi para trás da caixa registradora, parando atrás do balcão mais baixo, de onde eles poderiam ver um ao outro por completo.

— Qual parte?

O clube do cupcake 67

— Como eu me sinto em relação a você. Em termos pessoais. Desde o dia em que pisou na minha cozinha pela primeira vez, já fez por merecer o meu respeito profissional... e também sugou toda a minha atenção no nível pessoal. Mas, com os nossos cargos e o nosso ambiente de trabalho, eu não podia fazer nada em relação a isso. Nunca teria comprometido você, nem a mim, aliás, nem ao Gateau. Mas isso não muda o fato de que eu queria. O tempo todo. Por horas. Era uma tortura. O programa na TV apareceu no momento certo. A oferta era ótima, sim, mas sabe o que me fez decidir? Eu teria um pouco de alívio.

— Você adora apresentar seu programa. Nunca consegue esconder quando gosta de alguma coisa. Isso fica sempre estampado em seu rosto. Faz parte do seu charme. E é por esse motivo que ainda estou achando difícil...

Baxter cruzou a confeitaria com poucos e curtos passos, e deu a volta no balcão antes que ela tivesse tempo de se mexer. Sua mão estava na nuca de Lani e sua boca estava na dela antes que o seu cérebro tivesse inventado uma desculpa para não fazer aquilo. Baxter a beijou como se estivesse à beira da morte.

E, desta vez, ela o beijou de volta.

Quando Baxter levantou a cabeça, ambos estavam respirando como se tivessem corrido uma maratona.

— Não me chame de mentiroso, Leilani. É ofensivo.

Ele recuou um passo, e ela se reclinou no balcão para se apoiar depois que Baxter a soltou. O chef voltou a caminhar em direção à porta, sabendo que havia passado da hora de partir. Antes que colocasse as mãos nela de novo. Da próxima vez, não seria apenas um beijo. E os velhos enxeridos de Sugarberry teriam bem mais do que boatos para discutir.

— A ideia de gravar o programa aqui foi uma desculpa. Vamos deixar isso claro. E usar a sua confeitaria como set não passa de uma maneira de ficar perto de você. Para me dar tempo, para dar tempo pra nós dois, e uma boa oportunidade de trabalharmos juntos como parceiros, e não como empregador e funcionária, para ver o que poderia ser, agora que podemos fazer o que quisermos. De verdade, eu achei que fosse um plano inofensivo, que podia até ser uma coisa boa para seu negócio. Sem querer ofender. — Baxter se apoiou na porta aberta e olhou direto para ela. — Eu realmente quis dizer tudo que falei hoje, Leilani. E estava falando sério com você hoje de manhã. Eu não estou bem sem você. Então, fiz a única coisa que me restava fazer. Vim até aqui para descobrir como poderia ser a vida *com* você.

Ele fechou a porta atrás de si ao sair, desejando que pudesse fechar a porta para o passado dos dois com a mesma facilidade.

E que pudesse fazer com que Lani abrisse uma nova, para um futuro possível entre eles.

CAPÍTULO 5

LE TE BEIJOU.

LANI BATIA AS CLARAS DOS OVOS NA TIGELA DE COBRE COM TANTA FORÇA QUE FICOU SURPRESA DE NÃO TEREM SE TORNADO CIMENTO INSTANTANEAMENTE.

— Baxter — declarou Charlotte, em um tom tão uniforme quanto as claras de ovos de Lani. — O *nosso* Baxter. — Seguiu-se uma pausa, e então: — Uau! Isso é muito melhor do que um telefonema.

Lani fez uma cara feia para o celular que apoiara em uma luva de forno, em cima de sua bancada. Não teve o mesmo impacto que teria se Charlotte, na verdade, estivesse na cozinha com ela.

— Então, ele simplesmente… beijou você? — perguntou a amiga. De novo. — Assim, do nada? Duas vezes?

— Sim. Não me faça repetir tudo de novo. Está sendo bem difícil para mim lidar com o lance todo no estado atual das coisas.

— E isso foi ontem, então esperou 24 horas para me contar. Que tipo de amiga é você?

— Uma amiga que tem um negócio para cuidar, que ficou com a confeitaria aberta o dia todo hoje, durante o festival. Isso sem contar o jantar de ontem à noite, o leilão e a preparação de uma fornada hoje cedo, uma loucura, e depois uma multidão de turistas das Sea Islands no fim do dia, que vieram pro festival e acabaram com o meu estoque, e tive que deixar a pobrezinha da Dre sozinha lá na frente enquanto eu assava mais cupcakes. Não tive um segundo de descanso. Vendi dez vezes mais que no meu melhor dia, e depois fui pra casa, me joguei na cama e dormi, linda e bela, por duas horas.

— Só que agora você não está dormindo. Está fazendo cupcakes. E vou chutar que não são pra você vender amanhã.

— Seria de se imaginar que a loucura e a correria de ontem tirariam a minha mente das... coisas. Mas passei o dia inteiro com uma bola de medo no estômago, esperando o Baxter aparecer.

— Ele voltou? — quis saber Charlotte. — O que mais você não me contou?

— Nada. Contei tudo. Já é ruim o bastante assim. Não, ele não apareceu mais.

— Você parece... triste.

— Não, não, não é isso. É claro que não estou triste. Eu só... estou chateada por ter sido idiota o bastante a ponto de deixar que ele me afetasse daquele jeito e me distraísse num dia que eu realmente queria aproveitar. Sinceramente, achei que ele aproveitaria o festival para fazer algum grande anúncio, pra contar pra todo mundo na ilha que vai filmar o programa aqui. Mas ninguém viu o homem. Eu sei que ele não está hospedado em Sugarberry. Se estivesse, todo mundo saberia, então deve estar do outro lado da ponte ou em algum lugar em Savannah. Ou em uma das ilhas maiores, em um dos resorts. Pobre Alva, quando ele não deu as caras, o pessoal achou que ela finalmente ficou louca, já que tinha espalhado por aí que conversou com ele, marcou um jantar e tudo.

— Alva?

— Falei dela antes. Joga pôquer, tem uns 80 anos e ainda apronta, parece a Betty White?

— Certo — disse Charlotte, claramente não captando a referência. Mas ela havia passado os primeiros doze anos de sua vida em Nova Déli. Havia algumas lacunas culturais.

— Isso não vem ao caso. Só que eu tive que ficar confirmando a versão dela, o que significa que todo mundo agora está fofocando sobre mim e o Baxter. Graças a Deus ninguém sabe sobre o beijo.

— Beijos. No plural. — Lani pode ter resmungado um pouco. — Só estou dizendo que é apenas uma questão de tempo até que todo mundo saiba, já que é óbvio que ele quer...

— Ah, sei bem o que ele quer. O Baxter não está fazendo muita questão de esconder. Mas é disso que estou falando. Não sei qual será o próximo passo dele.

Onde, quando. Nem o que está planejando fazer. E isso está me deixando louca, Char. Eu sei que estou pirando, mas tenho que encontrar uma maneira de lidar com isso. Com ele. Eu juro, é como se... como se... ele se enfiasse na minha cabeça e visse qual seria a pior coisa que poderia fazer comigo.

— Eu não acho que seja na sua cabeça que ele queira se enfiar — disse Charlotte, com um tom de quem está considerando um problema.

— Você pode ser brilhante com guloseimas de chocolate, Char, mas com trocadilhos? Nem tanto.

— Você não precisa que eu meça as palavras nem que tome cuidado com a língua pra não te ofender. E eu estava falando do seu coração, e não de...

— Tá, tá. — Não ajudava que essa parte da anatomia de Lani também tivesse reavivado. Todas as vezes em que pensava nele, para falar a verdade.

— Não é para isso que servem as amigas — continuou dizendo Char. — E, se você fosse minha amiga, usaria suas palavras, suas muitas palavras, pra me dizer exatamente o que aconteceu. Todos os detalhes, até o último e mais minúsculo dos detalhes.

— Charlotte...

— Sabe, algumas mulheres, dessas que sonham acordadas com o mesmo homem durante eras, achariam que chegaram ao paraíso se o tal homem finalmente as notasse. Não você. Você acha que essa é a pior coisa possível. Eu não te entendo.

— Você me entende melhor do que qualquer pessoa no mundo. Sabe que não acredito nele. Quero dizer... ah, pelo amor de Deus, Char! Eu? Todo esse tempo ele queria sua assistente quase invisível? Mesmo?

— Invisível nada. Baxter quis você grudada a ele desde o início. Te deu o filho dele pra criar. Acho que você não teria como chamar mais atenção.

— Como confeiteira. — Lani enunciou bem cada palavra. — Como chef. Não como mulher.

— Solta essa tigela — disse Char. — Dá pra ouvir as claras virando merengue aqui em Nova York.

— *É* pra elas virarem suspiro.

Mas Lani colocou, ruidosamente, a tigela em sua bancada, incerta quanto ao que mais a incomodava: os ovos, por não precisarem mais ser batidos e, por isso, não deixassem mais que ela descontasse sua frustração neles... ou o drama que estava fazendo.

— Você não é assim, Lan — comentou Charlotte, em um tom de voz mais baixo. — Você geralmente é a amiga pé no chão, racional, calma. É o meu papel ser a neurótica, cínica, egoísta. Estou preocupada. Eu só acho que...

Quando a voz dela falhou e Charlotte parou de falar, Lani tentou forçá-la a continuar.

— Acha o quê? E como eu poderia me sentir? Só de descobrir que ele sabia o tempo todo como me tratavam...

— A explicação dele faz sentido — disse Charlotte, não de uma forma cruel.

— Eu sei. Faz. E... ele está certo. Considerando tudo, o Baxter fez a coisa certa, mas deveria ter conversado comigo sobre isso. Ou eu deveria ter falado com ele. Mas, agora, depois de todo esse tempo... ainda é muita coisa pra absorver, muita informação pra processar. Eu não costumo ser tão estúpida com os outros, mas eu sinto... me sinto presa. Pensei nisso, e muito.

Era por isso que voltara à sua cozinha depois do seu dia mais cheio, para preparar um rocambole de pavlova, quando deveria estar feliz na cama, com o adorável som de sua caixa registradora ainda ecoando nos ouvidos.

— E...? — sondou Charlotte.

Depois de um curto instante, Lani simplesmente soltou tudo o que tinha guardado em seu íntimo, na esperança de que Charlotte pudesse ajudá-la a entender seus sentimentos.

— Eu acho que... não, eu sei que... nunca fui totalmente eu mesma com o Baxter. Ele até mesmo comentou que ficou surpreso por eu ser irônica.

— De um jeito ruim?

— Não, de um jeito bom, mas isso não tem nada a ver com nada.

— Se você está dizendo...

— A minha coleção de aventais. Isso também surpreendeu ele. O Baxter não me conhece de verdade, Char, é nesse ponto a que quero chegar. Eu só agia como uma chef na frente dele. O que quer dizer que a garota tola e apaixonada dentro de mim ficava trancafiada a sete chaves, e, junto com isso, o restante da minha personalidade também ficou escondido. Nunca fui totalmente eu mesma. Nem com a equipe nem com ele. Acho que sei por que fiquei tão aliviada quando vim pra cá. Aqui, *posso* ser eu mesma. Sem me limitar, sem ter que pensar nem me preocupar com... nada. Aqui, eu sou simplesmente a confeiteira, a filha, moradora da ilha, dona da confeitaria. E você não faz ideia de como isso é bom.

Charlotte não disse nada, então Lani continuou:

O **clube do cupcake**   73

— Aí eu leio aquela droga de jornal ontem de manhã, e meu santuário deixa de ser um lugar seguro. E tudo que aconteceu desde então só piorou a situação. As coisas estão bem, bem piores do que até eu mesma poderia ter imaginado.

— Não sei por que você está sendo tão teimosa — disse Charlotte, por fim. Lani engasgou-se um pouco.

— Teimosa?

— Em acreditar que ele possa realmente gostar de você. Quero dizer, sim, isso causa alguns problemas, mas também é meio que… emocionante.

— É, emocionante tipo assistir a uma batida de trens. Você não está me ouvindo?

— Estou ouvindo você dizer que não acredita que ele te conheça. Talvez não conheça tudo, mas sabe o bastante para querer mais. Você pode ter agido só como chef com ele, mas, Lan, ser chef não é só o *que* você é, mas é grande parte de *quem* você é. Talvez a maior parte. Então, acho que precisa ter um pouquinho mais de fé. No Baxter… que, até onde eu saiba, não é nem manipulador nem mentiroso… e em si mesma. Vocês dois eram perfeitos juntos.

A lembrança de Baxter declarando que nunca mentiu para Lani ecoou em sua mente.

— Na cozinha, sim, estávamos em sintonia. Mas sempre achei, pra falar a verdade, que ele me respeitaria mais como chef se eu fosse homem.

— *O quê?* Desde quando?

— Quero dizer, eu sei que ele me respeitava, obviamente, mas nós duas já reclamamos tanto sobre o machismo nessa área, mesmo sendo pâtissières. Não que o Baxter já tenha insinuado isso, mas sempre existiu esse clima de que ele me respeitava apesar de eu ser mulher.

— Vocês dois se completavam desde o primeiro dia. Você era o Yin para o Yang dele. E vice-versa. Tornavam um ao outro melhores. Não foi só você que se beneficiou do relacionamento Mestre-Gafanhoto. Por que acha que o restante da equipe se roía de ciúmes?

— Estou falando sério, Charlotte. E como você consegue fazer uma referência obscura a *Kung Fu*, mas não faz a mínima ideia de quem seja Betty White?

— Sei lá. Mas eu tinha uma quedinha pelo David Carradine. Ele era gostoso, de um jeito enigmático, misterioso, sensível, mas superforte. Eu assistia a reprises do programa em Nova Déli e queria o David para mim. Mas, se formos mesmo considerar essa sua teoria de machismo — seu tom deixava claro o quanto ela não acreditava nessa ideia —, você já parou para pensar que a tal sensação de... fosse lá o que fosse, esse incômodo que você percebia, fosse por causa dos motivos que ele deu?

O súbito e alto zunido do mixer da cozinha de Charlotte ressoou pelo telefone, fazendo com que Lani se encolhesse. Também, convenientemente, impediu-a de responder.

Quando foi desligado, do nada, Charlotte continuou não dando a ela uma chance de falar.

— O fato de que você é mulher realmente o perturbava... mas, se quiser saber, não acho que tivesse nada a ver com machismo.

O som do mixer soou de novo, e continuou por um tempo, forçando Lani a pensar no que sua melhor amiga havia acabado de dizer. Resmungando, ela abafou o som no telefone, pegou as claras batidas e misturou ali o açúcar, uma colher de cada vez, até ficar espesso. Colocou a tigela na mesa e foi pegar o bowl com a mistura de café e farinha de milho que havia preparado mais cedo. O cheiro do café moído fez com que desejasse tomar uma xícara. Ela olhou de relance para o relógio. Dez e meia. Definitivamente tinha passado da hora de dormir das confeiteiras. E sua manhã começaria bem cedo.

Até mesmo depois da fornada daquela tarde, que assara enquanto Dre atendia no balcão, sobraram poucos cupcakes para serem refrigerados pro dia seguinte, como geralmente fazia, vendendo-os pela manhã por um preço reduzido. Ela ainda tinha fornadas extras de cupcakes sem glacê, que congelara frescos, e de baunilha com chocolate meio amargo, que descongelaria e cobriria com glacê fresquinho pela manhã. Mesmo assim ficaria sem os seus sabores especiais, não importando o quão cedo começasse. Ela já havia batido alguns dos glacês, mas todo o resto teria que ser feito do zero no dia seguinte.

Lani deveria estar na cama, dormindo. E não parada na cozinha da confeitaria, fazendo um rocambole de pavlova de que não precisava e que não poderia vender. Mas terapia era terapia, e ela também precisava daquilo.

É claro que poderia estar assando bolos em sua própria e pequena cozinha, onde ao menos teria uma cama por perto. Mas o lugar onde morava ainda não tinha se tornado seu lar. Não passava uma sensação... terapêutica, nem de refúgio. Ainda. Seu tempo era gasto na confeitaria, mais do que feliz no aconchego de sua primeira e própria cozinha profissional... então não havia feito muita coisa na casa além de enfiar nela tudo que trouxera de seu minúsculo apartamento em Nova

York. Mal tinha enchido seu chalé na ilha, bem mais espaçoso que a moradia anterior, ainda que pequeno. Em algum momento ela precisaria cuidar disso, mas, além de se perguntar como poderia transformar o solo arenoso em uma horta na próxima primavera, não havia pensado muito no que queria fazer com sua nova casa. A maior parte de seus pensamentos e toda a sua energia eram gastos com as fornadas e o crescimento de seu negócio.

Além disso, sinto como se aqui fosse o meu lar, pensou. Cozinhas sempre foram seu lugar favorito. Suas primeiras memórias eram de ajudar a mãe a preparar o jantar na pequena cozinha de sua casa geminada em Washington D.C., e de fazer bolos com sua avó Winnie em sua grande cozinha no interior de Savannah. Enquanto ela crescia, cozinhas sempre eram ambientes quentinhos, animados e felizes, cheios dos aromas mais divinos, alguns dos quais ela havia ajudado a criar com suas próprias mãos. Lani amava tudo em relação a cozinhar, preparar coisas no forno, especialmente para outras pessoas. A realização e a alegria natural de fazer algo que trazia tamanho prazer àqueles que amava só aumentaram com o passar do tempo.

Lani sorriu para as lembranças, sabendo que aqueles eram os tipos de memórias que ela queria criar ali, ao mesmo tempo que, só de pensar nisso, a dor em seu coração aumentava de saudade da mãe. Ela teria amado a Cakes By The Cup. Lani daria tudo para fazer seus bolinhos com a mãe bem ali. Com a vovó Winnie também.

O mixer de Char parou de zunir, fazendo com que Lani acordasse de seus pensamentos.

— Então — disse a amiga —, não consegue ver que posso estar certa? Eu acho que ele sempre gostou de você. Por que não dar ao Baxter uma chance de provar que está falando a verdade? Dá para entender que fique desconfiada, mas, enquanto isso estiver rolando, você vai ficar sempre com o pé atrás.

Lani colocou a tigela de cobre sobre a mesa e apoiou os quadris na bancada de aço inoxidável.

— Mas e aí, Charlotte? O que quer que eu faça? Tenha um... caso com ele? Não posso fazer isso.

— Por que diabos não pode? Até onde eu sei, vocês dois estão solteiros, disponíveis e agora parece que estão dispostos. Qual o problema?

— A parte de mim que ele quer se enfiar que não é a minha cabeça. A parte que vai ficar machucada.

Houve uma pausa, e Lani esperou pelo som do mixer. Ele não veio.

— Certo — disse Charlotte, prolongando a palavra. — Pode ser que isso aconteça. — O som de uma faca cortando rápido algo sobre uma tábua foi ouvido ao telefone. — Então... você ainda está caidinha, não é?

Lani não respondeu. Estava se sentindo idiota o bastante.

— Quando você viu o Baxter — quis saber Charlotte —, logo de cara, quando se virou e viu ele parado na sua cozinha, a sua reação... qual foi? Aquela bola de medo? Ou...?

— Ou... — respondeu Lani, e depois soltou um suspiro.

— Ah, querida.

— Por que você acha que fui embora de Nova York? Quero dizer, não foi só por isso. Vim pra cá pelo meu pai, mas, Char, nós duas sabemos que eu estaria mentindo se dissesse que o Baxter não foi uma grande parte do motivo.

— Vocês nem se viam tanto depois que ele começou com o programa.

— Exatamente. E nada mudou para mim, nada diminuiu. Era como se eu não conseguisse ter uma vida porque estava ocupada demais sendo uma idiota apaixonada. Gerenciar aquela cozinha já era ficar perto demais dele. Se eu quisesse seguir em frente com a minha vida, com a minha vida pessoal, sabia que tinha de sair de lá. Mas não fiz isso. Não conseguia fazer isso.

— Mas você não precisava abrir mão da sua vida profissional também. Tem um monte de confeitarias aqui. Você poderia escolher qualquer lugar com o Gateau no currículo.

— Por causa da outra parte. Meu pai. Eu sei que você não entende isso, Charlotte, não de verdade, e sabe o quanto fico feliz por me apoiar mesmo assim.

A amiga não era próxima aos pais, que ainda moravam na Índia, e Lani nunca os conhecera. Mas ela sabia, por estar junto de Charlotte em momentos em que ela lidava com eles, que suas atitudes frias, rígidas e críticas tornavam qualquer proximidade real quase impossível.

Pensando em seu próprio pai, Lani deixou escapar um risinho que não era bem uma risada.

— Na verdade, você não é a única. Descobri ontem de manhã que o meu pai também não entende. Mas quero ficar aqui, não só por ele. Descobri que o que me deixa feliz e realizada é a família, mas também um senso de comunidade, de criar raízes em um lugar que importe pra mim, com que eu possa me importar e que vai retribuir isso. Que se importe comigo. Nova York não se importa se estou lá ou não.

O clube do cupcake   77

— Eu me importo.

Lani soltou um suspiro.

— Eu sei. Sinto tanto a sua falta e do Franco. Deixar vocês dois foi o único sacrifício de verdade que eu fiz, mas isso diz tudo, não? Não sinto falta de Nova York. Não sinto falta do trabalho pesado. Não sinto falta de nada além de vocês dois. Agora que estou aqui, posso dizer com sinceridade que não nasci para a pressa, para a pressão daquele estilo de vida, daquela carreira. Achei que era isso que queria, que era pra isso que tinha me empenhado, tentado sempre ser a melhor. Estudei tudo que podia e mais um pouco. Mas é aqui que eu me encaixo. Amo este lugar. O ritmo, as pessoas. Sinto como se tivesse vindo para o meu lar. E, sim, gerenciar o meu próprio negócio também é difícil, porque eu não sei o que estou fazendo e não quero ferrar com tudo, mas, Charlotte, não tenho um pingo de dúvida de que é isso que quero fazer com a minha vida.

— Eu sei — disse ela, incapaz de não soar um tanto quanto infeliz, apesar de demonstrar seu apoio a Lani.

— Então, eu achava mesmo, de verdade, que, finalmente tinha conseguido seguir em frente — explicou Lani. — De todas as formas. E aí... o Baxter aparece aqui e anuncia que quer me dar justamente aquilo que sempre achei que queria. Não posso nem sonhar com isso, Char, você entende? Quero dizer, e depois? Se não der certo, então ele vai deixar pra sempre uma marca nesta ilha, no meu lugar, no meu refúgio. O que é um saco. Sugarberry deveria ser uma zona livre do Baxter.

— Mas e se der certo? — quis saber Charlotte, embora tivesse usado um tom bem mais reflexivo do que antes. — Você vai ficar bem se nunca descobrir como poderia ter sido? Já pensou nisso?

— Esse é o problema. Isso não sai da minha cabeça. Desde que ele saiu da minha confeitaria ontem, pela segunda vez, não consegui pensar em nada que não fosse ele. Foi por isso que não queria que ele aparecesse de novo. Eu não tinha, não tenho, uma resposta. Nem para mim mesma. Nenhuma resposta que melhore as coisas, de qualquer forma. Quero dizer... o jeito como ele olhou para mim, como disse as coisas que ele disse, o jeito como me beijou... — Ela parou de falar, e então pressionou um punho cerrado contra aquela fisgada que sentiu no coração. — E se eu realmente for atrás dele, Char, e... e as coisas derem certo entre nós... e então? Não vou voltar para Nova York, seja pra cuidar da confeitaria dele ou abrir a minha lá. E o Baxter não vai realocar seu programa para Sugarberry em tempo integral, menos ainda abrir seu próprio lugar aqui, muito menos tentar gerenciar o Gateau da Geórgia. Então, que futuro teríamos? Um lance a longa distância?

Charlotte não disse nada. Porque, Lani sabia muito bem, não havia nada a ser dito.

— Então, é só que... me parece cruel — disse Lani. — Sabe? Ele vir até aqui, esfregando o sonho que deixei para trás bem na minha cara. Por que não ficou em Nova York e me deixou seguir em frente?

Seguiu-se uma batida à porta dos fundos, o que fez com que Lani se virasse, derrubando, ruidosamente, a tigela vazia de açúcar no chão.

— Credo, qual é a das pessoas me assustarem ultimamente?!

— Lani? — chamou Charlotte. — O que houve?

— Tem alguém na porta dos fundos. Já passam das dez e meia da noite.

— Não vá abrir a porta! Pega um rolo de massa! Pega a sua arma de choque!

Lani sorriu enquanto colocava a tigela dentro da pia, limpou as mãos e foi andando até a porta dos fundos.

— Não estou mais em Nova York, Char. Acho difícil que seja um assassino.

Só devem partir o meu coração, pensou ela, preparando-se para o que quer que fosse que estivesse prestes a acontecer. Ou, mais exatamente, para *quem* quer que fosse. Pelo menos, ele não tinha entrado. É claro, a porta estava trancada.

Porém, quando espiou entre as cortinas... era Alva Liles que estava parada do outro lado. E não Baxter. Lani rapidamente girou o trinco, girou a chave e abriu a porta, deixando a porta telada entre elas. Era início de outubro, mas o ar da noite estava ainda um tanto quanto quente, enquanto o verão indiano perdurava. E perdurava.

— Está tudo bem? — perguntou Lani, incapaz de entender o que levaria a mulher idosa à sua porta dos fundos naquela hora da noite.

— Vi que sua luz estava acesa aqui atrás. Espero que você não se incomode de eu aparecer assim tão tarde da noite. Posso entrar? Só vou precisar de um instante.

— Ahn, claro, fica à vontade.

Alva recuou um passo, de modo que Lani pudesse abrir a porta telada, e depois deu a volta e entrou. A confeiteira teve que morder o lábio para evitar sorrir quando viu o que ela vestia. Era um conjunto de moletom aveludado, com adornos de fitas brancas no casaco e nas laterais da calça, combinando com o branco brilhante de seus tênis de corrida. Seus cabelos e sua maquiagem ainda estavam mais que perfeitos. Só Alva mesmo. Lani tinha aprendido cedo com a vovó Winnie que as mulheres sulistas nunca saíam de casa sem preencher as sobrancelhas, passar batom, e blush cor-de-rosa aplicado com perfeição nas bochechas. Já que Lani nunca vira Alva usando uma calça, jamais teria imaginado que a senhora tinha uma roupa tão casual. Muito menos que ela seria vista usando-a em público.

— Lan? — estranhou Charlotte. — Está tudo bem?

— Ah. — Lani voltou correndo até o telefone. — Desculpa, Char, é... uma vizinha.

— Não...

— É a Alva, está tudo bem — interrompeu Lani, lançando um rápido sorriso para a mulher. Ela segurou o telefone e desligou o viva voz. — Eu só... eu preciso desligar.

— Tá — disse Charlotte. — A gente conversa amanhã?

— Amanhã vai ter o piquenique da cidade e o jogo de softball.

— Eu achei que o festival tivesse sido hoje. Não foi?

— Foi. O piquenique e o jogo acontecem todas as tardes de domingo, pelo menos até o horário de verão acabar no mês que vem. Aí começa a época de jogar queimada e fazer fogueiras.

— Que... esquisito.

Lani deu risada.

— Você é tão esnobe!

— Eu sei. Meus pais ficariam muito orgulhosos.

Só porque Charlotte já tinha discutido seus pais e sua criação rígida nas sessões de boloterapia até cansar, Lani sabia que aquilo era uma piada.

— Se eles pudessem ver você agora.

— Claro — disse Charlotte. — Assando cupcakes Red Velvet como terapia a esta hora da noite, em minha quitinete sem elevador, em cima do restaurante do Sr. Lu.

— E pensar que eles queriam que você fosse cardiologista.

— Realmente. Não consigo imaginar por que eu preferiria passar as minhas noites enfurnada em massa vermelha e chocolate raspado, em vez de sangue vermelho dentro de um peito aberto.

Lani fez um som de quem ia vomitar.

— Eca!

— Exatamente como me sinto. Estou encarregada de um coquetel amanhã, então vou chegar aqui lá pelas dez, para a preparação. Me liga. — Charlotte fez uma pausa. — Eu quero saber como estão indo as coisas. Não me torture.

— Não vou torturar você. Eu ligo. Prometo.

— Te amo.

— Também te amo.

Lani desligou e virou-se para Alva com um sorriso genuíno no rosto.

— Então… o que houve?

— Eu sinto muito. É óbvio que interrompi alguma coisa. — Ela olhou para a bancada atrás de Lani. — Você está trabalhando em mais alguma coisa especial para nós, não é mesmo? Eu não deveria estar me intrometendo quando está trabalhando…

— Não, não, só estou… — Lani se deu conta de que não tinha como explicar a boloterapia para Alva, então apenas sorriu. — Fazendo uns experimentos. É assim que tenho novas ideias.

Não era completamente mentira, apenas não era exatamente o caso naquela noite.

— Ah. Que bom então! — A expressão de preocupação desapareceu do rosto de Alva, e um pouco de brilho retornou a seus olhos. Ela foi até a mesa para olhar mais de perto. — Que interessante! — A senhora soava completamente sincera — Deve ser divertido trabalhar com novas ideias. — Ela se virou e lançou um sorriso iluminado para Lani. — Quando o meu Harold era vivo, eu costumava experimentar novas receitas com ele o tempo todo. Era um homem tão querido, nunca me disse uma palavra que não fosse bondosa. E havia uns fracassos no meio dessas receitas, vou ser franca.

O sorriso de Lani ficou ainda mais largo.

— Cozinhar para quem a gente ama é sempre melhor.

Alva assentiu com a cabeça, concordando com ela, e voltou a examinar a mesa.

— Não quero atrapalhar o seu trabalho. Posso falar enquanto você faz o que quer que esteja fazendo.

Atrás de Alva, Lani suspirou um pouco, mas manteve o sorriso no rosto.

— O que, exatamente, você está fazendo, querida? — quis saber a senhora.

Lani voltou para a bancada.

— É um rocambole de manga, maracujá e merengue de café. Meio que um pavlova, só que enrolado.

O **clube do cupcake** 81

— Minha nossa, que coisa exótica! Parece algo que se comeria em uma viagem de cruzeiro. Harold e eu fizemos um cruzeiro uma vez. Para as Bermudas. O pobre homem ficou enjoadíssimo. Não acho que já tinha visto a pele de alguém ficar naquele tom de verde. — Ela parou de falar e olhou de relance para cima, focando em Lani de novo. — Talvez não seja a melhor história para se contar enquanto delícias estão sendo preparadas.

O sorriso de Lani se tornou mais carinhoso. Alva era simplesmente tão... Alva.

— Mas por que foi que resolveu dar uma passada aqui?

Lani pegou a tigela de cobre e olhou para o suspiro de claras de ovos batidas e açúcar, viu que tinha começado a perder a consistência, deu uma batida rápida nelas, e depois seguiu em frente e incluiu a farinha de milho e o café que havia misturado antes.

— Bom, querida, precisava falar com você, e não quero que a cidade inteira fique sabendo. Passei na sua casa, mas estava escura como uma cripta, então eu vim até aqui e vi a luz acesa. Não quero incomodar. Só vou precisar de uns poucos minutos do seu tempo.

— Não, está tudo bem.

Lani começou a espalhar o merengue em uma camada fina e contínua sobre o papel vegetal que havia colocado nas formas. Ficaria bom. Além disso, ela não iria servir o rocambole a ninguém.

— Aqui — disse Alva, dando a volta para ficar do mesmo lado da mesa que Lani. — Posso fazer isso. Então você pode seguir para o próximo passo.

— Ah, não precisa...

— Querida, eu faço rocamboles desde que a sua mãe era uma garotinha. Eu sei espalhar merengue.

Lani entregou a espátula a ela.

— Deve dar para quatro bandejas. Quando estiverem espalhadas, é só fazer uma camada uniforme com isto por cima. — Ela entregou a Alva uma tigela com pistaches cortados ao meio.

— Ah, isto vai ficar quase indecente de tão delicioso.

Alva pôs-se a trabalhar quando Lani assentiu com a cabeça. Não fazia nem ideia do que faria com quatro rocamboles, mas não conseguia fazer só um. Confeiteiros confeitam. E, esta noite, ela estava precisando se distrair. Olhou de relance para Alva que, concentrada, espalhava o suspiro, prendendo a língua no canto da boca, e sorriu para si mesma. Certo, talvez não precisasse se distrair tanto assim.

Com certeza não era como ter Charlotte na cozinha para uma madrugada de boloterapia, mas... até que podia ser pior. Bem pior. E talvez Alva levasse um dos rocamboles com ela. Ou dois.

— Vou pegar um avental pra você.

— Ah, esta coisa velha que estou vestindo não fica pior mesmo.

— Mesmo assim...

Lani abriu o pequeno armário embutido ao lado da porta de seu escritório. Ela puxou a primeira gaveta das três que ocupavam a metade inferior do armário e passou os dedos pela pilha de aventais dobrados lá dentro, tentando decidir qual deles não cobriria completamente o minúsculo corpo de Alva. Seu sorriso ficou maior quando abriu a gaveta debaixo. Ela havia guardado seus aventais da infância por sentimentalismo, e os colocara no armário de sua nova cozinha para dar boa sorte, e porque reencontrá-los, ao desempacotar a mudança, a fizera se lembrar do tipo de memórias que queria criar ali. O que não queria dizer que eles não poderiam também ser úteis. Ela pegou um da pilha cuidadosamente dobrada e balançou-o para desdobrá-lo. E então riu.

— O que foi, querida? — disse Alva.

Lani esticou o avental na frente dela.

— Como você se sente em relação ao Meu Pequeno Pônei?

Quando ela se virou, quase derrubou o avental ao ver que a senhora estava em pé sobre um balde vazio de quase vinte litros, virado de cabeça para baixo.

— Eu não consegui alcançar a parte de trás das formas — explicou Alva. — E acho que vou aceitar o avental. Quando me inclino, meu casaco fica sobrando. Eu não o preencho mais como costumava. As coisas mudaram de lugar com o tempo.

De alguma forma, Lani conseguiu não dar risada. Ela ajudou Alva a descer do balde e então passou o avental pela cabeça da senhora, que rapidamente o prendeu às costas.

A mulher mais velha sorriu e esticou os braços, virando-se para um lado e depois para outro.

— O que você acha? Lilás combina comigo? — Alva estava parecida com o cavalo branco de crina roxa que decorava a maior parte da frente do avental.

— É a sua cara — disse Lani, e as duas deram risada. — Mas não quero você em cima desse balde. Eu faço a parte de trás das formas e coloco tudo no forno. O que acha de cortar as frutas?

Os olhos de Alva reluziram um pouco demais, pensou Lani.

O clube do cupcake   83

— Para falar a verdade, querida, acho que é isso mesmo que preciso fazer esta noite. O que quer que eu corte? Sou boa com uma faca.

Lani estreitou os olhos, pensativa. Alva fizera um trabalho excelente com o merengue, então deu de ombros e pegou as mangas e os maracujás da gaveta da geladeira. Ela deveria ter feito isso primeiro, mas bater as claras para o merengue era melhor para a sua terapia. Provavelmente melhor do que facas, de qualquer forma, levando em conta seu humor.

Pegou as tábuas de cortar e uma de suas menores facas para frutas.

— Nada muito elaborado — disse a Alva. — É só ir cortando em cubinhos de uns dois centímetros cada, mais ou menos. Tente não mexer nelas mais do que o necessário, para não ficarem muito sem forma, mas deixe tudo mais ou menos do mesmo tamanho. E...

— Terei cuidado, querida. — Alva tranquilizou Lani com um sorriso paciente. — Eu posso não ser uma chef chique como você, mas fiz bastante geleias e tortas nos meus 82 anos. Acho que consigo cortar um punhado de mangas sem arrancar um dedo fora.

— Tenho certeza de que consegue — disse Lani, e se concentrou nos maracujás, enquanto observava Alva com as mangas.

— Então, por que está doida pra cortar frutas? — perguntou Lani em um tom gentil enquanto a senhora talentosamente atacava a primeira manga. — Tem a ver com o motivo da sua visita?

— Mais ou menos — disse Alva, sem parar de cortar as frutas, fazendo o seu trabalho surpreendentemente rápido em uma manga de um formato esquisito. — Você lembra que te contei sobre a Beryl e a Dee Dee antes do leilão?

— Claro. E é uma pena você não ter conseguido ficar com os cupcakes. — Lani olhou de esguelha para ela, pensando em como lidar com as coisas. — Mas ouvi dizer que eles foram para o departamento de bombeiros voluntários e para a delegacia, então não foi de todo mal.

A guerra de lances tinha sido acirrada. E agora Lani teria que ficar de olho no pai, se enchendo de açúcar.

— Sim, bom, eles merecem — disse Alva.

Pá, pá, pá, pá.

Lani continuou vigiando o trabalho de Alva com a faca. O marido de Dee Dee era policial aposentado e ainda era muito ativo no treinamento de novos recrutas, e o genro de Suzette era o atual chefe dos bombeiros, então fazia sentido que as mulheres dessem lances nos cupcakes. Mas ela sabia que isso provavelmente não tinha nada a ver com o motivo pelo qual gastaram uma pequena fortuna para garantir que ganhassem todas as 12 caixas. Tinham estabelecido um recorde em relação a quaisquer lances anteriores no Clube dos Kiwanis.

— Bom, a Dee Dee ficou sabendo do meu esquema com a Beryl, então ela e a Suzette se aliaram para me vencerem. Tenho certeza de que a Louise também se meteu nisso. A Laura Jo disse que ouviu ela falando que eu tinha deixado a liderança do grupo subir à minha cabeça, que sou maníaca por poder. Palavras dela!

— Alva, você começou com o grupo, então acho difícil que...

— Então disse a elas que, em vez de dividir, como eu queria fazer, vou ficar com o Baxter Dunne só pra mim. Ele vai à minha casa, comer um bom jantar caseiro, talvez algo que o Harold gostava, e vou conseguir o furo para a minha primeira coluna.

— Só que você não marcou o jantar com o Baxter, marcou?

— Mas vou marcar! — exclamou Alva, e depois cortou rápida e violentamente a manga seguinte.

Lani, sábia, segurou a língua.

— O que posso fazer pra ajudar? Não acho que vou convencer o Baxter a...

— Não preciso da sua ajuda com o Baxter, querida. O que eu queria saber era se pode fazer alguma outra coisa para o torneio de segunda-feira. Só entre nós duas. Eu sei que posso confiar que você não vai espalhar isso por aí, com seu pai sendo o xerife e tudo o mais. E sua mãe era a coisinha mais doce do mundo. Você vem de uma família maravilhosa. Sei que posso confiar em você.

— Alva...

— Preciso de uma nova arma secreta, Lani May. Sei que você é ocupada, e provavelmente está um pouco exausta depois do festival de hoje. Mas não pediria se não fosse importante, e agora a questão não é só a Beryl ganhar.

Lani parou de cortar os maracujás.

— E qual é o novo plano? — perguntou, com suspeita, a Alva.

— Bom, querida. — Seu sorriso era sempre tão doce. — Isso é com você.

— Comigo?

Alva assentiu com a cabeça.

— Tem que ser algo original, que nunca tenha sido tentado antes. Algo obsceno, de preferência irresistível, com muito chocolate. Um pouco de álcool também não faria mal.

O clube do cupcake   85

— Sei. — Lani balançou a cabeça e voltou pro seu maracujá, se perguntando se seria sábio se meter bem no meio das guerras do Torneio de Pôquer da Ilha de Sugarberry.

— Bom, se você pudesse superar aquelas preciosidades que doou para o leilão, isso seria a cereja do bolo, não? — Os olhos de Alva faiscaram.

Não, nem um pouco maníaca por poder. Lani imaginou que tipo de homem teria sido Harold Liles. E, pensando nisso, exatamente como o pobre tinha morrido...

— De quantos você precisaria?

— Trinta e seis seria pedir demais? É claro que pago o que você quiser. — Alva terminou a última manga com um corte irritado. — Ah, só quero ver a cara delas quando eu mostrar os meus cupcakes — disse, e depois se virou e abriu para Lani o mais doce sorriso enquanto lhe entregava as frutas picadas. — Aqui estão, querida. Ficaram boas?

Lani já tinha decidido que, não importava como estivessem as frutas, ela tiraria a faca de Alva, mas tinha que admitir que estavam quase perfeitas, dignas da escola de gastronomia.

— Bom, sim, estão ótimas!

Alva bateu de levinho no braço de Lani.

— Às vezes, a idade fala mais alto do que a experiência.

— Às vezes — concordou Lani. — Vou pensar nos cupcakes, e conversamos amanhã?

— Não, querida, eu não quero que ninguém desconfie de nós.

— Nós conversamos o tempo todo.

— Que tal amanhã de manhã então? Passo aqui antes da missa, antes de você abrir. Venho nos fundos, como hoje. Bato uma vez à porta. Não, talvez três.

Estava bem claro que a parte do segredo deixava Alva tão animada quanto planejar sua cartada final. Lani já estava desejando ter pulado a boloterapia e ido para casa dormir, como uma boa confeiteira. Mas não...

— Tudo bem, está combinado.

Alva tirou o avental.

— Bom, adorei ter vindo! — Ela olhou para as mangas bem-cortadas. — Foi terapêutico até. — Ela ergueu um sorriso para Lani. — Fiquei com vontade de ir para casa fazer um bolo.

Lani não disse que passava das onze horas. Talvez a mulher não dormisse. Ela não ficaria nem um pouco surpresa com isso.

— Talvez eu comece a planejar o menu do meu jantar para o Baxter. Isso não vai ser divertido?

— Com certeza.

Se Lani não estivesse ainda tão confusa em relação a Baxter, ligaria para ele para avisá-lo. Então lhe ocorreu que seria bom Alva distraí-lo. A senhora devolveu o avental.

— Boa noite então, querida. Você também devia ir dormir. Amanhã vai ser um grande dia! Até logo!

Com isso, Alva irrompeu porta afora e noite adentro, como se fosse um pequeno fantasma de cabelos brancos.

— Você disse que queria fazer parte da comunidade — murmurou Lani enquanto trancava a porta atrás de si. — Essa é sua chance.

O apito do forno avisou que os cupcakes que havia colocado lá antes da chegada de Alva estavam prontos, chamando Lani de volta para o trabalho.

Porém, em vez de pensar em Baxter, no rocambole ou nos cupcakes que teria que repor no dia seguinte, começou a trabalhar em uma nova receita. Para o Novo Bolo-Surpresa da Alva.

Afinal de contas, terapia era terapia.

CAPÍTULO 6

AXTER DIRIGIU PELA PONTE DE OSSABAW SOUND ATÉ SUGARBERRY, REVENDO EM SUA CABEÇA EXATAMENTE O QUE IA DIZER A LEILANI NAQUELA MANHÃ. CONSIDERANDO QUE PARTE DE SUA EQUIPE DE PRODUÇÃO CHEGARIA EM ALGUMAS HORAS E MAIS PESSOAS durante o dia, era essencial que ele se expressasse direito desta vez.

Depois de uma viagem rápida de volta a Nova York para filmar suas aparições--"surpresa" em dois talk-shows matinais nacionais e três noticiários de entretenimento, ele realmente ficou feliz em voltar para seu quarto no hotel em Savannah bem tarde na noite anterior. Apesar do calor e da umidade surpreendentes para o outono, achou a cidade histórica charmosa, acolhedora e bem mais agradável do que tinha pensado que seria. Não era nem um pouco como a Inglaterra, mas havia uma sensação de velho mundo que definitivamente lhe era familiar.

Baxter crescera na cidade grande, era viciado em tumulto, nos agitos, na energia vibrante. Isso combinava perfeitamente com sua própria energia, e ele se dava bem naquela correria. Achava que o ritmo *devagar quase parando* da vida sulista o deixaria pra lá de nervoso. Talvez fosse por estar tão frustrado consigo mesmo e com Leilani no momento, mas o ritmo calmo estava lhe parecendo surpreendentemente tranquilizador.

Ele abrira uma fresta nas janelas em seu quarto antes de ir para a cama e achara os estranhos sons da noite quase… soníferos. Não se ouvia as buzinas ou sirenes tocando. Apenas o gorjeio dos pássaros, o coaxar dos sapos, além de diversos outros sons nativos cujas origens preferia não saber. Acordara revigorado e com mais energia

88   **Donna Kauffman**   🍮 Delícia, Delícia

do que o esperado após 36 horas de voo e conversas. Um falatório incessante, descarado, para promover seu programa. Não era sua parte predileta do espetáculo que era a televisão, mas Baxter amava o *Hot Cakes*, então, pelo menos, era sincero enquanto empurrava a terceira temporada para o público.

Para essa temporada, o programa já estava gravado e em processo de edição e pós-produção, o que queria dizer que sua parte havia terminado. A recém-renovada quarta temporada era o seu novo foco. Normalmente, os primeiros episódios eram filmados e editados antes da estreia, e, conforme o programa ia sendo exibido, eles filmavam os restantes. Devido à sua brilhante ideia para a próxima temporada, a equipe teve que se adiantar e gravar tudo antes da estreia, dando, dessa forma, tempo para preparar e lidar com a complicada logística necessária para a seguinte. E seria mesmo complicado, porque, desta vez, eles não estariam trabalhando no bem-equipado estúdio da rede de TV, em um set com a iluminação adequada, projetado para captar o som da melhor forma, com câmeras posicionadas nos melhores ângulos para registrar todas as vistas possíveis da comida e do chef. E tudo isso em volta de uma cozinha meticulosamente projetada, e com a ajuda de uma cozinha de apoio nos bastidores, usada em todos os episódios para realmente preparar a comida.

Não, eles não passariam nem perto daquele luxo todo, porque Baxter tivera a brilhante ideia de levar o seu programa, literalmente, pela estrada. Fora da cidade grande, no coração dos Estados Unidos, mostrando a seus telespectadores como suas incríveis sobremesas elegantes e urbanas poderiam ser adaptadas para os estilos de vida de famílias de cidades pequenas.

Ele não fazia a mínima ideia de como faria para isso dar certo.

Toda a lógica por trás de sua brilhante ideia, que deixara todos os mandachuvas da emissora babando, apesar do aumento nos custos de produção, era simplesmente alcançar um objetivo. No caso, passar um tempo com Leilani... e tentar convencê-la a deixar Sugarberry em algum momento e seguir em frente com ele. Como ou fazendo o quê, ele não estava nem aí. Qualquer que fosse o papel que ela quisesse assumir, Baxter apoiaria sua escolha. Contanto que isso fizesse com que os dois voltassem a ficar juntos.

Lani tinha que estar ficando sufocada, presa em uma minúscula ilha, criando um menu tão limitado. Ela havia declarado que aquilo era sua paixão, mas Baxter tinha começado a suspeitar de que só era, na verdade, uma forma de se esconder. De fugir do campo de batalha. Leilani poderia achar que era o queria para todo o

O Clube do Cupcake   89

sempre, mas ele sabia que não era assim. Ou, com certeza, sabia que o talento dela em algum momento exigiria algo melhor do que aquilo.

A mulher estava decidida, e, pelo que Baxter vira, não mudaria de ideia independentemente de estar feliz ou não. Talvez reconsiderasse se uma oferta melhor surgisse, oferta esta que lhe permitisse fazer novas escolhas sem ofender ninguém ou sem a fazer parecer indecisa. Baxter esperava que pudesse ser essa nova escolha. Ou que, pelo menos, pudesse ser uma grande parte dela.

Logo descobriria que a vida, a sua vida, era melhor com Leilani nela.

E então, aqui estava ele, num lugar remoto e pantanoso. Por opção própria. Mas que situação.

O para-brisas já estava decorado com uma diversidade de insetos na hora em que saiu da ponte e entrou com seu carro alugado na pequena ilha. *Como diabos Leilani tinha feito deste lugar o seu lar?* Ele sabia que o pai dela morava ali, e ela havia mudado para ficar mais perto dele... mas Savannah ficava a menos de uma hora a oeste. Apesar de não ser uma metrópole como Nova York ou Chicago, sua arquitetura histórica ainda estaria mais à altura do talento incrível de Lani do que... isto.

Baxter estreitou os olhos contra o sol nascente, desejando ter comprado óculos escuros. Ele não estava acostumado a ficar do lado de fora durante as horas do dia. Aos 12 anos, já chegava na cozinha antes do raiar do sol, e não saía de lá até bem depois de escurecer. Hoje em dia, se não fosse em uma cozinha, era no set de filmagens, ou em uma sala de reuniões, ou em seu escritório. E sempre — sempre —, onde que que ele estivesse, quando punha os pés do lado de fora, era para se deparar com os sons e cheiros familiares de uma cidade grande. Fosse Londres ou Nova York, sempre havia um senso de familiaridade, de lar, só de ver e sentir o burburinho.

Dirigir em Sugarberry — diabos, dirigir em qualquer lugar, ele nem tinha um carro — lhe era tão familiar quanto dirigir na Lua. Pântanos, dunas e aquela paisagem da natureza selvagem lhe eram estranhos. Havia uma estrada principal pavimentada que dava a volta em toda a ilha, o que, até onde ele sabia, tinha apenas alguns quilômetros de largura e talvez o dobro de extensão. O município, também chamado de Sugarberry, localizado na extremidade sul, fora construído em volta de uma pequena e arrumadinha praça. Baxter a achava bem destoante do resto do lugar, uma ilha rústica e um tanto quanto boêmia, com mais pântano do que terra. Talvez fosse a influência sulista. Ele não sabia ao certo. Era uma praça tradicional,

90 **Donna Kauffman** Delícia, Delícia

com lojas nos quatro lados e um pequeno parque no meio. O parque tinha uma fonte um tanto quanto grande em seu centro, de onde se erguia uma estátua imponente, sem dúvida de alguém importante para Sugarberry.

Bem mais ao sul, a ponta da ilha era cheia de píeres, onde os pescadores locais prendiam suas embarcações quando não estavam ocupadas com seu ganha-pão no mar aberto. Não havia barcos de lazer, com grandes velas, menos ainda iates de qualquer tamanho que fosse, ancorados em Sugarberry. Era uma ilha de trabalhadores, e os barcos refletiam isso. Ele descobrira que, mais ao sul da costa, havia outras ilhas costeiras que tinham elegantes clubes de campo e resorts, campos de golfe bem-planejados, com restaurantes e iate clubes.

O que, definitivamente, não era o caso de Sugarberry. Se o governo esperava atrair turistas daquele jeito, Baxter ficaria surpreso.

Diversas ruas estreitas saíam da praça nos três lados opostos aos píeres de pescaria, algumas pavimentadas, outras cobertas por camadas de conchas esmagadas ao longo dos séculos, dando a impressão de que ele estava de volta em seu lar, em Londres, dirigindo sobre paralelepípedos. As ruas naquela parte da cidade eram quase todas ladeadas por casas de madeira, geralmente pintadas de branco ou cinza, com varandas rústicas e pequenos quintais sem grama. A maior parte deles era povoada de pinheiros ou cheia de arbustos, flores, e, às vezes, palmeiras curtas e grossas.

Alguns lotes eram maiores e mais impressionantes, com casas grandes e mais afastadas da estrada. Eram emolduradas por persianas e portas coloridas, e, em sua maioria, tinham varandas que iam da frente até suas laterais. Esses lotes maiores acabavam logo antes do lado oeste da ilha, que dava de volta na ponte. A margem oeste não tinha praia, mas dava vista para uma série de lagoas e pântanos que se encontravam com o canal formado pelo estreito entre Sugarberry e as áreas pantanosas inabitadas na costa da Geórgia.

Ao leste da praça, as ruas terminavam na estrada que levava à ponte. Havia algumas casas ao longo da estrada, mas, na maior parte, a rodovia era uma infinita extensão de vegetação densa, dunas de areia e ervas marinhas; além disso, havia uma praia fina e comprida, que acabava no oceano Atlântico. Não que ele tivesse verificado isso tudo pessoalmente, mas fazia parte das informações que seu pessoal tinha coletado quando ele apresentara Sugarberry como locação. Não sabia ao certo se havia outros chalés ou casas lá atrás, entre as dunas, ou depois delas, mas achava que lá seria um bom lugar pra fugir do mundo... se quisesse se esconder. Por que outro motivo viria a um lugar tão remoto?

O norte da ilha era natureza pura, com lagoas e pântanos. Naquela mesma pesquisa preliminar, ele lera que lá havia alguns centros de pesquisa de diversas universidades locais para o estudo da flora e da fauna. Algo sobre alguma espécie de cervo pequeno e tartarugas marinhas, recordou. Enquanto passava pela estrada em sua primeira visita à ilha, aquela área inteira tinha parecido, na melhor das hipóteses, inóspita, e, na pior, perigosa. Sabe-se lá que tipo de bichos não morariam naquela umidade e escuridão. Se alguém além de algum pesquisador ou aluno de faculdade vivia lá, definitivamente não receberia uma visita sua.

Baxter preferia a parte povoada da ilha. Ele seguiu dirigindo até a praça da cidade, passou uma quadra dela e virou em uma rua estreita atrás de uma fileira de lojas no lado leste. A confeitaria Cakes By The Cup, de Leilani, ficava no centro daquela fileira. Ele entrou no trecho de chão de cascalho e conchas amassadas que formava a área de estacionamento atrás das lojas e parou o carro diante da porta de serviço onde se lia CONFEITARIA DE CUPCAKES.

— Cupcakes — disse ele, desligando o motor.

Ele se lembrava, em grandes detalhes, de alguns dos bolos e doces grandiosos e intricadamente detalhados que Lani fizera no Gateau. Suas criações criativas eram ovacionadas. Ela não tinha sido indicada ao Beard no primeiro ano em que pudera participar à toa. Lani trabalhava de forma incansável para aperfeiçoar até mesmo o mais minúsculo detalhe, e não porque o cliente ou o comitê de premiação teria notado, mas sim porque importava para ela que cada doce fosse o seu melhor. Na verdade, foram sua ética e dedicação que chamaram a atenção dele para início de conversa.

Ela não era exibicionista, como a maioria das pessoas com a mesma habilidade natural, que praticamente penduraria uma melancia na cabeça para ser notada. Leilani deixava que seu trabalho falasse por si só. E falava mesmo. Para falar a verdade, gritava. Depois que percebeu isso, Baxter ficara ainda mais encantado com o comportamento dela, tão diferente da maioria dos novos chefs. Ousadia, com uma dose saudável de autoconfiança que beirava à arrogância, era a marca registrada da profissão. Alguns diriam que era uma exigência. O charme silencioso de Leilani e o que ele descrevia como uma calma inabalável e otimismo implacável tinham deixado sua marca nele. Aquela mulher não era como nenhum confeiteiro que ele já tinha conhecido, muito menos como nenhum chef sofisticado.

Ela se importava, trabalhava — duro —, vivia, respirava, comia e dormia comida, tal como qualquer grande chef fazia. Mas nunca era frenética, nunca era obcecada, nunca era… nervosa, como a maioria dos grandes chefs era. Aquele entusiasmo quase enlouquecido era a atmosfera em que ele vivera, em que ele se destacava, quase sua vida inteira. Leilani tinha essa paixão essencial aos montes, mas guardava isso dentro de si. Ela simplesmente deixava que fluísse para fora, como um riacho calmo, constante e sintonizado. Da mesma forma que um riacho tranquilo poderia desgastar a pedra mais sólida, Leilani tinha acabado com qualquer resistência que Baxter pudesse ter contra o charme constante dela… e conseguira essa proeza sem nem mesmo tentar.

A mulher que encontrara naquela cozinha dois dias antes não se parecia nem um pouco com a chef que treinara e trabalhara ao seu lado. Ele pensava que conhecia todas as nuanças, todos os humores dela — geralmente era otimista e animada. A mulher tensa, brusca e desdenhosa com que se deparara o deixara sem reação. Na verdade, a única coisa familiar que tinha visto nela era o dólmã do Gateau.

Lembrou-se do avental que estava usando, com o Chapeleiro Maluco tomando chá. Seus cabelos estavam presos para cima, bagunçados e macios, mas Lani agira de forma categórica e meio ríspida, pelo menos com ele. Estava diferente quando Baxter entrou na confeitaria, quando conversava com sua cliente, a dona Alva, antes de notar a sua chegada. Só então foi que ele teve um vislumbre da mulher que tinha virado completamente a sua cabeça. Mudado o seu mundo inteiro. Mundo este que estava mudando de novo por ela.

Lani sorria, calma e contente, feliz em casa, em seu habitat. Então o vira… e tudo tinha mudado.

Baxter saiu do carro, dizendo a si mesmo que fora aquela mudança abrupta no comportamento dela que o fizera se comportar de forma tão impulsiva, tão… carnal. Tinha pensado muito naquele beijo. Tinha pensado bastante naquele beijo.

Desejava se arrepender mais por ter feito aquilo, que poderia ter sido o ponto final da sua missão. Mas não conseguia. Tinha sido tão… perfeito. Como um suflê que combinasse sua leveza com um toque final intenso, saboroso e vivaz. Sim, aquele beijo permaneceu nos lábios dele… e ficou grudado em sua memória, no grupo das melhores, junto com as sobremesas mais fantásticas e deliciosas que já tivera o prazer de experimentar na vida.

E igualzinho como com as sobremesas, ele sentia uma vontade incontrolável de saboreá-la novamente. Baxter sempre fora louco por criar as combinações de sabores mais incríveis, as sobremesas mais gostosas e especiais; Lani invocava esse sentimento. Desde que se conhecia por gente, aquela paixão sempre fora tudo em sua vida.

O Clube do Cupcake 93

Ele abriu a porta de tela e gentilmente girou a maçaneta, decidindo que não bater era a única garantia de que conseguiria entrar. Era arriscado, mas seria o único risco que correria hoje. Desta vez.

Sem fazer barulho, empurrou a porta e foi imediatamente atacado pelo som de uma música estranha, se é que aquilo poderia ser chamado de música, explodindo e se espalhando pelo interior da pequena cozinha dela.

Entrou sorrateiramente, pensando que, com a música tão alta, ele acenaria ou daria um sinal de que estava ali, apenas para não pegá-la de surpresa, como da última vez. Quando, por fim, a avistou, parou onde estava, com a porta ainda meio aberta atrás dele.

Lani usava o dólmã do Gateau de novo. Só que não foi por isso que ele parou. E sorriu.

Ela estava dançando.

Seus cabelos estavam presos, em um nó bagunçado na nuca, e tinha um saco de confeitar na mão, e mais bandejas de cupcakes alinhadas diante dela do que alguém já vira na vida. Pelo menos, de uma vez só. Se ele não estivesse hipnotizado pela visão dos quadris dela se mexendo junto com os ombros, na batida da música, teria passado pelo menos um ou dois segundos se perguntando como diabos Lani conseguia ser feliz assando pedacinhos de bolos tão sem graça. Mas toda a sua atenção estava cravada nela.

Baxter realmente deveria ter dado um sinal de que estava parado ali. Ele com certeza estava cavando a própria cova — na melhor das hipóteses, uma com cupcakes —, pois uma hora ela iria se virar e o veria. Porém... quem diria que Lani podia se mover daquele jeito? Tão rebolativa e... e... mexendo tanto os quadris. E então, pra deixar tudo melhor, ela começou a cantar.

Se estivesse cantando fora de ritmo ou desafinada, Baxter teria saído de seu transe. Mas não. Não. Lani acabou com ele quando começou a cantar alto, empolgada, em uma voz grave, digna da melhor roqueira de qualquer era, o refrão de seja lá qual fosse a música terrível que pulsava do aparelho de som portátil empoleirado em uma das prateleiras do outro lado do aposento.

Embora ele detestasse a música... não detestava ela cantando. Na verdade... de onde diabos tinha vindo aquela voz? De onde tinha vindo aquilo tudo? Ela era sua parceira calada, calma e centrada no meio de uma tempestade, no caos. Ou tinha sido.

— Quem é você?

Baxter não se deu conta de que falara em voz alta até ela se virar, no meio de um riff de *air guitar* decididamente erótico com o saco de confeitar na mão. O uivo que acompanhava tal movimento foi interrompido, virando um grito sufocado de surpresa. Ao mesmo tempo, sem querer — esperava ele —, o susto fez Lani dar um apertão no saco de confeitar, acertando cobertura de creme de manteiga com chocolate bem no meio do peito de Baxter. Peito este que não estava coberto por um dólmã, mas sim por uma camisa de linho feita sob medida. Linho branco, na verdade. Bom, era branco.

— Que diabos você está…? — Lani interrompeu o que estava dizendo e foi dar um tapa, bastante agressivo, na opinião dele, no botão em cima do aparelho de som, misericordiosamente silenciando a pequena cozinha.

— Ah, graças a Deus — murmurou Baxter, antes de pensar melhor.

— Como assim? Na verdade, como assim um monte de coisa! Em primeiríssimo lugar, por que continua fazendo isso? Quem você pensa que é? Não pode sair entrando assim na minha confeitaria, sem avisar, ainda mais pela porta dos fundos.

— Talvez você devesse trancar o lugar — disse ele, distraído.

Baxter continuava com os braços levemente esticados, olhando para a massa de creme de chocolate que escorria por seu peito.

— Talvez você devesse ir embora. Parece que precisa trocar de camisa.

— Era uma boa camisa. — Ele ergueu o olhar e deparou-se com o dela, cheio de raiva, e o saco de confeitar ainda em mãos, pronto para atirar. — Mas acho que foi merecido, só por te assustar. — Sorriu um pouco. — De novo.

— Você acha?

Lani arqueou a sobrancelha. O charme dele claramente não estava funcionando. Não mesmo.

— Você tem razão, eu deveria ter avisado, e ia fazer isso. Assim que eu tivesse entrado. — Baxter ergueu uma das mãos para evitar que ela respondesse. — É, não seria o ideal, mas não tinha certeza de que você me deixaria entrar. Então não me fiz de rogado. Ia falar com você logo de cara, mas a música estava alta, se é que se pode chamar aquilo de música, e você estava, bem, você estava dançando.

— E daí, isso viola algum código sanitário que eu desconheça?

— É claro que não, só foi… inesperado. Você nunca, nenhuma vez, dançou na minha cozinha. Não mexia nem os quadris. Eu não tinha noção do que estava perdendo.

O clube do cupcake   95

Ela não abriu nem uma fenda minúscula de sorriso. Baxter abaixou os braços e soltou um suspiro.

— Consegui estragar tudo de novo, né? Juro que não foi essa a minha intenção.

— Bom, nossa! Espero que não fosse mesmo. E o que você queria?

— Conversar com você. Em particular. Não na frente dos seus clientes.

— Sobre...?

— Quando você ficou tão...?

— Já não tivemos esta conversa?

— Sim, mas continuo sem entender. Eu... você sempre foi calma e legal, e... bom, animada. Realmente não estou tentando te provocar, mas eu já te vi em situações bem estressantes, e sua reação era sempre ficar mais calma, mais animada, o que sempre foi a coisa mais estranha do mundo pra mim, mas pra você funcionava. E aí funcionava pra mim. Agora está... nervosa. E curta e grossa, e estúpida. É só que... isso é tão não a sua cara. Tem algum problema com a confeitaria? Você está com dificuldades?

— Não sei se você reparou, mas, quando entrou aqui, eu estava feliz. Pessoas preocupadas, estressadas e raivosas geralmente não ficam cantando e dançando.

— Verdade. — Ele olhou para baixo, para sua camisa de novo, pegou uma pequena quantidade de creme de manteiga com o dedo e voltou a olhar para ela. — Então é só comigo? Sou eu quem faço você ficar assim?

— No geral, sim.

— Por quê?

— Porque você é a única coisa no meu mundo que não faz com que eu sinta vontade de cantar e de dançar.

Baxter colocou o dedo coberto de creme de manteiga na boca, mas se interrompeu, e sua expressão se tornou desanimada. Seus ombros caíram. Porque teve certeza de que ela estava sendo bem sincera. Lambeu o dedo, tirando todo o creme dele, então disse, baixinho:

— É uma pena que você se sinta assim.

— De que outra forma eu deveria me sentir, Baxter? Você vem até aqui, planejando transformar a minha vida em um pequeno circo, sem me avisar. Eu vim para cá pela tranquilidade, pela calma que eu mesma não preciso criar. Ela simplesmente existe ao meu redor, com naturalidade, sozinha. Se quisesse viver com o circo, teria ficado em Nova York.

— Isto aqui é fantástico — disse ele, dando outra lambida no que havia caído em sua camisa. — O que você botou nele?

— Baxter...

— Desculpa. Não — acrescentou quando pensou que ela poderia jogar mais creme. — Desculpa mesmo, mas é só que... eu não achei que o gosto fosse ser tão...

— Complexo? Por quê? Porque estou apenas decorando cupcakes? Afinal, apenas pessoas comuns comem cupcakes, e o que eles saberiam sobre ter um paladar refinado? Uau, isso é tão ofensivo que nem sei por onde começar. Então nem vou tentar. Cai fora.

— Leilani...

— Fora. Da minha confeitaria. Da minha vida.

Ele suspirou de novo, xingando baixinho, só pra deixar sua opinião mais clara.

— Você está pondo palavras na minha boca.

— Quer dizer então que você olhou para essa bancada cheia de cupcakes e pensou: "Uau, que forma criativa, diferente e fantástica de usar seu talento"?

— Só por você estar tão na defensiva, sem eu ter dito nada, mostra que talvez não ache que isso é digno do seu talento. Eu não dei um pio sobre o que escolheu vender.

— Nem precisava. A expressão no seu rosto agorinha mesmo, quando experimentou essa cobertura, disse tudo. Que é mais um motivo pra eu não querer você entrando na minha vida por um capricho, torcendo o nariz pro meu trabalho, que é o meu ganha-pão agora. Eu te respeito como chef, mais do que qualquer um com quem já trabalhei. Achei que também me respeitasse...

— Você sabe que respeito — disse Baxter. — Eu não teria vindo até aqui se não fosse o caso.

— Contanto que eu esteja fazendo aquilo que você acha que eu deveria. Certo? Achei que não tinha vindo aqui por causa das minhas habilidades. Você disse...

— Meu respeito por você como chef e como mulher são uma coisa só.

— Ah, então, o fato de eu fazer cupcakes agora... bom, acho que teria que parar com isso então, se... você sabe, aquela outra parte do que disse... se aquela parte acontecesse. Porque esta mulher? Ela faz cupcakes agora. E não podemos ter nada daquilo se quiser manter o seu respeito.

O clube do cupcake   97

Se ele não estivesse tão nervoso, tão… bem, frustrado, Baxter teria visto o quão confusa a própria Lani havia ficado ao tentar discutir o interesse dele por ela. De ter ido atrás dela. Como mulher. Não como chef. Por ver todas as suas esperanças e sonhos afundarem como um suflê mal-assado, ele disse, sem pensar:

— Sinceramente, está feliz fazendo cupcakes, Leilani? Quero dizer, está realizada aqui? Você simplesmente jogou fora sua criatividade e talento, e está usando seu dom com…

Ele parou de falar quando viu que Lani fechava os olhos. Refletiu sobre o que tinha acabado de dizer e pensou também no comentário sobre ele não ter respeito pela vida que ela escolhera quando a própria Lani não tinha feito nada além de respeitar a dele… Quis tirar o saco de confeitar das mãos dela e atirar creme em si mesmo. Na cabeça.

— Eu sou um tremendo de um imbecil.

— Não espere que eu discorde de você.

— Não desrespeito você. Nem como chef nem como mulher. Te dou muito valor. Só estou… confuso, só isso. Sinceramente, confuso. Não estou condenando a sua escolha, não mesmo — garantiu quando Lani revirou os olhos. — Só quero entender a sua decisão.

— Só porque não é uma escolha que você possa imaginar para si, não quer dizer que não seja a certa para mim.

— Isso, eu entendo. Só… só quero entender você. Quem você é. Eu achei… acho que pensei que soubesse. E agora…

— Com você, eu era uma chef. Começo, meio e fim. Essa foi quem você conheceu, Baxter. Leilani Trusdale, pâtissière. Mas não conhece todo o restante do que me faz ser eu mesma. Sou mais do que uma profissional. Sou uma mulher cheia de interesses, de humores, de metas e de sonhos novinhos em folha, que estou colocando em prática. E, quer saber de uma coisa? De verdade, eu não acho que você se sentiria atraído por essa mulher. Se não consegue nem mesmo entender o que estou fazendo aqui, ou que estou tentando fazer, que dirá os motivos pra eu querer fazer isso, posso te garantir que não sou a mulher que você acha que sou. Ou que quer que eu seja. E nem nunca serei.

Ele ouviu o que Lani disse, todas as palavras, até a última. Mas não computou. Não porque não soavam verdadeiras, pelo contrário. Sem sombra de dúvida ela estava falando a verdade. A verdade dela.

— Então está dizendo que sou arrogante.

Baxter ficou mordido com isso, porque jamais imaginara que passava essa impressão. Porém, considerando seu comportamento grosseiro e seus pensamentos que só comprovavam tudo que ela dissera, havia um quê de verdade nisso.

— Arrogante com as pessoas? Não, isso, não. Esnobe com a comida? Sim. Você pensa em termos de paladares refinados, e, realmente, a maioria das pessoas aqui não sabe diferenciar uma *panna cotta* de um *semifreddo*. Mas descobri que comida é só outra forma de arte. O pessoal de Sugarberry pode até não saber explicar por que gostam de algo, mas sabem quando gostam. Estou aprendendo que não preciso educar as pessoas, só preciso alimentá-las e deixá-las felizes. E se, no meio disso, eu acabar brincando com sabores e misturas mais complexas, até mesmo em algo tão bobo quanto um cupcake, vou ficar feliz. Na verdade, tentar maximizar os gostos em um bolinho mínimo me deixa motivada, me desafia. Ver os meus clientes lambendo os beiços quando provam as minhas criações é tudo de que preciso. Pra mim, não tem ponto negativo, Baxter.

— Então tá bom — disse ele, assentindo com a cabeça.

— Então tá bom, o quê?

— Deixa de ser desconfiada. Não sou uma cobra prestes a dar o bote. Se muito, só estou metendo os pés pelas mãos. Não consigo ser sutil, que dirá discreto, quando se trata de você.

Ela arqueou uma sobrancelha. Baxter não deveria se deixar hipnotizar por aquele hábito inédito, mas o achou um tanto quanto… interessante.

— E onde é que você consegue ser essas coisas?

— Em Nova York — disse ele, sendo sincero. — Foi onde eu bolei este plano.

— Plano?

— Eu disse que queria te encontrar de novo, passar um tempo com você, ver o que poderia acontecer entre nós. E colocar um ponto final nos meus arrependimentos em relação a você.

— Que… organizado da sua parte.

— Mas que coisa, estou tentando melhorar a situação!

Lani ergueu a mão.

— Sim, sim. Você está tentando. Não sei por que, a esta altura do campeonato, está se dando ao trabalho, mas está tentando. Tenho muita coisa pra fazer antes de abrir a confeitaria hoje. É domingo e vai ter um jogo de softball, o último da temporada. Tenho que terminar a farofa doce e os bolos-surpresa da Alva antes de começar a fazer o meu estoque do dia. Abro a confeitaria daqui a quatro horas, e preciso de, pelo menos, seis horas de trabalho. Ou talvez sete — disse ela, acenando com a cabeça em direção a Baxter, enfatizando o fato de ele estar com metade da cobertura do saco de confeitar na camisa.

— Bolos… surpresa?

— Longa história. Duvido que você estaria interessado.

— Achei a Alva um tanto quanto… marcante, pra falar a verdade.

— Sim, é de se imaginar. O que houve com você ontem?

— Estava em Nova York, por quê?

Lani franziu a testa de novo.

— Você voltou pra lá? Nós temos hotéis aqui, sabe.

— Claro, e estou, na verdade, ficando em um hotel bem confortável em Savannah. Tive que voltar pra gravar algumas entrevistas pra promover a estreia da nova temporada. Por quê?

Ela deu de ombros.

— Depois de você abrir a boca pra Alva, achei que ia querer se aproveitar de um dos nossos maiores eventos anuais para anunciar que seu programa vai ser gravado em Sugarberry. A menos que tenha mudado de ideia.

Lani parecia esperançosa demais, e Baxter se desanimou mais um pouco.

— Tive fé em Alva — disse ele, permitindo que o menor dos sorrisos erguesse os cantos de sua boca. — E eu não tinha acertado o restante dos detalhes com você — continuou, mais sério. — Apesar de ter feito a proposta de um jeito afobado, talvez até da pior forma possível, eu realmente vou tirá-lo do papel. Na verdade, não tenho escolha.

— É mesmo?

— É. A equipe já se planejou, as providências já foram tomadas. Vamos filmar o programa aqui. Não precisa ser na sua confeitaria, mas, depois de tudo que você disse, acho que é mais importante do que nunca que façamos isso juntos.

Lani parecia chocada.

— Da onde você tirou isso?

Ele deu de ombros, e voltou a ficar mais determinado. Baxter nem considerava desistir. Muito menos fracassar.

— Você está dizendo que eu não te entendo. Queria que as coisas fossem diferentes, porque, pelo visto, não passo a melhor das impressões, mas acho que, até certo ponto, você tem razão.

— Uau! — Ela soava mais surpresa do que gostaria, mas parecia acreditar que Baxter estava sendo sincero. — Bom, acho que estamos indo na direção certa. Mas preferia que fosse na direção da porta.

— Você não está vendo? Fazer o programa aqui deve ser a única maneira de eu entender por que quer viver aqui, e por que gerenciar a sua própria confeitaria, uma confeitaria de cupcakes, ainda por cima, te deixa tão feliz. Não pra te julgar, Lani, mas pra entender de verdade. Que forma melhor do que fazermos isso juntos?

— Só que você não quer trabalhar junto comigo. Quer invadir minha confeitaria e fazer dela o set do Chef Hot Cakes. Quer colocar o seu trabalho, as suas sobremesas, aqui dentro. E depois você acha o quê, que vou continuar fazendo meus cupcakezinhos bobos e tudo vai voltar ao normal? É o que eu disse, as pessoas daqui podem até não ter os paladares mais refinados, mas vendo algo que sei que elas gostam e que eu adoro fazer. Sou perfeitamente capaz de bolar sobremesas cheias de frescura, mas meus clientes não gostariam disso, e nem eu.

— Então, talvez, eles também não gostem das minhas.

— Você não é tão tapado assim. Além de ser famoso, é um famoso bonitão, pelo menos pras mulheres daqui. Não tem como eu competir com isso. Acho que vou ser o prêmio de consolação depois que você for embora. — Lani soltou o saco de confeitar e o encarou, parecendo sincera agora, sem qualquer resquício de raiva na sua voz. — Não estou inventando desculpas pra te rejeitar. Eu só... Eu só queria que você nunca tivesse vindo. Sinto muito. Não é nada pessoal, Baxter. Não quero ninguém aqui. Estou sendo totalmente egoísta nesse ponto. Mas é por isto que vim pra cá. Ou por que eu resolvi ficar, no caso. Este lugar, essas pessoas, são meus. Não quero dividir. E realmente não quero ter competição. Chega disso na minha vida. E não quero começar do zero em outro canto. Bom, acho que somos dois egoístas, só pensando no que queremos, e dane-se o resto. Mas eu cheguei aqui primeiro!

Lani olhou para ele e parecia... perdida de novo. Ou talvez apenas tivesse terminado de falar. Mas seus argumentos não haviam terminado. Acreditar nisso era um erro que ele não cometeria.

— Você acha que não estou sendo justa por não lhe dar uma chance — disse ela —, mas pelo menos estou sendo sincera.

Baxter se sentia um pouco perdido também. Não estava acostumado a se sentir assim, ainda mais por culpa sua.

O clube do cupcake   101

— Sei que fiz tudo errado. E a culpa é minha, admito. Ainda mais por ter trazido o programa todo até aqui, com a equipe de produção e tudo. — Ele ergueu uma das mãos, mais uma vez para contê-la. — Nem mereço que me escute, mas, como isso afeta você, por favor, deixe eu falar.

— Baxter...

— Vou filmar o *Hot Cakes* aqui. Pelo menos por uma ou duas semanas. Então junto minhas coisas e vou embora.

— De volta para Nova York?

Ele negou com a cabeça.

— Sugarberry é só a nossa primeira parada.

Lani ficou boquiaberta, e depois fechou a boca.

— Você pegou seu programa de sobremesas sofisticadas e... vai fazer o que com ele?

— Ir para outra cidadezinha, onde vou fazer mais sobremesas. Pro mesmo tipo de pessoas pra quem você faz isso. Quero ensinar a elas como expandir sua imaginação na cozinha, e espero aprender também. A diferença é que não sei como fazer nem mesmo uma temporada assim. E você quer viver desse jeito.

Ela cruzou a cozinha.

— Então me mostra como é.

— Agora você quer que eu seja... o que, sua professora? É por isso que veio aqui? Teve uma ideia brilhante para uma nova temporada, mas não sabe como botar ela em prática?

— Não, a ideia foi só uma desculpa pra vir até Sugarberry, pra trabalhar com você de novo, pra ver você de novo.

Lani bufou.

— Você não fez isso. Um episódio, talvez... e nem estou dizendo que realmente acredito nisso... mas uma temporada inteira? Sério?

— Sério.

Ela manteve seu olhar no de Baxter por mais um instante, e depois assumiu uma expressão perplexa.

— Jura? E seus produtores caíram nessa?

Ele abriu um sorriso curto e irônico.

— Sei vender o meu peixe quando quero. Apesar de não ser o caso agora.

Baxter se aproximou de Lani.

— E você sempre foi uma professora pra mim. Qual a grande surpresa disso?

— Como assim?

— Quero dizer que aprendi com você assim como você aprendeu comigo. Você me incentivava, me provocava. Me tornei um chef melhor por sua causa, tentando impressioná-la.

— Me impressionar? Baxter, você impressiona o mundo. Sem nem mesmo tentar. Duvido seriamente que eu tivesse alguma coisa a ver com isso.

— Mas você teve. Sem sombra de dúvidas.

Ignorando a cobertura de creme de manteiga e as promessas que fizera a si mesmo, Baxter emoldurou o rosto de Lani com as mãos, pensando que, se ela não conseguia ouvir a sinceridade em suas palavras, talvez pudesse senti-la.

— Quero conhecer o seu mundo, Leilani, o seu novo mundo. Eu adorei te ter no meu. Sempre achei fantástico o jeito como você simplesmente entrou no único universo que já conheci e o transformou em algo completamente diferente. Sabe, acho que não devia nem estar surpreso por você ainda continuar fazendo o inesperado, escolhendo um caminho que eu nunca teria previsto. Você sempre seguiu seu próprio ritmo. Posso até não saber tudo sobre você, Leilani, mas sou louco por todas as partes que conheço. Tenho certeza de que o programa não vai mudar isso.

Ela o encarou, sem expressão no rosto. Exceto que seus olhos não pareciam mais tão perdidos. Pareciam… ter uma barricada. O fato de a barricada ser contra ele partiu um pouco o coração de Baxter. Certo, talvez mais do que um pouco. Mas Lani ainda estava falando. Ainda não o expulsara.

— Se eu te deixo confuso, isso não chega nem aos pés de como você, esta situação, está me deixando. Não sei mais o que pensar. Sou algum tipo de musa pra você, então? — Lani parou de falar, balançou a cabeça em negativa. — Nada disto é normal. Você é o oposto de normal. Quero o normal. Só… quero… uma vida… normal!

Baxter sorriu então, de verdade, pela primeira vez desde que entrara na cozinha.

— Pergunte a qualquer um, daqui até Nova York, passando em Washington, com certeza até em Bruxelas e em qualquer outro lugar que você tenha passado… e aposto que todos vão concordar que normal é a última coisa que você é. Desde o seu talento, a sua forma de ver as coisas, até a forma como lida com… tudo. Inclusive a sua vida aqui. Odeio ser a pessoa a te dizer isso, Leilani. Isto — ele fez um movimento com a cabeça, apontando o aposento em volta dela — não é normal. Não pra você.

O clube do cupcake   103

Lani analisou seu rosto, e Baxter quis muito saber o que ela procurava.

— Eu não quero isso — afirmou, com a voz mal passando de um sussurro.

Baxter sabia que ela não estava se referindo à confeitaria, mas a ele. E tudo que trouxera consigo.

— Desculpa. Eu realmente não queria te trazer problemas nem dores de cabeça. Mas estou aqui. O programa está aqui. Não tenho como desfazer o que foi feito. Então, por que não me ajuda? Vem comigo, desencana, e vamos achar uma maneira de dar certo pra você, sem te prejudicar. Sei que ficou preocupada, e não estou fazendo pouco caso disso. Mas confie em mim, tá? Confie que farei a minha parte e o que puder para garantir que surjam coisas boas disso.

— E quando o programa acabar? Puf?

— Puf?

— Você disse que vai seguir pra próxima cidade. Só pra constar, não acredito que resolveu fazer uma temporada inteira em cidades pequenas. Não consigo nem imaginar você fora da cidade grande por mais de cinco minutos sem que comece a se contorcer e ter alergias. É como se você… fosse viciado na energia. Na verdade, acho que talvez a cidade consiga energia de pessoas como você. Vocês se equilibram. Nova York só me sugava, então eu tinha que encontrar uma maneira de me recarregar, só que não conseguia, porque sempre estava lá. Então não posso te ensinar como apreciar o que tenho aqui. Ou você entende, precisa disto, ou não.

— Acho que entendo um pouco.

Lani lançou a Baxter um olhar que dizia com todas as letras que achava que ele estava mentindo.

— Estou falando sério. Quando voltei pro hotel ontem, achei que a paz e o silêncio me deixariam louco, mas foi o contrário, dormi como um bebê. Realmente me senti mais descansado hoje do que me sentia há séculos. — Quando ela não comentou, ele prosseguiu: — Não tenho como prever o que vai acontecer depois, só sei que o programa vai ser filmado. Por favor, faça parte dele. Trabalhe comigo. E se for pra ser só isso, vamos dar um jeito de ser bom pra confeitaria.

— Quer saber, acabei de me dar conta de uma coisa.

— Do quê?

Ela tirou as mãos de Baxter de suas bochechas, segurou-as por um breve instante e depois as soltou.

— Você é como Nova York. Vibrante e divertido, mas, no fim das contas, suga minha energia. Você precisa de cada vez mais, e toma cada vez mais, e acha que está dando algo em troca, porque é um cara legal, e que os outros se beneficiem das suas vontades. Mas não está me ouvindo. Eu não quero o que você quer me dar. Nem o programa nem nada disso. Baxter, você acha que está me ajudando, mas tudo que está fazendo com essa situação toda, enquanto está satisfazendo as suas necessidades, é me sugando. Você não entende? — implorou Lani, não mais com raiva, mas... cansada. — *Eu* não me importo se você compreende por que estou aqui, e não estou nem aí se vai acabar entendendo ou não. *Eu* — ela apontou um dedo para si mesma — não preciso que entenda. Também não tem por que você impulsionar o meu negócio. Quero muito que a minha confeitaria seja bem-sucedida, sim, mas por meus próprios méritos. Pra mim, isso é uma grande parte da atração. Descobrir se sou capaz, se consigo realizar isso. Mas e agora? Você vem até aqui, trabalha comigo, faz com que todo mundo relembre meu passado, me associe a você e ao seu sucesso, e depois vai cair fora de novo. Eu nunca vou saber que parte do meu sucesso é realmente minha e que parte veio da sua fama. — Ela fez sinais de aspas no ar com as mãos. — "O Chef Hot Cakes fez doces aqui!" — Lani deixou cair as mãos nas laterais de seu corpo. — Onde vou recarregar agora?

Baxter deu um passo gigantesco para trás. De todas as formas possíveis. Ele realmente pisara na bola de um jeito espetacular.

— Eu... nem sei como começar a me desculpar. — Nunca quisera tanto uma coisa, e nunca, nunca mesmo, se sentira tão completa e totalmente deslocado. — Jamais quis te prejudicar... Eu... não pensei. Bem, pensei, mas achei que você, que nós, que... — Baxter parou de gaguejar, sabendo que isso não estava ajudando nenhum dos dois. — Tem razão. Não pensei em você, não a levei em consideração. Não da forma como deveria. — Ele desviou o olhar, e então deixou escapar um suspiro enquanto passava a mão nos cabelos, sem se importar com o creme de manteiga que provavelmente se espalhava pelos fios também. — Eu vou... vou parar a produção. — Baxter se esticou e olhou direto para ela. — Vou pensar em alguma coisa, dar um jeito, assumir os custos, se tiver que fazer isso. Vamos levar o programa para a próxima cidade ou... não importa. Eu não deveria ter feito isto.

O clube do cupcake 105

— Não, você não deveria. Mas quer saber de uma coisa? A cidade já sabe que está aqui. E, por mais que eu quisesse, acho que não dá mais pra voltar atrás, Baxter, mesmo que queira.

— Acabei de dizer que vou fazer de tudo…

— Não. Não acho que tem jeito, pra nenhum de nós dois. Você tem que fazer o programa.

— Mas…

— Há pessoas contando com você. E também mudei de ideia porque caí em mim e percebi que a ilha toda vai querer me linchar se você não fizer o programa aqui. Se eles sequer suspeitarem que sou o motivo para você cair fora, minha vida aqui já era. Com certeza, será o fim da confeitaria. — Lani virou as costas para ele, apoiando as mãos na mesa por um instante, e depois pegou seu saco de confeitar. — Você tem que fazer isso agora. Não dá pra mudar as coisas, voltar atrás.

Ela estava cantando e dançando. Antes. Ao notar a tensão nos seus ombros, Baxter pensou que aquilo parecia ter acontecido há milênios.

— E, já que não tem jeito, você vai fazer o seu programa aqui — disse Lani, agora declarando isso como fato. — Porque é o que todo mundo espera. Eles estão animados com isso, e, francamente, onde mais você faria? O mercado mais próximo com uma cozinha profissional fica do outro lado da ponte, nossa única igreja não tem um refeitório, e o festival do outono estava tentando arrecadar fundos para adicionar uma salinha de jantar no centro da terceira idade.

— Você não tinha me dito que fizeram um jantar pra cidade? Antes do festival? Onde cozinharam?

— Era um lanche comunitário. Ou "festa americana", como chamam aqui.

— E onde fazem isso?

— Você quer dizer *como* fazem isso. Nós arrumamos tendas e mesas, e todo mundo traz um prato. Num lanche comunitário, você come o que as pessoas trazem. Não, vamos gravar o seu programa aqui. E não se preocupe, vou sorrir para as câmeras, e faremos o que tiver que ser feito pra deixar as pessoas desta ilha felizes, porque é com elas que me importo. Farei o que for preciso pra ajudar na gravação, porque, até onde o restante do mundo sabe, é para isso que você está aqui. — Ela foi caminhando até o aparelho de som. — Mas é só. Vou pensar no que vai acontecer depois, e em como lidar com a situação, mas isso é problema meu. Não quero sua ajuda, nem pense em se intrometer. Agora, se você não se importa, eu tenho que terminar os cupcakes mais fantásticos do mundo. Pena que você nunca vai provar. E não esquece de trancar a porta quando sair.

Lani ligou o aparelho de som. E voltou ao trabalho. Sem nem mesmo olhar para ele.

CAPÍTULO 7

—Chef? Tem alguém aqui que quer falar com você. Ele é, hum... bom, não é um cliente. Acho que não é um cliente.

Lani olhou de relance para o relógio da cozinha. Faltavam cinco minutos para a hora de fechar.

— Bom, pelo menos desta vez ele usou a porta da frente — murmurou. Mais alto, disse: — Obrigada, Dre. Só um minuto.

Ou dez.

Até onde Lani sabia, nem Baxter nem ninguém da equipe dele tinha dado as caras em Sugarberry desde que ela o expulsara de sua cozinha na manhã anterior. Sabia que seria apenas uma questão de tempo, e que esse tempo seria curto. Embora estivesse grata por um dia e meio para se reorganizar e recuperar o tempo perdido depois do festival, ainda não estava preparada para o quarto round. Não importava o que dizia para si mesma, Lani saía do sério toda vez que seu caminho cruzava com o de Baxter. E ele ia direto ao ponto. De mão cheia. Talvez perguntaria a Dre se ela poderia ficar depois do trabalho. Fechavam a confeitaria mais cedo nas segundas-feiras, às seis, mas ainda havia muita coisa a ser feita, e Lani ficaria feliz com a ajuda.

Logo rejeitou a ideia. Era mesmo tão patética a ponto de obrigar uma garota na faculdade a resolver seus problemas pessoais? Não que Dre não fosse completamente capaz de lidar com o trabalho. Na tenra idade de 20 anos, sua nova ajudante de cozinha e vendedora tinha a desenvoltura de alguém com o dobro da sua idade. Ok, *desenvoltura* talvez não fosse a palavra correta a ser usada, mas Dre era franca. Às vezes, até demais; porém, sua falta de filtro era mais do que compensada por sua ética de trabalho e seu forte desejo de aprender.

— Espera! Você não pode ir a… — Dre irrompeu na cozinha, logo atrás de um cara baixo e forte, com uma barba ruiva falhada e óculos com armação preta.

— Me desculpa, Chef, ele simplesmente…

— Tudo bem, Dre. Pode ir fechar a confeitaria. Eu resolvo isso.

Dre fuzilou o homem com os olhos antes de voltar para a frente da loja. Com seus cabelos curtíssimos e roxos, olhos maquiados com muito lápis preto e um piercing em cada sobrancelha, aquele olhar normalmente seria o bastante para causar medo. Especialmente quando combinado com o avental do Willy Wonka do Tim Burton que ela estava usando.

O cara com óculos de nerd nem mesmo piscou. Bom, para falar a verdade, ele piscou, e muito, mas não pareceu notar o problema que estava causando nem o olhar fuzilante de Dre.

Ele estendeu a mão na direção geral de Lani, mas sua atenção estava focada no tamanho da cozinha.

— E aí? Sou o Bernard.

É claro, pensou Lani. Ela apertou a mão do homem, mão esta que estava quente e um pouco suada, um cumprimento rápido antes que ele saísse andando e se esquecesse de que ela estava ali.

O contato com Lani pareceu assustá-lo, e Bernard voltou a olhar para ela. Abriu um sorriso, ou melhor, uma esticada de boca acompanhada de uma breve mostra de dentes; então, voltou a analisar o tamanho do local.

— Vim dar um jeito nas coisas pro programa hoje à noite. A produção me mandou.

— Certo.

Lani deveria ter se dado conta de que a visita não era Baxter mesmo antes da abrupta invasão da sua cozinha. Se o Chef Hot Cakes tivesse entrado pela porta da frente da confeitaria, Dre não teria chamado Lani como ela fez. Sua jovem assistente poderia querer passar a imagem de que era *cool* demais para ficar abalada com um cara famoso. Mas Lani sabia que, se havia uma coisa que impressionaria a garota, seria um chef renomado. Dre conhecia a vida de todos os cozinheiros que marcaram a história da culinária, e um monte de outras coisas que só interessavam a quem trabalhava no ramo. Ela tinha um bolsa de estudos em um pequeno

O **clube do cupcake** 109

instituto de arte no outro lado da ponte, porém, além de seus incríveis talentos como artista, Dre adorava comida e chefs famosos.

Lani conhecera a garota quando ela aparecera na confeitaria para oferecer, como parte de um projeto da faculdade, criar um logotipo para a loja, sem custos, que pudesse ser usado em placas, mas também em camisetas, canecas e quaisquer outros produtos de marketing que Lani quisesse. Intrigada pela oferta e pela pessoa, mas incerta se o estilo pessoal um tanto quanto sombrio de Dre poderia bolar um logotipo fofo para uma confeitaria de cupcakes, Lani havia pedido para ver o portfólio dela.

Desde o início ficara óbvio que a jovem artista tinha grande talento, mas fora o foco dos desenhos que cativara Lani. Não era surpresa que o trabalho de Dre estivesse entranhado no reino da fantasia, porém, em vez de ser do tipo pós-apocalíptico, como Lani esperava, fora transportada para exuberantes e utópicos jardins coloridos, repletos de criaturas fantásticas brilhantes e mundos de fadas intricados e detalhados, tão vívidos que Lani sentira que poderia entrar neles. Só precisava de uma estrada de tijolos amarelos.

Ela havia concordado em trabalhar com Dre naquele mesmo dia. O que começara como uma colaboração para um projeto de escola havia se desenvolvido em algo completamente diferente quando a garota provara uma amostra de uma das novas criações de Lani, e começara a comentar, com especificidades e precisão, todos os ingredientes usados no cupcake. Ela também apresentara sua opinião sobre os motivos pelos quais os diversos sabores e elementos funcionavam tão bem juntos.

Lani tinha então descoberto que Dre não havia encontrado sua confeitaria de cupcakes por acaso. Ela a escolhera especificamente por ter acompanhado a carreira incrível de Baxter, além da jornada de Lani como chef executiva no Gateau. A confeiteira ficara maravilhada com a revelação... e mais do que um pouquinho lisonjeada.

É claro que, sendo uma estudante em tempo integral, Dre não estava procurando por um emprego remunerado nem almejando uma carreira no mundo da gastronomia. Sua paixão por culinária era um hobby, e não uma meta futura. E Lani não tinha se dado conta de que precisava contratar uma ajudante até o período de férias se aproximar.

Enquanto elas estavam discutindo o logotipo na cozinha da confeitaria, onde Lani trabalhava, Dre começara a ajudá-la enquanto fazia um brainstorming, e, quando a frente da confeitaria de repente encheu de gente, a garota fora até o balcão e informara os clientes de que Lani logo os atenderia. Ela acabou respondendo às perguntas deles e registrando vendas... e, de modo geral, sendo a pessoa brilhante, incrível e indispensável que era. No final daquele dia, a Cakes By The Cup tinha sua primeira funcionária oficial.

Uma funcionária que insistia em seguir os padrões do ramo e usar o respeitoso título de chef sempre que se dirigia à sua nova empregadora, apesar de Lani pedir para que fosse mais informal. Era uma confeitaria de cupcakes, afinal de contas, não... bem, ali não era o Gateau. Embora, se Lani fosse ser completamente sincera, ela meio que gostava de ouvir novamente o título. Era curioso descobrir que havia pedacinhos e partes da sua velha vida de que ainda sentia falta.

Sorrindo, balançou a cabeça em negativa e então registrou o que Bernard havia dito.

— Hoje à noite?

Ele estava dando voltas na cozinha, mas se virou para ela.

— Você está fechando agora, certo? Baxter informou que poderíamos entrar, mas só depois de você fechar a confeitaria. Não acho que seja uma boa ideia nós arrastarmos os equipamentos pela porta da frente. Você não vai ver graça nenhuma na bagunça que vai ficar a sua confeitaria. Vamos ter que instalar uma luz lá fora, mas o Baxter disse para fazermos isso aqui dentro. As filmagens começam cedo, então já estamos atrasados.

Bernard olhou para Lani de relance, parecendo querer balançar a cabeça em repulsa.

Por quê? Por manter ele e sua equipe fora de seu estabelecimento durante o horário comercial? Como ele se atreve?!

— Cedo? Tipo... amanhã cedo? Mas eu tenho... — Ela parou de falar quando Bernard começou a franzir a testa. Lani logo entendeu que não era com ele que deveria estar tendo esta conversa. — Preciso fazer um telefonema rapidinho. Antes que você faça... qualquer coisa.

Ele pegou uma prancheta e algum outro dispositivo tecnológico que parecia um contador Geiger. Ou algo assim.

— Só vou anotar umas coisas — explicou Bernard. — Tenho que tirar algumas medidas, dar uma olhada no seu quadro de luz. Ver que tipo de geradores precisaremos para não queimarmos todos os seus circuitos.

Ah, você já está queimando os meus circuitos, quis dizer.

Especialmente quando ele acrescentou:

— Os caminhões vão chegar daqui a uma hora.

— Sei. Uma hora.

Lani estava começando a ter uma crise histérica quando Dre passou pela porta vaivém.

— Tudo trancado, já fechei o caixa.

A garota ergueu a ponta do pesado malote bancário azul que estava sobre a prancheta com a lista de itens de fechamento.

— É melhor eu...?

Dre olhou de relance para Bernard, distraído com a caixa de luz, então indicou o escritório com a cabeça e mexeu os lábios, pronunciando a palavra "cofre" sem som. Lani assentiu com a cabeça.

— Você precisa que eu fique?

— Não, estou bem, eu... — Ela já estava indo pegar o telefone quando se deu conta de que não tinha o número de Baxter nem sabia onde ele estava hospedado em Savannah. — Droga!

— Tem certeza? — perguntou Dre de novo.

Lani abriu a boca para garantir à sua assistente que não precisava de ajuda, mas então olhou a garota e entendeu que Dre não estava preocupada com a chefe ficar até tarde na confeitaria com Bernard. Ela queria conhecer a equipe de produção... e, pensou Lani, talvez dar uma olhadinha no Chef Hot Cakes. Ao contrário de todas as mulheres em Sugarberry, Dre não a inundava com um milhão de perguntas sobre Baxter e como tinha sido trabalhar com o McSonho Feliz das cozinhas. Mas Lani tinha certeza de que era apenas porque sua assistente já sabia mais sobre Baxter do que qualquer um.

— Eu... bom, a Alva vai dar uma passadinha por aqui para pegar os cupcakes dela.

— Noite de maratona de pôquer valendo o título. É mesmo. Apostei com um cara na minha aula de desenho se chamariam ou não a polícia. Então resolvemos que era meio óbvio que sim, então apostamos se seria antes ou depois da meia--noite. — Dre pareceu pensativa. — Que horas ela vem buscar os cupcakes?

— Muito engraçado. Você deveria simplesmente ligar pra Alva e perguntar qual o mínimo para entrar no jogo. Ela já deve estar aceitando apostas.

— Boa!

Lani demonstrou a Dre como remover as forminhas de papel e glaçar as partes debaixo dos cupcakes, e depois embalá-los voltados para baixo nas caixas que ela havia separado.

— Faça isso em todos eles e separe as três melhores dúzias pra Alva. Ela vai chegar antes das sete.

Dre já estava lavando as mãos.

— Vamos adicionar esse cupcake ao menu? Parece intenso.

Lani e Alva tinham escolhido cupcakes invertidos Vulcano de Chocolate. Se existissem leis quanto à quantidade de chocolate que um cupcake poderia ter, essa receita violaria cada uma. Aquilo era sua ideia de comida diabólica, o recheio sendo uma mistura derretida, grudenta e doce de chocolate amargo e processado, com um toque picante, e glacê de ganache espesso e reluzente de chocolate. Alva declarara que aqueles cupcakes eram de matar.

Na manhã anterior ela havia aparecido cedo e toda animada para a reunião delas, toda emperiquitada para ir à igreja. Mas isso não a impedira de vestir o avental do Meu Pequeno Pônei, que havia pendurado em um gancho ao lado de um dos de Dre — como se trabalhasse ali —, e então dar uma mãozinha à Lani antes da abertura da confeitaria, enquanto as duas discutiam o bolo-surpresa para o torneio de pôquer. No começo, Lani ficara apreensiva, pensando que tinha criado um problema ao permitir que Alva a ajudasse com sua bolo-terapia na noite anterior, mas, antes que pudesse conversar com a senhora sobre limites, Alva já estava colocando a cobertura, com perfeição, na primeira bandeja de cupcakes. Então Lani mantivera a boca fechada e deixara a mulher trabalhar. Enquanto discutiam todas as opções de cupcakes que poderiam servir como armas, a senhora havia se mostrado uma assistente bem útil. Tanto que Lani havia oferecido um desconto nos especiais como agradecimento pela ajuda.

Sempre desconfiada, Alva fingira considerar a oferta, mas, no fim das contas, recusara-a, explicando que gostara das sessões de confeitaria inesperadas delas duas e não queria que Lani achasse que precisava oferecer tratamento preferencial, ainda mais se precisasse de ajuda de novo. Lani reduzira o preço da mesma forma, porque era a coisa certa a ser feita, e dissera que resolveriam quaisquer futuros pedidos conforme fossem acontecendo. Ela estava de tão bom humor depois que Alva fora embora que ligara o som no máximo e começara a dançar enquanto dava duro para tirar o atraso do trabalho.

O clube do cupcake   113

Fora quando Baxter aparecera. Ela não havia sentido muita vontade de dançar desde então.

— Eles pesam uns duzentos gramas cada — comentou Dre, removendo as forminhas. — Talvez eu devesse mudar a minha aposta para se as velhas vão dar conta deste banquete.

— Você não conheceu as nossas velhas. — Lani olhou de relance para Bernard, e depois de volta para Dre. — Eu não sei se vou colocar esses no menu. Dão trabalho demais e acho que não congelam bem. Veremos como vão se sair hoje à noite. Me dá licença por um instante.

— Sim, Chef.

Lani sorriu para si mesma, e então foi até onde estava Bernard, ocupado, checando a caixa de luz.

— Vamos precisar trazer a nossa própria rede elétrica, de qualquer forma, então não se preocupe — disse ele a Lani.

— Não devo me preocupar com o quê?

Bernard lançou aquele sorriso com os olhos apertados para ela.

— Com a sua conta de luz ficar estratosférica.

— Ah.

Sério? Agora a conta de luz ia subir? Ela não tinha considerado essas coisas. Estivera tão agitada pensando em como seria trabalhar com Baxter de novo... na frente de câmeras de televisão, ainda por cima! Deveria ter pensado no seu negócio e no que mais aquilo lhe custaria, além de sua sanidade. Afinal, era nisso que afirmara estar focada, não? Talvez estivesse na hora de colocar a cabeça no lugar e se concentrar estritamente nos negócios. E não em como Baxter a fazia se sentir todas as vezes em que chegava perto dela. Lani realmente teria que fazer algo em relação a isso. Seus hormônios pareciam entrar em ação só de pensar em estar perto dele de novo. Droga!

Ela tirou o telefone do gancho e estava prestes a pedir o número de Baxter a Bernard quando a porta dos fundos se abriu e seu pai entrou.

— Boa noite, Dre. — Ele cumprimentou a assistente de Lani com um gesto da cabeça, e então ergueu as sobrancelhas para a filha com ar questionador ao olhar de soslaio para Bernard.

— Boa noite, delegado — disse Dre, sem tirar o foco da tarefa que tinha em mãos.

114 **Donna Kauffman** 🍰 DELÍCIA, DELÍCIA

Lani viu o pai dar um sorriso igual ao seu quando Dre falava com ela, e notou que não a corrigira quanto ao cargo. Ele era o xerife, e não o delegado. Dre era de Boston, então o conceito de xerife era algo que, pelo visto, a garota não entendia. Ou talvez apenas olhasse para o pai de Lani e visse o policial de Washington D.C. Em comparação com o restante dos caras no departamento de polícia de Sugarberry, definitivamente ficava claro que ele continuava sendo um policial da cidade grande.

Lani também notou que seu pai olhou de relance para Dre uma segunda vez, uma rápida análise de cima a baixo, checando o avental do Willy Wonka, os cabelos roxos, a pele pálida e a tatuagem de fada no pescoço, tudo isso em dois segundos, e depois balançou a cabeça em negativa rapidamente enquanto entrava na cozinha.

Ela sorriu, deu a volta em sua bancada e foi ao encontro do pai.

— Isso são horas? Espero que não tenha vindo pedir doações. Estes aqui são todos pra Alva e suas amigas. Vai precisar invadir o torneio de pôquer mais tarde, confiscá-los ou algo assim.

— Pela cara deles, talvez valha a pena o esforço, mas não é por isso que vim aqui.

— Ah, é?

— Vim a trabalho, pra me encontrar com o seu Sr. Dunne.

— Ele não é nada meu.

— A equipe de produção dele solicitou várias licenças. Preciso de algumas informações antes de emiti-las. Onde ele está?

— Em qualquer outro lugar.

Por enquanto, ao que parece.

— O Chef Dunne vem aqui? Hoje à noite? — Dre parou de glaçar os cupcakes e encarou os dois. — Desculpa, não quis bisbilhotar a conversa de vocês. Eu só estava...

— Tudo bem, Dre. Fica por aí, eu te apresento.

A garota assentiu com a cabeça e fez um grande esforço para não parecer como se tivesse acabado de ganhar, ao mesmo tempo, na loteria e presentes em dobro no Natal. Lani não conseguia se lembrar de algum dia sua assistente estar tão... sorridente, feliz, otimista. Ou algo semelhante. Lani deveria ter achado graça. Afinal, Baxter abalava até as pessoas mais resistentes. Por que isso a irritava era um mistério. Quis explicar a Dre que o Chef Hot Cakes que lhe provocava essa sensação esfuziante estava prestes a transformar a vida delas em um circo.

— Estou me tornando uma chata. E isso é tudo culpa dele.

— Quê? — perguntou seu pai.

— Oi? Ah, nada. Não sei quando ele vai dar as caras. Não sei de nada sobre o cronograma. Ele não se deu ao trabalho de me contar.

Leyland franziu o cenho, e Lani viu a centelha de teimosia nos olhos do pai. Como ela era idiota. Sabia muito bem que não deveria falar o que pensava na frente dele, especialmente em se tratando de Baxter.

— Você quer que eu embarrere as licenças? Para te dar um tempo, para dar um tempo nisto? E se quiser que eu acabe com essa história, posso...

— Pai, não. Desculpa, não queria te deixar preocupado. Eu já concordei com tudo, e todo mundo em Sugarberry está superanimado. Só estou um pouco irritada, é só. — Ela olhou para o pai. — Não há necessidade de embarreirar nada, tá? Quanto mais cedo começarmos as gravações, mais rápido terminaremos.

— Quanto tempo isso vai durar?

— Realmente não sei. Não discutimos isso... — Ela parou de falar quando a porta dos fundos se abriu de novo... e Alva entrou a passos largos, toda sorrisos.

Lani respirou fundo, tentando suprimir o último surto de adrenalina, que surgia cada vez que a porta dos fundos se abria.

— Mas como meus bolinhos estão lindos! — Alva reluzia, fitando as fileiras brilhantes de cupcakes de cabeça para baixo. Ela olhou de relance para Lani, radiante, mas de um jeito bem diferente de Dre. Bateu palmas. — De repente, estou me sentindo com mais sorte.

— Já termino de colocar tudo nas caixas — disse Dre a ela.

— Não se preocupe. Cheguei cedo. Vou te ajudar!

Antes que Lani pudesse se meter, Alva havia, toda enérgica, seguido até o local onde ficavam os aventais e pegado o do Pequeno Pônei, vestindo-o e se postando ao lado de Dre num piscar de olhos. Lani apenas balançou a cabeça.

— O que foi que eu fiz para merecer isto?

— Quê? — perguntou o pai de Lani outra vez.

Ela desviou o olhar e apontou para a dissonante dupla dinâmica de Dre e Alva.

— Talvez você devesse ir falar com o Bernard. Acho que ele está encarregado da iluminação, dos equipamentos e do que quer que seja que precise ser montado aqui. Talvez ele possa responder suas perguntas sobre as tais licenças.

O pai assentiu com a cabeça, olhou de relance para as duas mulheres que estavam empacotando o pedido especial, e mais uma vez balançou de leve a cabeça. Ele foi a passos largos até Bernard, que fazia uma leitura de teste em... algo.

Lani começou a seguir o pai, querendo descobrir quantos equipamentos eles planejavam levar para dentro de sua cozinha, pensando que ela já estava mais do que lotada, quando a porta dos fundos se abriu de novo.

E então, entrou...

— Charlotte?

— Surpresa!

Ela fez um aceno com a mão e passou pela porta.

— *Como assim?*

Lani correu por volta das bancadas e foi ao encontro da amiga, e as duas se deram um abraço apertado, junto com um pulinho de alegria, no meio da cozinha lotada.

— Como? — perguntou Lani, achando que estava vendo coisas.

— Bom, você me convidou um montão de vezes.

— Eu sei, mas como você conseguiu dar uma escapada? Sua agenda estava...

— A cozinha pegou fogo.

Lani reclinou-se e segurou Charlotte pelos braços.

— Ah, não! Está tudo bem?

Ela assentiu com a cabeça.

— Aconteceu quando estava fechado, graças a Deus. Está todo mundo bem, e, pensando pelo lado positivo, teremos duas semanas de folga, talvez mais, se a inspeção sanitária não nos liberar.

Lani olhou além de Charlotte, para a porta dos fundos ainda aberta.

— O Franco...?

— Não. Você sabe como ele é, está sempre metido em dez projetos diferentes, em várias cozinhas. Nunca sai de Nova York.

— Nem você! — disse Lani, dando risada.

— Você precisa de mim. Então eu vim. — Charlotte deu uma olhada ao seu redor, para o monte de gente na cozinha. — Mas parece que todo mundo teve a mesma ideia.

O **clube do cupcake**   117

— Estava pensando a mesma coisa. Mas ninguém é igual a você! Vem, quero te apresentar ao pessoal.

Lani passou o braço em volta do de Charlotte e lhe deu um apertãozinho, ainda processando o fato de que sua melhor amiga estava mesmo ali.

— Você vai passar as duas semanas inteiras aqui? Porque pode ficar na minha casa, mas lá não tem comida. Parece que nunca consigo ir ao mercado. É claro que, se você topar uma noite de boloterapia, podemos viver de farinha e creme de manteiga.

— Isso não seria nenhuma novidade. — Charlotte sinalizou com a cabeça brevemente em direção aos outros, que as observavam descaradamente. Menos Bernard, que estava ocupado fazendo… coisas de Bernard. Ela baixou o tom de voz e inclinou a cabeça na direção da de Lani. — Mas estou achando que você pode estar um pouquinho ocupada para fazer uma Noite Boloterapêutica.

— Nunca estivemos ocupadas demais para as Noites Boloterapêuticas.

Charlotte sorriu.

— Fato.

— Pra falar a verdade, acho que vou precisar de bastante terapia.

Charlotte fez uma pequena reverência.

— Estou aqui para servir. E cozinhar.

Lani deu um apertãozinho no braço dela de novo.

— Não consigo acreditar que você está aqui.

— Nem eu.

Char então voltou sua atenção para as outras pessoas e abriu um sorriso, um pouco como alguém faria com a tribo local enquanto ainda estava tentando decifrar se ela era ou não amigável.

— Olá. Meu nome é Charlotte Bhandari. Estudei com a Leilani.

Lani finalmente caiu em si e se virou para o restante das pessoas.

— Charlotte é uma das mais importantes confeiteiras de Nova York. Ela é a pâtissière executiva do Mondrake. Charlotte, essa é a Dre, minha nova assistente. E Alva…

— A assistente sênior — disse a senhora, com um sorriso bondoso, mas seus olhos brilhavam de uma forma meio alarmante.

— E você já conheceu o meu pai — acrescentou Lani, enquanto Leyland deixava Bernard de lado e ia até onde todas estavam.

— É bom vê-la de novo, Charlotte. Quanto tempo.

118 **Donna Kauffman** 😊 Delícia, Delícia

Desde o funeral da mãe de Lani, para ser exato, mas é claro que nenhum deles mencionou isso.

— Verdade — concordou Char. — Lani me disse que o senhor está bem melhor. Fico muito feliz em saber disso, Sr. Trusdale. Quer dizer, xerife Trusdale.

— Pode me chamar de Leyland.

— Minha mãe me amaldiçoaria pra sempre se soubesse disso — respondeu Charlotte, com um sorriso. — E, acredite em mim, nenhum de nós quer uma coisa dessas.

O pai de Lani sorriu e assentiu com a cabeça.

— Então tá. — Ele se voltou para a filha. — Vocês estão bem ocupados por aqui, e acho que já consegui informações suficientes com o Bernie, então vou indo. Diga ao Sr. Dunne que, em algum momento, precisarei falar com ele ou com a Rosemary.

Lani franziu a testa.

— Rosemary?

— A produtora dele — falaram Charlotte e o pai de Lani ao mesmo tempo.

— Nós conversamos mais cedo — disse ele.

— Eu só sei porque alguém com quem trabalho está namorando o assistente dela. — *Brenton*, falou Charlotte para a amiga, só mexendo a boca.

— Certo. — Lani abriu um sorriso brilhante para o pai, e falou antes que outras perguntas pudessem ser feitas: — Tá, sem problemas. Dou o recado.

— Foi um prazer vê-lo novamente, xerife — disse Charlotte, educada, pondo fim ao papo e fazendo por merecer outro apertãozinho, em agradecimento.

Ele assentiu com a cabeça, mas não perdeu tempo em sair do aposento.

— Vou trancar a porta da frente de novo, não precisa ir comigo — disse Leyland, enquanto passava pela porta da cozinha.

— O Brenton está aqui? — perguntou Lani a Charlotte.

A amiga negou com um movimento de cabeça.

— Franco teria se enfiado dentro da minha mala para vir se fosse o caso.

— Ah, claro. Ele sairia de Nova York por um *macho*, mas não por mim!

— Dã. — O que, vindo de Charlotte, fez com que as duas caíssem na risada. — O Brenton está na pós-produção da última temporada, então vai ficar em Nova York. O Franco prometeu nos avisar se descobrir algo interessante.

— Acabei aqui — disse Dre, chamando a atenção de Lani de volta ao projeto do momento.

O **clube do cupcake**   119

A confeiteira se virou e encontrou Alva e Dre selando a caixa final dos cupcakes Vulcano. Charlotte deu um passo na direção da mesa e os examinou mais de perto, sem pegar nenhum.

— Parecem de matar. — Ela olhou de relance para Lani. — Vai compartilhar?

— Você joga pôquer? — perguntou Alva.

Charlotte sorriu.

—Infelizmente, não. Mas, se vocês tiverem um time de mahjongg, podem me chamar.

O sorriso de Alva se tornou decididamente mais especulativo.

— Vou me lembrar disso.

— Dre, você pode ajudar a Alva a levar as caixas até o carro dela?

— Claro. — A assistente olhou de relance para Lani e Charlotte. — Eu deveria cair fora então?

— Ahn... — Lani olhou para Charlotte e depois para Bernard. — Não sei como vai ser com a filmagem, mas com certeza vou precisar de você, Dre. Pode me enviar um e-mail com o horário das suas aulas nas próximas duas semanas? Aí eu te digo as datas e os horários em que vou mesmo precisar da sua ajuda, e a gente vê o que faz. Pode ser?

— Ótimo.

— E prometo que vou te apresentar ao Baxter.

O sorriso de Dre geralmente estava mais para uma entortada sardônica dos lábios, mas ela chegou a mostrar os dentes agora.

— Isso também seria ótimo.

A garota parecia que ia saltitar quando saiu para ajudar Alva. Charlotte inclinou-se para falar com Lani.

— Caidinha pelo Hot Delícia? — murmurou.

— Ah, é — sussurrou Lani em resposta. — Acontece até com as melhores delas.

Charlotte soltou um suspiro e depois acrescentou uma olhadela para Lani, sorrindo maliciosamente.

— E pensar que te ofereci uma cama.

— Pois é — disse Charlotte, sem remorso algum. — Mas, em compensação, sou uma excelente boloterapeuta. Não cobro extra por chamadas depois do horário comercial. E até trouxe o meu próprio chocolate.

— Não brinca?!?

— Ah, estou falando muito sério.

120 *Donna Kauffman* 🔔 Delícia, Delícia

— Do Frustat's? Da rua 7?

Charlotte confirmou com um aceno de cabeça.

Lani abraçou novamente a amiga. Ela se controlou para não soltar um gritinho agudo. Alva enfiou a cabeça de novo para dentro da confeitaria.

— Prazer em conhecê-la, Srta. Charlotte. Lani May, você e sua amiga são bem-vindas no restaurante da Laura Jo hoje à noite. — O sorriso dela assumiu um ar decidido. — Sintam-se à vontade para trazerem outros pâtissiers.

— Obrigada, Alva. Acho que estarei meio ocupada, mas agradeço o convite. Depois me conta como foi com os cupcakes.

— Ah, vocês vão ficar sabendo de todos os detalhes — garantiu ela. — Vai ser o assunto principal da minha primeira coluna.

Lani arregalou os olhos.

— Você finalmente conseguiu fazer o Dwight dar o braço a torcer? — Então franziu os olhos. — Espera, você não disse a ele que tinha uma exclusiva com o Baxter, disse? Porque sabe que não posso prometer...

— Minha querida, eu mesma já cuidei disso. O Chef Dunne é um cavalheiro que honra seus compromissos. Nosso jantar está marcado pro final desta semana.

É mesmo? Lani queria fazer uma dúzia de perguntas, mas dissera a Baxter que faria o programa e não se meteria na vida dele, então não era da sua conta qualquer outra coisa que o homem fizesse na ilha.

— Isso é... o máximo! — Lani quase conseguiu soar sincera. — Que bom que conseguiu. Mas não vai começar a coluna com a entrevista?

— Tenho que malhar o ferro enquanto ainda está quente, querida. A agenda dele está abarrotada nas próximas noites, e o torneio de pôquer de hoje promete esquentar os ânimos, se é que você me entende. — O sorriso de Alva ficou ainda mais largo e assumiu um ar decididamente maldoso. — Vai explodir como um vulcão, acredito.

— Isso é verdade. — Lani estava se divertindo, embora soubesse que não deveria encorajar o Tubarão Betty de jeito nenhum.

— É só ler na edição de amanhã! Ainda estarão falando dela quando sair a edição seguinte, e aí, sim, falo sobre o Chef Hot Cakes.

— Isso vai ser interessante.

— Ah, interessante será o que você estará fazendo, querida. — Alva arqueou as sobrancelhas.

O clube do cupcake   121

Antes que Lani pudesse até mesmo esboçar alguma reação ao comentário, a senhora saiu pela porta dos fundos, fechando-a atrás de si com um clique final.

— Agora entendi tudo — comentou Charlotte, com o olhar fixo na porta fechada.

— É uma dessas coisas que só vendo pra crer.

— Com certeza — concordou Charlotte. — Você sabe que ela vai escrever sobre você e o Baxter na tal coluna, né? Será que é por isso que ela revolveu virar sua ajudante?

— Eu não duvidaria, mas sempre que veio aqui estava toda empolgada com o torneio de pôquer. Claro que, desde então, a ideia pode ter passado sim pela cabeça da Alva.

— E agora? O que você vai fazer?

— Nada.

Charlotte voltou um olhar de surpresa a Lani.

— É mesmo?

— Bom, você a conheceu. Acha mesmo que eu poderia impedi-la? Além do mais, a Alva tem sido bem útil.

Charlotte levou as coisas em consideração e assentiu com a cabeça.

— Há todo esse lance de "mantenha seus inimigos por perto".

— Ela não é minha inimiga. — Lani sorriu. — Mas você até tem razão.

— Srta. Trusdale?

Tanto Charlotte quanto Lani se viraram ao ouvirem a voz de Bernard. Lani tinha se esquecido completamente de que ele ainda estava ali.

— Sim?

— O Baxter acabou de ligar. Ele está preso em uma reunião com nossa produtora e o diretor. Não vamos definir nada até amanhã.

— Amanhã a confeitaria estará aberta.

— Certo. — Bernard parecia distintamente desconfortável pela primeira vez. — Sobre isso…

— Bernard… — alertou Lani, seu tom sério.

De imediato, ele começou a piscar mais rápido e ergueu sua prancheta como se fosse um escudo.

Lani se sentia como se tivesse chutado um filhotinho de cachorro. Um filhotinho de cachorro míope. Soltou um suspiro.

— Tá, tá. Mas preciso falar com o Baxter. O mais rápido possível.

Bernard pareceu respirar e soltar um leve suspiro de alívio.

— Que bom. Ele perguntou se poderia dar uma passada na sua casa depois de resolver as coisas por lá. — Quando ela ergueu as sobrancelhas, o homem começou a falar mais rápido. — Para discutir o cronograma da produção, e... qualquer coisa que você precise saber. Tenho certeza de que é isso que ele está fazendo agorinha mesmo, pegando todas as informações para te repassar sobre...

— Tudo bem, Bernard. — Lani decidiu que não havia prazer algum em atacar o mensageiro.

Além disso, se Baxter tivesse algum outro motivo para ir até sua casa, e, é claro que tinha, mal sabia ele que Lani tinha sua própria arma secreta nesta noite. Ela passou seu braço mais apertado pelo de Charlotte e abriu um sorriso.

— Diga a ele que tudo bem, podemos fazer isso.

Uma hora depois, Lani e Charlotte tinham limpado e fechado a cozinha, e Lani estava dando um tour da frente da confeitaria para a amiga. Charlotte era a primeira pessoa de sua antiga vida, bem, além de Baxter, a conhecer sua nova fase. De todo mundo com quem convivera na cidade grande, incluindo o Chef Hot Delícia, Charlotte era a única amiga cuja opinião realmente importava para Lani.

Virando-se devagar, Char analisou as vitrines cromadas em estilo vintage que seguiam em um padrão em L ao longo de uma das paredes laterais, e depois deu uma volta para ver a extensão da confeitaria. Ela parou finalmente nas prateleiras azul-claras alinhadas atrás da caixa registradora. Cada uma delas estava cheia de uma mistura eclética de antiguidades de cozinha e livros vintage de culinária, tudo disposto em meio a bonequinhos e estátuas que eram relacionados de alguma forma com os diversos aventais de Lani.

— Quer saber? Eu não teria imaginado isto pra você. Não pra pessoa que era em Nova York. — Charlotte virou-se e olhou para a amiga. — Mas, de alguma forma... com você parada aí, toda orgulhosa, como a mãe de um recém-nascido que só vê o filho como um anjinho... sabe, isto realmente combina contigo.

Lani ficou radiante, cada pedacinho seu tão orgulhoso quanto essa mãe fictícia.

— Obrigada. Isso significa muito mais pra mim do que você imagina.

Charlotte abriu um sorriso.

— Ah, eu imagino. Nem precisa dizer "eu bem que avisei".

— Não vou. — Lani abriu um largo sorriso. — Isso faz com que você pense diferente quanto a querer seu próprio lugar?

O clube do cupcake   123

— Nem um pouco.

As duas riram disso. Sempre que Lani tinha falado cheia de entusiasmo sobre ter e dirigir seu próprio negócio, Charlotte lhe ouvira, mas detestava a ideia para si própria. Dizia que não tinha nascido para gerenciar nada, nem mesmo se fosse a chefona. Especialmente se fosse a chefona. Levando em consideração o quanto Char era mandona, a ideia de ela não querer ter seu próprio negócio sempre divertira Lani.

— Eu quero poder deixar o trabalho no trabalho.

— Eu faço isso aqui — disse Lani, o que era uma meia-verdade.

Ela meio que vivia, respirava e literalmente comia em sua confeitaria na maior parte do tempo, mas, principalmente, aquele lugar era sua fonte de entusiasmo, junto com uma dose saudável de ansiedade quanto a seu desejo de ser bem-sucedida.

— A palavra-chave é *aqui* — disse Charlotte. — A confeitaria combina com você, acho mesmo. Mas ainda não consigo sacar o charme da localização. Nem em termos pessoais nem profissionais.

— Talvez seja porque aqui eu posso ter uma vida.

Charlotte olhou para ela como se não conseguisse imaginar como uma vida ali poderia valer a pena ser vivida. Mas as duas estavam sorrindo, e era por isso que a amiga era a pessoa favorita de Lani. As duas não tinham que ter a mesma opinião nem concordar com tudo para apoiarem as decisões uma da outra.

— Estou realmente feliz por você ter vindo — disse Lani.

O sorriso de Charlotte ficou ainda mais largo.

— Apesar da localização e de ter tido que dirigir até o meio do nada, eu também.

Lani apagou as luzes e as duas se dirigiram aos fundos, apagando os outros interruptores conforme iam passando pelos ambientes.

— Não consigo acreditar que veio dirigindo até aqui. Nem sabia que você tinha carteira de motorista.

Charlotte olhou para a amiga de esguelha.

— Quem disse que eu tenho?

Lani ficou de queixo caído, mas a outra apenas deu risada.

— Cresci em Nova Déli, lembra? Suas estradas americanas são moleza pra mim.

Lani deu risada.

124   *Donna Kauffman* 🍰 Delícia, Delícia

— Ainda assim, não consigo imaginar você atrás de um volante. Muito menos por tanto tempo.

As duas saíram pelos fundos da confeitaria, rindo enquanto Lani fechava a porta. Ela se virou e deu de cara com as costas de Charlotte. Ambas se agarraram ao corrimão da varanda ao mesmo tempo em que Lani sussurrava:

— Minha nossa...

A mulher ficou boquiaberta e pasma com os três trailers gigantescos estacionados atrás de sua confeitaria, enchendo completamente não apenas a área de seu estacionamento, como também toda a quadra de lojas. Ela fechou a boca com raiva quando avistou Baxter, descendo saltitante os degraus que saíam do trailer do meio.

Ele lançou a Lani seu sorriso mais inocente.

— Eu posso explicar.

CAPÍTULO 8

AXTER CRUZOU O PEQUENO ESPAÇO ENTRE OS DEGRAUS ESTREITOS DO TRAILER E A PORTA DOS FUNDOS DA CONFEITARIA DE LEILANI. SÓ ENTÃO QUE SE DEU CONTA DE QUEM ESTAVA JUNTO COM ELA.

— CHARLOTTE?

— Chef — respondeu ela, educada, mas sem demonstrar emoção alguma.

Lani ocultou seu sorriso irônico, mas não rápido o bastante. Chef era um título que indicava sucesso profissional e respeito. Normalmente.

Baxter assentiu com a cabeça.

— Chef Bhandari — respondeu ele, sorrindo.

— Comportem-se — avisou Lani aos dois.

O sorriso de Baxter ficou ainda maior. Ele gostava de Charlotte e a respeitava. E sabia muito bem o motivo para aquele cumprimento apático. Só podia imaginar as coisas que Charlotte deveria estar ouvindo sobre a situação entre ele e a amiga dela. A moça só estava demonstrando solidariedade. Baxter invejava a relação tão próxima das duas.

Então, ficou surpreso quando Charlotte se voltou para Lani e disse:

— Foi uma longa viagem, um longo dia. Vou para sua casa enquanto vocês dois discutem suas… coisas.

A mulher havia deixado seu habitat natural para se enfurnar nos confins da Geórgia só para apoiar sua melhor amiga… mas não tinha problema nenhum em deixá-la confraternizando com o inimigo. Interessante. A menos, é claro, que "discutir suas coisas" incluísse alguma novidade que ele ainda desconhecia.

126 **Donna Kauffman** 🍰 DELÍCIA, DELÍCIA

Desconfiado, Baxter começou a falar, mas Lani pronunciou-se primeiro.

— Vou te levar até lá, mostro a casa — disse para Charlotte, nem se dando ao trabalho de olhar de relance para ele. — Você está cansada, e tenho certeza de que seja lá o que for que o Baxter precise discutir comigo sobre cronograma superse-creto de produção pode esperar um pouquinho pra eu poder resolver as minhas coisas, que são bem menos importantes.

Ah. Ao que tudo indicava, Bernard não fora um bom substituto enquanto Bax-ter estava preso na reunião com Rosemary.

— Não tem problema. Por que vocês dois não ficam aqui e conversam logo? Só quero me jogar na primeira coisa macia que eu encontrar. — Charlotte sacou seu celular. — Coloquei sua confeitaria e sua casa no meu GPS. Eu consigo chegar lá. Chaves?

Lani só olhou para ela.

Charlotte franziu a testa.

— Você tá de brincadeira!

— Não é como se a ilha fosse o lugar mais perigoso do mundo. E meu pai é o xerife.

— Faz sentido.

Lani sorriu.

— Bom, porque é a única justificativa que eu tenho. Mas, falando sério, te levo lá. O lugar está meio que um desastre.

— Mas eu sou de casa. Praticamente morei na sua quitinete em Nova York. Não poderia ser pior do que aquilo. — Charlotte fez uma pausa quando Lani ape-nas arqueou uma sobrancelha. — É?

Leilani ergueu um ombro e abriu um sorriso um pouquinho envergonhado.

— Eu basicamente moro aqui.

— Tenho certeza de que vou ficar bem — disse Charlotte. — Posso... dar um jeito.

Baxter entrou na conversa.

— Posso ir junto. Você mostra tudo pra Charlotte, depois podemos sair, tomar um café ou jantar, se você ainda não tiver comido. Não temos que estar dentro da confeitaria pra falar dela.

— Precisamos mesmo fazer isso hoje? Eu não vejo a Char desde...

Charlotte ergueu a mão.

— Eu preciso dormir. A gente pode brincar de Barbie Confeiteira amanhã.

O clube do cupcake   127

— Barbie Confeiteira? — quis saber ele.

— Lani que chama assim — respondeu Charlotte. — É o nosso clube da Luluzinha.

Como se isso explicasse alguma coisa. E, talvez, explicasse.

Baxter tinha notado o olhar que Leilani voltara em direção à amiga, que era mais uma súplica do que preocupação. E também viu o olhar que a outra lançara de volta. *Ora, ora*, pensou ele. Talvez tivesse uma aliada em Charlotte, no fim das contas. Era óbvio que a mulher não estava preocupada com o seu bem-estar, mas, se estava pressionando Leilani para trabalhar com ele de qualquer forma, Baxter já achava ótimo.

— Queria poder adiar isso — concedeu ele —, mas acabei de receber o cronograma da produção, e temos mesmo que conversar sobre o que vai acontecer. Vai ser tudo muito rápido, começando amanhã de manhã.

— Eu sei — disse Leilani. — Bernie me avisou.

— Bernie?

— O carinha que adianta as coisas pra você.

Ele franziu a testa.

— Bernard?

— Isso! — Lani se virou para Charlotte enquanto Baxter articulava, sem som: *Bernie?* — Você pode me seguir.

Um minuto depois, todos eles estavam cada um em seu carro, dirigindo por diversas quadras, até chegar ao lado da ilha que dava para o oceano. Leilani diminuiu a velocidade antes de entrar numa ruazinha pavimentada de conchas, que dava para uma pequena casa que parecia encostar nas dunas. Com o cair da noite, Baxter não conseguia discernir muito bem todos os detalhes, mas o lugar parecia... pensou que a palavra certa seria... *aconchegante*.

Charlotte estacionou na entrada, depois Leilani entrou com seu pequeno SUV vermelho atrás dela, deixando Baxter pra trás no seu carro alugado. Ele não imaginaria que Lani seria o tipo de mulher que teria um SUV nem um carro vermelho. Não que já tivesse pensado nisso. Se fosse supor, a teria imaginado em um carro compacto, algo prático. Como ela. Na verdade, o pequeno veículo utilitário até era prático, especialmente se Lani fizesse serviços de bufê ou entregas, mas o vermelho era meio... chamativo, o que não parecia ser a cara dela, nem um pouco.

Não que ela fosse sem graça, mas o trabalho de Leilani era conhecido por uma complexidade delicada e pela elegância. Seu lado chamativo, se existia, aparecia na criatividade de suas criações, porém, o produto final era sempre sofisticado.

Baxter pensou nos cupcakes deliciosos que cobriam as bancadas na manhã em que entrara na cozinha dela pela primeira vez e, depois, nas variedades extravagantes de coberturas que enchiam as vitrines da confeitaria. Eram sobremesas sensuais, beirando o hedonismo. Havia também seu gosto musical duvidoso e a excentricidade dos aventais que ela usava, a decoração eclética da confeitaria de modo geral... precisava admitir que ela poderia ter mais razão do que ele gostaria.

Baxter só a conhecia como a chef que precisava ser para trabalhar para ele, para trabalhar em um lugar como o Gateau. Simplesmente presumira que a chef e a mulher eram a mesma pessoa.

Ao que tudo indica, não poderia estar mais errado.

Dentro do carro, ficou observando enquanto Lani e Charlotte saíam de seus veículos. Embora estivesse louco para ver a casa dela, achou melhor deixar as duas se ajeitarem.

Leilani sempre fora uma chef organizada na cozinha de Baxter, metódica e precisa, e não parecia ser diferente em sua confeitaria. Até mesmo levando em consideração os sabores exuberantes e as escolhas interessantes de aventais, era difícil imaginá-la como uma pessoa bagunceira. Porém, o interesse dele ia além das suas habilidades como dona de casa. Estava curioso em relação ao estilo de vida dela neste lugar, fora da cozinha profissional. Baxter realmente queria entender o que poderia tê-la convencido a ficar na ilha.

Poderia ter entendido a escolha por uma cidade maior, como Savannah. Realmente teria dificuldade em imaginá-la num bairro residencial e suburbano. Qualquer coisa mais afastada da civilização seria impossível de compreender. E isto? Isto era mais do que afastado da civilização. Sugarberry era tão pequena e isolada que não faria diferença se Leilani tivesse anunciado que se mudaria para as ilhas Fiji. Ao menos lá ela poderia fazer bom uso do comércio turístico. E, imaginava ele, da paisagem.

Com os vidros das janelas do carro abaixados, ele ouvia a crescente sinfonia de assovios e chilreados, coaxos e o farfalhar de folhas. Havia ainda uma coisa... gorgolejando ali por perto. A brisa noturna ainda estava bem quente, um pouquinho úmida, e ele escutava um ruído constante que, por fim, acabou identificando como a arrebentação das ondas, o que queria dizer que acertara a localização. Mas era só. Ali era ainda mais silencioso, em termos de barulhos humanos, do que Savannah.

O clube do cupcake   129

E parecia uma cripta em comparação com Nova York. Na cidade, os sons da pressa eram criados pelo constante fluxo de pneus rolando pelo asfalto e pelas saídas de ar nas ruas, e os assovios a qualquer hora eram para chamar táxis, os chilreados significavam sirenes, e o gorgolejo provavelmente seria feito por algo que ele preferia não saber, tanto em Manhattan quanto ali.

Passou pela cabeça de Baxter que ambos haviam escolhido viver em uma ilha, e que talvez a atração que ele sentia pela sua fosse tão incompreensível para alguém de fora quanto a de Lani era para ele. Baxter pensava na ilha de Leilani como um local no meio do nada, uma roça, enquanto a dele oferecia sofisticação e qualidade de vida. Embora admitisse que ambas tinham partes não civilizadas que se evidenciavam à noite, a melhor opção entre as duas seria óbvia e ululante para qualquer um.

Enquanto os minutos se passavam e a escuridão caía, Baxter se deu conta de que parara de apertar o volante com tanta força. A tensão em seus ombros e seu pescoço, resultado de mais um longo dia de reuniões sobre as estratégias e detalhes do programa, estava aliviando. A brisa calma da noite, assim como os sons ritmados da vida noturna local, estavam tomando conta dele. Não dava para negar que as duas ilhas proporcionavam qualidade de vida a seu modo.

As luzes se acenderam no chalé, dando-lhe um ar aconchegante. Baxter abriu um sorriso, divertindo-se em pensar que sempre comparara Lani à Branca de Neve.

— É claro que ela mora num chalé — murmurou ele. — Agora só faltam os anões.

Com tanta gente saindo e entrando da confeitaria, coisa que Baxter observara pelas persianas do trailer enquanto sofria nas muitas reuniões com Rosemary e a equipe, Leilani na verdade parecia estar recrutando um miniexército.

Bom, ele também tinha um exército, que talvez não fosse tão "mini" em números, especialmente comparando com o tamaninho da ilha que estavam invadindo. Estabelecer a equipe de produção em Savannah havia se provado complicado demais. Era um pesadelo logístico até mesmo montar acampamento na cidade mais próxima com um tamanho decente. Sendo assim, surgiu a ideia de alugar caminhões e, literalmente, se alojarem bem ali no quintal dela, que também era o quintal de todos os outros estabelecimentos na quadra. Fora necessário muita conversa mole e algumas mãos molhadas, usando boa parte do orçamento do programa, para fazer com que tudo funcionasse sem prejudicar o comércio local.

Baxter realmente estava torcendo para que a exposição de ter um programa de TV famoso sendo gravado ali alavancasse e, quem sabe, até mesmo expandisse a economia da ilha. Bom, depois que ele fosse embora e parasse de ocupar todo o espaço para a expansão. Mesmo que o seu programa nunca tivesse feito algo tão ambicioso quanto uma viagem cruzando o país, não era a primeira vez que a rede filmava numa localidade remota. Os chefões tinham arquivos repletos de fatos e cifras relacionados aos efeitos econômicos positivos sobre os locais onde tinham estabelecido gravações fora do estúdio. Documentação esta que exibiam descaradamente sempre que queriam usar locações externas, para quem quer que fosse que concedesse espaço, licenças e quaisquer outras coisas necessárias para que o programa pudesse ser feito.

Baxter imaginou como Leilani lidaria com a notícia sobre o quanto as filmagens invadiriam a sua ilha e a sua vida. Seria bem mais, muito mais, do que planejara originalmente... e ele não gostaria de ser a pessoa a lhe contar isso.

— A porta do passageiro está travada. Baxter?

A voz de Lani fez com que ele desse um pulo, e só então se deu conta de que tinha descido o banco e fechado os olhos.

— Você tá bem?

Baxter se virou e deparou-se com ela curvada, espiando-o pela janela do passageiro. Ele piscou para se livrar do sono, abriu um sorriso rápido e então brigou com a maçaneta da porta por mais alguns segundos, algo que não foi lá muito impressionante nem discreto. Quando finalmente venceu a peça do carro, saiu dele, deu a volta no veículo e... percebeu que ainda não tinha destravado a porta.

— Mas que droga!

— Eu posso abrir a porta — disse ela, sorrindo. — Mas você tem que destrancar primeiro.

— Realmente... Então já mostrou tudo pra Charlotte?

— Já. Ela está plantada no sofá, com um pote de sorvete de cookie, uma colher enorme e uma maratona de *Iron Chef*. Nem vai sentir a minha falta.

— Isso parece... ótimo, na verdade.

O sorriso dela ficou maior.

— É um sofá pequeno, e a ideia da Charlotte de pijama é um pouco... eclética. Além do mais, ela não divide sorvete. Nem o controle remoto.

— Então ela trouxe o próprio sorvete.

— Ela detesta dividir.

— Eu vi o cooler. O que mais ela trouxe?

— Coisas de Barbie Confeiteira.

O clube do cupcake   131

Baxter abriu um largo sorriso.

— Hum. Talvez você não saiba, mas coisas de confeiteiras devem ser bem parecidas com coisas de confeiteiros.

— As coisas de confeiteiros incluem cerejas cobertas com chocolate amargo no formato de um...? — Lani gesticulou em direção ao sul do corpo dele em geral, e ergueu uma sobrancelha.

Baxter caiu na gargalhada.

— Hum, chocolate, sim, talvez até as cerejas, mas minhas formas de bolo geralmente têm formatos geométricos.

Havia algo no brilho dos olhos dela que fez com que Baxter pensasse nela deslizando aquelas cerejas cobertas de chocolate para dentro de sua boca, lambendo-as até não sobrar nada de sua doçura suculenta, sem falar dela devorando aquele... bolo. Na mesma hora, decidiu que seria melhor voltar para o carro antes que houvesse algum motivo para Lani olhar para aquela região ao sul novamente, cuja topografia estava mudando bem rápido.

— Vou destrancar a porta pra você.

Ele ficou grato pela crescente escuridão enquanto dava a volta de novo e pulava para dentro do carro, destravando as portas e depois se inclinando até o lado do passageiro para abrir a dela.

— Obrigada — disse Lani enquanto entrava no carro, se ajeitava e puxava seu cinto de segurança.

Baxter também fechou a porta do seu lado, e achou que a silenciosa ilha havia acabado de ficar um pouco mais... íntima.

Era estranho. Os dois haviam trabalhado por horas, dias sem fim, bem mais próximos fisicamente do que estavam agora, sentados cada um de um lado de um pequeno veículo. No entanto, isso fora num espaço maior, na cozinha do Gateau. Ali, por outro lado, parecia muito... confinado. Além disso, as imagens que o distraíam, das cerejas cobertas de chocolate, dos lábios de Leilani e da súbita falta de ar para respirar... tornavam difícil conseguir raciocinar. E ele realmente não podia se enrolar esta noite. Estava perdendo tempo, e Lani estava perdendo a paciência.

— Baxter? — Ela interrompeu seu devaneio. — Tudo bem?

Ele se deu conta de que estava sentado em seu banco, agarrando o volante, com o olhar fixo no para-brisa, mas sem enxergar nada. Exceto aquelas malditas cerejas.

— Tudo bem, tudo bem. Tá tudo... bem. Colocou o cinto, né?

Baxter olhou para Lani de relance, enquanto ligava o carro. Até mesmo no escuro conseguia ver o sorriso divertido na boca dela.

— Sim, estou supersegura pro nosso passeio louco em volta da ilha. Aqui, alta velocidade, até mesmo naquela reta do lado leste, significa... ah, menos de cinquenta quilômetros. É claro que, como eu tenho meus contatos, acho que não vamos receber uma multa. A menos que meu pai queira ser superprotetor, o que acontece com muita frequência quando estou envolvida. Quem sabe não manda um policial pra te encher o saco um pouquinho porque... bom, porque ele pode.

Baxter franziu o cenho.

— Ele faria isso? O Bernard me disse que ele estava ajudando a produção pra conseguirmos todas as licenças.

— Mas isso não tem nada a ver com seu programa ser filmado aqui. A produção vai ser um pé no saco, mas, em termos de trabalho, ele tem noção de que é algo bom para a economia da ilha e para as pessoas daqui, e não é todo dia que se tem essa sorte. Ele acha que o lado bom compensa o lado ruim, mas isso não vai fazer com que pare de reclamar.

— Então, o policial me enchendo o saco seria...?

— Ah, isso seria algo totalmente pessoal. — O sorriso dela ficou ainda mais largo. — Você mexeu com a filha dele. Então, é mais um lance de pai. Só que, no meu caso, calhou de o meu pai ser o xerife.

Baxter sorriu, embora não estivesse gostando muito dessa história, nem em termos pessoais nem profissionais.

— Vou me lembrar disso.

— Então... — disse Lani, enquanto o momento se arrastava e Baxter continuava a sorrir para ela. — Vamos?

— Vamos. Vamos.

Ele deu partida, e depois olhou de relance para Lani.

— É bom te ver sorrir. Você parece mais... calma. De um jeito bom. É... combina com você.

— Você pode agradecer à Charlotte por isso.

— Pode deixar. — Baxter sorriu. — Sabe, nem estranhei Charlotte ter me cumprimentado hoje de um jeito quase tão frio quanto o sorvete dela... Cookie, jura mesmo?

Lani assentiu, ao que ele fez que não com a cabeça.

— De qualquer forma, achei que ela fosse criar caso sobre sairmos juntos.

— Estou sorrindo e calma porque ter a Charlotte aqui me deixa feliz, não porque ela me disse para relaxar perto de você.

— Ah.

— E, sim, é bom ter alguém do meu lado, me apoiando, mas o melhor mesmo é simplesmente ver a minha amiga. Conversamos o tempo todo, mas eu não a via desde que saí de Nova York. E sentia sua falta. Muita falta. Mas você está certo sobre ela não querer se meter entre nós dois. E Charlotte sabe que o programa vai acontecer, de qualquer jeito. E, bom, pra falar a verdade, ela acha válido que outras coisas aconteçam também.

Baxter diminuiu a velocidade do carro.

— É mesmo?

Lani sorriu.

— É mesmo. Mas não é só porque a Charlotte acha que algumas coisas valem a pena apesar das consequências, que eu concorde. Ela não é exatamente a melhor conselheira amorosa. Está mais pra garota-propaganda do que não se deve fazer em relacionamentos.

— A Charlotte?

— Não devia te falar isto, mas ela seria a primeira a admitir, de qualquer jeito. Vamos só dizer que a Char pode ser... impulsiva.

— É mesmo? — repetiu ele, com bem mais ênfase.

Lani arqueou uma sobrancelha.

— Você quer voltar e ver se ela está mais disposta do que eu a apresentar o programa?

— O quê?

Baxter olhou de relance para Lani. Uma das sobrancelhas dela ainda estava arqueada, mas havia um sorriso definitivamente divertido curvando seus lábios. Ele riu.

— Não, não. Não estou interessado na Charlotte. Não desse jeito. Só fiquei surpreso. Para mim, ela era mais... travada.

— Os pais da Charlotte são tradicionais com T maiúsculo. Geralmente, a visão dela sobre o mundo é o completo oposto da deles. Neste caso, eu diria que são bem radicais.

— Ah.

— Ela também não entende por que resolvi ficar aqui e abrir a minha própria confeitaria. Então, talvez os conselhos dela não sejam tão altruístas.

— Sei — disse Baxter, ainda com um sorriso nos lábios. Qualquer coisa que tornasse Leilani mais receptiva a ele era bem-vinda. — Sinto muito.

Lani o analisou, mas seu tom de voz ainda estava bem-humorado.

— Sobre?

— Tudo isto. Eu sei que já falei isso antes. Mas pensei no que você me disse. Pensei muito nisto tudo. E você tem razão, sabe? Gravar aqui é ridículo e exagerado, até mesmo pra mim. — O sorriso dele tornou-se autodepreciativo. — Pareceu uma boa ideia na época. — Baxter encontrou o olhar de Lani, mantendo-o ali por um instante, com ambos sorrindo, antes de voltar sua atenção para a estrada. — Eu deveria ter pensado melhor nos detalhes.

— Que bom que você entendeu. — Ela soava sincera, e sem a irritação que entremeara suas palavras com tanta frequência até então. — Sei que você não queria causar problemas, que achou que era uma boa ideia pra todo mundo. Você tem uma tendência a ficar tão focado em uma coisa que se esquece das outras, mas me dei conta de que não seria metade o chef que é se não fosse assim. Esse tipo de foco e, às vezes, essa determinação cega, é o que funciona pra você. É o que te traz sucesso.

Ele olhou rapidamente para Lani, e as palavras vieram antes que pudesse pensar melhor.

— Achei que você fosse o que funcionasse pra mim.

— Ah, Baxter…

Ele viu, do canto do olho, os ombros dela caindo um pouco, enquanto voltava a observar a estrada.

— Não disse isso pra você ter pena de mim. Mas pensei muito em todas as coisas que me falou, não só sobre eu me meter na sua vida, na vida que deseja ter aqui. Você disse que não te conheço, que fiquei caidinho pela mulher que trabalhava pra mim, não pela mulher em si.

— Caidinho?

— Eu te expliquei isso. — O sorriso torto dele ficou ainda mais largo. — Acho que até te mostrei… Talvez não tenha sido tão marcante pra você quanto foi pra mim.

Lani ergueu os dedos para tocar os lábios, pareceu perceber o que estava fazendo e baixou a mão, colocando-a no colo. Algum tempo se passou.

— Eu não esqueci.

Isso deixou seu coração apertado. Baxter se perguntou quanto tempo levaria para que ela parasse de ter esse efeito sobre ele. Suspeitava que nunca.

— Então... o que quer dizer? — perguntou ela. — Você percebeu que estou certa, e, agora que descobriu meu lado menos adorável e meigo, não ficou caidinho pela mulher de verdade?

— Não — disse ele, sem hesitar. — Eu não disse isso. Mas é verdade que não te conheço tão bem assim, Lei. Com certeza menos do que eu deveria antes de virar um monte de vidas de cabeça pra baixo só pra vir atrás da parte que realmente conheço.

— Foi o que eu disse, essa sua teimosia obstinada é o que faz de você um chef tão bem-sucedido.

Baxter sorriu de novo, mais seco desta vez.

— Obrigado... acho.

— De nada — respondeu Lani, feliz.

O sorriso dele ficou maior.

— Pra falar a verdade, prefiro pensar que não sou tão sem noção a ponto de dar pitaco na vida dos outros como se só eu soubesse o que é melhor pra tudo e todos, nem me aproveitar das vantagens de ser uma celebridade pra justificar as minhas ações, dizendo a mim mesmo que posso fazer o que quero porque estou ajudando as pessoas.

— Mas está ajudando. Pra Sugarberry, pras pessoas que moram aqui, você é uma celebridade, claro, mas também é meio que um herói. Todo mundo tá tão animado, quase delirando de felicidade, por você ter escolhido vir até aqui, por gravar seu programa na nossa ilhazinha. Acho estranho ainda não estarem falando sobre organizar um desfile ou colocar uma estátua sua no meio da praça.

— Ah, agora você está me zoando? — reclamou ele, mas riu junto com ela.

— Tá, mas estou falando sério sobre o resto. A câmara de comércio e todos os comerciantes da praça estão fora de si porque o valor das lojas deles com certeza vai aumentar. Ou aumentarão quando os caminhões forem embora e os clientes puderem estacionar perto das lojas — provocou ela, mas dispensou com um aceno de mão a tentativa de explicação de Baxter. — De verdade, eu sou a única que não gostou.

Ele diminuiu a velocidade quando olhou para Lani de novo.

— Já percebeu que estou tentando pedir desculpas por ser um babaca sem consideração, e você está me defendendo?

Lani pestanejou.

136   **Donna Kauffman**   ☕ Delícia, Delícia

— Sou má. Pode colocar isso na sua lista de coisas que, se soubesse antes, teriam te feito economizar bastante.

Baxter riu disso, até mesmo enquanto balançava a cabeça em negativa. Lani era uma pessoa tão complexa, bem mais do que imaginara. Até mesmo a irritação com ele e as confissões profundamente tristes que fizera sobre como escolhas de Baxter afetariam de um jeito ruim sua nova vida... tudo isso mexia com ele. Estava fascinado por cada coisinha nova que aprendia sobre aquela mulher, assim como por tudo o que já conhecia. Ela era mais do que ele pensava, era mais profunda também. A verdadeira Leilani, ou melhor, a Leilani completa, era mais desafiadora do que a mulher tranquila, perpetuamente otimista e inteligente que ele desejara, e cuja ausência na sua vida sentia tanto.

Essas novas descobertas não faziam seu interesse diminuir. Ele sentiria mais falta dela quando deixasse Sugarberry do que sentira quando Lani saíra do Gateau. Queria conhecê-la, descobrir cada detalhe dela, explorar todas as suas profundezas. Quanto mais aprendia e mais via, mais sentia.

— Eu pensei muito também — disse ela, interrompendo seus pensamentos. — Sei que fui um pouco grossa com você mais cedo, mas estou me esforçando pra lidar melhor com tudo isto. Eu tinha acabado de falar com o Bernard, que estava analisando a minha cozinha inteira, enquanto a Dre e a Alva estavam embrulhando os bolos-surpresa para o Armageddon do pôquer de hoje à noite, meu pai estava rondando por ali, tentando ser superprotetor, e a Charlotte apareceu, o que foi ótimo, mas me deixou chocada. Então saímos e demos bem de cara com trailers de um canto a outro da rua, e nem ouvi estacionarem. Eu quero ser legal. Sei que vai ser melhor se eu cooperar. Mas, pra fazer isso, preciso saber o que está rolando, pra poder me preparar. — Leilani olhou para Baxter e seu sorriso era sincero. — Estou me sentindo um pouco por fora, pega de surpresa, só isso.

— Eu entendo como você se sente — disse ele, também sendo sincero. — Foi mal pelo Bernard, e também por não ter te avisado antes sobre os planos. Ia fazer isso, mas acabou que nós ainda estávamos resolvendo o cronograma, que deu bem mais trabalho do que imaginávamos. Se eu não tivesse ficado preso nas reuniões, teria aparecido pra explicar tudo a você antes que o Bernard tivesse dado as caras.

— Que bom. Já faz duas semanas que ouço todo mundo da ilha maravilhado com o grande evento. E Charlotte também não perde a oportunidade de me dizer que você não fez por mal e não quis me causar problemas, coisa que você já falou.

O clube do cupcake   137

Acho que, no fundo, eu sabia disso. Só preciso me… adaptar. E queria que você me contasse o que está acontecendo. Não preciso de mais surpresas.

Ao olhar rápido para trás, Baxter viu que não havia mais ninguém na via única; parou o carro para se virar e olhar direto para Lani.

— Lei, sei que nada mais mudou nem vai mudar pra você depois do furacão Hot Cakes. Obrigado por estar sendo tão generosa. É bem mais do que eu tinha esperado. Ou mereça.

O sorriso dela ficou meio amargo.

— Eu sei.

Baxter sorriu de volta.

— E vou te contar as coisas. Sabe, por mais que eu goste do seu lado doce, sempre tranquilo, gostei desse seu lado mau.

— Que bom — respondeu ela, e depois abriu um sorriso mais largo, o que fez com que seus olhos brilhassem de forma meio diabólica sob a luz do painel do carro. — Não vá esquecer que disse isso.

Ele sorriu.

— Tenho certeza de que você vai me lembrar. E a Charlotte não está errada.

— A Charlotte? Sobre o quê?

— Eu não fiz por mal. Espero ter aprendido alguma coisa disso tudo e me controlar da próxima vez que achar que ser impulsivo é uma boa.

Lani riu. Muito.

— Eu deveria ficar ofendido. — Baxter soltou uma risada triste — Mas acho que fiz por merecer.

Ela deu uns tapinhas de leve no braço dele.

— Bom, pelo menos sua impulsividade tem charme.

— Não se esqueça de que sou "bem-intencionado".

— Certo. Acho que vai ser sua nova desculpa agora.

Ainda sorrindo, Baxter pegou a mão de Lani antes que ela pudesse afastá-la.

— Menos com você.

Ela olhou para a mão que cobria a sua.

— Alguém tem que te obrigar a ser humilde.

Lani ergueu seu olhar para o dele.

— Sou muito grato por tudo que tenho. Dei duro, mas sei que tive sorte.

— Humilde e modesto. — provocou ela. — Então… e agora?

— Estamos falando do programa ou…?

Leilani soltou sua mão da dele, mas o sorriso permanecia em seu rosto.

— Sim, do programa.

Baxter preferia falar sobre eles dois, mas sabia que insistir no assunto seria voltar a caminhar em território perigoso, o que ficou bem claro só pela forma como tocar a mão dela parecera eletrizar seu corpo. Algumas partes mais do que outras.

— Certo — falou, determinado a permanecer profissional daquele ponto em diante. — Vamos organizar a produção, que vai tomar a maior parte de amanhã, depois precisaremos de mais um dia para testar a iluminação, o som, enquanto analisamos e escolhemos todas as receitas, testamos elas, compramos todos os ingredientes necessários, e então resolvemos o que acontece em cada episódio. Provavelmente vamos gravar o primeiro na quinta-feira, ou começaremos a gravar, de qualquer forma. Também vamos basear o andamento dos outros nesse primeiro, e então as coisas vão ser mais rápidas pros próximos episódios.

— Quantos outros?

— O plano são cinco, se você concordar, o que daria uma semana de trabalho. A Rosemary acha que isso dará aos telespectadores o gosto real, por assim dizer, de cada cidade que visitarmos. Teremos episódios suficientes pra conhecermos de verdade as sobremesas locais, ou pra falarmos de qualquer especialidade ou tema que eu quiser explorar na cidade, além de trazer algo novo e diferente aos locais.

— E os caminhões no estacionamento? No estacionamento de todas as outras lojas? Eles ficam lá o tempo todo ou só descarregam as coisas e depois vão embora?

— Ficam lá enquanto gravarmos o programa. Seus vizinhos já foram notificados quando solicitamos as licenças. Aparentemente, não houve problema.

— Que bom! — disse ela, mas Baxter viu a realidade começando a afetar sua linguagem corporal, e dava para ouvir a tensão insinuando-se novamente no tom de voz de Lani. — Para que servem todos eles? — quis saber.

— A maioria é da produção, mas também temos os da maquiagem e dos guarda-roupas, e um deles é uma cozinha completa.

— Uma cozinha?

Baxter assentiu com a cabeça.

— Um monte de coisa tem que ser preparada antes do programa. Precisamos de uma cozinha secundária pra isso enquanto gravamos na outra.

— Que já está bem abastecida, sabe?

Baxter fez que sim.

— Ah, eu sei exatamente quantas formas você tem e de que tamanho são. O Bernard é bastante meticuloso.

Ela sorriu para essa declaração.

— O bom e velho Bernard.

— Com as câmeras, as luzes, a equipe e tudo mais, muito do espaço de trabalho, além da parte onde estaremos cozinhando, não vai estar acessível. É mais fácil ter uma outra cozinha.

Lani assentiu com a cabeça, pensativa.

— Quantas pessoas estão viajando com…?

— O circo?

O sorriso dela se igualou ao dele.

— Eu não disse isso, mas já que você falou… de quantos performistas estamos falando, Mestre de Picadeiro?

— O suficiente pra encher uns três picadeiros, mas, pra falar a verdade, só trouxemos sessenta por cento de nosso quadro de pessoal, então todo mundo estará fazendo hora extra.

— Durante quanto tempo?

— Temos licenças pra trinta dias, mas o cronograma agora está projetado pra arrumarmos as malas entre dez e doze dias. Geralmente levamos boa parte de um dia para filmarmos cada programa de 22 minutos, e ainda tem a parte de planejamento e preparação, a pós-produção e, como sempre, os atrasos por um ou outro problema. É a nossa primeira vez fazendo algo assim, então achamos melhor programarmos tempo de sobra. Minha rede de TV já produziu outros programas na estrada, mas só por alguns episódios, nunca uma temporada inteira. Consultamos as equipes deles pra termos uma ideia de onde estávamos nos metendo, e estamos torcendo pra não encontrarmos as mesmas dores de cabeça que eles.

— Então… umas poucas semanas aqui, e depois você faz as malas e vai pra próxima cidade, certo?

Baxter olhou nos olhos dela e assentiu com a cabeça.

Lani manteve seu olhar fixo no dele por um instante, e então se voltou para a janela do lado do passageiro.

— Então, vamos tomar um café? Achei que você tivesse prometido café.

— Leilani…

Ela voltou novamente seu olhar para Baxter.

— O que você disse antes, sobre não me conhecer... sabe que umas poucas semanas não vão mudar isso, né? E, mesmo se mudasse, não há muito o que fazer de qualquer forma. Você vai embora.

— Sim, eu sei.

— Tá. Eu só... você diz que aceitou a situação, mas eu te conheço. Você não é de desistir. Não quero que pense que só porque estou sendo legal, rindo e aproveitando o tempo que passarmos juntos... isso significa que estou repensando o que eu disse antes. Não estou. E não vou.

— Sei disso. Foi o que comecei a dizer antes. — Ele voltou a olhar para a frente, colocou as mãos no volante e os pés nos pedais. Ficava mais fácil falar se não estivesse olhando para ela. Querendo tocá-la. — Sim, é verdade que achei que viria cavalgando no meu cavalo branco, invadiria o castelo e iria embora com a adorável donzela.

Baxter ouviu algo que soava como uma bufada de deboche, mas não se arriscou a olhar para o lado.

— Como eu disse, acho que não pensei muito além disso. O que eu ia fazer? Cruzar o país te arrastando pelos cabelos com meu bando de confeiteiros alegres?

— Bom, o Bernard daria um ótimo Frei Tuck.

Baxter realmente olhou para Lani então, mas a escuridão havia aumentado tanto que ele não conseguia mais ver com clareza os seus olhos.

— Continua — disse ela, com o tom de voz um pouco mais sério.

Ele gostava mais quando os dois estavam rindo.

— Até mesmo se você tivesse caído aos meus pés... e aí? Quando tivéssemos terminado de passear pelo país, deixando sorrisos felizes, cheios de açúcar e chocolate pra trás... a verdade é que eu não tenho nenhum castelo pra te oferecer. Só um set de filmagem e uma casa no Village onde nunca estou.

Baxter foi serpeando pelas estradas estreitas da ilha, sem realmente prestar atenção aonde estava indo, e então se encontrou de volta à estrada que levava à ponte.

— Acho que o que eu quero dizer é que tenho sorte por ter conseguido tudo que sempre quis e mais um pouco... ainda assim, não tenho nada pra te dar. Nada que você queira, de qualquer forma.

Lani continuou em silêncio, e ele seguiu dirigindo durante alguns minutos.

O clube do cupcake · 141

— Eu deveria ter pensado melhor nisso — disse Baxter, por fim. — Bem melhor. Mas não pensei. — Ele olhou para Lani e desacelerou o carro outra vez. — Agora eu entendo. É uma droga ter precisado de um circo e um bando de confeiteiros alegres pra isso… mas entendi. De verdade. Não é uma questão de desistir, mas de admitir que eu nunca deveria nem ter tentado.

CAPÍTULO 9

ERA EXATAMENTE AQUILO QUE LANI QUERIA OUVIR, NO ENTANTO, NUNCA ESPERARA QUE ELE DISSESSE AQUELAS PALAVRAS. MAS DISSERA. E, AINDA POR CIMA, BAXTER PARECIA SINCERO DE VERDADE. ELE A ESCUTARA. E CONCORDARA COM ELA.

Aquele era o melhor resultado que Lani poderia ter esperado para o desastre que antecipara desde que havia lido o artigo no jornal da ilha sobre a chegada iminente de Baxter.

Então, por que não estava mais feliz? Ou, ao menos, aliviada?

Sim, Lani podia ser má às vezes, mas não tão má a ponto de querer um homem louco por ela, correndo atrás dela, quando já havia deixado bem claro que não queria nada com ele. Não, não era tão má assim.

Era?

Começou a sentir um leve latejar em suas têmporas.

Tudo era tão... complicado.

Em termos práticos, Lani se sentia aliviada. Poderia relaxar agora, baixar um pouco a guarda e não ser tão chata perto dele. Poderia ser ela mesma, sem se preocupar se Baxter poderia interpretar errado qualquer coisinha que fizesse.

Mas seu coração... seu coração pensava de um jeito totalmente diferente. Afinal, ele ainda era o único homem que ela queria. Durante um bom tempo. De todas as formas possíveis. Para falar a verdade, embora Lani tivesse namorado outros caras, e até mesmo acreditado ter se apaixonado quando estudara fora... Baxter Dunne fora o primeiro e o único homem que virara sua cabeça de verdade.

O clube do cupcake   143

Gostava dele de um jeito diferente, que ia além de borboletas no estômago e feromônios. Eles haviam se entendido logo de cara, e se comunicavam tão bem que, às vezes, nem precisavam de palavras. Apesar de se comportarem e verem o mundo de formas diferentes, compartilhavam uma conexão mental e espiritual que os ligava da forma como acontece com amigos verdadeiros. Ela o respeitava, gostava dele… e, sim, havia as borboletas na barriga e os feromônios para manter as coisas interessantes em níveis mais íntimos.

Foi somente quando Baxter chegou à ilha que Lani soubera, com certeza, que não fora uma paixonite nem um relacionamento platônico. Havia se apaixonado por ele. Completamente. Ela o amava. Ou havia amado. Devia usar o tempo verbal no passado, certo? Ou talvez fosse um tipo diferente de amor.

Já havia decidido, não havia, lá em Nova York, que ele não era o cara para ela, certo? Não poderia ser. Por muitos motivos, desde os grandes até os pequenos, sem mencionar que Baxter nunca parecia enxergá-la como algo diferente de uma pâtissière.

Então fora para a ilha, e dera início a um novo caminho, abrindo um novo capítulo em sua vida, cheio de novas experiências, novas pessoas, novas esperanças e novos sonhos. Tinha sido o momento certo para seguir em frente, se esquecer de sua paixonite tola. Ela dizia a si mesma que aquilo tudo fora só porque estavam sempre juntos. Até mesmo se o tempo e a distância não parecessem estar funcionando para que o esquecesse, Lani com certeza não era tão patética a ponto de se agarrar a sentimentos que obviamente não eram correspondidos, certo?

Não, com certeza não era. Sentira falta de Baxter, sim, e havia pensado nele de um jeito bem patético por um tempo, mas deixara isso no passado também. Depois de muitas sessões de boloterapia, algumas com Charlotte por telefone, Lani havia aceitado que não era pra ser, e, por fim, felizmente, seguira em frente. Havia se forçado a acreditar que haveria um outro alguém especial que se encaixaria nesta nova vida. Algum dia. Queria isso. Ela era saudável, interessante, e ansiosa pelo futuro. Tinha aceitado que, quem quer que fosse a pessoa, não seria Baxter Dunne. Nunca seria Baxter Dunne.

Fora bizarramente cruel o fato de ele aparecer logo quando Lani, por fim, se esquecera de tudo aquilo.

Como poderia sentir algo diferente de alívio ao ver que, depois de esfregar seu antigo sonho na cara dela, reavivando todos os sentimentos dos quais Lani havia se esquecido, Baxter também se dera conta do que ela já compreendia? Os dois não tinham futuro. Não juntos.

Lani não nutria esperanças secretas de que ele provasse o contrário e mostrasse que poderia haver uma forma, algum jeito, de aquilo funcionar. Que virasse o tal príncipe no cavalo branco, no fim das contas. Não, é claro que não. Ela não era tão ridícula assim.

Isso queria dizer que os dois falavam a mesma língua agora. Era uma situação em que todo mundo sairia ganhando. Vida que segue.

Seria melhor para os dois.

Então, por que é que agora, sentada ao lado dele no carro, passeando pelas silenciosas ruas da ilha, com a escuridão da noite os envolvendo... alívio não chegava nem perto do que estava sentindo?

— Eu, hum... — Lani precisou pigarrear para desentalar a garganta. — Obrigada. Por dizer tudo isso. Por me contar. Eu... fico feliz. Por tudo.

Tirando a parte em que meu coração pareceu se estilhaçar em um milhão de pedacinhos. Lani queria olhar para ele, mas simplesmente... ela não conseguia. Em vez disso, voltou-se para as próprias mãos, em seu colo, e se deu conta de que estavam entrelaçadas e apertadas. Forçou-se a esticar os dedos, e tentou controlar a onda de emoções idiotas que a inundava, alisando o tecido da calça sobre as coxas. Estava cansada, só isso. Os últimos dias tinham sido estressantes, uma verdadeira montanha-russa de emoções. Depois de dormir e de uma noite de meninas com Charlotte — ah, graças a Deus, sua amiga tinha vindo! —, ficaria novinha em folha. Sempre tinha funcionado antes.

Lani endireitou-se no banco, e, de alguma forma, conseguiu produzir um tom de voz tranquilo.

— Então, já que tudo foi resolvido, por que não vamos tomar aquela xícara de café e conversar sobre o cronograma da produção? Imagino que eu tenha que assinar algum tipo de contrato para usarem a minha confeitaria e a minha imagem também, acho.

Podia sentir que Baxter a observava, mas o que ele disse foi:

— Certo, sim, é claro. Você vai ser bem-remunerada para fecharmos sua confeitaria e pelo seu trabalho. Acho que vai gostar da proposta, mas, se quiser que seu advogado dê uma olhada...

— Estou mais preocupada com proteger a minha confeitaria de quaisquer danos, com toda aquela parafernália de iluminação e câmeras. Vou querer por escrito que vocês vão consertar ou trocar tudo que quebrarem, e que, quando forem embora, tudo ficará exatamente do jeito que estava quando chegaram.

— Fica tranquila — garantiu Baxter —, tomaremos cuidado. E você vai estar lá, então verá como fazemos as coisas e como tudo voltará ao lugar.

Era assim que tinha que ser, decidiu ela. Só precisava manter a sua cabeça focada nos negócios, nos detalhes da produção, lidando com o projeto e com seu papel nele, qualquer diabo que fosse. Meu Deus, nem queria pensar naquilo, em aparecer na frente das câmeras. E com o Baxter.

Bom, ela só precisava obedecer ordens, ficar onde mandassem ficar, dizer o que lhe mandassem dizer, assar o que mandassem assar, e depois ir para sua casa, esconder-se em seu chalé e fazer maratonas de fornadas com Charlotte até que tivesse que retornar ao set. A rotina seria essa. Todos os dias. Pelas próximas duas semanas. Lani seria capaz de fazer isso. Tinha que ser.

Talvez pudesse levar o estoque da confeitaria para sua casa. Precisaria das coisas para suas terapias noturnas. A equipe de filmagem que comprasse seus malditos ingredientes!

Lani foi arrancada de seus pensamentos quando Baxter esticou a mão entre eles, até o banco traseiro, voltando com uma grande garrafa térmica verde. Ela nem mesmo tinha se dado conta de que tinham estacionado o carro.

Ele apontou com a garrafa para a placa na lateral da estrada.

— Ali diz que há uma área para piqueniques. A lua está cheia hoje, então deve estar bem iluminado.

Lani olhou, inexpressiva, para a placa, tentando fazer com que seus pensamentos voltassem ao momento.

— Você quer ir caminhar?

Baxter balançou a garrafa térmica.

— Você se lembra do Carlo, do Gateau?

Ela ergueu as sobrancelhas.

— Você está falando do Carlo, aquele que você, totalmente egoísta, roubou do Gateau, onde eu precisava muito, muito, dele, para trabalhar em seu showzinho fofo de culinária, quando poderia ter escolhido qualquer outra pessoa? Esse Carlo?

Baxter abriu um sorriso para a careta de Lani.

— A confeitaria é minha e o programa é meu. Eu só... dei outra função a ele. Você foi bem mais legal sobre isso na época.

— Você pagava meu salário na época. Agora, não. Seu ladrão de Carlo!

Ele só deu risada.

Lani olhou para a garrafa térmica e a ficha caiu. Estremeceu de expectativa enquanto acenava com a cabeça para a garrafa.

— Isso aí é... o café do Carlo? O Carlo está aqui? Em Sugarberry? Com o café dele? — Ela bateu palmas debaixo de seu queixo, animada. — Jura?

Baxter sorriu e assentiu com a cabeça, e Lani deixou escapar um suspiro satisfeito.

— Eu ia subornar a minha entrada em seu chalé com isto, para conversarmos sobre o cronograma. Mas, agora, pensei que não teríamos paz em qualquer lugar em que fôssemos na cidade. Vi a placa aqui e achei que poderia ser uma boa alternativa. — Ele olhou de relance para a trilha que se afastava da estrada, levando às dunas. — A menos que não seja uma boa ideia ir até lá no escuro.

Lani riu e Baxter olhou para ela, fingindo ter ficado ofendido.

— Eu trago café dos deuses, e você ri das minhas fobias supernormais de criança de apartamento?

— Supernormais de que forma? Um gato te assustou enquanto você caminhava no Central Park ou coisa assim? Pra falar a verdade, não consigo nem te imaginar caminhando no Central Park, que dirá em qualquer lugar mais exótico.

— Já ouvi um monte de histórias de tragédias no meio do mato, e gosto de aprender com os erros alheios. E eu caminharia no Central Park se tivesse tempo pra isso. — Quando ela revirou os olhos, Baxter sorriu. — Certo, talvez eu não fizesse isso. Mas é só porque não tenho o hábito.

— Sei. — Ela abriu a porta do seu lado do carro. — Vamos, criança de apartamento. Vou protegê-lo das feras da praia.

Baxter saiu e deu a volta pela traseira do carro, segurando a porta dela e mantendo-a aberta enquanto Lani se desembaraçava do cinto de segurança esquecido. Ele fechou a porta quando ela finalmente se soltou e se ofereceu para carregar a garrafa térmica.

— A não ser que você queira que eu leve um cajado pra bater nas cobras-de--areia.

— Que engraçadinha! — Ele fez um movimento com a mão para que Lani guiasse o caminho. — Damas primeiro.

— Mas você é tão gentil!

Ela sorriu enquanto seguia na trilha à frente dele. Baxter era tão... britânico. E ridiculamente carismático. Para ser honesta, Hugh Grant poderia ter umas aulinhas de charme com Baxter Dunne.

— Imagino que, se houvesse mesmo motivo para se preocupar, você teria dito que esta era uma péssima ideia. — Ele correu um pouco para acompanhar o ritmo dela. — É óbvio que, se você vir algo que te assuste, posso te carregar até o carro.

— E é um cavalheiro também.

— Bom... é um dom, é o que sempre digo.

Lani ria enquanto os dois seguiam a trilha, que era pavimentada em sua maior parte, embora a areia invadisse longos trechos. Os guardas florestais a retiravam de tempos em tempos, para impedir que o caminho fosse encoberto. A lua subia no céu, e as estrelas começavam a iluminá-lo para o show noturno. A noite estava agradável, mais quente do que deveria naquela época do ano, até mesmo levando em conta a brisa do oceano.

Ela sentiu a tensão em seus músculos relaxar e o pulsar em suas têmporas diminuir enquanto o som da arrebentação ficava mais forte. Era difícil ficar tensa na praia, um lugar tão elementar, tão rítmico e calmante, o fluxo de ondas sempre indo e voltando. Começou a pensar que talvez fosse isto que devesse fazer. Simplesmente ir com o fluxo de... bem, de tudo. O estresse sobre o programa, o medo de se magoar. Deveria apenas se liberar desse peso sobre os ombros como se uma onda o levasse embora, lidar com o programa à medida que as coisas fossem acontecendo, e simplesmente curtir a companhia de Baxter enquanto isso. Talvez esse seria seu novo mantra enquanto ele permanecesse por ali. Com certeza, seria uma tortura estar perto do homem, mas apenas se continuasse fazendo drama. O fato era que os dois estariam próximos, independentemente de isso ser justo ou não, de ela gostar disso ou não.

Então... por que não se permitir aproveitar?

— Acho que nunca vi tantas estrelas na minha vida toda! Juntas, quero dizer — comentou Baxter. — Pra falar a verdade, tenho certeza de que nem sabia que *existiam* tantas. O céu está literalmente infestado delas!

Lani parou. Sorrindo para si mesma, ela se virou para deparar com ele no centro da trilha, o rosto erguido para o céu como se fosse um garotinho — um garotinho muito alto e de ombros largos — deslumbrado por tudo aquilo. Estava tão adorável e extremamente sexy parado ali, adicionando um quê de Cary Grant ao charme do Hugh Grant.

— Sabe... isso sempre acontece — disse Lani. — Toda vez que vemos as estrelas, achamos que talvez nossa memória esteja pregando peças e tenhamos exagerado sobre quantas delas estão no céu.

— É impressionante. Meio que coloca as coisas em uma perspectiva, não?

Lani foi até ele.

— Eu estava pensando a mesma coisa da arrebentação. Não importa o que aconteça no mundo, as ondas continuam rolando, pra sempre.

Ela acompanhou o olhar de Baxter para cima, também se deixando impressionar. O céu realmente estava lindo.

— Você queria saber por que vim pra cá e quis ficar aqui, e isto é uma parte do motivo. Não consigo me imaginar algum dia ficando cansada de uma coisa dessas.

— Sim. — Havia um toque de reverência no seu tom com o qual ela se identificava por completo.

Quando voltou a olhar para a frente... foi para se deparar com Baxter a observando.

Houve um instante, e depois mais um, em que os dois permaneceram conectados um ao outro, e o som da arrebentação era a única trilha sonora.

Ele foi o primeiro a quebrar o momento, baixando o olhar para a trilha à frente, erguendo a garrafa térmica.

— Aquele ali na frente é um pavilhão pra piqueniques?

Talvez fosse o som do seu coração batendo em seus ouvidos, mas a voz dele soava um pouco rouca, e Lani decidiu que era melhor não pensar nisso. Nem no quanto quisera, naquele longo instante de silêncio entre eles, que Baxter a beijasse de novo. Tanto que quase doera.

— Ah, é, sim. — Ela forçou a ideia, a imagem, a sair de sua cabeça, olhando para onde Baxter apontava. — É ali mesmo.

Ele seguiu na frente dela, conduzindo o caminho, limpando a areia de um banco quando chegaram lá, sob o pavilhão, com vigas de madeira, aberto nas laterais. Baxter deu a volta e se sentou do outro lado, deixando a ampla mesa entre os dois.

Ele tirou a tampa da garrafa térmica, revelando outra tampinha similar sob ela. Encheu ambas, e Lani esticou a mão para pegar a menor. Tomou um gole do café, saboreando-o, e depois soltou um gemido, em êxtase.

— Como pode ser melhor ainda do que eu me lembrava, quando o que eu me lembro é o néctar dos deuses?

— Eu sei — concordou Baxter, depois de ele mesmo tomar seu primeiro gole. — Se ele não fosse um pâtissier tão bom, contrataria o Carlo como meu barista pessoal e o levaria para tudo quanto é canto só pra fazer café.

— Sabe, ser uma celebridade está começando a parecer cada vez melhor — disse ela, desfrutando o aroma delicioso que tomava conta do ar.

Baxter abriu um largo sorriso, e seus dentes reluziam, brancos, ao luar.

— Eu não vou negar que há algumas vantagens. Mas ainda não deixei que isso subisse tanto à minha cabeça a ponto de contratar empregados só pra mim, se é que você me entende. Não, mentira. Eu tenho uma faxineira pra limpar minha casa, mas nunca estou lá, então acho que devo ser o cliente mais fácil dela.

— É vergonhoso, mas já pensei em contratar uma. — Lani deu risada. — Provavelmente me cobrariam mais caro. Na minha casa, as coisas tendem a ficar onde caíram por bem mais tempo do que eu gostaria.

— Você vive dizendo que é bagunceira, mas já vi como trabalha, então duvido um pouco disso.

— Você era bem rígido.

— Tudo para não receber uma multa da vigilância sanitária.

— Tenho certeza absoluta de que eles inventam algumas, só de pirraça.

— Não duvido. É por isso que me esforço tanto pra atrapalhar a vida deles.

Lani riu e tomou mais um gole do café.

— E eu aqui achando que você era tipo um Felix.

— Felix?

— Unger. De *Um Estranho Casal*? Uma peça da Broadway que virou um filme famoso, com o Jack Lemmon e o Walter Matthau, e depois teve um seriado na década de 1970? Não tenho certeza, mas acho que ainda passam reprises na TV.

— Desculpa, nunca fui muito de ver filmes ou TV. Mesmo que gostasse, nem tinha uma quando garoto.

— Nada de televisão? Que horror! — provocou Lani, e então notou que o breve sorriso dele não combinava com seu olhar. — Eu só estava brincando. Um monte de gente cresce sem televisão. Com certeza são pessoas mais estranhas e sem muita noção de como viver em sociedade, mas sei que isso é bastante comum, e essas pobres crianças carentes dão um jeito de sobreviver. De alguma forma. — Ela estremeceu de um jeito zombeteiro e, por fim, conseguiu arrancar um sorriso de Baxter.

— Então imagino que sua infância tenho sido diferente.

150 **Donna Kauffman** 🕮 Delícia, Delícia

Os olhos dele tornaram-se mais carinhosos quando o tópico da conversa voltou para Lani.

— A minha mãe dizia que meus olhos viviam grudados na tela, porque eu passava a maior parte do tempo na frente da TV. Em minha defesa, eu fazia minha lição de casa ao mesmo tempo em que assistia à TV. — Ela sorriu quando Baxter apenas ergueu as sobrancelhas em forma de questionamento. — Tá, nem sempre. — Lani apoiou os cotovelos na mesa e aninhou o copo de plástico quentinho entre as palmas de suas mãos. — Então você provavelmente teve uma infância cheia de cultura, arte e música, e todos as coisas insuportavelmente britânicas que tenho certeza de que ainda ama, principalmente pra fazer nós, americanos, nos sentirmos como hereges burros sem cultura por resolvermos sair do solo da realeza e atravessarmos a poça.

Ele soltou uma gargalhada.

— Nada tão grandioso assim, na verdade. Mas, se eu soubesse que a globalização espera tudo isso de mim enquanto britânico, talvez fizesse um esforço extra para ser, pelo menos uma parte, tudo isso.

Ela estava sorrindo, um sorriso largo, quando terminou de beber seu último gole. Baxter pegou o copinho das mãos de Lani antes que ela mesma pudesse repor o café. Seus dedos roçaram por um breve instante, de um jeito casual, mas o coração dela não quis saber da rapidez do gesto e começou a bater mais rápido. Do jeito que seus mamilos ficaram endurecidos e os músculos mais sensíveis das partes internas de suas coxas tinham se contorcido e estremecido, parecia até que ele acariciara seu corpo nu.

Lani pegou o copo de volta, outra vez cheio de café, e sentiu novamente aquele estremecimento quando se encostaram. Essa reação não era um bom presságio para sua nova decisão de relaxar e curtir a onda. E o tempo que os dois passariam em frente às câmeras estava começando a parecer especialmente perigoso.

É, Lani teria que dar um jeito nisso. E rápido.

— Então, nada de televisão, de museus e de arte — disse, lutando para voltar à conversa. Conversar era fácil. Só não podiam…se encostar. Nem ficar encarando profundamente um os olhos do outro. Chega disso. — Sabe, falando no assunto, nunca soube de nenhum detalhe da sua infância pela imprensa. Não estou te perguntando nada, não é da minha conta, mas, quando alguém é tão famoso quanto você, parece estranho não comentarem sobre isso.

Baxter sorriu enquanto tomava outro gole.

— Como assim? Você me procurou no Google?

O clube do cupcake   151

— Não — respondeu Lani, revirando os olhos —, mas eu sabia o que havia no site do Gateau enquanto trabalhava lá, e... não vai ficar se achando... acabei lendo sua biografia no site da emissora quando o *Hot Cakes* começou. Nada de mais. Só uma longa lista das suas realizações e dos seus prêmios, blá-blá-blá. — Ela abriu um largo sorriso quando ele ergueu as sobrancelhas. — Não tem nada de divertido e interessante.

— Não tem muita coisa pra contar. Passei a maior parte da minha vida acumulando os prêmios naquela lista, acho. A única coisa interessante no meu mundo é a comida que coloco nos pratos.

— Rá! Só estou te provocando. Aquela lista é impressionante! Todo mundo queria ter uma igual.

— Eu não queria os prêmios. Mas eles me faziam querer continuar trabalhando.

— Então... qual é a sua história? Tem irmãos? Irmãs? Pais? Onde nasceu? Cresceu em Londres mesmo?

— Achei que você não estava perguntando.

Ela deu de ombros como Charlotte fazia.

— Você não precisa responder.

Baxter olhou nos seus olhos, e era apenas porque ela o conhecia tão bem, o bastante para ler até mesmo a mais sutil das suas expressões faciais — a primeira regra em qualquer cozinha era sempre aprender a interpretar as caras do chef executivo o melhor possível, porque nem todos eles se comunicam bem —, que Lani se deu conta de que ele não estava tão confortável quanto se sentira alguns momentos antes.

— Deixa pra lá — se apressou a dizer. — Eu estava só te provocando. Não era mesmo da minha...

— Londres — disse ele, tranquilo. — East End. Filho único. Eu perguntaria o mesmo de você, mas já sei que cresceu na capital e que é filha única também.

— Sim, bom, você teve a vantagem de ver meus documentos quando me contratou.

Baxter abriu um sorriso.

— Talvez eu só tenha prestado atenção... ou pode ser que tenha te procurado no Google.

Lani riu.

— Certo, porque sou superfamosa.

152 **Donna Kauffman** 🎩 Delícia, Delícia

— Você foi entrevistada um montão de vezes, Senhorita Indicada ao James Beard. A sua lista está crescendo. E, tá bom… talvez eu tenha dado uma olhadinha nos seus documentos. Assim que provei seu bolo de suflê de chocolate amargo com cereja e pimenta ancho, com aquele doce de leite incrível… — Ele se distraiu, fechou os olhos por um instante, como se estivesse saboreando a lembrança. — Você não ia trabalhar pra mais ninguém. Não se eu pudesse evitar. — Baxter abriu os olhos, e também um largo sorriso. — Sorte que eu podia.

— Bom, achei ótimo você ter pulado a parte da minha documentação que dizia que gosto um pouquinho demais de coisas afiadas.

— Não sei de nada disso.

— Na aula de economia doméstica, no quinto ano, cortei os cabelos da Caroline Haxfield de um jeito inesquecível.

Ele deu risada.

— Então sua ficha na polícia é grande?

— Ah, sim, eu era uma delinquente de primeira.

— Acho difícil acreditar nisso.

— É só perguntar pra Caroline Haxfield. Aposto que ela te diria que está enganado.

— E o que foi que a Srta. Haxfield fez para merecer o novo corte de cabelo?

— Ela disse que eu trapaceei na minha lição de casa, que não tinha como ter feito o meu strudel sozinha. Era a receita da minha bisavó Harper, e era meio complicada, mas fui eu que fiz. Já tinha feito dezenas de vezes, na cozinha da vovó Winnie, em Savannah. Eu poderia fazer o strudel de olhos fechados! Ia explicar a receita toda pra professora durante a degustação. Mas, antes de ela chegar ao meu prato, a Caroline, por "acidente", derrubou tudo no chão. Era nossa avaliação final de culinária, e tirei nota baixa. Eu nunca tinha tirado uma nota menor que dez na minha vida.

— Bom, faz sentido. Só espero que você também não tenha cortado o rabo de cavalo da Srta. Haxfield de olhos fechados.

— Tá, isso era outra coisa que dava para fazer com um pé nas… espera! Como você sabe que cortei o rabo de cavalo dela?

— Talvez eu tenha lido a sua documentação.

— Sei, mas isso não estava lá. Tipo, foi algo que aconteceu, mas meu pai me garantiu que, apesar da mãe da Caroline ter ligado pra polícia quando ela chegou em casa, ninguém prestou queixa. Eu já tinha sido mandada pra casa mais cedo

O clube do cupcake   153

naquele dia, o que, se você me conhecesse, a criança que nunca perdia um único dia de aula, já era punição suficiente. Aquilo estragou minha frequência perfeita nas aulas. Eu tinha 10 anos de idade, pelo amor de Deus! Só precisei dar a ela toda a mesada que tinha guardado para ir cortar os cabelos num cabeleireiro. E sei que normalmente ela não ia no salão do Alexandre. Só foi lá pra eu ter que dar até o meu último centavo!

— Valeu a pena?

Lani poderia jurar que olhos dele brilhavam. E talvez brilhassem mesmo.

— Cada centavo.

— Bem feito pra ela, então.

— Mas… como você soube disso?

Baxter sorriu.

— Boa pergunta.

— Ah.

Lani olhou para ele, considerando ainda as possibilidades, sem ter nem ideia de como descobrira.

— Então, sua avó era de Savannah?

— A mãe da minha mãe, sim. A vovó Winnie. E a mãe dela, minha bisavó Harper, morava aqui em Sugarberry, que foi onde a minha avó cresceu e onde a minha mãe passava a maior parte das férias. Os Harper são muito respeitados aqui. Todo mundo amava a vovó Winnie e a minha mãe. E a minha mãe sempre amou a ilha.

— Foi por isso que seus pais se mudaram pra cá?

— O meu pai ia se aposentar na época que decidi ir estudar na Europa, e a minha mãe já estava cansada de vê-lo se arriscar todos os dias. Ela sentia saudades do Sul, e quando uma amiga disse que havia uma vaga de xerife aqui, ela perturbou meu pai pra virem. Mamãe sabia que ele não estava pronto pra parar de trabalhar, mas queria sair da cidade. E papai ter conseguido o emprego, mesmo não sendo daqui, já prova o quanto amam os Harper. Sei que devo muito aos meus antepassados de Sugarberry, e ao meu pai também, por todo mundo gostar tanto de mim aqui.

— Eles iam te adorar de qualquer maneira.

Lani abriu um sorriso.

— Obrigada. É legal da sua parte dizer isso, mas ainda fico feliz pela ajuda. Tudo que tenho que fazer agora é atender às expectativas, que não são poucas, então isso me dá motivação. — Lani ergueu seu copinho em saudação. — É claro que, agora, tendo sido a responsável por trazer você aqui, mesmo sem ter nada com isso, minha reputação está garantida.

Em vez de aceitar o brinde dela, a expressão de Baxter ficou mais séria.

— Sabe... não consigo não pensar no que você disse... sobre querer se virar sozinha aqui, e não crescer às custas do meu programa nem da minha fama e tal. Você decidiu levar as coisas numa boa, e isso é bem legal, mas ainda me sinto culpado por ter me metido onde não...

— Baxter, está tudo bem. Não — interrompeu Lani, quando ele começou a argumentar. — Estou sendo sincera. A Charlotte me disse uma coisa outro dia que me fez parar pra pensar. Há coisas que acontecem na vida que não podemos controlar. Como a morte da minha mãe, tão nova, e meu pai quase indo atrás dela. Não sei como isso teria me afetado nem às minhas metas e aos meus sonhos e projetos. E também não sei como teria sido a minha vida aqui se mamãe e a família dela não tivessem sido tão amadas. Estou aceitando as oportunidades que aparecem, e sou grata por elas. Então, por que isso é diferente do seu caso?

— O seu tem a ver com família. É seu sangue, sua origem. É diferente.

— Talvez. Mas você entendeu o que eu estou querendo dizer, certo?

Baxter assentiu com a cabeça.

— Mas não me sinto menos culpado.

— Não dá pra voltar atrás. Sei que fui estúpida com você quando apareceu aqui. Apesar de você não me conhecer tanto quanto pensa, geralmente eu não sou assim. E não gostei de me sentir daquele jeito. Se algo irritante me surpreende, bom, é um saco, mas, de modo geral, tento achar um jeito de lidar com a situação, e talvez até mesmo aprender algo positivo. Como aconteceu quando minha mãe morreu. Em vez de lamentar por mim ou pelo meu pai, pelo que perdemos, tentamos celebrar quem ela foi e seguir com nossas vidas, pensando nela como um exemplo, para não esquecermos como era sempre tão animada e carinhosa. Mamãe deixava a nossa vida, a vida de todo mundo que ela conhecia, mais feliz. Queria muito que a tivesse conhecido.

— Você falava tanto dela que parecia que nos conhecíamos. Fiquei muito triste quando ela morreu. Você estava tão arrasada... Só de ouvir suas histórias, vocês se falando pelo telefone, ficava óbvio o quanto se amavam, o quanto eram próximas. Foi uma tragédia, e odeio que isso tenha acontecido com vocês.

O **clube do cupcake**   155

— Obrigada — disse Lani com sinceridade. — Você me apoiou muito, mas, pra ser sincera, não me lembro muito do que houve depois que recebi a notícia. Mas... você foi ótimo em me deixar ir fazer o que precisava ser feito.

— Naquela época, você não ficou aqui. Logo depois. Seu pai ficou sozinho, sem ela. Foi quando pensou nisso? Chegou a considerar se mudar pra cá?

— Não de verdade. Minha carreira estava num outro nível, tinha acabado o meu primeiro ano trabalhando no Gateau pra você, e teve a indicação. Meu pai... bom, ele ficou completamente arrasado por ter perdido ela. Nós dois ficamos. Acho que vir pra cá ajudou, porque todo mundo sentia muita falta dela, então era... reconfortante. Muito reconfortante. E ajudava a cicatrizar a dor. Mas ele jamais teria me deixado ficar por aqui. Pra falar a verdade, me forçou a voltar antes. Nós, Trusdale, não nos chafurdamos em dramas, encontramos algo positivo em que nos focar e seguimos em frente, pra ser motivo de orgulho pra pessoa que perdemos. — Lani ainda conseguia ouvir essas palavras, pronunciadas quase da mesma forma, por seu pai, ecoando em sua mente. — Também acho que ele não conseguiria suportar que eu o visse sofrendo. Papai queria ser forte para mim, ser a pessoa que seguia em frente, com a cabeça erguida, olhando pro futuro. Então, ele forçou a barra e fui embora. Deve ter sido melhor assim. Fez com que nós dois seguíssemos nossos caminhos e o exemplo dela.

— Você sempre foi tão calma, tão equilibrada e otimista, mas eu sabia que era forte. A forma como lidava com a cozinha, com o caos. Fiquei triste por você... mas nunca, em nenhum momento, me preocupei que não fosse se recuperar. Pensei que talvez quisesse ficar com o seu pai por se sentir obrigada, e aí eu poderia te perder... mas sabia que a dor não acabaria com você nem faria com que fugisse da sua vida.

— Obrigada. — Lani ficou emocionada com a sinceridade dele. — É irônico então, não é...? Que dois anos depois eu tenha resolvido fazer exatamente isso...

Baxter balançou a cabeça em negativa.

— Na época, sim, achei isso. Quero dizer, entendi totalmente. Você tinha acabado de perder sua mãe do nada, e estava correndo o risco de perder o pai também. Com a saúde dele estando ruim, e por só te restar o seu pai, fazia sentido que viesse para cá. Você me pegou de surpresa quando avisou que não ia voltar. Mas os seus motivos para fazer isso... entendo que a família, às vezes, vem em primeiro lugar.

156 **Donna Kauffman** ⌂ Delícia, Delícia

Lani inclinou a cabeça para o lado, analisando-o. Já fazia um bom tempo que sua visão tinha se ajustado ao luar, e ela conseguia ver as feições de Baxter muito bem, porém, com a escuridão que aumentava, não era mais capaz de discernir as expressões dele. Mas ainda compreendia seu tom de voz.

— Só que você não teria feito igual, teria? Quero dizer, se mudado para outro lugar, como eu fiz. Mudado de rumo.

— Não tenho como responder isso.

— Porque nunca esteve numa situação dessas?

— Porque isso nunca teria acontecido comigo.

Lani franziu a testa, confusa por um momento, e então se deu conta do que Baxter quis dizer.

— Ah, sinto muito. Nem consigo imaginar como seria perder os pais quando criança.

— Eu nunca os conheci, então, sem problemas.

— Um órfão de verdade? Você não foi adotado?

Ele abriu um breve sorriso.

— Não vem com essa de Oliver Twist. Eu consegui me virar.

— Isso é verdade.

Lani ficou pensando nessa revelação, e apostaria que a vida de Baxter tinha sido muito mais à la Oliver Twist do que à la Pequena Órfã Annie. Mas isso era o tipo de coisa que devia ter feito dele o chef que se tornara.

Observou Baxter se mexendo no banco; quando esticou as pernas, seus pés esbarraram nos dela.

— Desculpa — disse ele, encolhendo-os de volta. — Estava tentando tirar a areia das minhas meias.

Lani terminou de tomar o café e lhe devolveu o copinho.

— Vem.

Ele pegou o copo.

— Vamos embora?

— Só da mesa.

Baxter ergueu as sobrancelhas, questionando-a.

— Bom, se quer mesmo pisar na areia, acho que deveria fazer isso do jeito certo.

— Existe um jeito certo?

Lani riu.

— Vem! — Ela gesticulou com a cabeça. — Por aqui.

— Por aí fica a água.

— O que é ótimo, porque é onde fica a praia.

— Ah. — Baxter não parecia tão entusiasmado. — Que maravilha…

CAPÍTULO 10

— TUDO BEM — DISSE BAXTER, LOGO QUE CAMINHARAM UNS CINQUENTA METROS ATÉ A PRAIA. — TALVEZ VOCÊ TENHA RAZÃO.

DEPOIS QUE OS DOIS PASSARAM PELAS DUNAS REMANESCENTES, PELA ÁSPERA VEGE-tação rasteira e os detritos trazidos pelo oceano, finalmente chegaram à areia macia e branca. Boa parte dos detritos foram parar em seus calçados, e Baxter tinha certeza de que ficariam lá para sempre. Mas tanto seus sapatos quanto suas meias foram deixados para trás, cinquenta metros longe da praia. Quanto mais caminhavam, menos pensava neles e na areia que os invadia.

Os dois estavam descalços, com as bainhas enroladas para cima, enquanto seguiam seu caminho pela estreita faixa de areia. A água estava levemente fria, mas o chão permanecia um pouco quente, ou, pelo menos, não frio.

— Vai por mim — disse Leilani —, se for pra você ouvir as ondas e olhar para as estrelas, tem que sentir a areia sob os pés. A esta hora, normalmente estaria frio demais pra isso, mas como o tempo ainda está muito quente, acho que um verão indiano tem seu lado bom.

— Bom, continuo sem ver a graça em ficar prostrado na praia, debaixo de um sol escaldante, correndo o risco de a areia ir parar em lugares que realmente não quero. Mas vir dar uma volta, ver o mar e as estrelas? Não é um jeito ruim de terminar o dia.

Eles sorriram um para o outro, e Baxter tomou cuidado para não esbarrar nela nem entrar na sua frente, algo que, com a irregularidade da areia e as ocasionais

O clube do cupcake   159

ondas que avançavam, era fácil de acontecer. Porém, não conseguia evitar de olhar para ela enquanto caminhavam. Bom, Baxter estava caminhando. Lani, por sua vez, marchava em um ritmo constante, descendo a orla da praia.

Ele sorriu para si mesmo, pensando que a mulher não estava lá tão relaxada quanto demonstrava… no entanto, em comparação com a loucura da vida em Nova York, aquilo poderia ser considerado um passeio tranquilo.

— A companhia também não é das piores — disse, enquanto o silêncio entre os dois se estendia de forma confortável.

Ela lhe dirigiu um sorriso de esguelha, mas manteve seu passo constante, talvez até acelerando-o um pouquinho. Passou pela sua cabeça que talvez a incapacidade de Lani de relaxar não fosse consequência da sua vida em Nova York… mas sim da presença dele. Desde que entrara no carro mais cedo, ela havia demonstrado uma atitude completamente diferente daquela que tivera desde a primeira vez em que Baxter aparecera na sua cozinha. Ele se sentira aliviado, feliz até, por terem recuperado sua amizade, apesar de não estar nem um pouco contente com o fato de que a única coisa que levaria de Sugarberry seria uma semana de filmagens. E, talvez, depois desta noite, algumas lembranças muito especiais.

Baxter gostaria que isso fosse suficiente. Mas seria preciso muito mais do que um simples passeio pela praia para que chegasse perto de suficiente. E bem mais que isso para ficar em paz com a ideia de ir embora quando acabassem as filmagens.

Considerou e imediatamente descartou a ideia de só interagir com Lani sobre assuntos de trabalho. Ela estava se esforçando para ser legal e ignorar os problemas que Baxter causara. Provavelmente aquilo era mais difícil do que as brincadeiras e as risadas faziam parecer. O mínimo que poderia fazer em troca seria se esforçar também.

Sendo assim, o passeio prosseguiu.

— Eu achava que você também fosse uma criança de apartamento — comentou ele. — Quando você aprendeu a gostar de areia e mar?

— Nana, a minha bisavó Harper, faleceu quando eu era bem novinha. Acho que eu tinha 6 anos de idade. Quando íamos para Savannah visitar a minha avó Winnie, geralmente vínhamos até Sugarberry e passávamos um tempo com ela. Na época, nem havia ponte. A gente vinha de balsa. Acho que tenho mais lembranças do caminho pra cá do que da ilha em si. Mas eu me lembro da cozinha da Nana.

— A casa ainda existe?

160 **Donna Kauffman** 🍮 Delícia, Delícia

Lani assentiu com a cabeça.

— A Casa Harper está na família há quatro gerações. Cinco, contando comigo, eu acho. O marido da Nana, Roy, cresceu aqui. Ele faleceu muito tempo antes de eu nascer, mas já vi fotos. Não restaram muitas daquela época, mas as que existem são bem legais. A cidade era só um vilarejo de pescadores com uma mercearia, que também era um correio.

— Então a Casa Harper não é o seu chalé...

— Não, o meu pai mora lá. Nana a deixou pra vovó Winnie, que costumava alugá-la. Então ela a deixou pra minha mãe, que continuou alugando, até que ela e o meu pai decidiram se mudar pra cá. Eles reformaram tudo antes de vir. A casa é linda.

Baxter abriu um sorriso.

— Parece um lugar cheio de boas memórias.

— Ah, com certeza. Eu me lembro da Nana me ensinando a fazer cuca de banana naquela cozinha enorme, que minha mãe reformou mas deixou igualzinha ao que era. É uma cozinha bem sulista, com uma ilha grande de madeira, um forno imenso, armários de bordo e janelas de vidro. Minha mãe cobriu as superfícies das bancadas, mas manteve a ilha como estava, que era onde preparávamos as cucas e onde aprendi a fazer pêssegos em calda. Bom, eu era jovem demais pra cortar as frutas e fazer a conserva, mas ficava sentada em uma banqueta, observando. E ajudava com a cobertura do bolo.

— Então você recebeu seus dons de culinária como herança — comentou ele.

As recordações suavizaram o sorriso de Lani sob o luar, e Baxter sentiu o peito apertar mais uma vez. Já fazia um bom tempo que aceitara sua vida como ela era, mas, ao ouvir as histórias de Lani, começou a se perguntar como seria ter uma ligação como aquela, através de gerações.

— Eu gosto de pensar assim — disse ela. — A minha mãe era uma cozinheira de mão cheia. Meu pai, por outro lado... ah, ele é bom de churrasco, sabe fazer um chili maravilhoso, mas, além disso, suas habilidades na cozinha se resumem a queijo quente, sopas enlatadas e ovos mexidos.

Baxter sorriu, tentando imaginar uma cozinha cheia de amor e risadas. As cozinhas de sua juventude eram cheias de gritos, xingamentos e caos, embora ainda fossem como parte da família para ele.

— É legal isso, histórias de família e tradições passadas através das gerações.

— Você sabe alguma coisa sobre seus pais?

— Não. Mas não tem problema. Não há muita coisa pra contar. Me abandonaram quando eu era bebê.

— Você alguma vez procurou por eles? Nas certidões, quero dizer?

Baxter balançou a cabeça em negativa.

— Se me quisessem, teriam ido atrás de mim. Mas não era o caso, então não vi sentido nisso.

— Depois que você ficou famoso, ninguém apareceu querendo ganhar dinheiro?

— Isso não vai acontecer.

Lani sorriu, mas a expressão em seu rosto dizia que ela não tinha tanta certeza assim.

— Bom, se não aconteceu até agora, você deve estar certo. Então, onde cresceu?

— Passei meus primeiros 6 anos num orfanato católico, e depois, quando não fui adotado, me mandaram pra um lar para garotos no East End de Londres.

— E ficou lá por quanto tempo?

Baxter lhe lançou um sorriso rápido.

— Sempre dava um jeito de não estar lá.

— Ah. — Ela abriu um sorriso similar ao dele. — Então não vai ser uma história sobre como você foi acolhido pela cozinheira, que se tornou meio que uma mãe substituta, ensinando tudo que sabia do velho continente, inspirando a sua jornada pra virar um mestre da culinária?

— Hum, não — disse ele, acompanhado de uma risada de surpresa. — Velho continente? Jura?

— Sou uma pâtissière e não uma escritora de romances. Eu estava visualizando uma Helga ou uma Brunhilda.

— O cozinheiro do Peckham's se chamava Harry. A comida dele era intragável. Isso quando ele estava sóbrio o suficiente pra cozinhar e se lembrar de nos alimentar, quer dizer. Com 8 anos, eu já roubava comida das lixeiras das cozinhas de Londres. Aos 10, resolvi que seria melhor simplesmente trabalhar numa cozinha. Então eu teria comida sem precisar roubar, além de poder comê-la sentado num lugar quente e seco.

— Ok, agora você está começando a inventar coisas. Tirou isso de Oliver Twist.

Ele deu de ombros, sorriu.

— Não sou tão bom em contar histórias.

O sorriso de Lani sumiu.

— Baxter, isso é… isso é horrível.

— E é por isso que nada dessas coisas aparece nas minhas biografias.

— Pra falar a verdade, os tabloides adorariam essa história. Acho estranho não terem publicado nada sobre isso.

— E nem vão, porque nunca falei disso. Ninguém daqueles tempos se lembra de mim. Ninguém vai me associar à minha infância.

— Sei não. Você é um cara muito memorável, e esse seu charme sem-vergonha devia funcionar em dobro a seu favor quando era pequeno.

— Eu era mesmo sem-vergonha, mas não tinha um pingo de charme. Só fui aprender o quanto uma piscadela e um sorriso são úteis depois que cresci um pouco e comecei a notar as garçonetes.

Leilani revirou os olhos, mas desacelerou sua marcha constante pela praia. Ela permaneceu olhando para ele enquanto continuavam com a caminhada.

— Sei que não quer ouvir isto, mas sinto muito.

— Pelo quê? A gente não escolhe a nossa infância. Não fiquei traumatizado nem nada. O que passou, passou, e me levou até a minha paixão. Então não dá pra reclamar de tudo que me fez chegar até aqui, né? Vou parecer ingrato.

— Sinceramente, não sei o que pensar. Mas… fico feliz por você colocar as coisas numa perspectiva tão saudável.

— Nós, Dunne… bem, este Dunne aqui, de qualquer forma… também não acredito muito em ficar chafurdando no drama. Prefiro me concentrar nos pontos positivos.

Ela assentiu com a cabeça e sorriu.

— Bom, disso eu entendo. — Lani olhou de relance para ele. — Mas é incrível. Muitas crianças não teriam aguentado viver assim.

— A gente faz o que tem que ser feito. Eu não era especial. Só sobrevivi e tive sorte. A única coisa que fiz foi não ter jogado fora uma boa oportunidade.

— Você soube desde o início que queria ser chef?

— A minha meta principal era comer, mas logo resolvi que queria parar de lavar pratos e virar ajudante de cozinha. Talvez, com muita, muita sorte, um sous chef. Meus sonhos existiam, mas eram pequenos. Como eu. Você sabe como são as cozinhas. Aquelas em que cresci fazem as que você trabalhou parecerem a

O clube do cupcake   163

Disneylândia de tão caóticas. Eu não tinha muita presença física aos 10 ou 12 anos para conseguir me impor. Enquanto crescia, aprendi que, se quisesse comer, era melhor manter a boca fechada.

— E quando isso mudou? — Lani fez um movimento na direção dele, da cabeça aos pés. — Você não é nem um pouco baixo. É difícil imaginá-lo calado e tímido também.

— Nunca fui tímido, só cuidadoso. Ser visto mas não ser ouvido era o melhor caminho. Comecei a crescer mais com uns 12, 13 anos, mas era mirrado, desajeitado. Alto e magrelo, só tinha braços e pernas. Não pesava mais que cinquenta quilos. Foi por volta dos meus 14 anos, acho, que comecei a ficar maior. No verão antes de completar 16, cresci uns dez centímetros em menos de cinco meses.

— Eita!

— É verdade.

— Eu ainda estou tentando visualizar você em uma cozinha com 10 anos de idade. Não consigo imaginar uma criança num lugar assim!

— Eu nunca fui uma criança de verdade, querida. Aos 13, já tinha visto muito mais do que a maioria dos adultos na vida. Eu só precisava que o meu corpo acompanhasse a minha mente.

— E quando isso aconteceu?

— Descobri que tentar ser o cara mais durão numa cozinha de fundo de quintal não fazia muito sentido. — Baxter sorriu. — Até mesmo a Caroline Haxfield teria perdido mais do que o rabo de cavalo naqueles lugares.

Lani ficou boquiaberta e depois abriu um largo sorriso.

— Isso é tão… errado. Engraçado, mas errado. Então, qual foi sua estratégia?

O sorriso dele aumentou.

— Bom, foi na mesma época que descobri todo aquele lance de piscadelas e sorrisos. Minha altura me dava mais vantagens fora da cozinha do que dentro dela.

— Ah!

Baxter deu risada.

— Pois sim, ah!

Lani deu uma cotovelada nele em resposta, enquanto caminhavam, mas riu.

— Também descobri que, para virar sous chef, eu teria que encontrar uma cozinha que realmente tivesse um.

164   **Donna Kauffman** 🍰 Delícia, Delícia

Ela deu risada.

— Então pra onde você foi?

— Bom, conheci uma certa, hum… senhora, que frequentava uma parte de Londres que eu nem sonhava em visitar.

Lani meneou as sobrancelhas.

— Mas que… safado! Estamos falando de uma coisa à la Mrs. Robinson?

Ele ergueu uma mão, como em juramento.

— Eu não faço as coisas e saio contando por aí, mas ela me ajudou a me livrar do meu sotaque do leste londrino e a me comportar melhor.

— Ela foi seu Henry Higgins então.

— Ela era um anjo. Pra mim, pelo menos. — Baxter sorriu. — E uma espécie de Henry também. Tudo isso num pacote só.

— E o que aconteceu com ela?

— Eu cresci, por assim dizer, e ela partiu para outros… amigos.

— Ah — foi tudo que disse Leilani, mas seu tom era gentil, bondoso. — Que droga. Você sofreu? Deve ter sofrido.

Baxter deu de ombros.

— As coisas seguiram seu rumo. Ela foi e sempre será alguém muito especial pra mim.

— Vocês se reencontram? Depois que… sabe? Acho que ela ficaria muito orgulhosa de você. Pelo menos imagino que ela fosse esse tipo de pessoa.

— A verdade é que nunca conheci ninguém como ela. Tentei encontrá-la, anos depois, mas nunca consegui descobrir onde foi parar. Eu não ficaria surpreso se não estivesse mais viva. Ela vivia de um jeito intenso, sem medo. Pelo menos essa é a forma como me lembro das coisas.

— O que você fez depois que não estava mais com ela?

— Naquela época, já tinha descoberto que chocolate deixa tudo melhor, e estava fazendo sobremesas fantásticas. O pai da minha protetora tinha sido doceiro, e ela tinha uma quedinha por doces. Minha missão era… hum, agradar o máximo possível… Então comecei a me dedicar mais às sobremesas, mas isso acabou se tornando minha paixão de verdade. Eu já tinha trocado os restaurantes pelas confeitarias antes de nos separarmos, aprendendo tudo que podia. Continuei nesse caminho. Sabia que era onde eu queria estar. Eu vivia, comia, respirava, dormia e sonhava com doces.

Baxter abriu um sorriso, pensando que, talvez, tivesse pelo menos uma lembrança familiar carinhosa, no fim das contas.

O **clube do cupcake** 165

— E acabou sendo tudo por causa da Emily.

Os dois caminharam por mais vários quilômetros em silêncio, e então Leilani lhe deu outra cotovelada.

Baxter olhou de relance para ela.

— O que eu fiz?

— Nada. É só que… — Lani ergueu o olhar para ele, e o luar iluminou o rosto dela, adicionando uma centelha a seus olhos. — Você é um homem muito corajoso. E bondoso. Acho que ninguém poderia te ensinar isso.

— Eu… obrigado. — O sentimento e o carinho que inundavam a frase dela o pegaram de surpresa.

Então, Baxter parou. Lani deu mais um passo antes de se dar conta de que ele havia ficado para trás, e se virou.

— Baxter?

— Meu nome verdadeiro é… bom, não posso ter certeza mesmo, mas o nome que as freiras me deram foi Charlie Hingle.

Lani voltou até ele, mas não havia nem sinal de um sorriso em seu rosto, apenas curiosidade.

— Quando foi que você mudou?

— Quando? Bom, eu menti por um bom tempo antes de mudar de verdade.

— Por quê? Te zoavam por causa dele? Me parece um nome bastante… normal.

Ele deu de ombros, seu sorriso e sua resposta cheios de autodepreciação.

— Talvez não fosse imponente o bastante.

Lani sorriu em resposta.

— Foi por isso mesmo?

— Não… não sei por que menti na primeira vez. Acho que… bom, acho que, quando cheguei naquela primeira cozinha, quando me deixaram fazer parte dela, eu me senti como… não sei. Como se eu fosse eu mesmo. Como se não importasse de onde vim ou quem me gerou. Podia ser quem eu quisesse.

— Você só queria poder se definir, escolher quem seria — disse ela.

— Foi exatamente isso.

— Então… de onde surgiu o nome? Você ficou pensando em um?

Baxter balançou a cabeça em negativa.

— As pessoas perguntavam o meu nome, e eu respondia a primeira coisa que me vinha à mente. Ninguém estava nem aí, mas tinham que me chamar de alguma coisa. Era algo que só importava mesmo para mim. Tenho certeza de que outros ali também não usavam seus nomes verdadeiros. Não era, digamos, a melhor parte da cidade. Ninguém se metia na vida dos outros.

— Então, quando virou Baxter Dunne?

— Na época em que resolvi perder o meu sotaque e ficar um pouquinho mais apresentável.

O sorriso de Lani aumentou.

— Então você o inventou? Ou foi coisa da sua Henry Higgins?

Baxter sorriu.

— Fui eu. Era uma mistura de alguns que já tinha usado.

— Quando foi que o registrou?

— Quando consegui meu primeiro emprego de verdade, com um salário decente. Antes, sempre tinha sido dinheiro por baixo dos panos, às vezes comida ou um lugar para dormir. Mas, quando tive que preencher formulários de verdade, fiz uma pausa e pensei no que escrever. Não dava pra botar o meu nome verdadeiro. Não parecia real. Aquele não era eu. Então escrevi Baxter Dunne, e, depois, quando recebi, fui registrar.

— Foi meio fora de ordem, então. E você não era menor de idade? Isso não foi complicado?

Baxter deu de ombros.

— Tudo acabou dando certo.

Ela sorriu.

— Bom, isso tudo realmente ia ficar estranho na sua biografia, mas acho esquisito ninguém ter descoberto.

Novamente, ele deu de ombros.

— Ninguém sabe dessa história. Só eu. E agora, você. Nunca contei nada disso pra ninguém.

— Por quê? Não é motivo de vergonha.

— Não, não é, e não me envergonho. Mas é algo particular, e meus fãs não têm nada com isso.

— O que você faz quando te perguntam sobre a sua infância?

— Só digo que tive uma vida difícil e trabalhei em cozinhas a minha vida toda. É a verdade. Não precisam saber dos detalhes.

Lani assentiu com a cabeça e então ergueu o olhar para o rosto dele.

— Por que me contou?

O clube do cupcake   167

— Porque você disse que não te conheço. E estava me contando sobre a sua família, sobre você. Acho que queria que soubesse que era algo recíproco. Você também não me conhece totalmente. Mas... queria que conhecesse.

Lani fez uma pausa por um instante e depois concordou com a cabeça.

— Justo.

— Faz diferença? Agora que você sabe?

— Como assim?

— Isso muda alguma coisa?

— Gostei de você me contar, de saber da sua vida. Você sabe que pode confiar em mim. Não vou contar a ninguém. Nem mesmo à Charlotte.

— Não foi isso que eu quis dizer. Isso muda o que acha de mim?

— É claro que não! — disse ela, sem hesitar. — Por que mudaria? Quero dizer, isso me ajuda a te entender mais, mas, se muito, é algo que te torna mais... — Lani fez uma pausa — ... mais. Só isso.

Baxter ergueu as mãos, querendo segurar seu rosto, iluminado pelo luar, desejando, precisando, talvez, tocá-la. Sentia-se mais conectado a ela naquele instante do que nunca..., e queria usar todos os sentidos. Visão... olfato... audição. Tato.

— Leilani...

Ela olhou nos olhos dele, e Baxter não entendeu ao certo o que buscava.

— Vir até aqui, te conhecer melhor... isso também te faz mais. Entende o quero dizer?

— Baxter — ela recuou levemente —, você desistiu, lembra? Disse que entendia, que até concordava, que não podemos...

— Só estou falando, Lei. Só estou... falando.

Ele fechou as mãos e deixou-as penderem nas laterais de seu corpo.

Lani baixou o olhar para a areia entre os pés descalços dos dois.

— Vamos voltar. Está tarde.

Quando Leilani ergueu o olhar, estava sorrindo, mas o que quer que fosse que vira nos olhos dela quase desde o instante em que entrara em seu carro... aquele brilho... se fora.

— Certo. Certo.

Tarde demais. Baxter não se arrependia de ter contado a Leilani sua história. Não se arrependia de nada do que lhe havia dito. Mas se arrependia de ter perdido aquele brilho.

Ele se virou e gesticulou para que ela guiasse o caminho. Enquanto observava o andar pesado de Lani descendo a praia, perdida em seus próprios pensamentos, também começou a divagar.

Baxter era um homem que sempre fora atrás do que queria. *Sempre*. Acreditava que, com esforço, era capaz de conseguir qualquer coisa Não era fácil admitir que Leilani era algo que não podia ter. Desta vez, podia fazer o que fosse, mas seria inútil. No fim das contas, ela também merecia conseguir o que queria, conquistar seus objetivos. E Baxter não fazia parte deles. Nem podia transformar suas metas nas dela.

Ele sabia exatamente o que queria. Leilani Trusdale por inteiro… as partes que conhecia e as partes que ainda seriam descobertas. Não precisava saber mais nada sobre ela para ter certeza do que desejava.

Mas Lani não queria nada do que Baxter tinha a oferecer. Ela não queria a vida dele.

A pergunta agora era… e que tipo de vida seria essa sem aquela mulher?

CAPÍTULO 11

EILANI SOCOU A MASSA COM OS PUNHOS CERRADOS.

— VOCÊ DEVERIA VER COMO ESTÁ, CHAR. — ELA DEU OUTRO SOCO. — MINHA POBRE, LINDA E FOFA CONFEITARIA-ZINHA — *PAF* — FOI INVADIDA POR CABOS, CÂMERAS, LUZES, E — *PAF-PAF* — ESTRANHOS. MEXEM EM TUDO. FUXICAM... aquela gente que nunca vi mais gorda... todas as minhas coisas.

Ela estremeceu. E depois socou a massa mais uma vez.

Charlotte, com gentileza, pegou a amiga pelo cotovelo e a afastou da bancada.

— Matar o nosso pão não vai mudar nada disso.

— Eu sei, mas é melhor do que socar aquela pessoa que fica metendo as patas nos meus aventais.

Charlotte ergueu o olhar.

— Por que raios alguém está metendo as patas nos seus aventais?

— Sabe a produtora, a Rosemary? Na minha cabeça, eu a chamo de Bebê de Rosemary, só pra você ter uma ideia. Ela tem meio metro de altura, é tão velha que deve ter nascido na Idade da Pedra, tem os cabelos curtos, olhos cinza que parecem estar sempre te julgando, e lábios finos que estão sempre apertados. Entende o que quero dizer? Ela me dá medo. Seja como for, ficou sabendo dos meus aventais e resolveu que seria fofo botar isso no programa. Só que, pelo visto, eu sou incapaz de escolher meus próprios aventais. — Lani cruzou os braços. — Minha confeitaria está apinhada de cabos e tralhas, cheia de estranhos metendo as patas nas minhas coisas, e meu trabalho é ser fofa. — Ela fez aspas no ar com os dedos cheios de massa ao pronunciar esta última palavra. — Por que foi mesmo que achei que isso era uma boa ideia?

— Porque quer ser legal com o pessoal da cidade? — Charlotte colocou no rosto um sorriso falso.

— Sei. Seria melhor virar a Miss Kiwanis e usar um biquíni de folhas de palmeiras. Isso, sim, é ser legal.

— Que… errado. Vem, sova a massa, a gente bota ela no forno, fica feliz com o cheiro gostoso, come até dizer chega e reclama de homens. — Charlotte bateu de leve no ombro da amiga. — Logo, logo você vai se sentir melhor.

— Tenho que ir cedo pra lá amanhã. Bem cedo.

— Você está acostumada a acordar de madrugada.

— Sim, quando sou só eu, uma xícara de café enorme, trezentos cupcakes que precisam de mim e a música tema de *Havaí 5-0* nos fazendo companhia. Cedo assim, eu aguento.

Charlotte segurou Lani pelo pulso antes que ela pudesse socar a massa de novo.

— Vinho. Precisamos de vinho. Termino isto aqui enquanto você pega uma garrafa pra gente.

— Você pode tomar uma taça. Vou beber só um golinho.

— Que seja. Qualquer coisa pra te impedir de matar o nosso pão.

Lani passou por trás de Charlotte, pegou duas taças e uma garrafa empoeirada de vinho do armário da cozinha.

— Então — começou a amiga —, você precisa de quantas taças pra me contar do encontro de ontem?

— Não foi um encontro. — Lani sacou a rolha com um pouquinho mais de força do que o necessário. — Foi uma reunião.

— Achei seus sapatos cheios de areia na varanda e uma calça jeans enrolada nas pernas na área de serviço hoje de manhã. Também estava cheia de areia. — Char arqueou as sobrancelhas enquanto Lani lhe entregava uma das taças de vinho. — Vocês aqui da ilha sabem mesmo tratar de negócios.

— Não foi assim. E o que foi fazer na área?

— Ah, eu acordei, você já tinha chegado e ido embora de novo, e vi tudo que tinha pra ver de *Iron Chef*. Fiz rolinhos de canela, então decidi me ocupar com alguma coisa até dar a hora do Tyler Florence. Hoje foi a prova final dos cheesecakes. Tyler. E cheesecake. — Charlotte fez uma pausa, levou a mão ao peito e soltou um suspiro. — É o mais próximo que tive de orgasmos múltiplos desde fevereiro. Sua copa está organizada agora também. A propósito, pra que vinte quilos de farinha?

— Roubei de mim mesma. Eu sabia que íamos cozinhar e resolvi que, já que o Baxter ia ficar com a minha confeitaria, o mínimo que a equipe dele podia fazer era comprar sua maldita farinha. — Lani sorveu um gole do vinho, soltou um suspiro, e estremeceu de prazer enquanto o toque agridoce da uva deslizava, passava por sua língua e descia pela garganta. — Talvez tudo fique melhor se eu levar o restante desta garrafa comigo amanhã.

Charlotte deslizou o pão para dentro do forno, pegou sua taça de vinho novamente, e apoiou-se para trás, na bancada, enquanto bebia.

— Então… você está assim só por causa da invasão da confeitaria?

— Assim?

Charlotte arregalou os olhos.

— Eu não estou em Nova York, falando com você pelo viva voz. Estou parada bem na sua frente. Com dois olhos que funcionam.

— Meu problema — Lani ergueu a taça e depois virou o último gole — é só a invasão. E também… um pouquinho, bem pouquinho mesmo, o encontro.

— Achei que não fosse um encontro.

— Não foi. — Leilani encheu mais uma vez a taça, mas apenas ficou girando a bebida, sem tomar outro gole. Por fim, ergueu o olhar para a amiga. — Mas eu queria que fosse. — Ela deixou escapar um longo suspiro, acompanhado de um tremor por seu corpo. — Eu *realmente* queria que fosse; houve um momento, perto do final, em que pensei…

Ela balançou a cabeça em negativa.

— Pensou o quê?

— Pensei que ele fosse me beijar de novo.

A expressão de Charlotte ficou reluzente.

— E?

— E achei melhor irmos embora, antes… antes que nós dois mudássemos de ideia.

A expressão da amiga passou de animada a horrorizada.

— Por quê?

— *Por quê?* Charlotte, sabemos bem que isso não daria em nada. Não temos futuro.

— Então pra que ir passear na praia à luz da lua? Parece meio tentador, não?

— Sei lá. Ele nunca tinha pisado na areia, e nós estávamos rindo, e… fez sentido na hora. Mas tudo estava indo bem. Pela primeira vez desde que o Baxter chegou, eu estava aproveitando a companhia dele. Então, resolvi, que nem uma idiota, que ia deixar as coisas rolarem. Aceitar o fato de que o programa vai acontecer, aceitar que participar significa passar mais tempo com o Baxter. Aceitar que ele vai embora depois de umas semanas, não importa o que aconteça… e ser adulta e curtir o tempo que tenho.

Charlotte analisou a amiga.

— E tá dando certo?

— As filmagens ainda nem começaram e já virei uma assassina de pães… O que você acha? — Foi quando os olhos de Lani encheram-se de lágrimas, e sua boca começou a tremer. — E eu amo pão.

— Querida… — Charlotte colocou seu vinho de lado e puxou Lani em um abraço apertado.

— Isto é tão imbecil — sussurrou ela. — Eu sou tão imbecil. Por que não consigo lidar com isso?

Charlotte soltou os braços da amiga, firmou a taça de vinho de Lani em suas mãos, e então olhou bem nos olhos dela.

— Porque você está apaixonada, sua idiota!

Lani fungou e assentiu com a cabeça.

— Eu sei. Meio que percebi ontem à noite.

Charlotte pegou sua taça de novo.

— Já estava na hora.

Lani olhou para sua melhor amiga com os olhos apertados.

— Ei!

Charlotte deu de ombros, sem retirar o que dissera.

— Sempre te apoiei. Como uma boa amiga, eu não disse nada. Deixei que você descobrisse a verdade no seu tempo. Mas qualquer um que te veja e escute percebe. — Charlotte deu um tapinha no fundo da taça de Lani que, obediente, tomou um gole do vinho. — Quando você se mudou de vez pra cá, eu pensei, bom, não tem por que me meter agora. Você cortou o mal pela raiz. Ia seguir em frente, e ele também. Aí descobri que o Baxter vinha com o programa para a sua ilha, e pensei, tomara que ela não ferre com tudo.

Lani abriu a boca e depois a fechou rapidamente.

— Ferre com tudo?

O clube do cupcake   173

Charlotte assentiu com a cabeça, o queixo rígido.

— É por isso que veio? Pra garantir que eu não ferrasse com tudo? — Lani estreitou os olhos. — Teve mesmo um incêndio?

— Sim.

— Mesmo? — Ela cutucou a amiga.

Charlotte de repente se voltou para sua taça.

— Foi só uma panela. E nós realmente temos que esperar a inspeção sanitária nos liberar, o que deve levar um dia, no máximo três. Arrumei alguém pra me substituir. O Franco vai conseguir resolver tudo. — Sentindo-se mais segura depois de admitir essa parte, Charlotte deu de ombros mais uma vez. — É bem óbvio que você precisa de mim.

— Bom, eu não vou mentir e dizer que não achei ótimo, fantástico, genial você estar aqui. — Lani tomou outro gole, degustando o vinho enquanto o líquido descia por sua garganta, e então olhou para a amiga. — Então… por que estou ferrando com tudo?

— Por que não dá uma chance a ele! Você quer o homem, você ama o homem, mas nunca achou que fosse recíproco. Aí, o sujeito vem até aqui, diz que não consegue te esquecer e que quer você na vida dele. Te beija, se declara no meio da sua confeitaria, pra todo mundo ver, e o que você faz? — Charlotte parecia estar se irritando, e virou o restante do seu vinho e bateu a taça na bancada com tanta força que Lani ficou surpresa de o cálice não se partir ao meio. — Dá um fora nele! É claro que eu tinha que vir.

— Que escolha eu tenho? — questionou. — Ele vai embora em duas semanas! A minha vida é aqui.

— E prefere essa vida ao homem que ama? Eu sei que o seu pai está aqui, mas você também me disse que ele não está feliz com as suas escolhas. Você ainda pode ter a sua própria confeitaria, Lan. Mas não precisa ser aqui.

— Eu sei. Se o que aconteceu ontem à noite ficar se repetindo, é bem capaz de eu reconsiderar. Mas, Char, não é assim tão simples. Sim, ele me quer. Mas o Baxter não tem nada pra me oferecer, nem mesmo se eu estivesse disposta a tentar. Ele mesmo me disse isso ontem. Falou que não tinha pensado realmente em tudo, mas que agora refletiu. E acha que não deveria ter vindo até aqui. Que nunca teria dado certo.

Charlotte estava toda preparada para lançar mais outro comentário cheio de opiniões, mas fez uma pausa. Abriu a boca, e depois a fechou novamente.

174 **Donna Kauffman** 🍪 Delícia, Delícia

— Ah — disse ela, por fim, e então pegou a taça de vinho e encheu-a de novo, como se estivesse ponderando sobre essa nova informação. — Você disse que ele quase a beijou.

— Eu disse que ele queria. Por um instante. Talvez tenha sido impressão minha. Não faz diferença.

— O que exatamente ele disse? — Charlotte tomou um gole do vinho, e depois apontou para a amiga com sua taça. — Não deixe nada de fora. Conta tudo.

Lani sorveu seu próprio vinho para criar coragem.

— Ele disse que estará na estrada filmando o programa pelos próximos meses, mas que, até mesmo quando voltar pra casa, não passa muito tempo lá. A vida do Baxter é o trabalho. Ele sabe o quanto significa pra mim ter o meu lugar. Ele ainda tem o Gateau. Mesmo com a vida ganha, não quer abrir mão do próprio restaurante. Ele, de todas as pessoas, entende como é sentir orgulho de algo que é seu. Realmente, nossas ideias sobre como gerir um negócio são completamente diferentes. E tem outras pessoas coordenando o Gateau agora, mas o lugar ainda é do Baxter, e o sentimento é o mesmo. E os horários dele são loucos, e os meus seriam também, coordenando a minha própria confeitaria, especialmente no início. Mesmo que eu estivesse disposta a me mudar, a recomeçar, que tipo de vida teríamos? Os dois estariam sempre correndo; teríamos sorte se nos esbarrássemos às vezes no corredor.

— Provavelmente seria um corredor muito maior. E sua cozinha seria melhor — disse Charlotte, embora com pouco entusiasmo.

Lani soltou um suspiro.

— Eu sei. Em uma casa reformada no Village.

Charlotte se aproximou de Lani na bancada, se apoiando ao lado dela, seus cotovelos se tocando. Ambas tomaram um gole de seus vinhos.

— Mas você teria que viver com um menino — adicionou Charlotte. — O tempo todo.

— É — concordou Lani. — Com coisas de menino espalhadas por toda parte.

— E meninos fedem.

As duas torceram os narizes.

— Mas ia poder fazer sexo com o menino — comentou Lani.

Charlotte soltou um suspiro.

— Isso é verdade.

— Tenho certeza de que sexo com o menino seria ótimo.

— Quase faz valer a pena a parte do fedor.

— Não é? — Lani terminou de beber a segunda taça de vinho, e então se voltou para a sua melhor amiga. — Tenho certeza de que o Baxter tem umas partes doces — sussurrou, e depois riu baixinho.

Charlotte fez o mesmo. E então as duas começaram a rir descontroladamente.

— Acho que bebemos um pouquinho demais — comentou Lani.

A outra ergueu dois dedos.

— Apenas duas taças.

Lani ergueu a sua.

— Taças bem grandes. E bem rápido.

O forno apitou, fazendo com que as duas gritassem e se afastassem da bancada com um pulo e outro surto de risadas abafadas.

— Nós, por outro lado — disse Charlotte, enquanto tirava do forno o pão integral, tostado à perfeição —, sempre cheiramos bem.

— Temos cheiros deliciosos — disse Lani, concordando com a amiga, inspirando o aroma profundamente.

— Cheiros integrais celestiais — concordou Charlotte. — Mas eu acho que talvez devêssemos passar pro chá enquanto comemos uma fatia do pão. Eu cuido das bebidas enquanto você pega a manteiga de ervas. — Ela olhou para o relógio do forno. — Bobby Flay começa em dez minutos.

— Bobby Flay — repetiu Lani, com reverência. — Será que ele é fedido?

— Não faço ideia. — Charlotte riu. — Mas não veria problema nenhum em cheirar o homem e depois te contar o que achei.

Isso causou novos surtos de risada.

— Vou pegar os pratos — disse Lani, soluçando de tanto rir. — A última a chegar no sofá é um garoto fedido!

A corrida das duas foi abruptamente interrompida quando a campainha da porta da frente tocou.

— Acho que você tem visita — disse Charlotte.

— Eu nem sabia que tinha uma campainha — comentou Lani. — Vou lá atender. Você faz o chá.

— Cuidado — gritou Charlotte. — Pode ser um menino fedido.

Lani riu baixinho e resolveu que realmente deveriam beber mais vinho enquanto cozinhavam.

— Bem-vindo ao Clube do Cupcake — anunciou ela quando escancarou a porta. Lani sabia que estava bêbada de cansaço e de vinho, mas simplesmente não estava nem aí. — A entrada de meninos fedidos não é permitida.

— Minha nossa.

Lani olhara para cima, meio que esperando encontrar Baxter. Não porque ele deveria passar por lá, mas porque sempre parecia escolher os momentos mais inconvenientes para aparecer. Ela baixou um pouco o olhar, e depois mais um pouco.

— Alva?

— Sim, querida. Apareci em um momento ruim? Nossa! Estou sentindo um cheiro divino aí dentro!

De alguma forma, Lani recuou e a convidou para entrar antes de se dar conta do que estava acontecendo.

— Olha só quem está aqui — disse Alva a Charlotte. — Desculpa, querida, mas eu me esqueci do seu nome.

— Charlotte. Quer vinho?

Lani gesticulou pelas costas de Alva que cortaria o pescoço de Char, mas a amiga já estava se virando para pegar outra taça do armário da cozinha.

— O que é que está cheirando tão bem?

— Pão integral, com manteiga temperada — disse Charlotte, que, de repente havia se tornado a melhor das anfitriãs. — Íamos comer agora. Junta-se a nós?

Char se afastou do armário e pegou sua própria taça de vinho.

Bobby Flay, disse Lani à amiga, apenas mexendo os lábios, quando seus olhares se encontraram, mas a mulher meramente acenou com a taça e sorriu. Ao que tudo indicava, quando Charlotte se sentia feliz, todo mundo devia se sentir também.

— Ah, bom, se não for incomodar… — Os olhos de Alva brilhavam. — Eu adoraria provar!

Lani tinha que admitir que era difícil resistir ao brilho dos olhos da senhora mesmo quando estava sóbria.

— Vou pegar outro prato.

— E uma taça também, querida — acrescentou Alva, num tom doce. — Eu adoraria tomar um gole de vinho. Se ainda tiver…

Os olhos de Lani se estreitaram por trás das costas de Alva, mas Charlotte tomou o controle, cortando o pão e entregando os pratos à senhora, para que ela os colocasse sobre a mesa da pequena sala de jantar. Quando as três estavam acomodadas, bebendo o vinho e comendo, Alva disse:

O clube do cupcake   177

— Isto é uma delícia! Alguma chance de eu conseguir a receita? Não faço pão há anos, mas isto é perfeito pra quando o tempo esfriar.

— Espero que isso aconteça logo — comentou Lani, afastando sua taça de vinho. Ia ficar com os carboidratos sólidos por enquanto.

— Bom, Srta. Lani May, querida, eu estava dirigindo por aí, com um pouco de insônia, sabe?, e vi as suas luzes acesas. Resolvi parar pra te agradecer por aqueles cupcakes maravilhosos que você fez para o torneio de ontem.

— De nada. Deu tudo certo, então?

— Entre os vulcões de chocolate e a sangria, foi uma noite um tanto quanto… animada.

Lani não conseguiu evitar e abriu um sorriso.

— Então… a Beryl recuperou o lugar dela?

— Sim, mas as coisas não foram exatamente como o planejado. Ela meio que ganhou por falta de outra opção.

— Algumas das outras jogadoras… passaram dos limites? — quis saber Lani.

— Sim, mas o problema foi a briga, e alguém chamou a polícia… Aí, algumas jogadoras tiveram que ir embora mais cedo.

Lani colocou a culpa no vinho por sua incapacidade de conter uma risada.

— Hum, isso aconteceu antes ou depois da meia-noite?

— Ah, foi bem depois disso — disse Alva. — Por quê?

— Nada, não. — Lani torceu para Dre ter acertado. — Meu pai não me contou nada disso, mas ele não estaria trabalhando até tão tarde. E passei o dia enfurnada na confeitaria, nem soube de coisa alguma. Mas fora isso, algo mais?

O sorriso de Alva se tornou meio convencido.

— Digamos que a minha primeira coluna será bombástica.

Charlotte abafou uma risada com uma mordiscada no pão. O assovio da chaleira disparou justamente naquele instante, e ela moveu sua cadeira para trás.

— Eu vou. Querem chá?

— Ah, estou bem com o meu vinho, querida — informou Alva.

— Vou tomar uma xícara — disse Lani.

— Passei pela confeitaria primeiro — continuou a senhora, depois que Charlotte entrou na cozinha e fez com que o ruído estridente parasse. — Achei que talvez você estivesse fazendo outra sessão noturna de especiais. — Ela suspirou, um tanto quanto saudosamente. — Me diverti muito naquele dia.

178 **Donna Kauffman** 🔔 Delícia, Delícia

Este comentário fez com que Lani recebesse uma arqueada de sobrancelha de Charlotte quando ela voltava, carregando uma bandeja com o bule de chá, xícaras e pires.

Lani deu de ombros, como se dissesse, *foi por acaso*, mas Alva prosseguiu, evitando mais explicações.

— Mal reconheci o lugar. Havia caminhões por toda parte, e pessoas em tudo quanto é canto. — Alva colocou sua taça na mesa e bateu palmas enquanto se inclinava um pouco em seu assento. — É tão divertido quanto parece?

Charlotte desferiu um olhar incisivo a Lani enquanto servia o chá, mas seu tom foi doce como açúcar. Como mel.

— Sim, Lan, conta como está se divertindo.

— Está sendo um pouquinho cansativo — respondeu Lani. — Muita coisa pra aprender. Hoje, só falamos sobre a logística da coisa basicamente, sobre como fazer as gravações darem certo.

— As gravações — ecoou Alva. — Parece tão glamouroso. Você deve estar tão feliz por estar em frente às câmeras! Imagine só, sua confeitaria ficará famosa! E ainda por cima vai cozinhar com o Chef Hot Cakes…, hum, digo, com o Chef Dunne. — O sorriso dela voltou a ficar radiante. — Nós vamos jantar, sabia? Tarde da noite.

— Sim, fiquei sabendo — disse Lani. — Na quinta-feira.

— Agora vai ser sexta, por causa de alguma mudança no cronograma das gravações.

Lani esperava que aquilo significasse que a produção encerraria as atividades em um horário decente nesse dia. Ela já fora avisada de que os dias seriam muito longos, de dez a doze horas geralmente. Mas não podia reclamar — provavelmente se queixaria um pouquinho com Charlotte —, já que a grana que lhe ofereceram para usar a confeitaria por algumas semanas era muito… bom, deliciosa.

Para falar a verdade, ela teve que ler o contrato duas vezes para garantir que seus olhos não estavam lhe pregando peças. Lani não sabia quanto dinheiro eles achavam que lucraria naquele período de tempo, mas o valor oferecido era ridiculamente generoso. Acrescente-se a isso a propaganda de ter sua pequena confeitaria na televisão e os lucros que viriam disso, e não havia jeito de considerar aquilo tudo como uma coisa ruim.

Quer dizer, isso se não levasse em conta o fato de Baxter partir seu coração quando fosse embora.

O clube do cupcake   179

— Já sabe o que vai fazer para o jantar? — perguntou Lani a Alva, na esperança de mudar de assunto.

Porém, antes que ela pudesse responder, a campainha tocou. De novo. Lani olhou para o relógio. Passava das onze horas. A senhora bateu palmas.

— Nossa, quem será? — Estava claro quem esperava que fosse.

— Eu atendo — ofereceu-se Charlotte, mas Lani já estava em pé.

— Tudo bem. Alva, por que não conta à Charlotte qual é o seu cardápio do jantar com o Baxter. Ela é uma chef muito boa também. Tenho certeza de que adoraria lhe dar alguns conselhos.

Charlote lançou-lhe um olhar irritado, mas Lani apenas sorriu. Porém, parou de ver graça na situação assim que se virou para sair da cozinha. Ela não estava pronta para enfrentar Baxter novamente, mesmo com as damas de companhia que agora invadiam a sua casa.

— Quem é? — perguntou, deixando a porta fechada.

Afinal, era tarde da noite. Embora a casa não estivesse trancada, queria que ele pelo menos tivesse noção de que era tarde.

— Chef? É a Dre.

— Dre? — repetiu Lani, e então escancarou a porta para se deparar com sua jovem funcionária parada na varanda do chalé. Com um avental em mãos. Preocupada, perguntou: — Está tudo bem?

— Tá. Quero dizer, sim, Chef. Tudo bem. Desculpa aparecer aqui tão tarde, mas passei primeiro pela confeitaria e tudo estava escuro.

— Bom, está um pouquinho tarde.

— Eu sei, mas o cronograma dizia que hoje iam testar receitas, e o Bernard tinha dito que estariam por lá o tempo todo nestes primeiros dias, então imaginei que devia ir pra lá.

— Ir pra fazer o quê?

A expressão no rosto de Dre mudou, e ela parecia preocupada.

— Pros testes. Quando te mandei o horário das minhas aulas, você me disse pra aparecer sempre que pudesse. Saí mais cedo da aula hoje. Sei que é tarde, mas imaginei, pelo cronograma, que os testes iam varar a noite, então achei que deveria dar uma passada lá pra ajudar. Quando vi que a confeitaria estava fechada, pensei que pelo menos deveria passar aqui. Eu... eu não sabia pra onde ir. Vi carros na entrada, e as luzes estão acesas, então... achei que talvez tivesse entendido errado e os testes fossem aqui.

Tanto o carro alugado de Charlotte quanto o de Alva, junto com o da própria Lani, estavam estacionados na frente da casa, que estava totalmente iluminada, o que realmente daria a impressão de que havia algo acontecendo ali.

— Pra ser sincera, não faço a mínima ideia do que você está falando, mas, já que está aqui, por que não entra?

O som de conversa irrompeu da cozinha naquele exato instante, e uma Dre envergonhada se moveu um pouco, mas não entrou.

— Não, tudo bem. Eu não deveria ter vindo tão tarde. Desculpa por ter interrompido, devo ter lido errado a tabela.

Lani franziu o cenho.

— Que tabela?

Dre fez a mesma coisa.

— O Bernard me enviou uma tabela com o cronograma da produção pra esta semana. Achei que você tinha dado o meu e-mail pra ele, mas... escuta, não tem problema. Tenho aula amanhã cedo de qualquer forma. Posso voltar amanhã, lá pelas sete da noite. Eu... até amanhã então.

Ela recuou um passo, mas Lani disse:

— Espera. Quando foi que recebeu essa tabela?

— Umas quatro da tarde. Você... você não recebeu?

Lani imaginou que deveria ficar com vergonha por parecer uma imbecil na frente de sua única funcionária, mas a irritação que sentia superava todo o resto.

— Bom, deve ter acontecido algum problema, mas não, não recebi nada. Você não teria uma cópia, né?

— Não, está no meu computador. Espera! Posso abrir meu e-mail pelo celular. Já te mando.

— Que ótimo! Entra. A Charlotte e a Alva estão na cozinha. Estamos provando pão integral.

— O cheiro está ótimo.

Lani abriu um sorriso.

— O gosto é melhor ainda.

Dre hesitou por mais um segundo e então entrou.

— Obrigada.

— Sem problema. Quanto mais gente, melhor.

— Desculpa mesmo por vir, Chef.

— Já passou das onze, e você não está no trabalho. Pode me chamar de Lani.

O clube do cupcake 181

Dre olhou para ela.

— Acho melhor não.

— Por quê?

— Porque você é a chef, Chef.

Como se essa explicação fosse suficiente. Em se tratando de Dre, provavelmente era. Lani balançou a cabeça e sorriu.

— Tudo bem então.

As duas entraram na cozinha e se depararam com Charlotte e Alva atrás da bancada, usando as batedeiras e medindo coisas.

— Eu saio por cinco minutos…

Charlotte deu de ombros. Ela estava começando a fazer isso demais, notou Lani. Alva estava radiante.

— Ela está me mostrando como fazer cheesecakes em uma forma de muffin, como se fossem cupcakes de cheesecake! Se der certo, vai entrar no cardápio de sexta-feira. Podemos fazer a cobertura de uns com mirtilo, de outros com framboesa e do restante com morango. Não vai ficar ótimo?

— Fantástico — ecoou a anfitriã.

Alva olhou além de Lani.

— Ah, olá, Dre, querida. Quer ajudar? Precisamos de alguém para esmigalhar as bolachas e depois misturar a manteiga nelas, e acho que não tenho mais força nos pulsos pra isso.

Dre abriu seu avental e prendeu-o em um piscar de olhos.

— Excelente.

— Em migalhinhas. — Alva entregou a Dre o pacote de bolachas e uma batedeira. — Minha nossa… o que… ou quem… é isso?

Alva encarava o avental.

— O capitão Jack Sparrow — respondeu a garota, como se fosse óbvio. Quando Alva continuou a olhar fixamente para a imagem, ela acrescentou: — Johnny Depp?

Por fim, a senhora desviou o olhar do avental e voltou à sua batedeira.

— Eu gosto de piratas. — Isso foi tudo que disse, mas sua expressão pareceu se tornar ainda mais radiante.

— Eu também.

Dre pegou a manteiga com Charlotte.

— Tudo bem se eu usar a mesa, Chef?

182 **Donna Kauffman** 🎩 DELÍCIA, DELÍCIA

— Claro! — responderam Charlotte e Lani ao mesmo tempo.

A garota abriu um sorriso irônico, agradeceu e pôs logo a mão na massa.

— Do nada, minha vida parece tão diferente — disse Lani a Charlotte.

— Sim. Agora você tem uma — disse a amiga, sem erguer o olhar da receita que lia.

— Olha quem fala — murmurou Lani, mas foi até a geladeira e tirou de lá o cream cheese.

Já que não tinha jeito, podia muito bem se juntar a elas. Quando ergueu o olhar novamente, deparou-se com o de Charlotte, que fez um movimento com a cabeça na direção de Dre, erguendo uma sobrancelha.

— Ela disse que testariam receitas hoje à noite. Segundo a tabela do Bernard.

— Que tabela?

— Boa pergunta — disse Lani.

— Por que eles não te enviaram nada disso?

— Não faço a mínima ideia. O Bernard é meio metido a besta, mas é bom no que faz, então é estranho ter esquecido. É como se ele fosse uma planilha humana.

— Então, nós… ou você, pelo menos, deveria estar testando as receitas para o primeiro programa ou algo assim?

— Eu não faço a mínima ideia. Se foi isso mesmo, é óbvio que faltei à reunião. E ninguém sentiu a minha falta.

Lani tirou o cream cheese da embalagem, e Charlotte o cortou em pedaços menores.

— Nós só saímos de lá depois das seis, e ninguém disse nada disso, então, talvez, a Dre só esteja trocando as datas.

— Ainda assim, ela tem uma tabela — disse Charlotte.

— Certo — falou a outra.

— E aí?

Lani olhou para a amiga.

— E aí o quê?

— Você não vai ligar? Pra descobrir o que está acontecendo?

— Pro Bernard? À meia-noite? Hum, poxa. Não.

— Não pro Bernard.

Lani ergueu as sobrancelhas.

— Ligar pro Baxter? Você deve estar tirando uma com a minha cara! Já é tortura suficiente ficar perto dele o dia todo, com aquele monte de gente lá, falando ao mesmo tempo. Não tenho vontade nenhuma de ficar sozinha com ele em lugar algum, em momento algum, muito menos comigo falando, a menos que seja na frente de uma câmera.

— Você devia ligar pra ele. É uma boa desculpa.

— Não preciso de desculpas pra falar com ele.

— Que bom. — Charlotte sorriu. — Então… o que está esperando?

— O dia de São Nunca? Achei que você tivesse virado a casaca e concordado comigo. Que devo lutar contra a tentação.

— Você disse que ele tem partes doces. O que me parece bem tentador.

— Eu consigo resistir.

— Deixa ele resistir. Um homem daqueles com partes doces. Pra falar a verdade, Lan, é idiota você ficar se segurando. A vida é imprevisível. Nunca se sabe quando uma batedeira pode causar um acidente trágico, e então o que seria de você?

— Dane-se o chá! Acho que precisamos de mais vinho.

— Quem tem partes doces? — quis saber Alva.

Charlotte apenas olhou para Lani com uma sobrancelha erguida.

— O Chef Dunne está vindo pra nossa festa? — perguntou a senhora, com um sorriso esperançoso.

Lani olhou de relance e notou que Dre também estava prestando bastante atenção na conversa delas.

— Não, isto não é uma festa, estamos só improvisando uma, hum…

— Uma reclama e cozinha — completou Charlotte.

— Como é? — quis saber Alva.

— Eu e Leilani costumávamos nos encontrar tarde da noite quando morávamos em Nova York e reclamar da vida enquanto cozinhávamos. Falávamos de qualquer coisa que estivesse enchendo o saco.

— Sabe — disse Alva —, eu comentei com a Srta. Lani May na outra noite o quão terapêutico foi ajudar com o rocambole dela.

— Rocambole de maracujá — disse Lani a Charlotte.

— Isso mesmo — disse Alva. — De qualquer forma, gostei daquilo. Depois, fizemos aqueles cupcakes na manhã de domingo. Não consigo me lembrar da última vez em que me diverti tanto. Até agora.

Feliz, ela aumentou a velocidade da batedeira e voltou a fazer… seja lá o que estava fazendo.

Dre apenas assentiu com a cabeça e voltou a esmigalhar as bolachas.

184 **Donna Kauffman** 🧁 DELÍCIA, DELÍCIA

Lani olhou para Charlotte.

— Nem mesmo pense em mexer esses ombros. Não vou ligar pra ele. Aceita. Se houver uma tabela, pego com o Bernard amanhã cedo.

— Então... — anunciou Alva, enquanto desligava a batedeira novamente. — Já que estamos cozinhando e reclamando, posso contar que o torneio de pôquer foi um fracasso completo. A sangria da Laura Jo estava muito mais forte do que da última vez. E, junto com aqueles cupcakes vulcânicos deliciosos, as coisas saíram um pouco do controle. Quando a Dee Dee disse na cara da Laura Jo que achava que o Felipe era bom demais pra ela, e que não fazia diferença alguma se ela pintasse os cabelos de laranja ou tirasse a roupa, bom, a Laura Jo não ficou feliz. Não tenho muita certeza de quando a polícia chegou. Aquele policial bonitão, o Maxwell, foi o primeiro a aparecer, e, vou te contar, ninguém se importou em ser revistada por ele. Estávamos fazendo fila.

— Meia-noite e quarenta e cinco — disse Dre, do nada. Todas olharam para ela. — Foi à meia-noite e quarenta e cinco. Ganhei 25 pratas.

— Que bom pra você, querida. — Alva assentiu com a cabeça, aprovando. — Dee Dee deveria ter aceitado essa aposta. Teria ajudado a pagar a fiança.

Charlotte pareceu rir baixinho.

Lani cutucou a amiga, mas ela própria estava com dificuldades de conter um sorriso. *Quando isto aconteceu?*, se perguntou, parada ali em sua minúscula e lotada cozinha, no meio da noite. Mas a verdade era que... ela realmente não se importava. *Na verdade*, pensou, sorrindo para si mesma, *estava divertido*.

— Sejam bem-vindas ao Clube do Cupcake — murmurou bem baixinho.

CAPÍTULO 12

EILANI, TIRE A MÃO, VOCÊ ESTÁ NA FRENTE...

— CERTO. DESCULPA. — LANI SE MEXEU PARA A CÂMERA SUSPENSA CAPTAR COM CLAREZA O INTERIOR DA TIGELA, E ENTÃO, TARDE DEMAIS, DEU-SE CONTA DE QUE RESPONDERA À INSTRUÇÃO que recebera pelo fone em seu ouvido, e o diretor, novamente, mandava cortar a gravação. — Sinto muito. — Ela sorriu, apesar da frustração que sentia consigo mesma. Era uma da tarde, e eles não tinham conseguido gravar nem a metade do primeiro episódio. E tinham começado às seis da manhã. — Não sei por que não consigo fazer isto.

— Está tudo bem — disse Baxter, de um jeito amigável. — Não é assim que trabalhamos normalmente, então demora até pegar o jeito. Não pergunte à Rosemary quantas vezes precisei refazer as cenas no meu primeiro mês, porque ela te contaria em todos os detalhes.

Ele tinha sido assim o dia todo. Infinitamente paciente, bem-humorado, prestativo.

Lani abriu um breve sorriso, grata pelo apoio, mas desejando que Baxter ficasse, pelo menos, um pouquinho irritado com ela. Era pedir demais que fosse humano? Ou que, pelo menos, não fosse tão perfeitamente... perfeito? Com certeza seria mais fácil se Lani pudesse ficar irritada com ele, o que a faria culpá-lo por todos os erros dela.

Já era impossível se lembrar de tudo de que precisava: para onde olhar, onde não colocar as mãos, como mexer nas coisas de forma que as câmeras conseguissem filmá-las, não se esquecer de explicar as etapas, falar dos aromas, dos sabores, das

186   **Donna Kauffman**   DELÍCIA, DELÍCIA

texturas e, é claro, ser simpática e agir naturalmente com Baxter. Eles nunca ouviram falar em prompters ou algo do tipo?

Além de tudo isso, o homem passara as últimas oito horas grudado a ela, sendo completamente charmoso, elegante e sexy até dizer chega! E o cheiro dele era tão bom! As palavras *partes doces* ficavam passando por sua cabeça.

Por mais que Lani tentasse, não conseguia se acalmar. Ela sempre fora capaz de ignorar o caos ao se concentrar na tarefa mais imediata, depois na próxima. Corta, corta, corta, mistura, mistura, mistura, assa, assa, assa. Os rituais de medir, misturar, peneirar, enrolar eram tão calmantes para sua mente quanto uma massagem corporal completa seria para seu corpo. Lani sempre podia contar com a confiança e o conforto que encontrava no ritmo da cozinha, como se ela própria fosse simplesmente mais uma máquina, fazendo seu trabalho, produzindo o próximo produto. Contanto que se mantivesse ocupada, não importava o que acontecia ao seu redor.

O problema era que simplesmente não conseguia se concentrar em seu próprio mundinho agora. O mundinho estava sendo filmado, e ela precisava dar um jeito de abrir espaço para aquele universo maluco no seu cantinho interior cheio de concentração e silêncio. E ser divertida, alegre e simpática, de um jeito natural, enquanto fazia isso.

A equipe havia passado o dia anterior inteiro determinando a ordem das filmagens e ensinando a ela onde se posicionar, o que fazer, o que não fazer, para onde olhar, o que dizer, o que não dizer. Ficou claro que um dia de treinamento não fora o suficiente. Naquele instante, ela não tinha certeza nem de que um curso completo com um mestre no assunto seria de grande ajuda.

— Vamos de novo — gritou Rosemary. — Apenas as câmeras suspensas. Depois as laterais. E então partiremos pras etapas.

Que bom, pensou Lani. Câmeras suspensas significava que ela não precisava falar nada, apenas deixar que filmassem de cima. Tudo que teria que fazer era manter as mãos nos lugares certos, para não bloquear nada. Com certeza, seria capaz de fazer isso. Lani descobrira que seriam feitas várias tomadas de uma única parte da receita que estavam fazendo, só que de ângulos diferentes, além de filmagens adicionais com discussões e explicações sobre a receita, assim como a temida conversa natural. Tudo isso seria editado para virar os episódios perfeitos aos quais Lani não dava o devido valor quando assistia a programas de culinária na TV.

Pensou em todas as noites que passara com seus amigos chefs de televisão, que nunca conhecera. Sempre achara que se daria muito bem com todos, caso um dia se esbarrassem. Era relaxante ficar diante da TV ouvindo aquela música tranquila, enquanto Giada cozinhava, feliz e competente. Com sua alegria, simpatia e calma. Em sua bela e serena cozinha.

É. Acaba que não era nada disso.

Era óbvio que Lani sabia dessas coisas. Lá no fundo. Mas a realidade de um único episódio era tão diferente do que havia imaginado. Só o tempo gasto na escolha de quais receitas seriam recriadas, depois na análise de como mostrar as massas sendo feitas do jeito mais interessante e didático possível... Acrescente-se a isso os testes, a degustação, o preparo, os ângulos de câmera necessários e a forma como suas mãos, que lhe pareciam enormes agora, estavam sempre bloqueando cada tomada. Como a Giada, o Bobby e a Contessa faziam aquilo? *Como?*

Baxter... bom, Lani sabia muito bem como ele conseguia. Sem esforço algum. Ela achava graça de como o homem se esforçava para fazê-la se sentir menos idiota, mas não caía naquela nem por um segundo. Ninguém jamais diria, olhando ele ali, que não cozinhava no set improvisado e que fazia aquilo havia apenas alguns anos, e não décadas. A câmera o amava, a equipe, idem, e Lani já percebera que Rosemary adorava Baxter, apesar de ser muito assustadora com todas as suas ordens. Em segredo, achava que devia ser porque a produtora olhava para sua estrela e via cifras, mas quaisquer que fossem as motivações dela, Baxter dominava aquele palco, assim como fora nas cozinhas em que os dois trabalharam juntos.

Lani, por outro lado, se sentia meio ridícula, como uma ajudante de super--herói desajeitada. Olhou para baixo, inspirou para se acalmar. É. Usar seu avental de *A Fantástica Fábrica de Chocolate*, de Roald Dahl, como inspiração, parecia um pouco idiota agora. Definitivamente um pouco forçado. Ela faria até mesmo os Oompa Loompas se encolherem de horror com seu desempenho.

— Rosie, vamos terminar esta parte e depois fazer um intervalo — disse Baxter. — Podemos fazer as tomadas laterais e a revelação final depois que comermos algo, né?

Lani olhou de relance para a mulher, que assentiu com a cabeça, embora parecesse relutante. Ela não conseguia nem imaginar por que alguém chamaria a diretora-produtora de Rosie.

— Gus — chamou Rosemary, dirigindo-se ao cameraman —, à esquerda, de cima. Lani, mão esquerda sobre o balcão, use a direita para tirar a tigela da batedeira, e aí a coloque na bancada pras câmeras suspensas conseguirem filmar. O Baxter

188 *Donna Kauffman* 🔔 Delícia, Delícia

fala. Então, vocês dois usam as conchas de sorvete pra encherem as taças, e as bandejas vão pro forno.

— Entendemos — disse Baxter, e olhou para Lani, que assentiu com a cabeça e sorriu.

Claro, pensou ela. *Facinho. Rá!*

Rosemary bateu palmas.

— Ok, silêncio, por favor. E... Gravando!

Para a surpresa de todos — e para o grande alívio também, imaginava Lani —, ela conseguiu fazer tudo em uma única tomada. Gritinhos animados vieram da equipe quando anunciaram a hora do almoço. Como estavam longe de tudo, haviam contratado Laura Jo para fornecer a comida durante as filmagens. Tendas tinham sido dispostas do outro lado da rua, no parque, e, dentro de minutos, tanto a cozinha quanto a confeitaria de Lani estavam desertas. Exceto por Baxter. Ela virou-se para seguir os outros, mais mentalmente exausta do que faminta. Tudo que queria era encontrar um lugar para se sentar e não fazer nada mais complicado do que observar seu umbigo durante a próxima meia hora.

— Leilani, espera. — Baxter desamarrou e tirou seu avental com o pôster de *Quanto Mais Quente Melhor.*

Dre tinha aparecido no meio da tarde anterior, quase quando os testes de receita estavam acabando — Lani havia encontrado tanto o cronograma original quanto o atualizado no fax de seu escritório na manhã seguinte —, para dar a Baxter alguns aventais para usar durante as filmagens. A garota e alguns de seus colegas da faculdade haviam feito aventais mais compridos para ele, para servirem naquele corpo alto demais.

Baxter achara a ideia genial, assim como Rosemary, então ela fora aprovada. Dre ficara tão entusiasmada que esticara a postura geralmente curvada, e estava praticamente dando pulinhos quando partira.

Lani abriu um breve sorriso ao se lembrar disso enquanto tirava o seu próprio avental por cima da cabeça, e então gemeu um pouquinho ao sentir os músculos tensos na base do pescoço. Estava acostumada a ficar em pé, encurvada sobre uma bancada durante horas, muitas horas, mas fazia um tempinho desde que fazer isso a deixara tão tensa. E a última coisa que melhoraria isso seria passar um tempo sozinha com Baxter.

— Não podemos conversar mais tar... ah. Hmmm...

O clube do cupcake   189

Baxter havia parado atrás dela e colocado suas grandes mãos quentes nos seus ombros, começando a massagear os músculos na base de seu pescoço com os polegares.

Deveria educadamente se livrar do toque, mas tudo que conseguiu fazer foi gemer em abjeta apreciação enquanto ele, com destreza, massageava e desfazia cada nó.

— Você nunca me contou que era quase um massagista profissional enquanto nós trabalhávamos juntos — disse, sentindo a tensão ser liberada desde sua coluna, até mesmo da parte de trás de suas pernas. Mais alguns minutinhos e ela derreteria.

— Bom, querida. — Baxter segurou seus ombros e virou-a para que ficassem cara a cara, esperando até que Lani erguesse o olhar para seu rosto. — Achava que seria melhor manter as minhas mãos na massa.

Ele abriu um sorriso e massageou os ombros dela, com gentileza, usando as pontas dos dedos, e aquela sensação boa voltou, mas por uma razão totalmente diferente.

— Baxter…

— Eu pensei muito no nosso passeio na praia na outra noite.

A mente de Lani entrou em pânico, e ela voltou a ficar tensa.

— Nada mudou.

As mãos apertaram seus ombros, porém, mais para equilibrá-la do que qualquer outra coisa. Ele passou os polegares pela curva de seus músculos, e a sensação foi tão boa que Lani se sentia impotente até mesmo para afastá-los com um dar de ombros, mesmo sabendo que deveria fazê-lo.

— Os últimos dias, durante os testes e no set com você — começou Baxter —, foram…

— Nada mudou — reiterou ela. — Chef.

Ele relaxou os dedos, mas só por um instante. Então, deu um rápido apertão nos ombros dela e a soltou. Lani gostaria de não ter se sentido tão desolada quando isso aconteceu, mas aquela reação só mostrava que estava no caminho certo. Ela era mais vulnerável do que gostaria, mas não poderia fazer muito a respeito. A melhor coisa seria mantê-lo a distância o máximo possível. Tanto física quanto emocionalmente.

— Você desistiu — lembrou a ele. — Nós dois desistimos. Por um bom motivo.

— Nós dois?

Lani olhou para Baxter por mais um instante, e depois soltou um leve suspiro. *Droga!* A última coisa que queria era que o homem recuperasse qualquer esperança. Ele mesmo havia dito. Não tinha nada a oferecer a ela, mesmo que Lani quisesse, o que não era o caso. Na vida real. Em seus sonhos? Talvez neles a situação fosse diferente. Muito diferente. Mas, na vida real, não tinham nenhum futuro juntos.

— Lei?

Ainda assim, por mais grande e forte que fosse, Baxter também tinha sentimentos, e não era justo deixá-lo sem saber, pensando que estava sofrendo sozinho. Lani inspirou e decidiu colocar tudo para fora, de uma vez por todas.

— Depois que você entendeu que não daríamos certo, ficou se culpando por trazer o programa pra cá, sem pensar nas consequências e nos detalhes, simplesmente indo atrás do que queria e me lançando um monte de bombas.

— Acho que você entendeu errado esta última parte — disse ele com uma ponta de um sorriso.

— É só que... E isto não muda nada... Mas você devia saber que não é o único que está... se adaptando.

— Se adaptando — repetiu ele. Baxter não falou isso em forma de pergunta, mas sua cara revelava confusão.

— Sem poder fazer o que quer. Sobre a nossa... atração.

O sorriso dele pareceu voltar à vida.

— Você está me dizendo que também precisou... se adaptar?

— Nada muda, lembra?

— Sei, sei. Então... quando foi que você se deu conta de que precisava... se adaptar?

Lani olhou nos olhos dele e pensou muito numa resposta. Poderia simplesmente dizer que tudo começara quando ele chegara à ilha e deixara claras suas intenções. Ela havia correspondido àquele beijo, disso Baxter sabia. Ambos sabiam. Era isso que deveria dizer. Pelo menos ele não acharia que seu desejo fora completamente descabido. Abriu a boca, mas o que saiu foi:

— Lembra quando disse que aceitou a oferta de fazer o programa pra se afastar de mim?

— Sim. E é verdade, Leilani. É uma vida louca, e as coisas mudaram de um jeito que eu jamais imaginaria, geralmente pra melhor. E não voltaria atrás, mas não foi uma decisão que tomei por ambição. Eu só queria me afastar do que não poderia ter.

O sorriso de Baxter desapareceu.

— Bom — disse ela, determinada a manter seu olhar fixo no dele —, optar por ficar em Sugarberry foi eu decidindo me afastar de você também.

O sorriso de Baxter desapareceu.

— O quê?

O sorriso de Lani vacilou.

— Você não era o único na cozinha do Gateau que se esforçava pra manter as coisas estritamente profissionais.

Ele segurou-a pelos ombros de novo.

— Por que você não...?

Lani afastou as mãos dele dali, mas Baxter simplesmente segurou as dela.

— Você não fez nada porque era meu chefe. E eu não fiz nada... porque você era meu chefe.

— Eu não sabia, Lei. Como eu não sabia?

— Como *eu* não sabia? Talvez nós dois soubéssemos, em algum nível, pelo menos no subconsciente, que nos sentíamos da mesma forma. E também nunca fiz nada porque, pra falar a verdade, não achava que seria recíproco. Jamais. Eu me sentia uma idiota, como uma garotinha de escola, apaixonada pelo professor. Era tão bobo. Então rolou toda aquela fofoca sobre nós, e as coisas horrorosas que a equipe falou de mim. O mais irônico é que fiquei tão triste e enjoada por eles não terem nenhum respeito por mim, por meus talentos. E, ainda assim, o tempo todo, eu sabia que, se tivesse tido uma oportunidade, talvez eu seria aquela garota, talvez...

— Não — declarou Baxter, em um tom quase desafiador. Puxou as mãos da mulher para ficarem mais próximos, com o olhar tão fixado no dela, que Lani era incapaz de ver qualquer outra coisa. — Você conquistou tudo por mérito próprio, e isso teria acontecido de qualquer jeito. Eles sentiam inveja. Do seu talento, da nossa afinidade, não sei, não me importa. Mas ninguém, ninguém, pode dizer que você não merecia e que não era capaz de lidar com cada uma das responsabilidades que te passei.

— Eu sei disso. Sei mesmo. Mas ainda me pergunto se conseguiria resistir... ou até mesmo continuar lá, trabalhando pra você, com você, se eu tivesse... se nós tivéssemos...

— Não importa. Você não fez nada. Nós não fizemos nada.

— Certo. Eu sei.

Lani, por fim, desviou o olhar, embora as suas mãos continuassem firmemente entrelaçadas às dele.

— Por que está me contando isso? — quis saber Baxter. — Por que agora?

— Você está se esforçando tanto pra tornar esta situação mais fácil pra mim, falando com a Rosemary, com a equipe...

— Você é nova. Todo mundo sabe disso, ninguém acha que...

— Ah, tenho certeza de que achavam que eu não seria tão troncha. Mas você está me ajudando. Pedindo a hora do almoço quando eu já estava ficando saturada.

Baxter lançou-lhe um sorriso hesitante, incentivando Lani a fazer o mesmo.

— Nós precisamos comer, sabia?

— No seu set, quando é só você, teria feito um intervalo naquela hora — desafiou ela — ou terminaria de filmar a receita?

— Não vem ao caso — foi a resposta de Baxter. — Tudo acaba sendo feito. Nós comemos em algum momento. Que diferença faz quando?

— Só estou dizendo que sei que está se esforçando, e sei que está fazendo isso por se sentir mal por ter me forçado a tudo isto. Eu queria que soubesse que não sou ingrata. Como falei na praia, sei que isto vai ser bom pra confeitaria. Que é algo positivo. É mesmo. Queria te dizer isso, pra você parar de achar que está invadindo o meu mundo. Também não é justo deixar você pensando que está forçando a barra para cima de mim, e eu só... achei que devia... — Lani parou de falar quando Baxter abriu um largo sorriso. — Que foi? Por que está me olhando assim?

— Você parece estar cheia de argumentos, mas começa a tagarelar quando fala mais do que devia.

— Não estou falando mais do que devia. Estou nos deixando desimpedidos. Você não está *entendendo*?

Baxter puxou-a mais para perto de si, até seus cotovelos tocarem a costela de Lani, e poder soltar suas mãos, mantendo as dela presas entre os dois enquanto esticava o braço para tocar o rosto de Lani.

— Eu não quero ficar desimpedido. Você não entende isso? Está me dizendo que sente algo por mim também. Quer mesmo se livrar de mim, Lei? De verdade? É esse o seu desejo?

Antes que ela pudesse responder — e sabe-se lá o que teria dito —, Baxter baixou a cabeça e a beijou.

Não foi um beijo desajeitado como o da primeira vez, nem para provar algo, como o da segunda. Foi apenas um beijo. O beijo dele. Baxter não estava com pressa nem surpreso ou frustrado. Estava apenas... beijando-a. Tranquila, ardente e intensamente.

O clube do cupcake   193

Lani poderia dizer a si mesma que, se suas mãos não estivessem presas contra o peito dele, o teria afastado. Teria deixado claro, de uma vez por todas, que simplesmente não poderiam ceder ao desejo. Era uma tortura sem sentido.

Mas não faria isso. E, então, não o fez. Deixou que Baxter a beijasse, permitiu que todas as sensações que sentia percorressem seu corpo recém-relaxado. A boca era quente, forte, tinha um gosto doce e picante, em parte por causa dos cupcakes com gengibre que estavam fazendo e testando, em parte porque ela sabia que esse era o gosto dele. Enquanto Baxter continuava a explorá-la, Lani relaxou ainda mais, abriu a boca, deixou-o entrar... e soltou um suspiro enquanto ele a preencheu de forma tão perfeita. Gemeu de um jeito suave, ou talvez tenha sido Baxter, enquanto ele tornava o beijo mais intenso e, vagorosamente, mais ardente. Lani percebeu que afundara suas unhas na camisa dele, pressionando os nós de seus dedos em Baxter, enquanto agarrava o linho em seus punhos cerrados, precisando se aproximar ainda mais dele.

— Uau — disse, ofegante, contra o maxilar dele, enquanto Baxter mudava o foco para os cantos de seus lábios, e depois suas bochechas, as têmporas, até aninhar a cabeça na lateral macia do pescoço dela.

Era uma sedução ao mesmo tempo doce e arrebatadora. Lani ergueu-se nas pontas dos pés, desejando mais daquele fogo, mais contato, mais... Baxter.

— Como isto não seria certo, Leilani? — sussurrou ele com a voz rouca contra a pele sensível sob sua orelha. — Se me der um motivo, eu me afasto. Não vou... não vamos repetir a dose. Mas foi delicioso, perfeito, você é...

— Minha. Nossa.

Eles se afastaram repentinamente um do outro como se tivessem acabado de encostar em uma forma de bolo muito quente.

Leilani cobriu a boca com a mão como se isso fosse esconder o que estavam fazendo, o que ela sentira... Virou-se e deparou com Alva parada bem ao lado da porta vaivém, carregando dois pratos de papel lotados do frango frito douradinho de Laura Jo, purê de batatas fumegante com molho, milho na espiga, além de bolinhos amanteigados. O cheiro era de outro mundo, e, só para melhorar a situação, o estômago de Lani escolheu aquele momento pra soltar um ronco. Ela deixou pender a mão da boca para a barriga.

— Ah... Alva, olá.

— Achei que vocês dois deviam estar com fome. — A senhora abriu um sorriso como se não tivesse acabado de encontrar os dois prestes a arrancarem as roupas um do outro. Ela colocou os pratos na bancada limpa mais próxima. — Vejo que estava certa — acrescentou com uma leve piscadela. — Rosemary me pediu para vir buscar os cupcakes do teste de ontem, pra equipe. Nem acredito que eles aguentam mais comida… parecia que a Laura Jo estava alimentando um batalhão! Caíram matando, como se nunca tivessem visto um prato de frango frito! — Alva olhou para os dois, que só ficaram lá, parados feito estátuas, encarando-a. — Os cupcakes com gengibre e mascarpone?

— Certo. — Por fim, Lani conseguia sair de seu estupor induzido por Baxter. — Estão na vitrine. Ficamos sem espaço lá atrás hoje de manhã, então a Dre deixou eles lá.

— Precisam de ajuda? — quis saber Baxter, por fim conseguindo se pronunciar.

Sua voz soava um pouco mais rouca aos ouvidos de Lani, fazendo com que ela voltasse a sentir coisas.

— É só uma bandeja grande. Acho que consigo cuidar dela — respondeu Alva, indo em direção à porta vaivém que dava para a frente da confeitaria. — *Bon appétit.*

A senhora olhou para os dois, ignorando completamente a comida. Ainda exibindo aquele brilho no olhar, mas se mandou dali.

Lani sentia o vapor saindo dos pratos; a mistura de cheiros estava lhe deixando com água na boca. Ou talvez fosse Baxter. Entre o gosto dele, o cheiro da comida, a memória daquelas mãos em seu corpo, Lani sofria de uma sobrecarga dos sentidos. E, subitamente, estava faminta.

— Deveríamos comer. — Ela ficou encarando a comida, mas não se moveu. — É o que precisamos fazer. Comer, recarregar as baterias, nos concentrar.

— Aham. É… aham. — Baxter ainda parecia distraído. Ele nem olhava para a comida. Ou para a porta por onde Alva tinha saído. Só para Lani. — Leilani…

Ela encontrou seu olhar.

— Nem vem. Não venha me dizer que deveríamos simplesmente seguir em frente com isso ou aproveitarmos o momento. Se eu achasse que seria capaz, já teria…

— Na verdade, eu ia falar pra você ir atrás da Alva e… — Ele gesticulou em um vago movimento circular.

— Pedir pra ela não abrir a boca? — Lani bufou. — Jura?

— Realmente. Você tem razão.

— Ou ela já está numa mesa lá fora, revivendo o momento detalhe por detalhe, ou seremos os astros da primeira coluna dela. Ou os dois.

O desejo ainda estava lá, estampado nos olhos de Baxter, e ela se perguntou se os seus estariam iguais; mas também havia arrependimento nos dele.

— Foi mal. Sei que isso só vai piorar as coisas pra você.

— Agora não tem mais o que fazer. Todo mundo já estava comentando, e tenho certeza de que as boas velhinhas da vizinhança são as que mais dão corda pras fofocas. — Lani sorriu, resignada. — Não tem jeito. Eu já esperava por isso, mas até que não está sendo tão ruim quanto eu imaginava. A maioria das pessoas parece gostar da ideia. Os comentários que fazem são bem inofensivos, na verdade, até fofos. É diferente de Nova York, provavelmente porque não faz diferença o que fazemos ou deixamos de fazer aqui. Eles só são enxeridos por natureza. — O sorriso dela ficou mais suave. — Eu prefiro pensar que só querem o nosso bem, mas, se a fofoca for boa, melhor ainda. — Lani arqueou as sobrancelhas. — Bem, Chef, acho que fizemos a felicidade dos locais.

O sorriso de Baxter aumentou, e ela ficou feliz ao ver a nuvem de arrependimento se esvaindo.

— Talvez seja melhor mesmo ignorar a situação. Ou ir com a maré, sei lá.

Baxter esticou a mão e prendeu um cacho solto atrás da orelha de Lani, que levantou a mão também, surpresa que os fios tivessem se soltado com todos os grampos e outros aparelhos de tortura que o cabeleireiro do programa havia enfiado nos seus cabelos. Suas mãos roçaram uma na outra, e Lani começou a se afastar, mas Baxter curvou seus dedos em volta dos dela e puxou sua mão para junto do peito dele.

— Agora você está querendo brincar com o perigo — zombou ela, tentando manter o humor entre os dois.

— Preocupada que a Alva surja do nada de novo ou…

— Pode ser a Alva ou alguém pior, tipo o meu pai.

Ela riu quando Baxter empalideceu.

— Mas eu estaria mentindo se não dissesse que a parte do *ou* também faz diferença. — Ao olhar de surpresa dele, Lani disse: — O quê? Você não acha que isto… que você… também não mexe comigo?

Baxter balançou a cabeça em negativa, não indicando que não acreditava nela, mas mostrando que estava com dificuldades de absorver tudo aquilo. Lani sabia exatamente como ele se sentia.

— É só que… você está diferente — disse Baxter, por fim. — Agora. Ou talvez isso seja coisa da minha cabeça, porque agora eu sei que você… bom, agora eu sei. E, realmente, isso está fazendo com que aquela história toda de desistir seja bem mais difícil.

Ouvir isso fez um nó se formar no estômago de Lani… e seu coração começar a esmurrar o peito. *Perigo, perigo*, uma vozinha lhe sussurrava. Como se ela já não soubesse disso.

— Bom — disse, tentando manter a voz calma, equilibrada —, você sabe que sempre consigo encontrar paz no meio do caos. Preciso fazer isso pra me concentrar e produzir. Aqui, hoje… está sendo um desafio. Essa coisa de televisão é muito mais estressante do que eu pensava. — Ela abriu um sorriso torto. — Caso não tenha percebido, realmente sou uma mula na frente das câmeras. Pra falar a verdade, é meio assustador. Isso vai passar em rede nacional! Eu sei que tenho que deixar de ser boba e fazer as coisas direito.

— Você está indo bem. É muita coisa pra aprender.

— Ah, acho que não cheguei nem perto de "bem". Preciso parar de me distrair e me concentrar. E tem sido superdifícil, na verdade, me manter afastada de você enquanto temos que trabalhar juntos, e, ainda por cima, na frente das câmeras.

— Mas? — Baxter sorriu quando ela lhe lançou um olhar incrédulo. — Acho que tem um *mas* lá no final.

— Mas — disse Lani, com uma ênfase exagerada —, ao mesmo tempo… você é a única coisa familiar, a única constante que eu tenho nesta loucura. Não consigo encontrar paz neste caos específico, mas você, sim. Então, é como se… se eu só pudesse confiar em você pra me guiar.

— Que bom, porque estou aqui pra isso.

— O que torna todo o resto, no fim das contas, bem mais complicado. Agora, fizemos o que fizemos. E fomos pegos, e… bom — ela deu de ombros —, não sei como vou conseguir me concentrar. Alva está lá fora, indo à forra, Rosemary deve estar se descabelando porque vou acabar lhe custando uma fortuna pra filmar esse programa, e tenho de encontrar um jeito de manter a calma. — Lani olhou nos belos olhos castanhos de Baxter e, se fosse possível sentir seu coração se partir, o dela definitivamente abrira mais uma ou duas rachaduras. Não se estilhaçaria por completo até que ele fosse embora. Era só uma questão de quantos pedacinhos minúsculos restariam. — Então, a única coisa de que preciso é ser capaz de confiar em você.

— É claro que você pode confiar em mim. Sempre.

— O que eu quero dizer é que preciso saber, com absoluta certeza, quando estivermos no set, quando eu estiver tentando lidar com as cinco milhões de coisas que preciso fazer o tempo todo, e não, eu repito, não, responder em voz alta àquelas vozinhas em meu fone... preciso saber que posso contar com você para me ajudar. E não vou conseguir se ficar achando que nós vamos fazer...

— Isto? — Ele passou seu polegar sobre os dedos de Lani, que estavam curvados dentro da larga palma de sua mão.

— É — disse ela, quase num suspiro.

Lani precisava que ele concordasse em se manter nos trilhos. Quando Baxter a olhava daquele jeito, a tocava daquele jeito... Não achava que teria forças para resistir. Para resistir a ele.

— Estou sendo o mais sincera possível com você. — Ela continuou a encará-lo, e esquecendo do resto do mundo, expôs sua alma a Baxter. Não tinha outra escolha. Ele tinha que entender isto. — Se você insistir... não sei se consigo resistir. Mas sei que deveria. Que nós deveríamos. Seria fácil agora... fácil demais... simplesmente ceder. A cidade inteira vai fazer de tudo pra nos jogar juntos.

— Eu não preciso que a cidade me jogue em cima de você.

— Só quero dizer que todo mundo vai nos pressionar, não se trata só do que a gente quer. Mas o final não vai mudar. Você vai embora. Eu vou ficar aqui. Então... sei que isto provavelmente não é justo, mas preciso saber que você vai me ajudar com as filmagens. Mas eu também preciso saber que você não vai fazer mais... isto.

Lani cobriu a mão de Baxter, que estava acariciando a bochecha dela, e lentamente a baixou.

— Você sabe que pode contar comigo — disse ele.

— E... com o resto? Posso contar com você também?

— Se depender apenas de mim, claro.

— Como assim?

— Não vou tomar iniciativa nem te provocar ou tentar te seduzir, mas, se você me der abertura, por qualquer que seja o motivo... aí a situação muda de figura.

— Mas...

— Porque eu não consigo resistir a você mais do que você consegue resistir a mim. Só estou sendo justo, querida.

— Mas você concorda comigo, né, que não deveríamos? Que não faz sentido nos torturarmos assim?

Ele ergueu as mãos ao lado da cabeça, com as palmas para a frente, como se estivesse se rendendo.

— Vou fazer o que me pediu, Leilani. A menos que você mude de ideia, mantenho minhas mãos longe. E meus lábios. E minha boca. E minha língua.

Lani engoliu em seco. Baxter nunca tinha sido tão... explícito. Um lento e largo sorriso espalhou-se pelo rosto dele, iluminando seus olhos com um brilho diferente, decididamente malicioso. Pela primeira vez, ela conseguia acreditar que aquele homem crescera no lado barra-pesada da cidade. Havia algo primitivo na forma como estava olhando para ela, como alguém disposto a brigar, lutar com as próprias mãos, se isso fosse necessário para obter o que desejava. E isso fazia sua pele formigar... e seus músculos tremerem de desejo.

E o coração dela doía de anseio.

— Mas você deveria saber, Lei, que te beijar e sentir você me beijando... não me pareceu muito uma tortura.

Baxter deu um passo à frente. E baixou a boca até que seus lábios estivessem quase tocando os dela. Um mero sopro de ar separava seus corpos.

A respiração de Lani ficou presa em sua garganta enquanto o hálito doce e apimentado dele soprava por seus lábios... lábios que ele havia recentemente invadido. Estremeceu quando Baxter a emoldurou com suas mãos, as palmas voltadas para dentro, e depois as moveu lentamente, descendo pelo perfil do corpo dela, sem tocá-la em momento algum. Quando terminou, Lani tremia.

— E isto — sussurrou ele, rouco — nunca vai desaparecer, quer queiramos ou não.

CAPÍTULO 13

U NÃO SEI O QUE VOCÊ DISSE PRA ELA DURANTE O INTERVALO, MAS, MEU DEUS, BAXTER, AS GRAVAÇÕES DA TARDE ESTÃO... — ROSEMARY PAROU DE FALAR, ESTICOU A MÃO EM DIREÇÃO AO PAINEL DE EDIÇÃO E APERTOU UM BOTÃO PARA pausar o replay, voltou tudo e então pressionou PLAY de novo. — Que que é isso! — murmurou ela, e então se abanou enquanto assistia ao trecho que repetia. Pela terceira vez.

Baxter ficou parado atrás dela em silêncio enquanto assistia à reprise. *Que é isso mesmo!* Era uma loucura, na verdade!!!

Ele e Lani estavam fazendo e dizendo todas as coisas certas, as mesmas coisas que passaram a manhã inteira repetindo para a câmera. Porém, havia uma espécie de... energia entre os dois agora. Ardente, fumegante. Parecia que um deles ia simplesmente mandar tudo pro inferno a qualquer instante, jogando no chão tudo que estava na bancada, e começando a praticar uma forma de "culinária" completamente diferente. Do tipo geralmente reservado para o pay-per-view.

Baxter logo viu o que estava acontecendo. Bom, estava sofrendo com aquilo havia dez horas e meia — o que, concluiu, era bem feito, considerando que fora ele quem causara o estrago.

Entender o motivo e se xingar por tê-los colocado naquela situação não mudava o fato de que não conseguia parar de olhar para Lani como se ela fosse a sobremesa. Sua sobremesa, um pavê delicioso, só dele, meramente esperando para ser devorado, uma camada de pecado de cada vez.

Ele engoliu um gemido, e mudou de novo de posição, inquieto e grato pelo longo avental ainda amarrado em volta de sua cintura. Olhou para baixo, para o pôster do filme que fora habilidosamente pintado com um aerógrafo no avental pela assistente peculiar de Lani, Dre. Ele achara a eclética coleção espirituosa e adequada para o tom que o programa estava tentando atingir, tendo como set uma confeitaria de cupcakes com uma dona caprichosa.

Lani poderia até ser caprichosa, pensou Baxter, *mas, quando se tratava de sensualidade, nem mesmo a Marilyn Monroe no auge da carreira se comparava à pequena senhorita Branca de Neve.* Ele se sentira atraído por sua determinação, seu foco, sua calma e estabilidade. Era como se ela fosse a luz do sol, o brilho de um farol no qual Baxter podia confiar e contar em seu mundo sempre barulhento, corrido e caótico.

Agora, olhava para ela, com aqueles aromas aconchegantes, amanteigados e doces enchendo o ar, junto com o cheiro forte de chocolate amargo... e tudo em que conseguia pensar era em adicionar o sabor dela à mistura. Baxter desejava possuir, cheirar, lamber, sentir, sugar, saborear e devorar cada centímetro daquela mulher. Como um viciado atrás de uma dose, disposto a rastejar por carvão em brasa para obtê-la.

Ah... Baxter rastejaria aos pés de Lani. Naquele instante, seria capaz até de uivar para a lua.

— Com licença — disse, limpando algo que parecia estar preso em sua garganta. — Preciso tomar um ar. Já volto.

— Pode ir pra casa — dispensou-o Rosemary, indiferente, enquanto continuava a analisar a filmagem. — Chega por hoje.

Ela estava sorrindo, o que era raro, mas algo naquela expressão fez com que ele apertasse o passo até a porta dos fundos. Rosemary. Feliz. Com certeza, isso era algo novo.

Mas não ia pensar naquilo agora. Baxter precisava tomar ar, limpar a mente... e encontrar uma maneira de acalmar a droga do seu corpo.

É claro que, tão logo pisou fora do último degrau de metal da escada do trailer, chegando ao estacionamento de conchas esmagadas, percebeu que não tinha para onde ir. Se desse a volta pelos fundos, chegaria à praça da cidade ou em uma das ruas que saíam dela. Por experiência, já sabia que, mesmo tarde da noite como agora, não chegaria longe antes de ser parado por um morador local bem-intencionado, ansiosíssimo por conversar com a celebridade. Em dias normais, não se importaria com isso, mas, no momento, necessitava ficar sozinho com seus pensamentos. E com sua ereção.

O clube do cupcake   201

Ele mudou de direção, pensando que poderia se esconder na cozinha auxiliar por um tempinho, que deveria estar vazia. Havia uma luz acesa lá dentro, mas isso não o surpreendeu. Com todo o vaivém das filmagens, quem quer que tenha sido o último a sair provavelmente não sabia que fora o último. Deu uma olhada ao redor, mas o restante da equipe, ao que parecia, havia voltado para seus quartos na cidade, tendo a maioria sendo alojada nas poucas pousadas que funcionavam na ilha. Com o fim da temporada do verão, os proprietários estavam felizes com a nova onda de hóspedes. Havia surgido a ideia de alugarem um ônibus de turnê para ele, para ser sua casa longe de casa, mas Baxter achara isso demais. Ficaria em hotéis como todo mundo.

Porém, depois de apenas três noites ali, sua presença já estava se provando ser mais problemática do que esperavam. Os cidadãos de Sugarberry tinham boas intenções, mas seu conceito de hospitalidade era meio sem noção. Ele não se importava em receber cartões deixados na recepção nem com as flores e as cestas de frutas entregues em seu quarto. Também não era contra as tortas, os biscoitos e os assados recém-saídos do forno. Aquilo era muito gentil, e Baxter se sentia um tanto quanto bajulado. Mas chegara ao limite quando tentaram lhe servir café da manhã. Na cama. Sem avisar. Embora tivesse certeza de que a amiga de Alva, Dee Dee, tivera a melhor das intenções.

Na próxima cidade, ele teria um ônibus de turnê. E se daria por satisfeito.

Na próxima cidade, pensou, enquanto tirava o avental, subia os degraus da escada do trailer e se esgueirava rapidamente para dentro da cozinha antes que alguém o visse e frustrasse sua fuga. Não queria pensar na próxima cidade. Não queria pensar em sair de Sugarberry. Ou, indo mais direto ao ponto, não queria pensar em deixar Leilani em Sugarberry.

Ele bateu a porta atrás de si, só para ouvir um gritinho agudo de surpresa.

— Minha nossa, você quase me matou de susto!

Baxter se virou... e deu de cara com o objeto de seus pensamentos na bancada mais distante do trailer, com um cupcake nas mãos.

— Era de se esperar que você já estivesse enjoada deles.

Ele gesticulou para o cupcake de gengibre enquanto tentava acalmar as batidas de seu próprio coração, aceleradas pela adrenalina. Só naquela manhã, fizeram pelo menos uma dúzia de tomadas com Lani mordendo o cupcake e exclamando perante as câmeras o quanto ele era delicioso. E aquele tinha sido um de quatro tipos diferentes que haviam filmado para o primeiro episódio.

— Eu sou uma pâtissière. Não fico enjoada de bolo. Por que você acha que entrei no ramo?

Era óbvio que ela tentava fazer piada, mas parecia cansada, e não olhava para Baxter. Sua atenção estava concentrada exclusivamente no cupcake, e continuou a libertá-lo de sua forminha de papel. Assim que terminou, lambeu lentamente a cobertura do topo, fechando os olhos enquanto fazia isso, e os manteve fechados enquanto devorava o bolinho em três mordidas muito felizes, se seus gemidos de satisfação fossem algum indicativo disso. Não havia nada de sensual em suas ações. Parecia mais um ato de desespero, vindo de uma pessoa buscando por... salvação.

— Está tudo bem com você?

Baxter franziu a testa, preocupado. Quando encerraram o dia, ou a noite, como tinha sido o caso, ele fora direto para o trailer da produção junto com Rosemary para dar uma olhada nas gravações, e Leilani tinha sido liberada para ir para casa. A tarde e a noite tinham ido bem, incrivelmente bem, no que dizia respeito à produção, de qualquer forma, mas o dia, no geral, fora bastante longo. Eles haviam parado tarde para o jantar, com pelo menos um segmento ainda para ser filmado. Terminaram a gravação por volta da meia-noite, e a equipe ainda estava trabalhando à uma da manhã.

— Achei que você já tivesse ido pra casa... Por que ainda está aqui?

Ela lambeu a cobertura de mascarpone do canto de sua boca, e, por fim, abriu os olhos e o encarou.

— Porque tem gente na minha casa. Fazendo cupcakes. E não quero fazer nada disso hoje. Comer coisas que já foram feitas, tudo bem. Isso eu até posso fazer. Mas assar coisas novas? — Ela estremeceu. — Não. Não rola.

— Com certeza a Charlotte entenderia que você precisa dormir.

— Não é só a Charlotte.

As sobrancelhas de Baxter ergueram-se um pouquinho.

— Não? Tem mais alguém que veio de Nova York para dar apoio moral?

Ela negou com um movimento de cabeça.

— É uma longa história. De alguma forma, eu consegui formar um... bem, um clube.

— Um... clube?

— Um clube de boloterapia com cupcakes. As pessoas aparecem. Cozinhamos. Descarregamos o que está entalado. Comemos. Costumava ser apenas a Charlotte e eu, mas parece que está se tornando popular.

O clube do cupcake   203

Baxter caminhou até o fundo do trailer, em silêncio, e puxou um banco, sentando na diagonal dela.

— Quantas pessoas?

— Agora, Alva, Dre, Charlotte. E eu, é claro.

— A Dre trabalha pra você.

— Eu sei.

— Você não pode mandar ela ir pra casa?

— Que diferença faz? Eu meio que não quero fazer isso. Quero dizer, na maior parte do tempo, tem sido… bem, tem sido legal. Bem legal, pra falar a verdade. Nós rimos, conversamos. Somos todas diferentes, com passados diferentes, de gerações diferentes. — Lani inspirou e endireitou-se em sua pequena banqueta, começando a brincar com a pontinha da embalagem de cupcake vazia. — É até interessante. Dre tem 20 anos, eu e Charlotte temos 31, Alva é cinco décadas mais velha. Charlotte foi criada em uma cultura diferente, e eu… — Lani deu risada, mas era mais de cansaço do que de felicidade. — Não sei o que sou. Mas é reconfortante, de certo modo. — Ela deu de ombros. — Não dá pra explicar, e também nem quero. Mas hoje… não estou a fim de boloterapia. Quero me esconder na minha cama e não falar nem pensar sobre nada.

— Hoje foi cansativo. Mas vai melhorar. Prometo.

Lani olhou para Baxter de novo.

— Sobre… nada — repetiu ela.

Ele se deu conta de que Lani não estava se referindo ao programa. Ou só ao programa.

— Ah — disse ele, em um tom mais baixo de voz. — Sim. Certo.

Baxter desejou então também ter uma forminha de papel em que pudesse mexer. Qualquer coisa para ter o que fazer com as mãos… e para poder direcionar seu olhar para algum lugar. Que não fosse Leilani.

— Por que você ainda está aqui? — perguntou ela após um tempo.

— Eu estava na produção. Assistindo à gravação.

Ela assentiu com a cabeça, mas depois voltou a olhar para baixo. E deixou óbvio que não perguntaria sobre isso. Considerando o que Baxter e Rosemary haviam visto, ele também preferia evitar o assunto. Pelo menos desta vez, não forçou a barra.

— Você veio pegar alguma coisa? — quis saber Lani.

— O quê? — disse ele, percebendo que ainda pensava no replay da gravação. O que fez com que se mexesse em seu banco de novo.

Lani gesticulou para a cozinha.

— Você precisava de alguma coisa?

— Ah, você quer saber por que eu vim aqui.

— Isso.

— Eu… vim me esconder. Acho.

A expressão no rosto de Leilani foi de cansada para preocupada.

— Da Rosemary? A gravação ficou tão horrível assim? *Eu sabia.* — A última parte saiu bem baixinho. — *Droga!*

— Hum, não. A Rosemary está bem feliz, pra falar a verdade.

Leilani ergueu a cabeça com uma sobrancelha arqueada, deixando claro o quanto achava aquilo improvável.

— Jura. — Não foi bem uma pergunta.

— Não, é verdade. Ela estava sorrindo quando fui embora.

Lani fez uma careta ao ouvir isso.

— A Rosemary consegue sorrir? — Ela esfregou os braços. — Que medo. Muito medo.

Baxter sorriu pela primeira vez desde que entrara no trailer.

— É melhor ter mesmo, mas não é por isso que vim me esconder. Apesar de, talvez, eu estar traumatizado.

Ele achou ter visto uma pontinha de sorriso surgir no rosto de Lani.

— Prometo que não vou te expulsar. Só queria um esconderijo também.

— Você estava planejando dormir aqui?

— Ainda não tinha pensado nisso. Na verdade, só estava esperando todo mundo cair fora pra voltar pra confeitaria.

— E fazer… o quê?

— Dormir. Meu prédio tem um segundo andar. O dono anterior usava o espaço do andar de cima como uma espécie de escritório-quarto. Tem um banheiro completo e a fiação para uma pequena cozinha. Pensei de verdade em ir morar lá, mas eu me conheço, e já como, durmo e respiro o meu trabalho; então, se resolvesse morar nele também… bom, não seria muito saudável. Preciso ter uma vida em algum momento. Na real, é quando estou longe da confeitaria que tenho a maioria das minhas ideias para novas receitas.

O clube do cupcake   205

— Sou assim também.

Lani parecia surpresa.

— Achei que você não passasse muito tempo em casa.

— E não passo — disse ele. — Mas também não passo o tempo todo no estúdio. E, quando não estou lá, fazendo seja lá o que for, é quando fico mais inspirado. Acho que tem a ver com receber estímulos externos. De qualquer tipo.

— Verdade. Pra ser sincera, estou passando mais tempo no meu chalé desde que a Charlotte chegou do que desde que aluguei o lugar.

— Alugou?

Lani assentiu com a cabeça.

— Meu dinheiro foi todo pra confeitaria. Não fazia sentido arrumar uma hipoteca. Além do mais, tem a Casa Harper…

— Ela vai ser sua algum dia?

— Sim. Espero que demore bastante, mas me prender a prestações pra vida toda por causa de um chalé que um dia vai ser vendido não foi um problema que quis ter.

Baxter concordou com a cabeça, entendendo o que ela queria dizer.

— Eu só comprei a casa em Nova York porque precisava de um investimento. — Ele riu. — É difícil de acreditar que um garoto de Spitalfields algum dia ficaria preocupado em ter que investir seu dinheiro.

— Spitalfields? Você está tirando uma com a minha cara.

A risada dele deu lugar a uma gargalhada.

— Juro que não. Tem uma feirinha linda.

— O pequeno Charlie'ingle de Spitalfields, todo crescidinho! — disse ela, em uma tentativa divertida de imitar um sotaque londrino. O sorriso de Lani era carinhoso, e o brilho em seus olhos quando olhou para ele emitia afeto e respeito. — Você realmente progrediu na vida, Baxter.

Ele tinha achado que se arrependeria de ter contado sobre seu passado, mas se deu conta de que Lani era, na verdade, a única pessoa que conhecia com quem poderia ter partilhado essa parte de si. Estava feliz por ter feito isso.

— Você também — respondeu ele.

— Achei que você não gostava de eu ter aberto uma confeitaria de cupcakes.

— Eu nunca disse isso.

Então ela deu risada.

— E nem precisava, Baxter. Devia ter visto a sua cara quando entrou na minha cozinha naquela primeira manhã. A sua expressão dizia tudo. — Lani ergueu a mão, dispensando qualquer necessidade de Baxter se explicar. — Tudo bem. O meu pai também não entende, nem a Charlotte, a propósito. Vocês todos acham que estou jogando meu talento fora.

— Tem razão. Quando soube o que você estava fazendo, até mesmo depois que cheguei aqui, achei que era uma tragédia.

Lani não parecia surpresa nem insultada, e Baxter achou que isso era legal da parte dela, porque sua reação fora ofensiva, e ele se arrependia disso. Ela ergueu levemente a cabeça e disse:

— Isso que dizer que você mudou de ideia?

— É ridículo perceber que me tornei tão metido sobre comida. Como você diz, não faz sentido um cara da Velha Spi'alfields, que agora está bem de vida, ficar enchendo a boca pra falar dos outros. E, ainda assim, julguei a sua escolha de fazer isto, em vez de…

— Agir como você faria? — terminou Lani por ele. — Você batalhou pra crescer, pra sair da pobreza e melhorar de vida. E isso é ótimo e louvável, em todos os sentidos. Mas eu não tinha uma vida ruim nem precisava me destacar pra sair dela. Só queria aprender, me aperfeiçoar, saber que tipos de sobremesas deliciosas seria capaz de criar, e ser a melhor chef que eu pudesse ser. Sua causa era muito mais nobre.

— Não há nada de nobre em precisar lutar pra sobreviver. E era só isso que eu estava fazendo: sobrevivendo.

— Mas ser um pâtissier não é só um trabalho, é sua paixão. É muita sorte a solução dos seus problemas ser algo que você ama fazer.

— Mas e você? Por que resolveu ir à Bélgica e a Paris? E depois a Nova York? Quais eram as suas metas?

— Virar a melhor chef que eu pudesse ser. Aprender tudo sobre a minha profissão, sobre bolos, doces, chocolate, tudo isso. Eu queria ter uma perspectiva global, e, quando voltei, achei que Nova York seria o melhor lugar pra continuar aprendendo. — Lani abriu um sorriso. — E foi mesmo.

Baxter fez uma pequena reverência, mas disse:

— Eu também aprendi com você.

Lani riu.

— Acho legal que pense assim, mas você tinha tanto a oferecer, tantos conhecimentos, além de uma visão interessante sobre as coisas. Era como se, só estando perto de você, o meu cérebro explodisse com novas ideias.

O sorriso dele ficou mais suave.

— De novo, foi a mesma coisa com você. Sua forma de pensar é muito diferente da minha. O meu trabalho é mais rústico, e o seu é mais refinado, mas, ainda assim, temos a mesma percepção das coisas. Você também me fez pensar de outra forma.

Baxter achou que as bochechas de Lani podiam ter ficado um pouco ruborizadas.

— Eu... bem. — Ela abriu um largo sorriso, meio envergonhada, o que fez com que o coração de Baxter vacilasse. — Obrigada.

— Ah, não tem de quê. — Lani abriu um sorriso um pouco sarcástico, que logo levou Baxter a acrescentar: — Que foi?

— Ah, nada, é só que... — Ela girou o papel do cupcake nos dedos. — É irônico, né? Que você seja o chef com treinamento mais rústico enquanto eu seria elegante e refinada, mas, ainda assim, só consigo ser feliz fazendo cupcakezinhos bobos.

— Seus cupcakes não são bobos — disse ele, sendo sincero.

— Bom — disse Lani, incapaz de impedir que um pouco de orgulho transparecesse em seu sorriso. — Obrigada por dizer isso. De verdade.

Ela havia feito por merecer tanta puxação de saco, Baxter tinha que admitir.

— De nada. Mesmo. É a verdade. Eu realmente não entendia como alguém criativa seria feliz e conseguiria achar inspiração trabalhando com uma coisa tão simples e limitada. Eu tinha certeza de que você acabaria com sua criatividade, e que, depois de algum tempo, ia se sentir sufocada e até mesmo presa. Quero dizer, talvez pudesse ampliar a confeitaria, montando uma padaria ou coisa assim, mas...

Lani estava balançando a cabeça em negativa.

— Não, pra mim, cupcakes são um símbolo de felicidade e alegria. Acho que pra todo mundo.

— Mas não é o caso de todas as sobremesas?

— Não, claro que não. Acho que cada doce representa uma coisa diferente, mas é óbvio que todos foram feitos pra deixar as pessoas contentes... mas nenhum faz isso tanto quanto cupcakezinho feliz. E era isto que eu queria fazer. Espalhar a alegria.

— Mas era exatamente isso o que o seu trabalho em Nova York estava fazendo. Espalhando alegria.

— Talvez, mas de um modo muito diferente. Eu sei que as pessoas gostavam do meu trabalho e o respeitavam, mas lá se tratava mais de impressionar os outros com a minha criatividade e nos detalhes do que com o sabor e a comida em si. Tenho certeza de que mais da metade das minhas sobremesas acabava ficando nos pratos, não porque não eram gostosas, mas porque a pessoa estava mais preocupada em manter seu corpo no tamanho perfeito, ou em não parecer gulosa, ou porque achava mais legal comer uma criação do Gateau do que realmente aproveitar a comida. Mas uma coisa eu posso dizer a você: ninguém come meio cupcake! — Lani soltou uma risada.

Baxter também sorriu.

— Nesse ponto você tem razão.

— Não me leva a mal. Você, o Gateau, Nova York, tudo isso me inspirava, além de ter que impressionar nossos clientes muito importantes e exigentes. Eu sou perfeccionista por natureza, então, quanto mais exigirem de mim, quanto mais exigentes fossem, mais eu me esforçava. Foi realmente uma lição sobre o que eu conseguia fazer, aonde chegaria com os meus conhecimentos e as formas como poderia crescer, me aprimorar, me transformar.

— E você estava fazendo todas essas coisas. De um jeito genial.

— Obrigada. De verdade. A sua opinião é importante, e não só porque é um chef fantástico.

— Mas…? — Ele sorriu de novo. — Sempre consigo ouvir os "mas".

Lani retribuiu o sorriso de Baxter.

— Mas — repetiu ela — eu vivia estressada, sempre preocupada, o tempo todo me remoendo pra não deixar passar nada, pra sempre ter ideias novas, que era minha maior motivação. Superar a mim mesma. Quando virei chef executiva no Gateau, fiquei orgulhosa por ter conseguido, e tão cedo na minha carreira. Era o que eu queria, né? Estava crescendo, desafiando a mim mesma todos os dias pra me tornar uma chef melhor. Era o meu sonho. Aquilo não era sucesso? Se você é bem-sucedido fazendo algo que ama, isso tem que te deixar feliz e satisfeito. Né?

— Essa é a conclusão lógica.

— Era difícil. Dirigir o Gateau. Tão difícil. Achei que eu fosse tirar de letra, mas lidar com toda aquela pressão era bem assustador! Achei que, com o passar do tempo, as coisas fossem ficar mais fáceis, que eu iria aprender a lidar melhor com tudo aquilo… que gostaria mais daquilo. Achei que era por causa da equipe falando mal de mim e um monte de outras besteiras, e, quando as coisas melhorassem e eu provasse que era capaz, tanto para eles quanto para mim mesma, me sentiria mais motivada. Afinal de contas, aquele era meu sonho.

— E aí o seu pai ficou doente.

Lani assentiu com a cabeça, e Baxter viu um lampejo de medo pelo rosto dela. Tinham conversado sobre família antes, e ele pensou na criação dela, em uma família com uma tradição matriarcal tão forte, mas tendo um pai que também a amava profundamente. Embora entendesse a necessidade de Lani de correr para o lado do pai, ele próprio nunca vivenciara aquela mesma urgência, aquele mesmo pavor. Do tipo que te domina, te consome.

Porém, observando-a agora, ouvindo-a falar com tamanha paixão, com tamanha certeza, percebeu que invejava sua coragem. A coragem de lidar com a perda de alguém que ela amava tanto, a coragem de confrontar o terror da possibilidade de perder seu único parente vivo, e então tomar decisões, decisões destemidas, em relação ao que ela sabia que tinha que ser feito. Do jeito que Lani contava, seu pai não tinha sido a favor de sua mudança para o Sul nem da abertura da confeitaria… mas ela fora em frente mesmo assim, o que chocara Baxter e, ao mesmo tempo, inspirava nele um grande respeito.

Foi naquele instante que se deu conta de que também havia uma pessoa em sua vida que, se fosse ameaçada, o obrigaria a ter coragem de tomar as mesmas decisões difíceis, de encarar as mesmas consequências aterrorizantes. Essa pessoa era Leilani. O pensamento de perdê-la para sempre…

— Quando eu vim cuidar dele, foi a primeira vez que saí de Nova York, por qualquer período de tempo que fosse, desde que eu tinha me tornado uma chef — continuou a dizer Lani, arrancando Baxter de seus pensamentos. O coração dele, porém, não se recuperou com tanta rapidez. — Achei que o ritmo mais lento me deixaria louca, que eu ficaria me preocupando o tempo todo com as coisas em Nova York. Entre o ataque cardíaco do meu pai e me afastar da loucura do Gateau, achei que fosse virar uma doida estressada.

— Mas… — disseram eles em uníssono, e os dois riram.

— Mas — repetiu Lani —, assim que os médicos me garantiram que o meu pai ia se recuperar, consegui me focar em cuidar dele e fazer com que obedecesse aos médicos. Eu ainda estava preocupada, mas não estava mais apavorada que ele fosse morrer. Só depois de uns dias que fui pensar no trabalho, se as coisas estavam indo bem, mas não morria de ansiedade. Pra ser sincera, na segunda semana, já estava me sentindo culpada, porque o que eu mais sentia era alívio. Ninguém me pressionava. Eu passava horas cozinhando na Casa Harper, e adorava cada segundo, porque ninguém se importava com aquilo, ninguém me enchia o saco nem ficava me perturbando pra fazer tudo com pressa ou, pior, implicava com qualquer besteira e fofocava sobre mim.

— Leilani...

— Não, eu não estou colocando a culpa em você. Eu só não tinha me dado conta de como estava infeliz. Afinal, aquele era o meu sonho. Óbvio que estava cansada, estressada, mas era a vida que eu queria. Não podia reclamar disso. Era uma oportunidade atrás da outra. Gente importante experimentava o meu trabalho, a minha comida. Estava estressada porque me importava, e aquele era o preço do sucesso.

— Eu não percebi que você estava tão infeliz.

— Mas esse era o problema. Nem eu. Se você me perguntasse, teria dito que era a pâtissière mais sortuda do mundo! Porque eu era.

— Você sempre parecia tão calma, tão focada, tão centrada.

Neste momento, Lani abriu um sorriso.

— Foi você que disse que não há nada de nobre em precisar lutar pra sobreviver. E é isso mesmo. Era isso que eu estava fazendo. Precisei sair daquela vida, me afastar pra entender isso. Na última primavera, eu fiz algumas das sobremesas pro jantar de Páscoa que temos na ilha. Fiquei sentada olhando as pessoas comerem a minha comida. Muitas delas vieram me contar o quanto tinham amado um bolo ou uma torta que fiz, e pediam as receitas do prato. Me contaram histórias da comida da minha mãe, e os mais velhos falaram até dos pratos da minha avó. Nessa época, eu já não queria voltar pra Nova York. E estava sendo difícil encarar isso. Me sentia culpada por não estar feliz com o que tinha. Me sentia ingrata, e parte de mim se perguntava se aquela ideia maluca de abrir o meu próprio lugar não seria só uma válvula de escape, um jeito de fugir ou uma desculpa pra não voltar ao Gateau.

— O que te deu o empurrão final? Não parece que as pessoas estavam te incentivando, pelo menos não as mais próximas.

— O meu pai dizia que não queria que eu virasse babá dele, fazendo com que se sentisse um doente, mas só descobri outro dia o quanto ele se incomodava por eu não ter voltado pra minha carreira importante. E a Charlotte... ela apoiou a minha decisão de ser feliz; só não entendeu. Na verdade, eu não tinha contado

O clube do cupcake 211

meus planos pra ninguém. Passei um bom tempo brincando com receitas na cozinha da Casa Harper enquanto o meu pai se recuperava. Ele estava acostumado a me ver cozinhando o tempo todo e achou que eu só queria treinar enquanto estava longe de Nova York.

— Em vez disso, você estava... criando seu próprio cardápio?

— Foi o que acabou sendo, sim. Aquelas receitas eram o tipo de coisa que eu jamais poderia fazer no Gateau, mas eu conseguia imaginar todas elas fazendo a felicidade das pessoas aqui em Sugarberry.

Um brilho de animação se acendeu nos olhos de Lani de uma forma que Baxter nunca tinha visto antes. Ele já testemunhara o orgulho dela pelo trabalho quando estavam no Gateau, mas isto era algo completamente diferente.

— Eu estava pensando nisso, meio que considerando a ideia, querendo criar coragem... e então vi a loja para alugar na praça. O lugar tinha sido uma padaria antes, mas estava vazio fazia nove anos. Não tinha nada. Nenhum equipamento. Mas toda a fiação estava lá, a disposição das salas, a estrutura. Só precisava de uma cara nova e de equipamentos novos. E de amor e carinho. Mas acho que eu sabia. Talvez não naquele dia exato, mas quando liguei pro corretor de imóveis pra dar uma olhada no lugar, sabia que era a hora. Se fosse viável, eu ficaria aqui e abriria o meu próprio lugar.

— Como? — perguntou ele, desejando entender.

— Como eu sabia? Encontrar o lugar para a confeitaria me pareceu um sinal imenso, gigantesco, ainda mais porque eu estava considerando a ideia. Mas eu soube com certeza quando entrei lá e olhei ao redor... e consegui imaginar tudo. Sem esforço. Nitidamente. Cada detalhe. Até as bonequinhas nas prateleiras. E fiquei animada, aterrorizada, desafiada. Ainda me sinto assim. Eu queria fazer isso, queria tentar. Parecia certo. Mais certo do que qualquer coisa que eu já tivesse feito antes. Realmente me senti culpada, preocupada, me perguntei se daria certo... mas nunca duvidei de que era um desafio que queria enfrentar. Foi só quando tomei a decisão que...

— Ficou feliz.

Lani assentiu com a cabeça, radiante.

— Sabia que muita gente me acharia louca, que eu estava surtando por causa do estresse com o meu pai e com o trabalho, que pareceria completamente doida. Também achei isso. Mas... uau! Eu entrei naquele lugarzinho horroroso e... ele era... ele era meu.

— Você já tinha pensado em abrir o seu próprio lugar em Nova York? Era esse o seu sonho?

— Não. Se eu fosse fazer isso, teria que ser um lugar que nem o Gateau. Senão… pra que me dar ao trabalho, né? Um lugar fofinho e caseiro seria artificial em Nova York, se é que alguém sequer ia entender o espírito da coisa. Sabia como seria ser dona de uma confeitaria e administrar uma coisa dessas lá. Eu queria cozinhar, criar. Não gerenciar. Ser chef executiva era o máximo que eu desejava ser. Nos dias mais difíceis, fantasiava em me tornar uma chef particular ou abrir um bufê, mas só queria isso quando estava morta de cansaço e estresse. Pelo menos era o que eu achava.

— E agora? Você se arrepende de alguma coisa?

Lani balançou a cabeça em negativa.

— Sinto falta da Charlotte e do Franco. — O sorriso dela ficou mais suave e mais comovente. — E de você. Mas nós tínhamos aquelas nossas questões, e eu sabia que, se a minha amizade com a Charlotte tinha sido capaz de aguentar o tempo que passei fora, com certeza sobreviveria eu vir morar na Geórgia.

— Eu já te vi com as pessoas daqui. E sei que é feliz. Dá pra notar uma alegria em você que não existia em Nova York. Você tinha orgulho do seu trabalho, mas faltava essa felicidade que está sempre estampada no seu rosto aqui.

— Sou feliz aqui, Baxter. Nisso, você tem razão. Nunca morei aqui quando era mais nova, mas a minha família está enraizada nesta ilha… Eu me sinto próxima da minha mãe, e gosto de ver como as pessoas admiram e respeitam o meu pai. Em vez de só ser boa no trabalho pra provar que sou talentosa, parece que estou dividindo o meu talento, o meu dom, se quiser chamar assim, com pessoas que realmente dão valor a ele. Elas não fazem a mínima ideia de tudo que coloco num cupcake, de quanto tempo estudei pra conseguir fazer isso, que não é algo que nasci sabendo ou simplesmente aprendi, como elas instintivamente tricotam, constroem casas em árvores, ou cortam madeira para usar como lenha. E não me importo. É tão mais fácil experimentar, pensar, criar… bom, só por brincadeira. Os resultados finais são receitas das quais tenho um orgulho imenso. Não me importa que os meus clientes nem imaginem o quanto meus cupcakes são complexos. Eu gosto do desafio. Entendo o que está por trás dele e isso é tudo que me importa. Não me interessa se os meus cupcakes nunca vão dar o ar da graça num jantar chique, mas, em vez

O clube do cupcake   213

disso, vão ser o ponto alto do piquenique do Clube dos Kiwanis. Pra falar a verdade, isso acabou se tornando bem mais recompensador, além de ser muito mais divertido. — A cara animada de Lani deu lugar a uma expressão ligeiramente mais séria, porém, a alegria não diminuiu em nada. Na verdade, pareceu ainda mais intensa. — É por isso que sei que não vou embora daqui. Não seria a mesma coisa em nenhum outro lugar. Eu pertenço a este lugar. E, mais importante, quero pertencer a ele.

— Eu sei disso — disse Baxter. — Sei mesmo. Fica óbvio, como falei, só de olhar para você. E já provei seus cupcakes, eles são sensacionais. É inacreditável o que consegue fazer dentro de uma forminha de papel. Me converteu. Você não está desperdiçando seu talento, mas criando coisas novas com ele. Na verdade, já fez o que eu queria fazer com esta temporada do programa: pegar sobremesas elegantes, elaboradas e cheias de detalhes e achar uma maneira de combiná-las com pratos mais locais, mais simples, que possam ser feitos por todo mundo. A Rosemary está toda animada desde que analisamos as receitas e escolhemos as que vamos usar. E você foi minha salvação, porque não fazia a mínima ideia de como ia fazer isso.

— Você não acha que o seu programa já faz isso? Leva sobremesas chiques pra pessoas comuns? Quero dizer, esses são seus telespectadores.

— Na verdade, não. Quero dizer, sim, eles são assim, mas não é por isso que assistem ao meu programa. Eu explico as técnicas, e as receitas ficam no site, então tudo tem que ser mais simples pra caber num episódio, mas acho que ninguém quer realmente cozinhar, só ver a comida bonita e...

— Babar pelo seu rosto bonito e pelo seu sotaque inglês maravilhoso.

Baxter sentiu seu rosto ficar um pouquinho quente.

— Fico feliz por assistirem ao programa, seja lá por que motivo.

— E é humilde também — brincou ela.

Seus olhares se encontraram, assim como seus sorrisos.

— Eu realmente entendo por que você veio pra cá, Leilani — disse ele, após um longo tempo. — De verdade. Você encontrou o seu lar.

Lani fez que sim com um movimento de cabeça, mas com um pouco de tristeza, resignação, talvez. Baxter não queria mesmo pensar nisso. Ela empurrou sua banqueta para trás, um pouco abruptamente, e se levantou.

— É melhor eu ir pra casa. Começamos cedo amanhã.

— Certo. Claro.

214 **Donna Kauffman** 🍮 Delícia, Delícia

Ele também se levantou.

— Você está ficando na pousada do Frank e da Barbara, né? Pelo menos foi o que ouvi...

Baxter assentiu com a cabeça.

— Sim, sim. Não ia dar pra ficar indo e voltando de Savannah, e recusei a ideia do ônibus de turnê, mas agora estou reconsiderando.

Lani abriu um largo sorriso.

— Ônibus de turnê? Você é um astro, com certeza devia ter um ônibus de turnê!

— Obrigado — disse ele com um tom seco. — Foi exatamente por isso que não quis um. Mas, pelo bem da minha privacidade, talvez mude de ideia.

— Dá pra entender — disse ela, dando uma risadinha.

— Você vai voltar pra casa?

Lani assentiu com a cabeça.

— Acho que sim. Estou tão cansada que nem um batalhão de pessoas na minha cozinha me impediria de desmaiar na cama.

— Desmaiar na cama — repetiu ele. — Que descritivo.

— E verdadeiro. — Lani riu. — Ei! Tem uma cama lá no loft. Eu costumava ficar por lá quando estava arrumando a confeitaria. Você teria que dividir o espaço com um monte de prateleiras cheias de porcaria, mas os lençóis estão limpos, e é confortável. Além de ser um lugar tranquilo.

Baxter tinha que admitir que aquilo parecia perfeito, mas, no fim das contas, negou com a cabeça. A última coisa de que precisava seria se enfiar nos lençóis de Leilani.

— Eu não quero que os Hugh pensem que não gostei da pousada deles.

— Acho que nem iam ligar; eles são dois velhinhos bem legais. Mas fique à vontade. De qualquer forma, você tem uma chave da confeitaria, então, caso mude de ideia, pode entrar e ficar lá em cima. A mesma fechadura. É a entrada lateral do lado de fora, só subir pelas escadas dos fundos.

Baxter fez que sim.

— Eu vi essas escadas. Obrigado.

Ele foi andando em direção à porta do trailer e abriu-a para Lani, que esperou que ele passasse primeiro, e só então se deu conta de que estava segurando-a para ela.

O clube do cupcake   215

— Ah, obrigada.

Passar por ali significava encostar em Baxter para conseguir sair e, embora estivessem sozinhos no trailer havia mais de meia hora, só naquele instante a proximidade pareceu realmente íntima. Ele queria... tanto... bloquear a passagem, aprisioná-la naquele espaço, e... ele nem mesmo sabia o que faria. Só desejava manter Lani bem ali, com o corpo dela perto do seu, por mais um instante. Seus olhares se encontraram, e ela parou por um instante, fazendo com que a respiração dele ficasse presa em seu peito. Porém, em seguida, passou pela porta e desceu os degraus.

— Boa noite.

Lani ergueu uma das mãos em um breve aceno, antes de sair a passos largos em direção ao seu pequeno carro.

— Boa noite. — Baxter ergueu a mão, acenando automaticamente em resposta. — Bons sonhos — acrescentou, mais para si mesmo, observando os faróis traseiros do carro enquanto ela saía do local. — Droga — murmurou, e fechou a porta com tudo atrás de si antes de descer correndo a escada do trailer.

Baxter não podia ter Leilani nem fazer com que ela saísse da droga da sua cabeça. Não havia nenhum futuro para eles dois, nenhum. Sabia disso. Só para o caso de querer se convencer a acreditar que as coisas poderiam ser diferentes, tudo que ela dissera lá dentro só provava que aquele era o seu lugar. Para tornar as coisas mais frustrantes, estava feliz por Lani, por ver o quanto era contente ali. Baxter queria aquilo para ela, mas sua vida seria bem mais fácil se aquele lugar tivesse algum defeito.

Mas não. Não, ali era o lugar de Lani, e Baxter queria o melhor para ela. Preferia que o melhor não o fizesse se sentir como se seu coração estivesse sendo arrancado do peito e pisoteado. Como se estivesse sendo forçado a desistir da coisa com que mais se importava, contando o seu trabalho. E o trabalho era a vida de Baxter. Era o que o definia. O que alimentava sua alma. O que o fazia feliz. Então, não havia o que fazer. Nenhuma maneira de combinar os sonhos dos dois.

Ele não queria deixá-la e, ainda assim, não podia levá-la consigo.

— Mas que inferno!

— Baxter?

Rosemary.

— Sim? — respondeu. — Estou aqui.

— Ah, que bom, você não foi embora. Queria conversar sobre o cronograma de amanhã, fazer umas mudanças depois do que vi na gravação.

— Claro — foi a resposta dele, junto com um profundo suspiro de alívio.

Se trabalho era o que tinha, então trabalho era o que faria.

CAPÍTULO 14

ANI ESTACIONOU O CARRO NA FRENTE DE SEU CHALÉ E SOLTOU UM SUSPIRO QUANDO VIU AS LUZES ACESAS, E SÓ ENTÃO NOTOU QUE APENAS O PEQUENO CARRO ALUGADO DE CHARLOTTE ESTAVA NA FRENTE DA CASA.

— GRAÇAS A DEUS — MURMUROU.

Charlotte tinha passado na confeitaria algumas vezes durante o dia para assistir à primeira rodada de gravações, mas as duas amigas não tiveram tempo de conversar. Char vira o bastante para saber que Lani provavelmente estaria exausta, e não ficaria surpresa se a amiga quisesse ir direto para a cama, que era exatamente o plano dela. Não estava com ânimo para cozinhar e conversar. Porque isso significaria ter que falar sobre Baxter, e estava cansada demais para isso.

O dia tinha sido desafiador de tantas formas... nenhuma receita seria terapêutica o bastante para torná-la capaz de pensar com clareza naquele instante. Ela só precisava dormir e limpar a mente. De tudo. Descansar. Se recuperar.

— Certo, pra acordar e repetir tudo de novo amanhã cedo — murmurou. — Sem nenhum tempo para pensar, de jeito nenhum.

Poderia apenas torcer pra acordar tendo um insight sobre o que fazer com Baxter. Aquela manhã inteira tinha sido horrível, com ela tentando imaginar como se viraria no set e como lidaria com aquela fixação pelo homem, tudo isso ao mesmo tempo. Então viera o intervalo para o almoço, que tinha rendido várias coisas novas com que fantasiar. Se Alva não tivesse entrado naquela hora, Lani não sabia aonde aquele beijo teria levado. O restante do dia tinha sido tortura pura. A única parte boa fora o fato de que estava tão hiperconsciente de cada respiro de Baxter que não conseguia se preocupar com todo o restante que precisava fazer.

Lani funcionava basicamente no piloto automático, louca de medo de Rosemary surtar porque ela estava agindo como um zumbi. Ou a produtora aceitara que Lani jamais seria boa naquilo, ou estava tão desesperada para acabar com a tortura que simplesmente dissera o que achava que a confeiteira precisava ouvir. Rosemary parecia estar bem feliz com o restante das filmagens do dia. Talvez Baxter tivesse conversado com ela ou algo do gênero. Lani não sabia ao certo... nem se importava tanto assim. Agora já era. Estava rezando para que não parecesse uma completa tapada, mas, no momento, nem se importava tanto com isso. Tudo que queria era sua cama. Dormir.

Amanhã voltaria à guerra. Amanhã lidaria com seus sentimentos em relação a Baxter. Amanhã entenderia as coisas.

Lani subiu os degraus da varanda... e viu a meia. Uma meia esportiva branca, que não era sua, pendurada na maçaneta da porta da sua casa.

— Mas o quê...? — Pegou a meia, pensando que as únicas vezes em que tinha visto uma em uma maçaneta fora no cinema, quando... — Ah. *Ah!* — Lani balançou a cabeça. *Não! Não pode ser. Com quem a Charlotte estaria se divertindo?*

Então, ouviu um gritinho agudo e, por instinto, olhou através das cortinas transparentes que cobriam a janela panorâmica da frente de sua casa... e imediatamente fechou os olhos e girou o corpo, ficando de costas para a porta.

— Bom... — disse ela, apertando a meia contra o peito. — Já entendi.

Lani desceu os degraus da varanda às cegas e voltou para o carro. Depois que entrou, ficou encarando a sua casa. E fez um esforço sobre-humano para não imaginar o que os atuais ocupantes estavam fazendo lá dentro. Em seu sofá-cama.

— Ainda bem que a casa fica afastada da rua.

Lani olhou para a meia nas suas mãos e se perguntou se não deveria colocá-la de volta na maçaneta. Será que a Alva ou a Dre conheciam o sinal? Normalmente, não ficaria preocupada com a possibilidade de alguém passar por sua casa tão tarde da noite. Charlotte lhe enviara um SMS dizendo que as duas passaram por lá mais cedo para cozinhar. Estava claro que tinham ido embora. Porém, do jeito que a vida de Lani andava ultimamente, não duvidaria que elas pudessem voltar.

O clube do cupcake   219

Bom, não ia subir de novo naquela varanda, então só podia torcer para Charlotte ter trancado a porta. Amassou a meia para jogá-la no banco do passageiro e dar partida no carro, mas sentiu algo dentro. Encontrou um pedaço de papel enrolado, que reconheceu como sendo do bloco de notas da Moranguinho que nunca usava, mas que mantinha preso com ímã na lateral da geladeira. Sua mãe lhe dera o bloco quando Lani alugara seu primeiro apartamento, e, desde então, levava-o consigo sempre que se mudava. Só para caso de necessidade. E porque, sempre que olhava para o bloco, acabava abrindo um sorriso.

Lani desenrolou o papel e deparou-se com um bilhete escrito às pressas por Charlotte.

Sim, eu sou a pior visita do mundo! Mas já se passaram DEZ meses, Lan. Acaba que o Carlo faz mais do que um bom café.

Havia um desenho de uma carinha feliz depois da escrita. E vários pontos de exclamação. Lani tinha que dar risada, porque isso não era nem um pouco típico da Charlotte… O bilhete terminava com o seguinte:

Espero que você possa ficar na confeitaria. Vou te recompensar por isso! Juro que vou! DEZ MESES! A seca acabou!

Lani abriu um sorriso e dobrou de volta o bilhete. Só porque era idiota o bastante para se distanciar do único homem que já quisera na vida, não queria dizer que sua amiga precisava abrir mão de uma oportunidade. Então… Carlo.

— Hum. — Lani balançou a cabeça. Não conseguia imaginar os dois juntos. Exceto, bom, pelo que já *tinha* visto. Agora que o choque passara, tinha que admitir… — Mandou bem, Charlotte.

Seu sorriso sumiu antes mesmo de chegar na metade do caminho até a cidade, quando o cansaço começou a bater. Ela iria rastejando até lá em cima, se jogaria na cama e pararia de se preocupar com o amanhã. Seria fantástico conseguir passar uma noite sem ficar se revirando na cama, pensando demais nas coisas.

Lani estacionou o carro atrás do trailer da cozinha e se esgueirou entre ele e o trailer da produção, depois subiu os degraus vacilantes e estreitos que davam para a porta do segundo andar. Havia uma entrada dentro da confeitaria, mas ela não queria olhar para as câmeras, para os cabos e para as luzes que tomavam conta de sua cozinha. Na verdade, queria bloquear tudo de sua mente, por completo. Entrou pelos fundos, tendo que empurrar um pouquinho a porta de madeira meio empenada para abri-la. A umidade da maresia tornava a manutenção das portas e dos assoalhos um desafio, mas ela achava que isso fazia parte do charme do lugar. Na maioria das vezes.

Fechou a porta novamente e depois se apoiou nela por um instante, esperando sua visão se acostumar com as sombras. O piso de madeira, coberto de linóleo, se soltara em alguns pontos por causa da umidade. Tapetes ajudavam a cobrir a pior parte do assoalho torto, além de afastarem o frio durante os meses mais frescos. Lani chutou os sapatos para longe e curvou os dedos dos pés sobre o tapete em que estava pisando, e depois esticou os dedos novamente, deixando que as solas de seus pés doloridos relaxassem sobre a maciez felpuda.

Todo o lado esquerdo do loft era usado para armazenar itens não alimentícios, como embalagens, sacos de compras, contêineres de armazenamento e equipamentos extras de cozinha. Na outra metade ficava a velha cama de casal que fora deixada ali pelo inquilino antigo, a qual ela adicionara um colchão e roupas de cama de um dos quartos de hóspedes da Casa Harper. Uma pequena mesinha de cabeceira com um abajur, uma escrivaninha antiga com tampo de correr e uma luminária em cima e uma velha televisão com antenas também foram deixadas para trás. A TV, para falar a verdade, pegava as redes locais surpreendentemente bem.

O banheiro ficava no canto mais afastado. A princípio, Lani pensou em tomar um longo banho quente, mas só queria ir direto para a cama. O luar que entrava pelas duas janelas da frente proporcionava iluminação suficiente. Ela foi se arrastando até a lateral da cama e tirou as roupas, deixando-as cair em uma pilha a seus pés. Quando sentiu uma leve brisa na pele, Lani, distraída, deu-se conta de que o ventilador de teto estava ligado. E que as janelas da frente estavam escancaradas. Ela devia tê-las esquecido assim na última vez que fora guardar seu último pedido de sacolas de compras, e fizera um inventário rápido do estoque. Mesmo com o prédio inteiro tendo ar-condicionado e aquecedor, as temperaturas quentes e úmidas durante o dia tornavam o andar de cima bem abafado.

Naquele instante, Lani ficou grata pelo local estar fresco e arejado. Enquanto virava as cobertas, fez uma nota mental para se lembrar de desligar o ventilador e fechar as janelas antes de voltar para a confeitaria. Com um suspiro satisfeito,

O clube do cupcake 221

deslizou entre os lençóis frescos e esticou a mão para afofar o travesseiro... bem no exato momento em que os seus dedos entraram em contato direto com um corpo bem quente e bem nu.

Lani deu um grito e se sentou; teria saído voando da cama, mas acabou ficando presa na colcha de chenile, tentando preservar a decência e se livrar de quem quer que diabos estivesse em sua...

— Eita, eita, devagar, querida. Sou só eu.

Uma grande e larga mão fechou-se em volta de seu antebraço, impedindo-a de se debater e cair com tudo no chão. Ela se virou, agarrando a roupa de cama branca, macia e felpuda junto ao peito, enquanto cuspia os cabelos que tinham entrado em sua boca.

— Baxter?

— Em, hum... carne e osso.

Lani estava desconcertada demais por causa dos cabelos emaranhados, dos lençóis embolados e aquele sério surto de adrenalina que fazia seu coração espancar o peito para vê-lo com clareza, mas não tinha como confundir o tom divertido na voz dele.

— Que diabos você está fazendo na minha...?

— Eu fui convidado. Por assim dizer. Acabei indo aprovar alguns trabalhos de edição com a Rosemary depois que você foi embora, então achei melhor subir até aqui e dormir. Não sabia que você ia vir também, senão teria deixado uma luz acesa.

— Que bom que está achando isto divertido. Quase me matou de susto.

— Talvez fosse eu quem deveria estar perguntando o que você está fazendo aqui. Achei que fosse direto pra casa.

— Eu fui. Mas a Charlotte já estava lá. Acompanhada.

— Ah, mais uma noite de boloterapia?

— Ah, não. — Lani tentou fazer com que seu coração ficasse sob controle. — Só um confeiteiro.

Talvez seu tom de voz tivesse dado a entender o que estava acontecendo, ou talvez Baxter fosse bom em adivinhar as coisas. Quando ele disse "Ah", claramente havia compreendido que não tinha nada de inocente no tal confeiteiro.

— Isso mesmo...

— A sua amiga tem o hábito de levar pra casa... confeiteiros perdidos?

— Charlotte é impulsiva, como já te contei, mas isso é novidade, até mesmo para ela. Mas me deixou um bilhete.

— Que legal da parte dela.

Por fim, Lani conseguiu tirar os últimos fios de cabelo emaranhados da frente de seu rosto e foi capaz de discernir a forma de Baxter em meio à escuridão iluminada pelo luar. Talvez fosse melhor não ter feito isso. Ele estava deitado meio de lado, meio de costas, com uma das mãos atrás da cabeça e os lençóis embolados entre seu peito e um ponto perigosamente baixo, depois de seu umbigo. Ela já pensara nele muitas vezes, em uma diversidade de cenários, mas nunca imaginara, nem ao menos uma vez, que ficaria tão bom assim em sua cama.

— Sim — disse, por fim, sabendo que deveria desviar o olhar, mas não conseguindo fazer isso. — Eu... eu só vou... você pode, tipo, se virar ou algo assim, para que eu possa colocar as minhas roupas de volta?

— Não vou te expulsar da sua própria cama, querida.

— Sim, bom, isso é legal da sua parte, mas você já estava dormindo, então é melhor eu...

— Eu tenho outra cama.

— E eu posso ir para a Casa Harper.

— E explicar ao seu pai por que suas outras duas camas estão ocupadas?

Lani soltou um suspiro, e talvez até tenha xingado baixinho.

— Você tem razão.

Parecia que suas batidas cardíacas nunca voltariam ao normal; seus pensamentos estavam confusos, e ela queria que o mundo parasse de rodar por cinco malditos segundos para conseguir pensar direito.

— Há uma cama ótima bem aqui. E você já está nela. Mais fácil ficar...

— Você sabe que isso não é... que não podemos...

Então Baxter esticou a mão e passou os dedos pela lateral do seu braço. Lani estremeceu de prazer com a sensação de formigamento que esse único toque espalhou sobre sua pele.

Ele deslizou os dedos pelo antebraço, e puxou-a com muita gentileza para junto de si.

— Vem cá, Lei.

Ela soltou um suspiro e sua força de vontade quase a abandonou. Ah, quem queria enganar? Sua força de vontade foi levada pelo vento.

O clube do cupcake   223

— Depois disto, vai ser duro resistir — disse Lani, enquanto permitia que ele a puxasse em sua direção.

Viu o largo sorriso de Baxter sob a luz do luar.

— Querida, acho que as coisas não poderiam ficar mais duras do que já estão.

Ela não deveria ter dado risada disso, mas riu. E lá se foi qualquer chance que tinha de controlar a situação ou, pelo menos, de controlar a si mesma.

Uma coisa era se deixar levar por um momento de paixão, mas a risada, especialmente uma risada partilhada, tinha um jeito de tornar o momento real, transformando-o numa escolha consciente e não algo que simplesmente aconteceu, algo com que se lidar pela manhã. E, ainda assim, não queria se afastar dele.

— Você fica linda iluminada pelo luar.

Baxter acomodou Lani a seu lado. A colcha de chenile estava amontoada entre os dois, de modo que ela não teve contato com a pele dele... ainda. Ele rolou um pouco enquanto a puxava para perto de si, e depois acariciou o rosto de Lani apenas com os nós dos dedos, deixando seu olhar vagar, explorando a curva de seu pescoço, seus ombros desnudos.

A respiração de Lani ficou presa, e ela parecia não ser capaz de formar palavras. Estava ocupada demais aproveitando a realidade de estar exatamente onde sonhara por tanto tempo. Aquilo era anos-luz melhor do que qualquer coisa com que havia fantasiado. As mãos de Baxter eram grandes, porém gentis. Suas palavras eram tranquilizantes, mas havia uma urgência na voz dele que também a incitava. E era ainda maior, mais imponente e mais musculoso do que ela imaginara. Havia pensado nele como sendo o alto e esguio garoto de ouro, todo radiante e cheio de carisma jovial.

Porém, ao erguer o olhar para Baxter, aconchegada contra o corpo dele, conseguia visualizar a vida que aquele homem levara. Lani tivera dificuldade em entender como alguém tão charmoso poderia ter passado por tantas dificuldades. Mas agora compreendia. Havia certa rigidez em seu maxilar, e os músculos dos ombros pareciam tensos enquanto Baxter passava os dedos pelos cabelos dela. Ele irradiava calor, e Lani podia jurar que sentia os batimentos fortes de seu coração, mesmo através da colcha.

— No que está pensando? — Baxter levou as pontas dos dedos de volta às bochechas dela, e depois usou-os para percorrer seu lábio inferior.

Lani soltou um gemido com o contato e lembrou-se, um tanto quanto vividamente, da forma como ele pulara o balcão e a tomara naquele beijo marcante e intenso. Sim, havia muito mais malícia e intensidade em Baxter Dunne do que ela jamais havia imaginado. E agora, toda essa malícia e intensidade estava ali, pelada em sua cama, totalmente focada nela.

— Não precisa ter medo, querida — disse Baxter, como se estivesse lendo a mente dela. E talvez estivesse mesmo. Ou talvez seus sentimentos estivessem estampados em seus olhos.

Era como se Lani estivesse deitada com um gato selvagem, enrolado num canto, apenas à espreita, abanando o rabo, parecendo todo lânguido e relaxado para um observador casual, totalmente posicionado, apenas esperando o momento certo de atacar. Ela tentou falar, mas sua garganta tinha ficado seca como o deserto. Não sabia o que dizer.

Ele inclinou-se na sua direção, e ela prendeu o fôlego enquanto sua pulsação tinha a velocidade triplicada, esperando, enfeitiçada, hipnotizada... ansiosa para saber o que ele faria em seguida.

Baxter não a beijou. Esfregou a ponta do nariz em seu pescoço enquanto deslizava carinhosamente a palma de sua mão pelo ombro dela. O quadril de Lani já queria se arquear — ardia de vontade —, e a única coisa que o impedia de fazê-lo era a roupa de cama enrolada entre os dois.

— Vou te deixar em paz — sussurrou ele com a voz rouca, com a boca encostada na pele macia dela. — Se for isso o que você realmente quer.

— Você... — A palavra saiu como um grasnar engasgado. Ela tentou de novo. — Você prometeu. Não forçar nada.

Lani ouviu Baxter rir contra seu ombro, onde a atacava com os beijos mais ardentes e doces que ela já recebera na vida.

— Eu prometi que não começaria nada — murmurou ele. — Foi você quem apareceu na minha cama, querida. Nua, ainda por cima.

— Não foi de propósito. — Ela pretendia que o tom de sua voz fosse irritado, mas acabou saindo como uma súplica.

Baxter ergueu a cabeça. Seus cabelos estavam desgrenhados e mais sexy que nunca, e seu largo sorriso deixou-o com uma aparência completamente maliciosa.

— Bem, seja lá qual foi a causa, o resultado é que nós dois estamos aqui. Juntos. Sem nenhum cronograma exigindo a nossa atenção, nem olhos nos espionando... e nenhum lugar onde devemos estar até de manhã.

Lani manteve seus olhos nos dele e tentou — com muito esforço — recuperar um pouquinho que fosse de bom senso, uma lasquinha da lógica de que precisava para que nenhum dos dois cometesse um erro gigantesco.

O Clube do Cupcake   225

— Se nos deixarmos levar agora, vai ser muito pior quando você partir. Pelo menos para mim.

O sorriso dele sumiu, mas, já que seus olhos haviam se ajustado à luz do luar, Lani conseguia ver o desejo nos olhos de Baxter, junto com muitas emoções que não queria rotular. Parecia bastante com a forma que seu próprio coração se sentia naquele momento.

— Se nos deixarmos levar ou não, me afastar de você será a coisa mais difícil que vou precisar fazer na vida.

Ela engoliu em seco, incerta sobre como responder, sem saber ao certo como isso fazia com que se sentisse. Além de mais confusa.

— Menos sofrimento, mais sofrimento — disse ele, com a voz rouca. — Eu não sei se tem como medirmos isso, Lei. Ou que isso dependa do que façamos ou deixemos de fazer.

O coração de Lani ficou apertado ao ouvi-lo falar com tanta sinceridade. Estar nos braços de Baxter, com seu toque quente na pele dela, fazia com que pensar nele indo embora fosse ainda mais devastador.

— Queria que não fosse tão complicado — sussurrou em resposta.

— Dizem que o amor move moinhos, mas acho que a realidade é mais cruel que isso. — Baxter apoiou-se em um cotovelo, ficando mais alto, de modo que pudesse olhar melhor nos olhos de Lani. — Até mesmo se você estivesse disposta a voltar a morar em Nova York, e se eu virasse o meu mundo de cabeça pra baixo pra passarmos mais tempo juntos... no fim das contas, depois do que você encontrou aqui, acabaria se sentindo presa lá. Tanto eu quanto você sabemos disso. Em algum momento, passaria a me culpar por isso ou simplesmente surtaria naquela correria.

— Eu não te culparia — disse ela. — Eu tomo minhas próprias decisões. Mas você está certo. Não quero voltar para aquela vida, não outra vez. Me sentiria sufocada e sem rumo. E eu sei que as suas metas são diferentes das minhas, que não pode fazer o que faz morando numa ilhazinha na costa da Geórgia. — Lani desprendeu uma das mãos da coberta para erguê-la e passá-la pelos cabelos desgrenhados na testa dele. — Eu sei disso.

Baxter sorriu para Lani, e sua expressão era uma mistura deliciosa de bom moço charmoso com ex-menino de rua. Ela nunca mais o veria de qualquer outro jeito. A forma como isso só piorava as coisas partiu um pouco mais seu coração.

Virando a cabeça, Baxter beijou a palma da mão de Lani, com seus lábios cálidos tocando a pele sensível dela, fazendo-a tremer. Tracejou círculos preguiçosos ao longo da sua clavícula com as pontas dos dedos.

— Aceitamos esse tempinho que caiu do céu e aproveitamos, só para deixar algo guardado na memória? Ou eu me levanto, me visto e te deixo aqui dormindo sozinha... e passo as próximas duas semanas fazendo o possível e o impossível pra não pensar em você como está agora, sabendo que nunca te terei de verdade?

— Baxter — disse ela, implorando. Mas não saberia dizer pelo quê.

Não havia nada de simples na situação. Mas a necessidade e o desejo, contudo, eram óbvios. Claramente.

Baxter inclinou-se para baixo, e Lani prendeu a respiração, pensando que, se ele simplesmente a beijasse, não teria que tomar decisão alguma. Poderia se render completamente aos seus desejos.

Porém, em vez de encostar nos lábios dela, Baxter inclinou-se mais e roçou a boca pelo lóbulo macio da orelha de Lani.

— Talvez você devesse se perguntar do que se arrependeria mais. Eu sei qual seria a minha resposta.

Lani se mexeu até ele erguer a cabeça para olhar nos seus olhos.

— De verdade, Baxter, não faço ideia. Nem imagino o que seria pior. Trabalharmos juntos como ontem, sabendo exatamente o que desejamos, mas sem poder fazer nada, ou então fazermos alguma coisa e termos que trabalhar juntos sabendo exatamente como foi.

Ele sorriu novamente.

— Ou talvez seja péssimo e a gente esteja fazendo uma tempestade num copo d'água.

Lani lançou-lhe um olhar sardônico.

— Então talvez você não tenha dado o mesmo beijo que eu na cozinha.

Baxter inclinou-se e sussurrou no canto da boca de Lani.

— Ah, foi o mesmo beijo, sim, querida.

Ela sentia o calor do corpo dele, o aroma de gengibre a que tinham sido expostos durante a tarde toda.

— Porém, tem uma coisa que você precisa saber.

Baxter roçou seus lábios no canto da boca de Lani e depois, de leve, passou-os por seu maxilar, fazendo com que ela soltasse um gemido baixinho e mexesse o

O clube do cupcake 227

corpo sob as cobertas, procurando alguma coisa, qualquer coisa, que acalmasse a ânsia que crescia dentro dela.

— O quê? — quis saber, sem fôlego, enquanto Baxter passava seus quase-beijos no ponto delicado logo abaixo da orelha dela.

— Se decidirmos seguir em frente... não vai ser só esta noite.

Seu quadril estremeceu quando Lani ouviu isso, e não havia nada que pudesse fazer a respeito. A ideia de tê-lo, assim, várias vezes... teve que se controlar para não se mexer.

— Baxter...

— Não. Nada de regras. Nada de limites. Nada de restrições. Se é para aproveitarmos o tempo que temos, vou querer tudo a que tenho direito. — Ele deu uma mordidinha no lóbulo da orelha dela. — Tudo, o tempo todo e sem arrependimentos.

— Mas... tem a Charlotte. — Lani se contorceu, querendo muitíssimo que ele parasse de torturá-la e simplesmente fosse em frente. Não conseguiria ficar parada nem que sua vida dependesse disso. — E... tem os Hugh.

— E tem esta cama, e nós dois. E uma ilha inteira a ser explorada, entre outros lugares, dada a oportunidade. Não te quero apenas nua, Lei. Bom, isso não é verdade. Eu sempre vou te querer nua. Mas nada de limites quer dizer exatamente isso. Não se trata apenas de sexo. Eu vou querer seu tempo, sua atenção, sua risada, seus pensamentos. — Baxter inclinou o rosto dela para que se olhassem. — Se formos ter esse tempo, então vou querer tudo de você nele.

Aquilo era tudo com que Lani sempre sonhara. E se deu conta então de que os beijos roubados, a necessidade ardente de tê-lo nu, de se unirem, quadril com quadril, não era o motivo para seus sentimentos estarem ficando mais fortes. Isso aconteceria a despeito das suas tentativas de evitar contato físico. Os culpados eram as caminhadas na praia, a troca de histórias sobre suas infâncias, o ato de se sentar à mesa com ele depois de um dia muito longo e muito cansativo, e dar-se conta de que apenas tê-lo ali era a melhor coisa do mundo.

Os dois passariam tempo juntos, e Lani se apaixonaria mais por Baxter independentemente de ficarem juntos naquela noite ou não. E já que a porcaria do seu coração ia acabar sendo destroçado de um jeito ou de outro... melhor aproveitar o que pudesse.

Mais aterrorizada e ao mesmo tempo mais animada do que nunca, Lani esticou deliberadamente a mão para cima e deslizou-a ao longo da nuca de Baxter, enterrando os dedos, como desejara fazer com tanta frequência, nas espessas e levemente bagunçadas ondas dos cabelos dele.

— Então temos um acordo. Nada de regras — sussurrou ela, puxando a cabeça de Baxter com gentileza. — Nada de restrições. — Uma onda de calor atravessou o corpo de Lani quando viu o desejo dilatando e escurecendo as pupilas dele. Ergueu a cabeça e deu uma mordidinha no queixo dele. — Nada de limites.

Então, pela primeira vez, de forma maravilhosa, descontrolada e desinibida, *ela o* beijou.

CAPÍTULO 15

AXTER NÃO ACHAVA QUE PODERIA HAVER UMA TOR-
TURA PIOR DO QUE O JOGO DE GATO E RATO ENTRE
OS DOIS DESDE SUA CHEGADA À ILHA.

ESTAVA ERRADO.

MUITO, MAS MUITO ERRADO MESMO.

Quando Leilani decidia tomar uma atitude, beijá-la era uma experiência completamente diferente. O corpo dele, já beirando o descontrole com nada além de um lençol entre os dois, foi levado a extremos que nem imaginava. E aquilo era só um beijo.

Lani estava com as mãos nos cabelos de Baxter, roçando seu couro cabeludo com as unhas. Ela estava pressionando os quadris contra o corpo dele, enquanto tornava o beijo mais e mais intenso, até Baxter achar que passaria vergonha de um jeito que nunca acontecera, nem mesmo quando era um garoto inexperiente em seu primeiro beijo.

Movendo-se instintivamente, virou-se para ficar por cima e colocou as mãos dela para baixo, prendendo-as na cama, ao lado da cabeça.

— Leilani — disse, ofegante, contra os lábios dela. — Estou... — Baxter não terminou a frase e afastou a boca, tentando pensar com clareza.

Manteve as mãos dela presas, mas o quadril continuava a se mexer sob o dele, implorando que ele rasgasse, dilacerasse, fizesse em pedaços o lençol, ou seja lá o que fosse necessário para remover a maldita roupa de cama de entre seus corpos ardentes. Baxter queria se deleitar no prazer de sentir a pele dela... todo *aquele* corpo no dele. Ah, Nossa Senhora, mas ele nunca sobreviveria a isso!

230   *Donna Kauffman*   Delícia, Delícia

— Eu imaginei isto — disse, enquanto ia mordiscando e lambendo os ombros dela, fazendo com que Lani soltasse gemidos e se contorcesse sob ele. — Imaginei todos os detalhes. Como eu tiraria suas roupas, como olharia pra você sob o luar, à luz de velas ou sem luz alguma. Já conheceria tão bem o seu corpo, que só pelo toque já saberia identificar todas as curvas. — Baxter se inclinou para a frente, pressionou beijos ardentes na lateral do pescoço dela, deixando-a ofegante. — Mas, ah... eu queria ver você. Como agora, a forma como reage a mim, ao meu toque. — Ele passou a língua ao longo da suave linha do maxilar de Lani, sem saber quem estava sendo mais torturado pelos pequenos gemidos que ela soltava enquanto isso.

— Baxter — sussurrou ela.

— Você me leva à loucura, Lei. — Mordeu o lóbulo da sua orelha com um pouco mais de força do que pretendia, fazendo com que Lani contorcesse o corpo, mas o gemido que acompanhou tal movimento era de puro prazer. — Eu quero te comer todinha, depois de novo e mais uma vez, me afundar em você. Quero te lamber, te sugar. Percorrer cada canto do teu corpo com minha língua.

Baxter pressionou os pulsos de Lani na cama, indicando que os mantivesse ali, e depois deslizou suas mãos pelos ombros dela enquanto movia seu corpo mais para baixo... e levava a roupa de cama junto.

— Te tirar do meio dos lençóis é como desembalar o chocolate mais refinado e cremoso. E eu sei que o teu sabor será ainda mais doce, delicado e intoxicante. — Para pontuar suas palavras, Baxter lançava beijos ao longo da clavícula de Lani, e então deslizou a borda dos lençóis retorcidos ainda mais para baixo, até chegar perto dos mamilos. — Eles estão durinhos por minha causa, Leilani? — sussurrou com a voz rouca. — Estão esperando pela minha língua, que a minha boca cubra, lamba, deixe eles molhados?

— Sim — disse ela, e a palavra parecia ser extraída à força, enquanto seu quadril tentava se mover sob o peso dele.

Baxter puxou o lençol lentamente, passando pelos dois mamilos tesos. Lani soltou um gemido, contorcendo-se sob ele.

— Tão perfeitos, firmes e rosados; são como uma cobertura de bolo deliciosa. Preciso provar.

Baxter circulou um dos mamilos dela com a ponta da língua, deixando-o molhado, e depois passou os dedos por ele, enquanto movia a boca para o outro seio.

O clube do cupcake   231

Lani estava se contorcendo, gemendo alto, e foi só porque manteve todo o seu foco naqueles dois pontos perfeitos de prazer, da mesma forma como se concentraria com exclusividade num detalhe intricado de uma sobremesa, ignorando todo o resto, que Baxter não gozou naquele exato momento.

— Baxter... — Seu nome era um murmúrio nos lábios de Lani, e ela esticou as mãos para tocar seus ombros, fincando suas unhas. — Por favor.

— Ainda não, querida. — Ele puxou as mãos dela de volta ao colchão. — Ainda tenho muito o que ver. Que sentir. — O gemido de prazer em resposta a isso foi longo e baixo. Baxter sorria, encostado à pele de Lani, sentindo os movimentos regulares de seus quadris e... avançou um pouco mais, explorando mais abaixo, expondo a pele quente ao contraste da brisa noturna, revelando o corpo dela para ele. Baxter lambeu a ponta do dedo e passou pelos mamilos dela novamente. — Olha só como brilham na luz da lua.

Ofegante, Lani empurrou a cabeça para trás no colchão, arqueando o pescoço e os ombros, preenchendo a palma da mão dele com seu seio macio e redondo. Baxter queria tanto, tanto deslizar para cima... e deslizar para dentro. Em vez de fazer isso, continuou a descer lentamente.

— Eu te quero, Leilani. Estou tão duro que chega a doer. O seu cheiro me enlouquece, me seduz. — Baxter puxou o lençol mais para baixo, passando do umbigo dela, ao longo da elevação macia da barriga de Lani. — Quero sentir o seu gosto, te saborear. Aqui. — Ele foi beijando um caminho até o ponto sensível na parte de dentro da sua coxa. — E aqui. — Fez a mesma coisa do outro lado. — Mas quero fazer a festa... aqui. — Ele levou sua língua até o centro dela, e gemeu com seu doce sabor.

Lani começou a mexer mais o quadril, e Baxter sentiu que sua pele começava a estremecer. Ela se contorcia, ávida e, quando ele mergulhou a língua profundamente dentro do seu corpo, soltou um grito, esticou a mão para baixo e enterrou os dedos nos cabelos dele. Guiando-o, incitando-o, exigindo dele, o orgasmo a dominou em ondas avassaladoras, descontroladas.

— Baxter, por favor... por favor. — Os movimentos do quadril ficaram mais lentos, mas seu corpo continuou a tremer e se contorcer enquanto Lani se recuperava. — Agora — disse em tom de exigência. — Eu estou... estou segura, protegida, nós não precisamos... — Ela parou de falar quando Baxter começou a subir aos beijos pelo centro de seu torso, e continuou a se contorcer sob ele.

232 **Donna Kauffman** ⬠ Delícia, Delícia

A forma como Lani reagia com tanta vulnerabilidade o emocionava de um jeito inesperado. Baxter se mexeu para ficar diretamente em cima dela, e pressionou-se entre suas coxas, que se abriram, envolvendo o quadril dele. Lani fincou os calcanhares na parte inferior das costas de Baxter enquanto se abria para ele e o deixava entrar.

Ele a penetrou deslizando totalmente para dentro dela, gemendo enquanto Lani o envolvia com tamanha firmeza, tão úmida e perfeita, realizando todas as fantasias que já tivera. Mesmo com seu coração tamborilando dentro do peito, e com o corpo preparando-se para um orgasmo fulminante, atingir o clímax não era a única coisa que ocupava seus pensamentos. Ele foi de encontro a todas as investidas do quadril de Lani, ecoou cada gemido dela, cada murmúrio, enquanto seguiam, juntos, um caminho frenético até o êxtase.

Baxter sentiu que ela chegava mais perto, e a realidade mais uma vez superava suas fantasias.

— Me espera — disse, clamando pela boca de Lani até mesmo enquanto ela assentia com a cabeça, concordando.

Baxter a envolveu em seus braços e foi mais fundo, enquanto ela, por instinto, correspondia, ajeitando-se para permitir que ele se aprofundasse. Os dois se moviam num ritmo que era tão antigo quanto a criação do homem, mas também de um jeito único, completamente deles. O que o deixava pasmo, o surpreendia, enquanto seguia até o limite do controle, levando-a junto, era como se sentia extremamente protetor em relação a ela, aninhada sob seu corpo.

Lani era forte, sua igual, equiparando-se a ele em todas as formas possíveis. Porém, não era por isso que seu coração estava apertado, que sua consciência parecia ainda mais pesada. Baxter a queria, todinha, da forma mais primitiva que um homem poderia querer uma mulher. Ao mesmo tempo, desejava protegê-la, certificar-se de que nenhum mal aconteceria com ela. Lani estava sob seus cuidados. Era a isso que tudo se resumia.

Lani estava sob seus cuidados.

Cada fio de cabelo dela importava para Baxter. Sabia que morreria antes de deixar algo ou alguém machucá-la.

Assim, enquanto os tremores que pulsavam pelos corpos dos dois diminuíam gradualmente, e a respiração lutava para voltar ao normal, ele a manteve perto de si, aninhada em seus braços. Rolando para tirar seu peso de cima dela, levou-a consigo, e a manteve apertada junto a si, até mesmo enquanto Lani se enroscava nele de forma muito similar. O coração de Baxter vacilou. A ideia de que cada um dos dois estava, por instinto, tentando proteger o outro, cuidando do outro, mexia muito mais com ele do que o maior dos orgasmos. Não saberia nem explicar o quanto era bom dar aquilo de uma forma tão natural e sincera e receber o mesmo em troca.

Talvez uma parceria de iguais fosse realmente isto. Colocar o outro em primeiro lugar, sentir aquela lealdade intensa e a necessidade de proteger, de defender. Não se tratava apenas de um homem cuidando de uma mulher mais fraca e mais vulnerável. Era só observar uma leoa protegendo seus filhotes para entender a força e a capacidade inatas de uma mulher. Ele queria ser o protetor e... o protegido também. Ter alguém para cuidar de seu coração, de seu bem--estar emocional, se não de seu corpo físico. Queria saber que Lani estava lá, que sempre estaria lá, leal àquele desejo, a ele, assim como Baxter seria, de todas as maneiras, em relação a ela.

Lani passou um dos braços em volta da cintura dele e se aconchegou mais perto, abrindo a mão e pressionando sua palma no peito dele. Diretamente sobre seu coração.

Baxter cerrou os olhos e beijou o topo da cabeça dela. Sabia que não compartilharia com Lani nenhum dos pensamentos e sensações que surgiam em seu corpo, sua cabeça e seu coração. Não queria pensar no inevitável, no futuro que passariam separados. Isso era algo ruim demais para ser contemplado naquele instante. Não seria justo preocupá-la com o peso das suas emoções.

Contudo, não se arrependia nem um pouco das conclusões a que chegara, dessa nova percepção, e esperava o mesmo de Lani. Uma parte dele achava que a coisa mais corajosa a se fazer seria sair daquela cama e ir embora, deixando a noite se transformar numa memória especial que lembraria para sempre com carinho — e torcia para que fosse inesquecível para Lani também. Porém, Baxter sabia que a possibilidade de estar com ela novamente, fosse na cama, caminhando na praia, batendo papo à noite ou sorrindo, lado a lado, para a câmera, seria muito tentadora... muito boa... muito... demais... para ser rejeitada.

Ele queria aquilo tudo. E, a menos que Lani colocasse um ponto final na história, aproveitaria o que pudesse, pelo tempo que tivessem juntos.

Seu próximo pensamento lúcido chegou em algum momento mais tarde na noite, quando acordou, em todos os sentidos, se dando conta de que Lani subira em cima dele, e estava, naquele momento, recriando a cena anterior entre os dois... só que com ela assumindo o papel principal. Escorregava o lençol pelo corpo dele... e percorria com a língua a pele que se desvelava. Com dedos muito ágeis.

Baxter soltou um gemido ao despertar, e teve que lutar contra o desejo de jogá-la na cama e tomá-la. Ele se perguntou se tinha sido assim tão frustrante... e intensamente prazeroso, quando estavam em posições opostas.

— Eu adoro o seu cheiro — murmurou ela, levando-o à loucura — Seu gosto.

Então foi a vez de Baxter gemer e arquear o quadril quando Lani o tomou na boca, nas mãos, até ele não conseguir mais se controlar.

— Lei, vem cá.

Ele esticou a mão, buscando-a às cegas.

— Deixa eu terminar — disse ela, mas Baxter se sentou e a puxou para o seu colo, penetrando-a enquanto Lani sentava nele com as pernas abertas.

— Quero estar enterrado bem fundo dentro de você quando eu...

E esse foi o mais longe a que chegou antes de suas palavras serem impedidas pelo ímpeto selvagem de seu corpo.

Lani permaneceu firme, embalando-o enquanto Baxter a penetrava, com os braços em volta do pescoço dele, seus dentes mordiscando os lóbulos das suas orelhas, o que apenas servia para intensificar a reação do homem.

— Juro que estou vendo mais estrelas do que naquele dia na praia — conseguiu dizer Baxter, lutando para desacelerar o coração e fazer com que o ar voltasse a seus pulmões.

Ele a depositou na cama, fazendo com que Lani desse risada enquanto os dois continuavam a tentar respirar, ofegantes.

— Você é um perigo — disse Baxter, arfando. — Uma ameaça.

— Sim — concordou ela prontamente. — Eu deveria ser trancafiada. Mantida em algum lugar escondido, sendo vigiada por alguém que ficaria bem de olho em mim. — Lani mordiscou a outra orelha dele, e então pontuou as palavras com beijos. — Bem... de olho... em mim.

Os dois então já estavam rindo, de um jeito incontrolável, até que a necessidade de respirar os silenciou, e suas mordidinhas de brincadeira deram lugar a beijos mais suaves e sensuais.

Baxter rolou o corpo dos dois de lado novamente e, com facilidade, eles se enroscaram e pararam na mesma posição em que tinham se aninhado antes. Em algum momento no meio do caminho, os beijos delicados e sonolentos deram lugar a uma sedução lenta. Ele não sabia qual dos dois era o instigador agora e não se importava muito com isso.

A diferença não estava na intensidade; apesar do que acabara de acontecer, ele estava tão pronto e empolgado quanto antes. Removida aquela urgência, havia uma suavidade, uma facilidade, uma sensação de que tinham todo o tempo do mundo para simplesmente aproveitar, conversar e beijar. Achava que acabariam caindo no sono em algum momento no meio disso, fosse quando Lani estava lançando beijinhos no peito dele enquanto Baxter brincava com seus cabelos ou quando passava as pontas dos dedos ao longo das coxas, dos braços, nos contornos do queixo e das bochechas dela.

Porém, se encontraram ao mesmo tempo, de uma forma tranquila, gentil, fácil. Enquanto a necessidade deles crescia, talvez tenham se tornado mais focados do que antes. Trocaram longos olhares, beijos ainda mais longos e, quando Baxter deslizou lentamente para dentro dela, e Lani arqueou as costas em resposta, ele sentiu que seu coração ignoraria qualquer obstáculo que ainda pudesse haver entre os dois.

Depois, ela o beijou, sorrindo ao olhar nos olhos dele, se aninhou junto à forma protetora do braço de Baxter e caiu no sono na mesma hora.

Ele estava morto de cansaço pelos acontecimentos do dia, um caco depois de terem feito amor, e, ainda assim, ficou acordado um pouco mais. Abraçando-a, acariciando seus cabelos, sentindo seu coração bater junto ao dele... Baxter se perguntou como diabos encontraria forças para ir embora e deixá-la para trás.

Lani estava sob seus cuidados. Ela era dele.

A situação realmente era tão simples e natural assim.

CAPÍTULO 16

AIR NO SONO AO LADO DELE, TÃO À VONTADE, TÃO FELIZ, FORA MARAVILHOSO. ENTÃO, O LÓGICO SERIA QUE, AO ACORDAREM, A LUZ DO DIA SERIA UM BANHO DE ÁGUA FRIA DE REALIDADE. QUE ERA EXATAMENTE DO QUE ELA PRECISAVA PARA COLOCAR AQUELA NOITE ridiculamente perfeita, incrível, fantástica, deliciosa na perspectiva certa: fora um desses momentos únicos que você precisa agradecer por ter vivenciado.

Mas, não, pensou Lani, aninhando-se sob o peso do braço apoiado em sua cintura, adorando a forma como a bochecha dele estava encostada no topo de sua cabeça. Ela continuava na terra da fantasia, feliz e contente.

— Está na hora. — Era cedo demais para a voz rouca de Baxter soar tão sexy. Lani começou a se mexer para olhar para o pequeno relógio digital que ficava na mesinha de cabeceira, mas o braço dele de repente a apertou. — Para de ficar se remexendo.

— Eu não estou me remexendo. Só quero ver as... — Ela tentou se inclinar, mas Baxter continuou a segurando. — Não consigo respirar — disse Lani, e teria dado risada se tivesse ar o suficiente para isso. — Não são as garotas que geralmente ficam grudentas?

— Se continuar se mexendo, vou te mostrar o que é ser grudento.

Baxter moveu os quadris apenas o suficiente para Lani sentir sua ereção contra a parte de trás de suas coxas.

— Ah! — exclamou, rindo de surpresa.

— Pois é — foi a resposta dele, parecendo sonolento e bem-humorado.

O clube do cupcake   237

Lani se remexeu.

Um instante depois, estava deitada de costas na cama, com um homem muito excitado em cima dela.

— Eu te avisei, não foi?

— Pois é — repetiu ela. *Imitei direitinho o sotaque de Baxter!,* pensou. — Só não sei qual o problema. De manhã... hum... ficar grudado é bom.

— A menos que você tenha que explicar à Rosemary por que os dois apresentadores do programa dela estão atrasados.

Lani ficou paralisada enquanto as piadas e provocações eram substituídas por pânico.

— Não está tão tarde assim, está? O sol ainda nem nasceu. Só precisamos fazer o cabelo e a maquiagem às sete.

— Está chovendo.

Lani parou para escutar e ouviu o suave tamborilar da chuva.

— Não acredito que não escutei isso e você, sim!

Baxter afastou os cabelos da frente do rosto dela e abriu um sorriso.

— Estou acordado há mais tempo do que você.

— Então está me dizendo que tínhamos tempo pra... ficarmos grudados? E não me acordou?

— Foi um dilema interno. Bom... — Ele pressionou seu corpo mais um pouco contra as coxas dela. — Foi meio externo também.

— Bem externo, imagino. — Lani soltou um suspiro, desejando muito se mexer só um pouquinho, para que Baxter pudesse repetir todas aquelas coisas que fizera tão bem na noite anterior. Diversas vezes, pra falar a verdade. — Você teve que pensar?

— Eu não sabia das suas, hum, propensões matinais de ficar grudada. Seu dia foi bem longo ontem, e a noite foi curta e bastante cansativa...

Lani abriu um largo sorriso, simplesmente não conseguia evitar. Quando Baxter continuou esperando e a analisando, ela disse:

— E aí? — E manteve seu largo sorriso no rosto.

— O dia hoje vai ser interminável, então fiquei pensando se seria melhor deixar você dormir mais ou... começar o dia, hum, com tudo. Por assim dizer.

— Então... que horas são?

— Hora de tomarmos banho e nos arrumarmos. O que não vamos fazer juntos...

— O chuveiro tem espaço suficiente, e sou completamente a favor de economizar água.

Baxter pressionou seu corpo contra o dela. Lani gemeu.

— Certo. A água quente ia acabar. — Ela se remexeu um pouquinho. — Tem certeza de que não podemos só parar de falar e...?

— Rosemary.

Lani empalideceu.

— Tá, isso foi maldade.

— Mas necessário, querida. A minha força de vontade está no mesmo nível que a sua.

Baxter inclinou-se para a frente e a beijou.

Aquilo era tão fácil, confortável e... perfeito. Tudo tinha sido assim, natural e compatível, como se os dois estivessem juntos havia anos, e não apenas por uma noite. É claro que tinham sido amigos primeiro, ou pelo menos colegas de trabalho que se respeitavam e se gostavam muito. A amizade de verdade tinha começado em Sugarberry. Mas tudo isso tinha se somado, junto com aquela atração sexual intensa, formando algo que Lani nunca experimentara antes. Era uma sensação profunda e forte, muito real que parecia que iria durar para sempre.

— Como você quer fazer? — perguntou Baxter, tirando-a de suas reflexões.

— Fazer o quê? Você pode tomar banho primeiro. — Ela abriu um largo sorriso e esfregou os dedos do pé nos lençóis. — Eu vou fazer um esforço e ficar aqui, enroscada nesta cama quentinha.

Ele sorriu.

— Estava falando de quando sairmos daqui e voltarmos pro mundo. Acho que deveríamos ter conversado sobre isso na noite passada. Tenho certeza de que algumas pessoas da equipe, talvez quase todas, já estão lá embaixo. Talvez eu devesse ter voltado pra pousada ontem à noite ou...

— Achei que agora estamos... sem limites e sem regras?

— Entre nós dois, sim. Achei que você não... não sabia... se ia querer que todo mundo ficasse sabendo.

— Tenho certeza absoluta de que, depois de a Alva ter entrado na cozinha ontem, manter segredo não é uma opção.

— Quis dizer o mundo além de Sugarberry.

O sorriso de Lani vacilou.

— Ah. É.

Uma coisa era os cidadãos de Sugarberry ficarem incentivando um relacionamento que, aos olhos deles, seria feliz e promissor. Outra bem diferente era a notícia sair da ilha e chegar à mídia, o que aconteceria, é claro, se eles resolvessem não esconder nada. Se a única fofoca que vazasse fosse que uma velhinha, habitante da ilha, encontrara os dois tentando se engolir, seria apenas um boato, especialmente se o casal não falasse do assunto. E se não fossem pegos novamente.

— Acho que não pensei nisso. Não quero fazer nada que te coloque numa situação difícil.

— Eu numa situação difícil? — perguntou Baxter, claramente confuso. — Estava falando de você.

Lani riu.

— Sabe, não me importo mais com as fofocas. Eu não tenho que viver naquele mundo, e, desde que você chegou aqui, passei a ver aquilo tudo sob uma nova perspectiva. A Charlotte me mostrou que o meu comportamento naquela época era uma reação aos meus sentimentos. Aqui, sou uma pessoa diferente, com uma vida diferente. Então… posso deixar isso pra lá. É algo que não me afeta. Na ilha, só preciso lidar com o pessoal daqui, e ninguém vê maldade nas coisas. Eles podem até ficar animados com a ideia de nós dois juntos, mas, quando você for embora, vão sacudir a poeira e seguir em frente.

Lani fez um esforço descomunal para soar indiferente e objetiva em relação a esta última parte.

— É você quem está por aí, promovendo a nova temporada do programa, e filmando na estrada. A mídia poderia te encher o saco com isso.

Baxter segurou o rosto dela com as duas mãos e, com os polegares, afastou as mechas soltas de cabelos que estavam grudadas nas bochechas.

— Não me importo nem um pouco com isso. Nunca me importei. Eu aguento a encheção de saco. Só não quero que venha atrás de você.

— A gente vai ficar se encontrando escondido então? — Lani meneou as sobrancelhas. — Vamos usar um código?

— Estou falando sério, Lei. Não sei como esta noite pode afetar nossas vidas, mas, no fim das contas, é você que não quero machucar.

— Sabe de uma coisa? — Lani esticou a mão para tirar os fios de cabelo desgrenhados da testa dele, ainda se sentindo aconchegada e feliz demais para estragar tudo ao se preocupar com o futuro. — Acho mesmo que não vou estar nem aí. Não importa o que aconteça.

— Mas...

Ela colocou um dedo contra a boca dele, pressionou o lábio inferior, e então sentiu Baxter se movendo e encontrando suas coxas. O corpo de Lani moveu-se por instinto na direção dele.

— Tanta coisa mudou. Tudo está diferente. Não quero mais pensar em nada daquilo. Só quero pensar — ela ergueu o quadril — nisto. E em você. Eu não quero passar a próxima semana e meia me preocupando com o que o resto do mundo vai achar, dizer ou fazer. Se você não acha que vai prejudicar o programa, e que a Rosemary não vai ter um faniquito nem nada do gênero, então vamos simplesmente ser nós mesmos e fazer o que quisermos. Seja lá onde for e na frente de quem for... não me importo.

Baxter olhou nos olhos de Lani.

— Está mesmo falando sério.

— Estou. É assim que vai ser. — Ela puxou o rosto dele para baixo, mais para perto do seu. — Baxter, você significa mais para mim... Nós estarmos juntos, seja por quanto tempo, significa mais para mim do que qualquer coisa que possa acontecer. Você já provou que se importa. Está tentando ser cuidadoso, e é óbvio que quer o que for melhor para mim. Sinto a mesma coisa. Vamos lidar com as coisas conforme elas acontecerem. É difícil demais tentar adivinhar o futuro, de qualquer forma. Talvez ninguém vá se importar.

Ele soltou uma risada irônica.

— Você, de todas as pessoas, sabe que não é assim. E isso foi antes de eu estar na televisão cinco dias por semana.

— E daí? As pessoas inventam fofoca de você com gente famosa o tempo todo. Basta encostar em alguém em um evento beneficente ou em um festival gastronômico e instantaneamente estará casado, tendo gêmeos ou tendo uma crise no relacionamento. — Lani tocou a bochecha dele. — Você vai pra próxima cidade, e o foco vai mudar pra alguém de lá. Ou pra alguma outra coisa. Ou outra pessoa será a manchete da vez, e vão te esquecer, por um tempo. Tudo que fizermos vai embora junto com você. E eu vou ficar aqui.

Então, Lani viu algo surgir nos olhos dele, algo parecido, bem parecido, com aquela tensão emocional que ela estava evitando analisar.

— Lei...

— Eu não quero perder mais tempo falando sobre isso, tá? — apressou-se a dizer ela. — Acho que a Rosemary já deve estar fumegando, então, se ela vai explodir, acho que pelo menos podemos nos divertir antes de levar uma bronca.

Com isso, Lani passou as pernas em volta dele e, só porque o pegou desprevenido, conseguiu fazê-lo girar e deitar de costas na cama, com ela por cima... e prendendo as mãos dele para variar.

Ele não resistiu. Na verdade, abriu um largo sorriso.

— Então você vai se aproveitar de mim?

— Você não é o único que pode brincar de confeiteiro explorador.

O largo sorriso dele deu lugar a um gemido de profunda apreciação.

— Podemos brincar de confeiteiro explorador quando quiser.

Lani não conseguiu responder. Ela estava ocupada demais aproveitando a sensação deles dois juntos. Tinha pensado que talvez fora a empolgação da primeira vez que a fizera gostar tanto. Bom, e a da segunda vez. E da terceira.

— Como pode estar sendo melhor desta vez? Como? — disse Lani, arfante, movendo-se em cima de Baxter.

Ela soltou um gritinho agudo um instante depois, quando se viu deitada novamente na cama. Ele a penetrou mais a fundo e grunhiu um pouco.

— Estou te machucando?

— Não. Não para! — disse ela, ofegante, e grunhiu também enquanto ele a invadia, repetidas vezes.

Lani agora sabia que, quando Baxter perdia o controle, seu sotaque da infância reaparecia. Por algum motivo, aquilo era extremamente sensual. Era instintivo, primitivo.

— Ah! — disse ela, e então: — *Ah!* — quando Baxter puxou suas coxas mais para cima ao longo da cintura dele, inclinando-a de modo que ficasse no ângulo certo para... — Como você faz... faz isso? — conseguiu perguntar. Mas foi a última coisa que disse antes das sensações tomarem conta dela, levando-a rapidamente ao clímax.

Baxter a segurou enquanto ela se contorcia junto a seu corpo, depois a prendeu de novo na cama e penetrou-a profundamente, uma última vez, quando ele próprio chegou ao êxtase, estremecendo.

O homem era grande, alto e pesado. Lani sentiria falta do seu corpo sobre o dela, deixando-a sem fôlego, pressionando todas as partes de seu ser.

— Banho — disse ele, tentando recuperar o fôlego.

Baxter rolou para o lado, aliviando-a de todo o seu peso, mas levando-a com ele enquanto fazia isso, mantendo-a aninhada junto a si.

Fizera o mesmo em cada uma das outras vezes. Lani já decidira que era sua parte favorita. Bom, uma das partes favoritas. Mas uma coisa era estarem unidos fisicamente quando o foco era estímulo, desejo, prazer. Ficarem enroscados um no outro depois era um tipo bem diferente de intimidade.

— Queria que não precisássemos ir — murmurou ela, inclinando-se para cima para beijar a base da garganta dele e depois enchê-lo de beijos ao longo de seu ombro. — Dias de chuva servem pra ficar na cama.

— Concordo plenamente.

Baxter soltou um suspiro profundo.

— Eu sei, não diga. — Lani encostou os pés nas panturrilhas dele. — De agora em diante, só vamos nos referir a ela como "aquela que não deve ser nomeada".

Baxter riu enquanto beijava a testa de Lani.

— Só não deixe ela te pegar falando isso.

Lani deu risada, mas ficou mais séria enquanto perguntava:

— Nós vamos… você vai querer dormir aqui hoje à noite?

Baxter inclinou o queixo dela para cima, olhando em seus olhos.

— Você não quer?

— Não, quero dizer, acho que nós dois queremos ficar juntos, mas… ah, espera. Você tem o jantar da Alva hoje.

— É mesmo. — Baxter beijou a bochecha de Lani, passando para as têmporas, e então deu-lhe um beijo forte e rápido na boca. — Se você quiser, pode ir fofocar com a Charlotte sobre o encontro dela, fazer boloterapia dependendo de como for o dia, e aí eu posso passar lá pra te pegar depois que o jantar acabar… o que me daria uma boa desculpa para não ficar tempo demais. Ou você pode me encontrar aqui depois, se quiser. O que preferir. Mas — Baxter beijou-a novamente, soltou um gemido e depois roubou-lhe um último beijo antes de se afastar, saindo da cama — nunca vamos chegar até esta noite se não formos trabalhar. Vou tomar banho primeiro…

— Eu tenho umas roupas limpas aqui em cima, mas você não precisa voltar para o seu hotel e se trocar?

Baxter parou logo antes de entrar no banheiro, o que deu a Lani uma visão deliciosa do corpo alto, esguio, maravilhoso e nu dele à luz da manhã. Ela nunca se cansaria daquela visão e, para falar a verdade, faria questão de pensar em muitos motivos para Baxter andar pelado. Com frequência.

— Certo. Talvez seja melhor eu cair fora agora e tomar banho lá. — Ele foi até onde deixara suas roupas, na cadeira que fazia par com a escrivaninha. — A gente se encontra no trailer de maquiagem? Ou na cozinha? — perguntou enquanto colocava a camisa e a calça.

Lani se esticou preguiçosamente na cama, e não parecia conseguir tirar o sorriso enorme do rosto.

— Você não pode ficar doente? A minha confeitaria está fechada agorinha mesmo, então eu estou disponível pra curtir.

— Isso é muito, mas muito tentador mesmo, querida. — Ele interrompeu o ato de calçar as meias quando ela deixou que o lençol deslizasse para fora de seu corpo. — E quem está sendo má agora?

Não era um jogo justo, Lani sabia disso, mas não aguentava a forma como Baxter a olhava, não conseguia acreditar que aquilo estava mesmo acontecendo, que ele a queria, que a desejava de verdade, da mesma forma que ela.

— Isto não é uma alucinação, é?

Baxter cruzou o quarto até a cama, inclinou-se e deu um beijo nela.

— Não — respondeu, de forma um pouco brusca, quando finalmente ergueu a cabeça. — Mas é um sonho perfeito demais, não é?

Lani ainda estava deitada quando ele saiu. Sabia que deveria estar se vestindo e se preparando para enfrentar o dia, mas continuava impressionada demais com a noite anterior. Precisava pensar no que acontecera, processar as informações, refletir sobre como lidaria com o turbilhão de emoções que surgiram só de passar uma noite com ele.

Queria fazer um bolo. Urgentemente.

E não em frente às câmeras, muito obrigada.

Ainda assim, essa era sua única opção no momento. Fez questão de se lembrar de que sua noite com Baxter só acontecera por causa dos bolos diante das câmeras.

Passou as mãos no rosto e inspirou fundo, preparando-se... e continuou deitada encarando o teto.

— Sim, é o sonho perfeito.

A ideia de que teria mais ou menos uma semana desse sonho com Baxter, na cama e fora dela, era a melhor coisa que poderia querer. A cereja no topo, a calda quente no sorvete.

Porém, o dia seguinte ao último dia com Baxter? Lani não conseguia nem pensar nisso. Com certeza não estava ansiosa para esse momento.

Ela se forçou a sair da cama e pisou no chão.

— Em que diabos você se meteu, Lan? — murmurou.

Quarenta e cinco minutos depois, estava de banho tomado, vestida e desligando o telefone depois de falar rapidinho com Charlotte. Haviam dito apenas o suficiente para que soubessem que a noite anterior mudara a vida de cada uma delas. Charlotte não estava tão surpresa sobre a parte de Lani, só pela amiga ter criado coragem. Por outro lado, Lani não fazia ideia do que pensar sobre Charlotte e Carlo como um casal. Até onde sabia, a amiga nunca se interessara por ele. Os caminhos dos dois haviam se cruzado diversas vezes no Gateau, porque Charlotte estava sempre visitando, mas tirando isso… Lani balançou a cabeça. Era meio surreal. Até onde sabia, a amiga só devia estar empolgada por a longa seca ter chegado ao fim. Embora aquela não fosse sua reação normal das manhãs seguintes, que geralmente seguia a linha do: "No que eu estava pensando? Estava assim tão desesperada?"

Carlo, além de fazer um café que era o néctar dos deuses, era um cara muito legal. Charlotte, que tinha fixação por homens com problemas emocionais e comprometidos, jamais dava chance para alguém assim. Lani tinha suas próprias teorias em relação ao motivo por trás disso, que já partilhara com Charlotte em muitas sessões de boloterapia. Mas agora parecia diferente. Ou talvez Lani estivesse sendo otimista.

Coisa demais em que pensar, tempo de menos para correr até em casa e cozinhar. Ela desceu correndo as escadas dos fundos, feliz pela chuva ter parado, imaginando se alguém teria visto Baxter saindo dali, perguntando-se o que teria que encarar. Fora cem por cento honesta quando afirmara que não se importava com o que as pessoas diriam. Não ligava mesmo. No fim das contas, não faria diferença nem afetaria suas escolhas.

Porém, isso se tratava da situação em geral. Lani se deu conta de que viver cada momento seria algo completamente diferente.

Em vez de dar uma olhada na confeitaria para ver o quanto a equipe já aprontara para o programa, resolveu ir direto ao trailer de figurino e maquiagem. Ela sabia de cor as receitas que usariam no dia, e sentiu os aromas deliciosos no ar quente da manhã, vindos da direção do trailer com a cozinha extra. Talvez devesse ir até lá primeiro. Se não podia assar sua terapia, talvez pudesse comê-la.

O **Clube do Cupcake** 245

Lani subiu as escadas, parando para respirar fundo e se acalmar, certificando-se de que sua expressão estava alegre e normal, como se sua vida não houvesse mudado completamente na noite anterior.

— Coragem — murmurou, e abriu a porta do trailer, parando bruscamente quando viu quem estava na cozinha. — Charlotte?

A amiga ergueu o olhar, segurando uma colher de sorvete na mão, que usava para encher forminhas de papel com massa para cupcakes. Ela abriu um sorriso.

— Olá, Lan.

— A gente não acabou de se falar ao telefone?

Charlotte assentiu com a cabeça.

— Você disse que estava fazendo bolo.

Ela gesticulou com a colher de sorvete vazia.

— Estava. Estou. A propósito, estes strudels vão ficar incríveis. De onde você tirou a ideia de fazer miniaturas de strudel de maçã?

— Obrigada. Adaptei uma das receitas da minha bisavó. Você não disse que estava aqui, no set. Fazendo bolo. Como…?

Charlotte se moveu, e Lani notou Carlo parado atrás da amiga. Ele ergueu a mão em um meio-aceno e abriu um sorriso.

— Oi, Carlo. — O olhar de Lani passou de um para o outro. — Então…

— Um dos chefs não veio hoje — explicou Charlotte. — Ele teve que ir pra casa… uma emergência familiar. Então, quando ligaram pro Carlo falando disso, eu me ofereci pra ajudar.

— Que ótimo! — disse Lani, sendo sincera agora que sua surpresa inicial havia passado. — Obrigada.

— O prazer é meu. — Charlotte olhou de relance para Carlo, cujo sorriso enorme era tão fofo quanto o dela.

Lani achava que já vira todas as expressões que a amiga era capaz de fazer, mas essa era nova. Ela parecia… feliz. E não era uma felicidade de fim de seca, e sim feliz de verdade. Parando para pensar, o mesmo parecia estar acontecendo com Carlo, que, tirando o momento em que acenara para Lani, não tirava os olhos de Charlotte. A forma como os dois estavam babando um pelo outro parecia-se muito com a maneira como a própria Lani agia com… Ela interrompeu esse pensamento com um som de surpresa, se controlando para não erguer a mão e tocar o próprio rosto.

246 **Donna Kauffman** 🍮 DELÍCIA, DELÍCIA

Mas acabara de ver sua expressão no espelho do banheiro uns poucos minutos antes. Estava parecida... estava exatamente igual à da amiga. E havia cem por cento de chance de que ela e Baxter estariam se olhando da mesma forma que Charlotte e Carlo faziam.

Só que ela e Baxter estariam diante das câmeras.

Sendo filmados.

Para a posteridade.

— Droga! — sussurrou ela.

— Lan?

— Eu... hum... acabei de lembrar que esqueci uma coisa. Fiquem aí fazendo... seja lá o que for. E obrigada — disse, sabendo que soava como uma idiota. Não tinha pensado nas coisas direito. Estava em um atordoamento pós-seca. — De verdade.

Ela saiu rapidamente pela porta e fechou-a antes de ouvir a resposta de Charlotte. As duas conversariam depois. Aparentemente, havia muita coisa a ser discutida. Lani não conseguia tirar aquela expressão da cabeça.

— Será que pode acontecer assim? Do nada?

— O que acontece do nada, querida?

Ela ergueu o olhar e se deparou com Baxter cruzando o lote em direção ao trailer de maquiagem. Ele mudou de direção.

— Ah, hum, nada. Eu só... a Charlotte está nos ajudando. — Lani gesticulou vagamente por cima do ombro, apontando para o trailer atrás de si. — Carlo pediu. Você está sem um...

— Chef, eu sei. Acabei de sair do telefone com a Rosemary. O pai do Johnny está lutando contra o câncer faz um bom tempo — disse ele, referindo-se a um dos chefs da equipe que Lani conhecera nos últimos dias. — Mas ele piorou, então mandamos o Johnny pra casa.

— Que triste.

— Então é ótimo a Charlotte ter vindo ajudar; estávamos preocupados de o trabalho acumular. — Ele olhou de relance para o trailer atrás de Lani, e depois, voltou a olhar para ela. — Então está tudo bem com o Carlo e a Charlotte, né?

Lani assentiu com a cabeça.

— Muito bem, pelo visto.

Baxter diminuiu a distância entre os dois e olhou no rosto de Lani.

O clube do cupcake   247

— Isso não é bom?

— O quê? Não, é bom, sim.

Por fim, ela saiu da confusão mental que estava sofrendo desde que se dera conta de que...

— Vamos ser filmados hoje.

— Vamos. — Baxter franziu o cenho. — Isso é um problema? — Ele subiu um degrau da escada. — Aconteceu alguma coisa depois que saí? — Ele esticou a mão e tocou a bochecha de Lani, em uma leve carícia. — Você mudou de ideia?

Não, pensou Lani. *Só me dei conta de que os meus sentimentos vão ficar gravados para toda a posteridade.*

Não se importava com o fato de que o resto do mundo veria sua expressão boba e feliz de apaixonada. Se importava com o fato de que ela mesma veria. Para sempre.

Seria uma lembrança eterna da forma exata como se sentia. Hoje. Ela sabia que só precisaria assistir aos episódios deles uma vez. Ver a si mesma com Baxter — eles olhando um para o outro que nem Charlotte e Carlo — seria algo que ficaria eternamente gravado em sua memória.

Uma coisa era estar vivendo e sentindo o momento, quando só via um lado da situação. O rosto dele, o sorriso, os olhares de desejo... por ela. Não via suas próprias reações, seus próprios sorrisos bobos, nem realmente ouvia sua risada afetada. Não teria essa imagem mental para lembrar.

Mas agora podia ter. Era como descobrir, depois de se divorciar, que havia uma gravação da cerimônia do casamento, de uma época mais feliz, inocentemente guardada na prateleira.

— Leilani?

Ela olhou para Baxter, e, apesar de ele ter feito a pergunta de forma bastante calma, até gentil, havia uma preocupação genuína e um pouco de nervosismo nos olhos castanho-claros dele.

— Não, é claro que não mudei de ideia — disse Lani, se sentindo culpada por deixá-lo preocupado, mesmo que por um segundo. — Estou bem.

— Tem certeza? Parece que você viu um fantasma.

Eu vi, pensou ela. *O fantasma de nós dois.*

— Ah, vocês estão aí!

Eles se viraram e se depararam com Alva atravessando o lote, vestindo um casaco e uma saia estampados com florzinhas, e um chapéu e uma bolsa combinando.

— Dona Alva — disse Baxter, sorrindo com tranquilidade, mas colocou a mão no braço de Lani e deu um apertãozinho, como que para confortá-la.

Se o coração de Lani já não fosse totalmente dele, teria passado a ser naquele instante.

— Vou ao mercado do outro lado da ponte — estava dizendo a senhora.

— Não precisa se incomodar comigo, dona Alva.

— Eu sei que todas as suas refeições devem ser muito chiques em Nova York, então...

— Estou gostando muito da comida daqui, acredite em mim.

Baxter deu uns tapinhas na sua barriga, na altura do estômago, e Lani sabia com certeza absoluta que ali não havia nenhuma gordurinha fora do lugar. Tão injusto isso!

— Provavelmente até demais — acrescentou ele, com um largo sorriso.

— Bom, eu só queria te mostrar que também sabemos fazer comida chique aqui no Sul. Acho que vai gostar do cardápio desta noite.

Alva olhou além de Baxter e pareceu notar a presença de Lani pela primeira vez.

— Onde estão os meus modos? Olá, Srta. Lani May, não te vi aí.

Lani abriu um sorriso, acenou com a cabeça e prendeu a respiração, na esperança de não receber um convite pro jantar. Ela já sabia que, ao final do dia, só ia querer se esconder em algum lugar, sozinha com seus pensamentos. Estava louca por isso. Charlotte provavelmente sairia com Carlo, ou faria isso depois de falar com Lani. Com Baxter jantando na casa de Alva, ela com certeza teria pelo menos um tempinho completamente para si.

Não queria ter que pensar numa forma educada de recusar o convite, mas a senhora facilitou as coisas, voltando a se focar em Baxter.

O sorriso de Lani ficou relaxado e tornou-se mais natural quando se deu conta de que a mulher não estava vestida para ir ao mercado, mas sim para esbarrar acidentalmente com o homem com quem jantaria na noite de sexta-feira. Alva estava bem elegante, para falar a verdade. Se Lani não estava enganada, havia até passado lápis nas sobrancelhas e optado por um tom um pouco mais escuro do batom cor-de-rosa que era sua marca registrada.

— Preciso ir — disse Lani um instante depois, enquanto os dois continuavam a conversar. — Tenho que ir fazer o cabelo e a maquiagem.

O clube do cupcake   249

Ela começou a passar por Baxter, mas ele bloqueou o caminho, embora continuasse olhando para a senhora.

— Sinto muito, dona Alva, mas eu preciso falar com a Lani antes de ela entrar.

— Está tudo bem — disse Lani —, eu...

Baxter olhou para ela.

— Não, preciso mesmo falar com você. Sobre outra coisa.

Ele voltou-se novamente para a senhora, que estava observando a interação entre os dois com bastante atenção. Baxter esticou a mão e apertou rapidamente a de Alva, o que fez com que suas bochechas cheias de blush ficassem ainda mais rosadas.

— Vejo a senhora hoje à noite.

— Às sete em ponto — disse ela. — Ao contrário de vocês da cidade grande, eu dou valor à pontualidade. Meu cardápio é cronometrado com precisão.

— Não me atrasarei nem um segundo — garantiu Baxter, abrindo um sorriso bem largo.

Alva ficou radiante, deu uma afofada em seus cabelos, enfiou a bolsa de mão sob o braço e acenou em despedida aos dois, que responderam com um aceno também.

Depois disso, Baxter virou-se e fez com que Lani soltasse um gritinho agudo de surpresa quando segurou o quadril dela e a levantou do degrau onde estava.

— O que você está fazendo...?

— Tenho uma proposta.

Ela parou, fechou a boca e ergueu as sobrancelhas.

— É mesmo?

Baxter assentiu com a cabeça, e havia um brilho travesso em seus olhos que rivalizava com o que geralmente via em Alva.

— Repensou a minha ideia de matarmos o trabalho?

— Primeiro, tem certeza de que está tudo bem?

— O quê? Ah, isso. Sim. É só que encontrar a Charlotte aqui meio que... me pegou de surpresa.

Não deixava de ser verdade. Baxter inclinou levemente a cabeça.

— É só isso mesmo? Você parece distraída. Aconteceu alguma coisa com a Charlotte e o Carlo? Eu deveria falar com ele? Quer que eu...?

— Não, não, de jeito nenhum! Pela cara deles, parece que já estão prontos até pra morar juntos. Eles estão bem. Estou feliz com isso, de verdade. O Carlo é um cara legal.

Ela acenou com a mão, desejando poder dispensar suas emoções e seus pensamentos confusos com a mesma facilidade. Nesse meio-tempo, até que conseguisse ordená-los, era vida que segue. Especialmente a parte com Baxter. E Lani tinha certeza de que não desejava perder nada.

Ele a analisou por mais um instante.

— Qual é a proposta? Eu tentei te fazer uma lá em cima, e praticamente tive que te obrigar a aceitar. — Ela sorriu. — Não foi?

Ele retribuiu o sorriso e relaxou novamente.

— Podemos debater isso depois. Talvez no domingo. Em nosso voo para o Aeroporto Internacional de Los Angeles.

— Nada vai ter mudado no dom… Como é? Los Angeles? Califórnia?

— Até onde eu sei, é lá que o aeroporto fica, sim. — O sorriso dele se tornou maior, e Baxter tomou as mãos dela nas suas. — Você se lembra do último fim de semana, quando tive que ir a Nova York pra promover a nova temporada? Bom, tem mais algumas entrevistas planejadas pra este…

— Eu não sabia. Você vai ter que viajar no fim de semana?

Baxter assentiu com a cabeça.

— Não foi de propósito que não contei. Nós estávamos focados em ajeitar tudo pras gravações, e acabei esquecendo de mencionar. E, antes, nós… — Ele olhou para as escadas que davam no segundo andar da confeitaria, e depois voltou a olhar para ela. — Acho que pensei que não faria diferença pra você, além do fato de que ganharia uma folga da produção.

— Mas… — disseram os dois juntos, e riram.

— Mas — repetiu Baxter —, agora, ficar fora por dois dias não é mais tão aceitável assim, pelo menos pra mim. Eu queria conversar com a Rosemary antes de dizer qualquer…

Lani ergueu as sobrancelhas.

— Você contou pra Rosemary? Sobre…?

Ele deu risada.

— Não precisei entrar muito em detalhes.

— Como assim? Como ela poderia…?

O clube do cupcake   251

— Bom, não te contei ontem à noite porque fiquei... distraído com outra coisa.

Ele lançou um sorriso rápido e largo, que fez surgirem todos os tipos de pensamentos sobre essas distrações, o que, por sua vez, afetava a libido dela de forma bastante insensata. Baxter deve ter visto algo nos olhos de Lani, porque apertou mais a mão dela, e seus olhos escureceram quando começou a puxá-la mais para perto.

Lani recuou.

— Nós vamos aparecer em frente às câmeras daqui a pouco, sabe.

— Sim.

Baxter deixou que ela relaxasse, mas nada mudou no olhar dele, e Lani concluiu que este seria um longo dia no set. Um longo dia em que faria muito, mas muito esforço mesmo para não parecer que queria jogar tudo para fora da mesa e, em vez de fazer bolo, usá-la para se divertir com Baxter.

— Bom — prosseguiu ele —, não faz muita diferença, na verdade. Ontem nós também estávamos em frente às câmeras.

— Eu sei, mas agora...

— Lei, nossos sentimentos já estavam meio... estampados na nossa cara, mesmo antes.

— Como assim?

— As filmagens da última parte do dia, a que foi gravada depois da nossa... conversa na cozinha, na hora do almoço. Digamos que a Rosemary estava se abanando enquanto assistia.

Lani ficou de queixo caído.

— Eu também assisti. E... bom, ainda bem que estava usando o meu avental. E que estava bem atrás dela na hora.

— Baxter!

Ele abriu um sorriso enorme, nem um pouco envergonhado.

— A cozinha não estava quente só por causa dos fornos, é isso que estou tentando dizer.

— Já entendi. — Lani sentiu suas bochechas em chamas. — Mas ainda não sei o que pensar disso tudo.

— Bom, se está preocupada com a Rosemary, pode parar. Ela está toda animada.

— Primeiro, sorrindo, agora, toda animada. Você está tentando me assustar?

Baxter sorriu ainda mais.

— Não, estou tentando te deixar tranquila.

— Não está funcionando — disse Lani, mas se esforçou para também não abrir um sorriso.

Pelo visto, poderia parar de se preocupar com a forma como apareceria em frente às câmeras, porque parecia que já era tarde demais.

— Aí você perguntou a ela sobre me levar pra Los Angeles?

— Não preciso pedir permissão pra isso, mas não sabia se ela queria você aqui para filmar alguma coisa pela ilha enquanto eu estivesse fora. Ela quer captar o espírito da cidade para criar um clima. Também vou precisar gravar isso, mas pode ser quando voltar.

— Ah, certo. — Bernard falara disso ao tentar repassar o cronograma com Lani, mas ela achava difícil pensar em mais de um dia por vez... até mesmo uma hora já era muito. Então, a maior parte daquilo tinha entrado por um ouvido e saído pelo outro. — E?

— E não tem problema. Vamos gravar essas partes juntos.

— Quanto tempo vamos ficar fora?

— Pegaremos o voo cedo no domingo e voltaremos pra cá na madrugada de segunda. Chegaremos antes do sol nascer na terça. Só vamos gravar à uma da tarde nesse dia. Você vem comigo? Vai ser meio corrido, mas teremos algum tempo no voo e na volta. Eu sei que a Charlotte está aqui, mas...

— Se o Carlo não precisar trabalhar enquanto você estiver fora, acho que a Charlotte vai conseguir arrumar o que fazer.

Baxter abriu um largo sorriso.

— Ótimo, então vamos!

— Você tem certeza? Quero dizer, vão perceber que estou com você o tempo todo, não vão? Eu sei que disse que não me importava com isso, mas, se chamarmos atenção, os paparazzi podem aparecer por aqui antes mesmo de terminarmos as gravações.

Isso fez Baxter murchar.

— Não, não quero atrapalhar a vida das pessoas aqui.

— Bom, pra ser honesta, a Alva ficaria nas nuvens, e, quem sabe, vai que as outras pessoas daqui também querem ter seus quinze minutos de fama? Sei que o meu pai não ficaria muito animado, mas...

O clube do cupcake   253

— Seremos discretos enquanto estivermos viajando, na ida e na volta. Ninguém precisa saber da nossa vida. — Baxter abriu um sorriso. — Nós fomos profissionais durante anos. Sabemos como fazer isso. — Ele a puxou mais para perto de si. — Eu só quero você comigo. Quero a sua companhia, Lei, o seu sorriso, a sua risada.

— Parece ótimo.

Lani também não queria perder dois dias inteiros do tempo que tinham juntos.

— Fantástico! — disse ele, com o olhar fixo no dela. — Ah, tem mais uma coisa. Amanhã à noite faremos uma festa no pub da ilha.

— No Stewies?

— Acho que é esse o nome que ouvi, sim. Vamos passar o primeiro episódio da nova temporada. Na verdade, ele vai ao ar no domingo, mas eu vou estar em Los Angeles, então vamos fazer a festa amanhã mesmo. A equipe inteira vai, e os clientes do pub também vão poder participar.

— Se a notícia se espalhar, todo mundo em Sugarberry vai querer se espremer lá dentro.

— Provavelmente, mas queria que você fosse. Eu sei que nosso dia vai ser cansativo e que vai querer passar um tempo com a Charlotte antes de irmos, então…

— Dou um jeito. Eu quero ir. — Lani lançou um sorriso para ele. — E obrigada.

— De nada. Por quê?

— Por entender. Por me deixar fazer as coisas do meu jeito. Eu sei que minhas reações são meio confusas, mas é porque ainda não sei bem como agir. E vou pegar o jeito dessa coisa de sermos vistos juntos, mas só queria que soubesse que minha confusão não tem a ver com você.

— Eu estava esperando que não tivesse mesmo.

A porta do trailer de maquiagem se abriu, e Andrea, a figurinista, enfiou a cabeça para fora.

— Andem logo, gente! A Rosemary está gritando no meu ouvido. Precisamos passar a maquiagem e colocar os aventais em vocês dois.

— Estamos indo! — gritou Baxter, e depois falou para Lani: — Se precisar de qualquer coisa hoje, enquanto estivermos filmando, me fala, tá? Eu e você continuamos os mesmos, e somos bons na cozinha juntos. Sempre fomos. Deixe o resto pra lá. Vou cuidar de tudo. Vou cuidar de você. Confia em mim?

Ela assentiu com a cabeça.

— Completamente — Lani podia ouvir uma pontinha de emoção tornando sua voz rouca. — Vamos, antes que eu fique sentimental.

Baxter arqueou as sobrancelhas.

— Promete ficar sentimental mais tarde?

Lani deu uma cotovelada nele, que riu enquanto a guiava até o trailer de maquiagem e figurino com uma mão na parte inferior das costas dela.

Pensa apenas no dia de hoje, disse Lani a si mesma. *Só no dia de hoje.*

Talvez, se repetisse isso vezes suficientes, conseguiria olhar para Baxter sem pensar em como seria quando o perdesse.

Quando ele partisse de vez. Quando ela não fosse junto.

CAPÍTULO 17

— Eu acho que isto é uma boa — disse Charlotte enquanto abria a massa na bancada da cozinha de Lani. — Uma viagem para o outro lado do país. Num voo longo. É uma ótima. — Mas... viajarmos juntos. Até a Costa Oeste e depois voltar. Não sei, Char, talvez eu devesse ter dito não. Se ficasse aqui, sozinha, durante dois dias, poderia pensar melhor nas coisas. Talvez conseguisse acalmar um pouco essa loucura que estou sentindo.

Charlotte abriu um sorriso, parecendo, por um instante, perdida no espaço.

— Loucura nem sempre é uma coisa ruim.

Lani acelerou a batedeira.

— Pra você, com certeza. Você e o Carlo vão voltar pra mesma cidade.

— Depois de ele passar dois meses na estrada. — Ela soltou um suspiro. — Dois meses.

Lani olhou de relance para sua amiga.

— Sabe, colocando os meus ataques de pânico de lado, eu realmente fui sincera antes. Estou tão feliz por você! E pelo Carlo. Não sei como isso aconteceu, mas achei ótimo.

— Eu também. — Charlotte abriu um sorriso doce e sincero. — Não estava nem procurando, nem pensando nisso. Bom, estava pensando em sexo. Eu sempre penso em sexo, mas vim até aqui por sua causa, não por causa disso.

— Que bom. Pelas duas partes.

— Eu dei um pulo no restaurante da Laura Jo depois que te visitei no set ontem, pra pegar algo para jantar aqui… Você realmente não tem nada que não seja feito de farinha, manteiga e açúcar. E o Carlo estava fazendo a mesma coisa. Começamos a conversar e — ela deu de ombros, e voltou a esticar a massa — as coisas simplesmente aconteceram. Eu não faço ideia de por que nunca olhei pra ele antes. Não consigo olhar pra mais ninguém agora.

— Você nunca olhou pra caras como o Carlo. Olhava pro cara atrás dele, aquele que cheirava a cafajeste.

— Eu sei que você está certa. Precisei vir aqui, estar fora daquele ambiente, ver as coisas fora de contexto, para considerar a ideia. Se os nossos caminhos tivessem se cruzado em algum mercado em Nova York, sei que não teria começado a bater papo. Não faço esse tipo de coisa quando estou na rua ou trabalhando. Eu só… não teria parado e notado o Carlo. Muito menos falaria com ele.

— O que importa é que agora você fez isso.

— Sim.

Charlotte exibia um sorriso bobo, aquele que Lani reconhecia porque ela mesma exibia um igual.

Uns poucos minutos depois, após as duas passarem um tempo pensando nas suas vidas, Charlotte perguntou:

— Você acha mesmo que, quando as filmagens terminarem, você vai conseguir deixar que ele vá embora?

Lani parou de misturar o açúcar mascavo e a manteiga.

— Eu não tenho escolha.

Ela queria esfregar a área em seu peito onde sentia um aperto forte, mas voltou a misturar.

— Você sempre tem escolha.

— Nós já falamos sobre isso — disse Lani, um pouco cansada.

Ela e Charlotte tinham discutido cada vírgula do assunto naquela noite, e Lani já havia pensado e repensado sua situação um milhão de vezes.

— Eu sei. É só que… acho que tem que haver um jeito.

— Um relacionamento de longa distância não vai funcionar — disse ela. — Pra nenhum de nós. Somos intensos demais pra isso dar certo.

— Então você vai deixar essa intensidade toda pra lá e ficar com nada? — Charlotte abria a massa com um pouco mais de vigor do que era necessário. — Isso não faz sentido. Não faz sentido nenhum!

O **clube do cupcake**   257

Quanto mais ela esticava a massa, mais forte ficava o sotaque de Charlotte.

— Eu só estou tentando ser realista. Agora, tudo parece um conto de fadas, mas não quero voltar para Nova York. O Baxter vai simplesmente desistir da carreira dele e se mudar para a Geórgia? E fazer... o quê? Charlotte, pode acreditar, quero achar uma solução. Fico ansiosa pelos dias que terei com ele e, ao mesmo intervalo, odeio cada minuto que se passa, porque sei que fico mais perto do fim. Por isso que talvez fosse melhor ele ir sozinho para Los Angeles. Eu não quero perder esse tempo, mas talvez fosse mais inteligente darmos um intervalo. Irmos mais devagar pra tentar recuperar um pouco de perspectiva.

A bufada de Charlotte revelou a Lani tudo que ela precisava saber sobre a opinião da amiga quanto a isso.

— Só estou dizendo que o seu trabalho não é quem você é. É uma parte importante, sim, mas não é tudo. A vida é mais que isso; felicidade é mais que isso. Sei que isso é idiota vindo de mim. Eu sei que vindo de mim isso soa risível. Mas eu estou pensando diferente hoje. Muito diferente.

— Eu sei disso — falou Lani baixinho.

— Acho que, quando se encontra alguém especial assim, a gente chega a um meio-termo, dá um jeito. Talvez você acabe descobrindo que não se importaria em voltar para Nova York se isso significasse ter Baxter na sua vida.

— E tentaria abrir um negócio lá? Char, eu só teria dinheiro pra bancar um buraco. Não tenho o capital para começar na cidade grande. Isso sem falar nos meus compromissos aqui. Eu acabei de abrir a confeitaria! Até mesmo se pudesse abrir um lugar bem no meio de Nova York, a ideia não me deixa nada animada.

Charlotte ergueu o olhar.

— Não pode voltar pro Gateau? Tudo bem, você não quer abrir uma confeitaria lá. Seria o oposto do que está fazendo aqui. Então, talvez possa fazer algo completamente diferente. Talvez não voltar pro Gateau. Poderia virar uma chef particular. Trabalhar com serviços de bufê.

— Eu não acho que isso daria certo — disse Lani, dando voz à mesma conclusão a que já chegara em seus pensamentos. — Não em longo prazo. Ser pâtissière pode não ser tudo que sou, mas é uma grande parte. E, agora, ter o meu próprio lugar também faz parte de mim. Ele é meu, é pequeno e afastado de tudo. Não sei se conseguiria voltar pro ritmo da cidade grande. E pros clientes da cidade grande.

258 **Donna Kauffman** 🍰 Delícia, Delícia

— É claro que conseguiria — disse Charlotte. — Mas você não quer. Só quer aquilo que já tem. A pergunta é esta: quer isso mais do que quer o Baxter?

Lani foi salva de responder por uma breve batida à porta da frente. Ainda era bem cedo, então poderia ser qualquer pessoa. Mas Baxter estava jantando com Alva, e Charlotte resolvera fazer boloterapia com ela e sair com Carlo quando Lani fosse se encontrar com Baxter. Na verdade, até Dre tinha um encontro naquela noite, com um cara que era apenas seu amigo, algo que a garota fizera questão de frisar. Eles iriam a uma sessão de autógrafos de um artista de histórias em quadrinhos em Savannah.

— Eu não sei quem é — murmurou Lani enquanto lavava as mãos e as secava em seu avental. — Estou indo! — gritou enquanto as batidas se repetiam.

Ela abriu a porta.

— Pai? Está tudo bem?

— É claro que sim. Não posso visitar minha menina?

— É claro que pode, é só que… você nunca vem aqui.

— Porque a sua confeitaria fica perto da delegacia, e você sempre está por lá.

— Sei. — Lani recuou rapidamente. — Entra. Eu e a Charlotte estamos fazendo tortinhas pra festa do programa amanhã à noite.

— Que bom, legal.

Lani sorriu para si mesma quando deu um passo para trás, deixando que seu pai entrasse na casa.

— Você pode ser nossa cobaia.

— Não vou ficar muito tempo — disse ele. — Só passei pra fazer uma visitinha rápida. Pra ver se está tudo bem com você.

— Isso é… bom. — Lani franziu brevemente o cenho. Havia alguma coisa estranha, ela só não sabia ao certo o que era. Ainda. — Eu estou bem. As filmagens hoje foram bem melhores do que ontem. Já soube da festa amanhã, né?

— Sim, eu ouvi falar da festa. Também ouvi falar que você vai viajar pra Los Angeles. Com o Chef Dunne.

Ah! Então era isso!

— Estou considerando. Vai ser divertido.

O pai de Lani alternou o peso do corpo entre os pés, e não olhou direto nos olhos da filha, mas parecia determinado, apesar de obviamente desconfortável.

— Então, sobre o Dunne…

O clube do cupcake   259

Leyland deixou o final da frase no ar, e Lani sabia exatamente o que ele queria ouvir. Que ela contasse exatamente o que estava acontecendo entre os dois, para não precisar perguntar abertamente.

— Pai, se você quer saber se nós começamos a sair juntos, então, a resposta é sim, nós começamos a sair juntos.

Então o olhar de Leyland encontrou-se com o da filha.

— E você vai pra Los Angeles com ele.

— Por dois dias, sim. Provavelmente. Pai, já sou bem grandinha. Você sabe que eu…

— É claro que sei — disse ele, com rispidez. — Mas também sei… — Leyland não terminou a frase e soltou um suspiro profundo, mas pareceu se recompor. Encarou diretamente o olhar da filha. — Sei como você se sentia em relação a ele, LeiLei. E eu só… eu não quero que se machuque. O Baxter sabe? Ele não acha simplesmente você está… disponível?

Lani não sabia se ria ou chorava. Em vez disso, por impulso, deu um abraço no pai. Depois de um segundo de surpresa, ele o retribuiu. Apertado. Ela não tinha se dado conta do quanto precisava daquilo até aquele instante. Lani o apertou de volta e então soltou.

— Você não tem nada com que se preocupar, pai. O Baxter se importa comigo tanto quanto eu me importo com ele. — A filha piscou para afastar o choro que ameaçava cair. — Ele está tomando conta de mim muito bem. Você aprovaria isso. Tá?

— Tá. — Ele baixou o olhar para o chão novamente. — Então… quer dizer que, quando essa comoção aqui acabar, você vai voltar para Nova York?

— Ah! — Lani deu-se conta de que ele não estava só preocupado sobre com quem sua filha poderia estar dormindo. — Pai, eu… Não, eu não pretendo voltar, não.

Leyland voltou a olhar para ela.

— Você não pretende voltar.

Lani soltou um suspiro, não sabendo ao certo se o homem estava feliz com a perspectiva de a filha ficar em Sugarberry ou decepcionado porque ela não voltaria à carreira que tinha na cidade grande.

— Não, pai — respondeu baixinho. — Não pretendo.

Isso era tudo que estava disposta a dizer. Tudo que ele provavelmente queria ouvir. Se gostou ou se ficou desapontado era algo que não mudaria a resposta, então não havia por que insistir.

— Então está certo — disse Leyland, depois de um instante de silêncio desconfortável. — Eu, hum, vou deixar que vocês voltem aos seus bolos. Vejo você na festa amanhã.

— Ah, que bom que vai! — Lani ficou grata com a mudança de assunto.

— Todo mundo vai trabalhar, pro caso de dar alguma confusão. Não é sempre que esses eventos acontecem por aqui. As pessoas fazem coisas idiotas.

— Verdade.

Lani ficou nas pontas dos pés e deu um beijo na bochecha de Leyland.

— Obrigada, pai.

As bochechas dele ficaram um pouco vermelhas.

— Não sei pelo quê. Você consegue cuidar de si mesma.

Lani sorriu e acompanhou o pai até a porta.

— Eu consigo cuidar de mim mesma, mas gosto de saber que você está cuidando de mim.

Ele assentiu com a cabeça e foi embora. Lani fechou a porta e pressionou a testa contra ela.

— Seu pai te ama — disse Charlotte.

Lani endireitou-se e virou-se, se deparando com a amiga parada no corredor que dava para a cozinha.

— Eu sei. É só que... odeio pensar que ele está desapontado por eu não ter uma carreira importante na cidade grande, e odeio pensar que está com medo que eu acabe com o coração partido. No momento, isso é decepção pura.

— Ele já é bem grandinho, vai sobreviver — disse Charlotte, ecoando o que a própria Lani acabara de dizer a Leyland.

— Eu sei, mas acho que meu pai já passou por problemas demais. Ele não deveria ter que se preocupar comigo.

— Ele é seu pai. Esse é o trabalho dele. Vamos, precisamos terminar as tortas.

Lani seguiu a amiga até a cozinha, grata por ter o que fazer.

— Sabe... há uma semana, tudo estava indo superbem no meu mundo. Como as coisas mudaram tão rápido?

As mudanças pareceram acelerar ainda mais depois disso. A noite de sexta-feira com Baxter foi tão incrível quanto a anterior. Charlotte saiu com Carlo, deixando instruções bem claras para que Lani não esperasse por ela, mas a amiga decidiu encontrar-se

O clube do cupcake   261

com Baxter na confeitaria depois do jantar com Alva, jantar este que ele descreveu em detalhes divertidos enquanto saboreavam um vinho... e um ao outro. Ela não estava pronta para levá-lo para casa, para sua cama. Não sabia ao certo se algum dia estaria preparada para isso. Lembranças são uma coisa, e programas de culinária são outra, mas ela não tinha certeza de que seria uma boa ideia unir tudo isso e criar memórias no local onde morava. Já era suficiente estarem passando doze horas por dia juntos na cozinha de sua confeitaria.

As filmagens de sábado, por sinal, foram rápidas e, até mesmo para os padrões de Lani, correram muito bem. Em vez de ser um obstáculo esquisito, parecia que seu relacionamento com Baxter a relaxara na frente das câmeras. Os dois riam com facilidade, as conversas surgiam com naturalidade, e ela não se sentia tão constrangida.

Lani decidiu que simplesmente não pensaria no que Baxter dissera sobre a química, a tensão sexual ou o que quer que fosse que ele afirmava transparecer entre os dois nas gravações. Rosemary estava mais animada do que Lani achava que seria humanamente possível, e isso pesava mais do que qualquer coisa, até mesmo a ideia de seu caso estar sendo filmado para a posteridade. Ela resolveu também não pensar nisso, e inventou desculpas em ambas as vezes que foi convidada a ir ao trailer da produção para dar uma olhada nas gravações.

Baxter notou imediatamente o desconforto de Lani, mas não tentou conversar sobre isso, o que ela apreciava. Não queria que ele levasse sua hesitação para o lado pessoal, mas não parecia ser o caso. Na verdade, conversou com Rosemary e a convenceu a parar de perturbar Lani para assistir às fitas.

Eles deixaram seu relacionamento bem claro para todos na festa do programa. Como Lani havia previsto, o Stewies já estava lotado além de sua capacidade desde o início da festa, o que deixou o pai dela e seus colegas um pouco irritados, já que tinham que mandar o povo embora. No final, a festa simplesmente foi parar na rua. Baxter foi lá fora e cumprimentou as pessoas, falando com todo mundo, e depois Bernard salvou o dia ao colocar uma grande tela do lado de fora, para que as pessoas que não conseguiram entrar também pudessem assistir ao programa. O tráfego na frente do restaurante fora fechado, então a festa passou a ocupar o quarteirão.

A multidão estava eufórica, animada, e, quando os créditos rolaram no final, todos aplaudiram. Baxter puxou Lani para perto e lhe deu um beijo intenso; os aplausos deram lugar a gritos de incentivo.

262   **Donna Kauffman**   🍮 Delícia, Delícia

E ela não se importou nem um pouco. Para falar a verdade, amou cada minuto de tudo.

Se ao menos as coisas pudessem ter continuado assim.

Dois dias depois, Lani e Baxter estavam no carro alugado por ele, com os olhos vermelhos e sem dormir depois do longo voo de volta da Costa Oeste.

— Não consigo acreditar que ainda não chegamos em casa — murmurou Lani, repousando a cabeça no ombro de Baxter enquanto ele dirigia, e aproveitou para fechar os olhos.

— Pois é — concordou ele, soando rouco e tão cansado quanto ela.

Ele dera um monte de entrevistas para programas de rádio e filmara dois talk shows locais, e, então, para a surpresa de Lani, também participara do *Late, Late Show com Jimmy Kimmel*. Ela sabia que Baxter era famoso, mas não havia testemunhado isso com os próprios olhos, não da forma como fizera nos últimos dois dias. Apesar do beijo na festa do programa, eles cumpriram o plano de aparecer em público como profissionais, mas, em vez de Baxter deixar Lani no hotel, ele a carregara para todos os lugares, e a apresentara aos outros como, bem, exatamente como quem ela era. A chef que costumava gerenciar seu restaurante em Nova York e cuja nova confeitaria de cupcakes na Geórgia faria parte da próxima temporada do *Hot Cakes*.

Aquilo servira para promover seu trabalho, além de ter explicado, na maior parte, os motivos pelos quais Lani fora com ele, embora achasse que não haviam enganado alguém. Só restava ver se alguém apareceria em Sugarberry, porém, até o momento, não parecia haver ninguém da imprensa atrás do casal, agora que estavam de volta ao lar.

Lar.

Era engraçado, pensou Lani enquanto o balanço do carro e o corpo grande e quente de Baxter ameaçavam fazer com que cochilasse, mas, em pouco tempo, Sugarberry havia realmente se tornado o seu lar. Não o lar dos pais dela nem seu lar ancestral, mas seu próprio lar. Onde sua confeitaria ficava, assim como seu chalé, além das pessoas que ficariam felizes de verdade por ela ter voltado... e de quem Lani sentira falta enquanto estava fora.

Também se sentira assim sobre Washington D.C., onde havia crescido, porém, se deu conta de que nunca associara esse sentimento ao cubículo onde morara em Nova York. E havia ficado tão orgulhosa quando, por fim, passara a receber um

O Clube do Cupcake   263

salário alto suficiente para alugar um lugar na cidade. Mas o apartamento não parecia um lar, e sim o local que a ajudava a deixar sua marca, construir sua carreira. Era apenas onde ela deveria estar, um sinal de seu crescimento profissional e de seu sucesso como chef.

Era por esse motivo que, quando Lani pensava em voltar para lá, não sentia mais nenhuma conexão com a cidade. Não restava nada para ela em Nova York, não tinha mais o que provar. Cumprira sua meta. Nova York nunca tinha sido o seu lar.

Quando deu por si, Baxter a cutucava para que acordasse.

— Chegamos, querida.

Ele a ajudou a se endireitar no banco e beijou-lhe a têmpora enquanto Lani esfregava os olhos e se orientava.

— Certo — disse ela. — Que bom.

Baxter sorriu e pegou a mão de Lani, dando um apertãozinho nela enquanto estacionava o carro atrás do trailer da produção. Saiu do carro e, em seguida, a ajudou a sair.

— Vou pegar as malas. — Então, fez uma pausa. — Eu devia ter perguntado… pensado nisto. Você queria ficar na sua casa? Eu só pensei no nosso quarto e…

Lani balançou a cabeça em negativa. *Nosso quarto.* Sorriu. Não era um lar, mas algo que pertencia apenas a eles dois. Naquele instante, aquilo já era suficiente.

— Não, não. Está ótimo. Vou pedir pra Charlotte trazer meu carro mais tarde. Ela pode pegar uma carona de volta com o Carlo. Não falo com ela desde ontem, então pode ser que tenha outros planos. — Lani deu de ombros, deixando isso para lá. — A gente dá um jeito. — Ela colocou os cabelos para trás e inspirou o ar doce da Geórgia. No oeste, o clima estava muito mais seco, e Lani não se dera conta do quanto havia se acostumado com o ar mais quente e úmido. — Você queria voltar pra pousada? — perguntou a Baxter, percebendo que nem considerara a hipótese.

Ele levara algumas coisas para o quarto na confeitaria, mas não havia, não oficialmente, saído da pousada, em parte pelas aparências, já que ninguém soubera do caso dos dois até a noite anterior à sua partida para Los Angeles. E Baxter também não queria que os Hugh perdessem dinheiro.

— Não, não. Eu vou ficar bem. Dou uma passada lá mais tarde, depois que terminarmos com as gravações de hoje.

264 **Donna Kauffman** Delícia, Delícia

Era muito cedo, e o sol estava começando a brilhar no horizonte. Como a produção só começava à uma da tarde, o lote estava deserto e todos os trailers estavam fechados e escuros, assim como a praça estivera quando passaram de carro por ela.

Baxter voltou-se para Lani.

— Vamos subir e tentar descansar pelo menos um pouquinho?

— Se tiver um banho no meio disso, sou a favor do seu plano. — Lani estremeceu um pouco sob o leve suéter que estava vestindo. — Quero tirar este cheiro de avião de mim.

— Sei como é. Vem.

Baxter deixou que ela fosse na frente, subindo primeiro as escadas, enquanto ele carregava as malas nos ombros, seguindo logo atrás.

Lani destrancou a porta, ligou o ventilador de teto e acendeu a luz, e depois cruzou o quarto para escancarar a janela, deixando o ar circular um pouco. Precisaria se lembrar de fechá-la novamente antes de descerem para trabalhar, para que o quarto não ficasse abafado quando o sol estivesse alto. Ouviu Baxter colocar as malas no chão, mas, antes que pudesse se virar, ele surgiu atrás dela e deslizou os braços em volta de sua cintura.

Lani soltou um suspiro e apoiou-se nele.

— Gostei de ter ido, mas gostei mais de ter voltado.

Baxter beijou a lateral do pescoço dela.

— Obrigado por ter ido comigo.

— Obrigada por ter me levado. Foi divertido. Gostei de ver aquele lado seu. Foi bem corrido, mas você foi o máximo o tempo todo. Tão paciente, e sempre simpático com todo mundo.

— Todos estavam dando tão duro quanto eu.

— Bom, eu fiquei orgulhosa e feliz por estar lá. — Ela se mexeu e ergueu o olhar para ele por sobre o ombro. — Você acha que algum repórter vai vir atrás de nós?

— Sinceramente, não sei. Acho que não enganamos alguém.

— Pensei a mesma coisa.

— Mas seria legal se respeitarem a nossa privacidade, pelo menos enquanto estivermos filmando.

— Sim, seria.

O clube do cupcake   265

Mas Lani sabia que era melhor esperar o pior. Soltou outro suspiro e apoiou-se novamente nele, que apertou o abraço, como se estivesse sentindo as mesmas coisas.

— Não acredito que já é terça-feira — disse ela, uns instantes depois.

— Eu sei. — A voz de Baxter estava um pouco rouca. Ele virou Lani em seus braços e emoldurou o rosto dela com as largas palmas, inclinando-o na direção do seu enquanto empurrava os cabelos dela para trás. — Não sei como vamos aguentar, Lei.

Ela não tinha que perguntar o que ele queria dizer com esse comentário.

— Nem eu — sussurrou, sentindo um repentino aperto na garganta.

Baxter a beijou, e, embora o beijo tivesse começado gentil e doce, quando Lani jogou os braços em torno do pescoço dele, os dois instantaneamente se tornaram mais intensos e ardentes. Ele levou-a para trás, de encontro à cama, seus lábios grudados enquanto cada um começava a tirar as roupas. Porém, antes que Lani caísse na cama, ele segurou-a em seus braços.

— Baxter, o que você está...?

— Você não queria um banho quente? Já forneceu o chuveiro, então eu providencio a parte quente.

A risada dela rapidamente deu lugar a suspiros de prazer quando Baxter a deixou tocar a ponta dos dedos no piso frio do banheiro e cumpriu o que prometera. Em parte, ao ligar a água e ajustá-la para quente... em parte por despi-la lentamente enquanto o cômodo se enchia de vapor. Só depois de ela estar nua, e ele beijar toda a extensão de seu torso, finalizando com uma doce mordidinha na lateral do pescoço, Baxter a ergueu e os dois entraram no chuveiro.

— Baxter... espera, você não tirou sua roupa...

— Já faço isso. Vem aqui.

A água caiu sobre o casal enquanto ele a puxava junto a si e a encostava nos azulejos. Lani arfou. Os azulejos continuavam mais frios do que a sua pele, apesar do vapor que envolvia o banheiro. A camisa de Baxter estava aberta, o cinto, desafivelado e a calça, desabotoada. Ele estava descalço, mas só isso. Deslizou o corpo de Lani mais para cima na parede.

— Coloca as pernas em volta de mim, Lei — disse, e então tomou-lhe a boca novamente.

Baxter era intenso, insistente, e havia algo naquela situação, nele em pé no chuveiro, ainda vestido, com ela nua e agarrada em seu corpo, que tornava tudo aquilo ainda mais excitante para Lani. Como se ele estivesse tão desesperado por ela, tão louco de desejo, que não conseguisse esperar.

Ela afundou as unhas nos ombros de Baxter e arqueou o corpo, afastando-se dos azulejos enquanto ele passava a boca por seu corpo, descendo por seu pescoço. Empurrou-a ainda mais para cima e passou a língua em um de seus mamilos, e então foi para o outro. Lani se remexeu contra Baxter, gemendo quando o prazer inundou seu corpo, a deixando louca para senti-lo.

Afundou os dedos nos cabelos molhados dele e fez com que mantivesse a boca onde ela queria; o soltou quando Baxter a desceu pela parede, fazendo o caminho inverso com a língua até o maxilar dela, depois voltando à sua boca. Lani tirou a camiseta dos seus ombros, arrancando-a enquanto Baxter atacava sua boca.

Lani respondeu à língua dele, sugou-a, brincou com ela, entregando a sua. Soltou as pernas da cintura de Baxter e, apesar de suas pernas estarem parecendo gelatina, foi dar um jeito naquela calça.

Beijando a lateral do pescoço dela, com a palma da mão sobre um de seus seios, ele conseguiu ajudá-la a tirar o restante de suas próprias roupas.

Lani começou a puxá-lo de volta, mas Baxter a girou de costas. O movimento a deixou surpresa, mas ela estava tão concentrada em sua necessidade de ser preenchida por ele que a sensação primal da posição apenas servia para intensificar o prazer em todas as suas células.

Apoiou-se nos azulejos enquanto as mãos dele cercavam seu quadril e guiavam-na de volta para seu corpo. Ela soltou um gemido, um som profundo que vinha do fundo de sua garganta, enquanto Baxter a penetrava lentamente. Lani se remexeu para que ele chegasse mais a fundo, e foi a vez dele de gemer.

A área do chuveiro era pequena o bastante para que Baxter conseguisse apoiar as costas na parede oposta e deslizar um pouquinho para baixo, curvando os joelhos de forma que Lani quase montasse nele de costas, mas o ângulo era perfeito, e a mulher soltou um gemido quando ele começou a se mover dentro dela. Cada impulso causava uma nova onda de prazer, e a fricção era perfeita quando Baxter atingia pontos que as posições anteriores não haviam permitido.

Lani usava a parede como apoio, impulsionando-se para trás enquanto ele a penetrava, arfando. Já começava a sentir o que ela sabia que seria o clímax mais delicioso que já tivera na vida.

Como que percebendo isso, talvez por senti-la se apertar em torno dele, Baxter inclinou-se levemente para cima, deslizando uma das mãos em volta dela e

O clube do cupcake   267

firmando o quadril com a outra. Deslizou os dedos molhados e escorregadios pelos mamilos de Lani, brincando com eles, fazendo com que soltasse um gritinho de prazer.

Em seguida, deslizou com a mão lentamente para baixo, por cima da barriga dela.

— Ah, *ah!* — arfou ela. — Não sei se consigo…

A ideia dos dedos de Baxter esfregando seu corpo quando já estava tão estimulada que mal era capaz de continuar de pé fez com que Lani começasse a tremer.

— Consegue — disse ele.

E Baxter provou que estava certo. Ela chegou ao orgasmo assim que ele a tocou. Ondas devastadoras e lancinantes de prazer tomaram-na com tanta intensidade que Lani realmente viu estrelas.

Ela mal tinha se recuperado, e continuava tremendo após aquele maremoto de sensações tê-la dominado, quando Baxter a empurrou para a frente. Por instinto, Lani pressionou as palmas de suas mãos contra os azulejos… e empurrou-o de volta.

Ele soltou um grito enquanto a penetrava, e chegou ao orgasmo tremendo intensamente; seu clímax parecia ser tão forte quanto o que tomara conta dela.

Ambos estavam arfando. Lani quase começou a chorar. Baxter saiu de dentro dela, virou-a em seus braços e a levou para o canto oposto do chuveiro, usando seu corpo para protegê-la da água que caía, apertando-a junto a si. Os dois lutavam para manterem-se de pé sem tremer, para conseguirem respirar, e ambos se agarravam um ao outro. Ninguém falou nada. Baxter pressionou a bochecha no topo da cabeça de Lani, e ela apertou a sua ao coração dele, que ainda batia acelerado.

Perdera a noção de quanto tempo ficaram ali, mas, em determinado momento, Baxter esticou a mão atrás de si e desligou o chuveiro. Beijou-a ternamente, de forma tão diferente da ferocidade com que a possuíra, e o coração de Lani se apertou em seu peito. Ela o tomara com a mesma voracidade, e o carinho que sentiam um pelo outro era mútuo.

Baxter pegou toalhas e a secou, envolvendo sua própria cintura com uma delas após esfregar um pouco os cabelos. Carregando Lani em seus braços, levou-a para a cama.

268 **Donna Kauffman** Delícia, Delícia

Os dois arfaram com a frieza dos lençóis contra sua pele ainda úmida e quente, mas Baxter rapidamente puxou-a para junto a si, e eles se aninharam naquele lugar, naquele espaço que já lhes pertencia. Lani se lembrava de Baxter beijando suas têmporas e ela beijando um ponto acima de seu coração... e então, misericordiosamente, o sono tomou sua mente antes que o pouco tempo que ainda tinham juntos fizesse isso.

E, em seus sonhos, viveram felizes para sempre.

CAPÍTULO 18

AXTER DESISTIU DAS VELAS E ENTÃO ARRUMOU OS PRATOS E OS TALHERES SOBRE A TOALHA DE MESA DE LINHO PELA QUINQUAGÉSIMA VEZ. COMO A ÚLTIMA NOITE DOS DOIS CHEGARA TÃO RÁPIDO?

As gravações finais do programa terminaram na noite anterior, seguidas de uma festa de despedida com o bufê do restaurante da Laura Jo, junto com todos os cupcakes que haviam feito naquela manhã. Ele quase não comera o dia inteiro, e ainda estava sem apetite. Não era por causa do banquete da noite anterior nem das longas horas que ele e Rosemary passaram analisando todas as fitas, terminando as tomadas exteriores e certificando-se de que não estavam se esquecendo de nada antes de arrumarem as malas e deixarem Sugarberry para trás.

Ele deveria voltar para Nova York bem cedo na manhã seguinte para mais um fim de semana de entrevistas; depois, se encontraria com a equipe no Texas, na segunda-feira. A produção realmente organizara bem as filmagens no tempo que passaram ali, então esperavam começar a gravar na tarde de terça-feira, no máximo na manhã de quarta. A equipe já teria selecionado e testado as receitas antes de Baxter chegar, se consultando com ele por telefone. Passaria um tempinho com as donas da padaria, mãe e filha. Elas tinham ideias interessantes para sobremesas Tex--Mex. Esse seria o tema do programa no Texas. Ele tinha esperanças de se dar bem com as duas.

De lá, seguiria para o norte, primeiro para o Missouri e depois para Minnesota, e então para a costa oeste do Oregon, em seguida voltando ao sul, para o Arizona. A turnê terminaria com duas paradas no leste, uma no Maine e a outra na região Amish, em Lancaster, Pensilvânia. Então retornariam a Nova York.

E tudo isso sem Leilani.

— Olá! — chamou ela.

Baxter ergueu o olhar e se deparou com Lani descendo pelo caminho entre as dunas.

Para o último jantar deles, decidiram saboreá-lo sob as estrelas, no pavilhão com a pequena mesa de piquenique em que haviam passado aquela primeira noite juntos, caminhando pela praia, quando ambos baixaram suas guardas.

— Está ventando muito para acendermos velas — disse ele, escolhendo um assunto idiota.

Baxter temia que, se chegasse perto de dizer qualquer uma das coisas em que estava realmente pensando, acabaria soando carente e desesperado. Havia prometido a si mesmo que não faria isso. Não pioraria as coisas para ela. Já era ruim o bastante que ele mesmo soubesse como se sentia. E tinha plena certeza de que Lani tinha os mesmos sentimentos. Isso teria que bastar.

— Está lindo! — disse ela sobre a mesa com os pratos bonitos que Baxter pegara emprestado com Alva, junto com os talheres.

— Obrigado. Eu deixei tudo coberto mais cedo. Areia. Quer vinho?

— Adoraria.

Lani sentou-se no banco em frente ao lugar onde Baxter estava parado. Ele serviu uma taça de vinho para si e para ela, acomodando-se em seguida.

Ambos estavam sorrindo, aparentemente relaxados... mas a sensação era de que aquele era o primeiro momento estranho entre eles.

— Lei...

— Bax...

Os dois falaram e se interromperam ao mesmo tempo.

— Diga — pediu ele, tanto para ser cavalheiro quanto para ganhar um pouco mais de tempo para tentar se acalmar e pensar com clareza.

— Não, não é nada... é só que... isto é legal. Que bom que pensou nisto.

Eles já haviam decidido que não passariam aquela noite juntos. Baxter tinha que partir às quatro da manhã e dirigir até Atlanta para pegar seu voo. Os dois sabiam que não descansariam nem um pouco, e parecia ser algo muito cruel a se fazer, partindo na madrugada, depois de mais uma noite sem dormir.

O clube do cupcake   271

A noite anterior tinha sido assim. Eles a passaram juntos, mas não vararam a madrugada conversando, expondo seus pensamentos e sentimentos, tentando encontrar uma maneira de se separar que fosse menos dolorosa. Haviam feito amor loucamente e depois ficaram grudados em silêncio, para depois fazerem amor mais uma vez, repetindo o ciclo até serem forçados a sair do quarto para trabalhar.

Não haviam conversado sobre o assunto, mas, quando Baxter sugerira um último jantar na praia e dissera que era melhor voltar para a pousada dos Hugh depois para fazer as malas… Lani parecera aliviada.

E, embora aquilo tivesse doído, ele a entendia. Baxter se sentia vazio, e fora necessário uma força de vontade fenomenal para se focar no trabalho. Aquilo aconteceria quer ele pensasse no assunto ou não, então optou por não desperdiçar preciosos momentos remoendo o inevitável.

— Qual é o cardápio? — perguntou ela, num tom alegre, talvez animada demais.

— Ah, claro, desculpa. — Baxter ergueu as tampas dos pratos. — Achei que deveríamos ser tradicionais.

— Hummm, eu conheço esse cheiro. É o frango frito da Laura Jo.

— Ã-hã. E a salada de batatas da Alva. Um dos meus chefs contribuiu com os pãezinhos. Eu fiz a salada.

— E dois cupcakes de cheesecake! — disse ela, enquanto ele revelava o interior da pequena cestinha que estava num canto. — Perfeito!

— Também temos limonada e chá.

— O vinho está bom. — Lani demorou até finalmente escolher uma coxa de frango, brincando com a pele. — Tudo parece tão gostoso. Não sei por onde começar.

— Nem eu — disse Baxter, mas não estava olhando para a comida.

Lani sentiu o olhar dele e colocou o frango no prato. Seus olhos se encontraram.

— Eu sei. Eu também não.

— Quer mesmo comer? — perguntou ele.

Ela balançou a cabeça em negativa.

— Tudo parece mesmo muito bom, e o cheiro está incrível. Mas acho que não sentiria o gosto de nada.

Baxter assentiu com a cabeça, cobriu tudo novamente, levantou-se e esticou a mão para Lani.

— Vamos andar na praia?

O sol começava a sumir, fazendo o horizonte distante sobre a água ficar divinamente dourado.

— Claro.

Eles cruzaram as dunas e passaram pelos detritos do mar na areia, e então tiraram os sapatos e enrolaram as pernas das calças. Baxter pegou a mão dela e os dois começaram a descida até a praia.

— Como vamos fazer isso? — perguntou ela.

Ele sabia que Lani não estava se referindo à caminhada.

— Não sei. Acho que o tempo vai acabar resolvendo.

— Eu não quero que acabe agora — admitiu ela.

— Não sei se quero que acabe nunca. — Baxter parou e se virou, puxando-a para que ficasse diante dele, segurando sua outra mão também. — Tem que ser assim, Lei?

— Baxter...

— Eu não estou pedindo pra voltar pra Nova York comigo, mas... temos mesmo que acabar tudo? Por que não continuamos nos falando e vemos no que dá?

— Porque nós podemos nos falar o quanto quisermos, mas isso só vai deixar a gente querendo algo que não podemos ter, e o resultado será exatamente o mesmo. Não quero que as limitações de um lance a longa distância desgastem o nosso relacionamento. Não quero que a gente acabe chateado ou com raiva um do outro. Estamos bem agora. E estes... estes foram os melhores dez dias da minha vida, acredite. — Lani abriu um sorrisinho. — Apesar das filmagens do programa.

Ele também abriu um sorrisinho, só que era quase impossível deixá-lo no lugar. O momento era triste demais, e o charme e o bom humor de Baxter, suas marcas registradas, pareciam tê-lo abandonado. Assim como Lani faria em breve. Só que ele também iria embora.

— Eu me acostumei a conversar com você, a compartilhar o meu dia, a rir de bobagens, além de todos aqueles momentos deliciosos.

— Trabalhamos juntos todos os dias — lembrou ela. — Então havia muito assunto.

— Eu não acho que isso vá mudar, Lei. Quando eu estiver na estrada, vou ter outras histórias, bons e maus momentos, altos e baixos. Sei que vou querer que

O assunto da coluna inaugural da velhinha tinha, de fato, sido eles dois, e a mulher se gabara sobre ter sido a primeira a saber, e a primeira a entreter o chef-celebridade em sua casa. Alva também revelara a verdade nua e crua sobre o torneio de pôquer, o que havia atiçado um ninho de vespas, resultando em ainda mais uma noite na prisão para Dee Dee e Laura Jo. Nem sangria nem cupcakes Vulcano estavam envolvidos dessa vez, até onde Baxter sabia, mas um cara chamado Felipe parecia estar metido no meio.

Se isso não fosse o suficiente, dois fotógrafos e um repórter tinham aparecido na cidade um dia depois de Baxter e Lani voltarem de Los Angeles, querendo descobrir mais sobre o chef e sua ex-funcionária. A cidade ficara do lado deles e não dera um pio sobre o assunto, escondendo o casal, e o xerife Trusdale praticamente colocara os três caras para fora da ilha. Mas não antes de Alva ter conseguido seu furo jornalístico, é claro.

Lani balançou a cabeça, sorrindo por um breve instante.

— Às vezes é melhor não saber.

— Faz sentido, mas os textos dela atiçam a curiosidade. Pelo menos a minha.

Lani olhou para Baxter enquanto o vento chicoteava as mechas de seus cabelos por seu rosto. Ela colocou uma das mãos na testa para bloquear os raios do sol que sumia no horizonte, impedindo que atingissem seus olhos.

— Vou ficar com saudade das nossas conversas também. E vou sentir falta da equipe, apesar de nunca mais na vida querer ouvir as ladainhas da Rosemary. Eu conheci todo mundo, ouvi histórias das suas famílias e… bom, é estranho as pessoas irem embora. A confeitaria vai ficar tão silenciosa sem aqueles equipamentos, só comigo e os meus cupcakes.

— Eu achava que você estava louca pra voltar a ter paz.

— Estava. Vou ficar com saudade de todo mundo, mas sinto falta de ter o meu espaço. Você se sente assim com a sua cozinha no set? Afinal, aquela cozinha é só sua. Ou se sente assim com a do Gateau?

Ele assentiu com a cabeça.

— Talvez não seja igual a você com a confeitaria, mas, sim, eu sinto falta de cozinhar sozinho e não para a câmera.

— Você faz bolos na sua própria cozinha? Na sua casa?

Baxter balançou a cabeça em negativa.

— Não. Quando eu passava algum tempo sozinho, geralmente era no Gateau, depois do expediente. Acho que lá é o lugar que mais chega perto de um lar para mim.

— É como me sinto com a minha cozinha aqui. Mas, agora, com a Charlotte aqui, e a Alva, e a Dre… todas nós cozinhando no meu chalé mudou um pouco isso. Ele agora tem mais cara de casa.

— Que bom — disse ele. — Também queria isso. Encontrar um lugar, um lar.

— Mas não se sente assim sobre Nova York? Achei que toda aquela energia combinasse com você.

— Combinava. Combina. Eu acho. Não consigo me imaginar vivendo sem aquele clima, não totalmente. Mas, é verdade, passar um tempo aqui, onde as coisas não são tão corridas, onde não existe aquela pressa pra tudo, foi bem legal. Isso… me acalmou, acho. Acabei descobrindo que é bom fazer uma pausa, sair daquele caos. Estou mais feliz. Mais satisfeito.

— Ótimo! — Havia sinceridade na voz de Lani. — Que bom que nós dois tiramos alguma coisa legal disso tudo além de passarmos um tempo juntos.

— Mas o problema é este, Lei. Não consigo separar a felicidade que eu sinto aqui dos meus momentos com você. Está tudo interligado.

— Existem praias em Nova York. Você podia comprar uma casa nos Hamptons.

— Não sei se sentiria a mesma paz, ficando lá sozinho.

— Talvez você não fique sozinho pra sempre.

— Não fala assim.

— Por quê? Talvez esta seja outra coisa que podemos tirar disto; saber como é bom nos conectarmos com alguém, ser parte de algo maior que nós mesmos, que nossos trabalhos.

— Acha isso mesmo? Quer sair por aí procurando uma conexão assim? Com outro cara?

— Não. — Lani esticou uma mão e tocou a bochecha de Baxter, deixando o vento balançar seus cabelos novamente. Mas continuou olhando nos olhos dele. — Nunca vou encontrar de novo o que nós temos. Ninguém tem tanta sorte duas vezes. Acho um milagre ter encontrado uma vez.

O Clube do Cupcake   275

Baxter cobriu a mão quando ela fez menção de tirá-la.

— Então não joga tudo no lixo.

Algo intenso, forte e… possessivo brilhou nos olhos de Lani, e o coração dele imediatamente ficou esperançoso, mas então seu olhar se voltou para baixo, e ela afastou a mão.

— Se tivesse um jeito de ficarmos juntos, sem nos perdermos pelo caminho, sem abrir mão de quem nós somos… sabe que eu tentaria. — Lani olhou para cima. — Mas não dá pra ser assim. Amanhã, tudo acaba. As coisas vão mudar, quer a gente queira ou não.

Baxter olhou para o outro lado então, se esforçando para se controlar.

— Desculpa. Eu não devia insistir. Sei que a escolha não foi só sua. Mas sou teimoso, você sabe, e odeio desistir das coisas.

— Não estamos desistindo. Aproveitamos o que pudemos. Agora é só encontrarmos um jeito de ficarmos felizes pelo que tivemos.

— Mas eu estou feliz, Leilani. Não me arrependo de nada, de nenhum segundo.

— Ótimo. Podemos começar por aí.

Lani virou-se e começou a voltar pela praia. Baxter ficou observando-a caminhar alguns passos e depois fechou os olhos, se perguntando como aguentaria acordar todos os dias da sua vida sabendo que não a veria.

E que não estaria deitada ao seu lado, dormindo. Sorrindo para ele enquanto o acordava da melhor maneira que uma mulher poderia acordar um homem. Guiando-o até o chuveiro. Fazendo biquinho quando eles tinham que sair para trabalhar. Sorrindo novamente enquanto tentava convencê-lo a ficar mais cinco minutos na cama.

Revirando os olhos enquanto estragava, pela vigésima vez, a parte mais simples da receita. Dançando na cozinha quando achava que não havia ninguém olhando. Cozinhando com Charlotte e dando risada de coisas que apenas elas duas entendiam.

— Eu não sei como fazer isso — disse a si mesmo. — Não posso começar, porque isso significa deixar você pra trás.

Ela não poderia ter ouvido, pois estava afastada demais na praia, mas parou de caminhar e se deu conta de que ele continuava parado no local onde o deixara.

Virando-se para trás, Lani esperou uns poucos segundos e então voltou até onde Baxter estava, parando na frente dele e erguendo o olhar para seu rosto… mas não disse nada.

276   **Donna Kauffman** ⌂ Delícia, Delícia

Ele esticou a mão, prendeu uma mecha dos cabelos dela, despenteados por causa do vento, atrás de sua orelha. E as palavras simplesmente saíram.

— Eu te amo, Leilani.

A expressão dela pareceu desmoronar por um instante, mas então se recompôs, embora seu lábio inferior tremesse de leve.

— Eu também te amo, Charlie Hingle Baxter Dunne.

Ele esticou a mão para Lani, mas ela rapidamente recuou um passo.

— Não — disse, e Baxter ouviu a emoção profunda em sua voz. — E não me faça ser a vilã da história. Não é justo. Isto já é difícil o bastante para nós dois.

— Tem razão. Não é justo. — Ele soube, naquele instante, exatamente como era perder algo tão vital, tão essencial, que não sabia como conseguiria sobreviver. Seu coração estava em pedaços; era um sofrimento insuportável. Baxter achou que a dor o faria perder as forças até de continuar de pé. — Então vou fazer o que preciso, mas quero que você saiba de uma coisa, Lei. Eu me importo com você. Eu amo você. E não importa o que aconteça, isso não vai mudar.

Então, se virou e partiu.

CAPÍTULO 19

EILANI PEGOU O SACO DE CONFEITAR CHEIO E MIROU NA PRIMEIRA FILEIRA DE CUPCAKES. O SOM ESTAVA TOCANDO A MÚSICA TEMA DE *MISSÃO IMPOSSÍVEL* NO ÚLTIMO VOLUME. ELA FEZ UMA CARETA QUANDO O *RIFF* DE ABERTURA FOI CRESCENDO ATÉ CHEGAR À BATIDA DO refrão. Ao que parecia, seria mesmo uma missão impossível, porque não estava se sentindo nem um pouco melhor sabendo que tinha duzentos cupcakes para rechear ou colocar cobertura antes de abrir a confeitaria naquele dia.

— Nada de bolinhos pra você.

Grande novidade.

Lani sentiu o celular vibrando em seu bolso. Havia apenas uma pessoa que poderia estar ligando para ela tão cedo assim pela manhã. Colocou de lado o saco de confeitar, clicou no botão de mudo no controle do aparelho de som e então colocou o telefone no viva voz.

— Bom dia, Charlotte.

— E aí? — foi tudo que disse sua amiga. Só duas palavras, mas carregadas de expectativas.

Lani sabia exatamente a que ela estava se referindo.

— Eu te falei ontem, não vai acontecer. Ele não vai ligar.

— Que idiota! — disse Charlotte. — Eu sei que eles voltaram pra casa ontem, depois de filmarem em Lancaster. Bom, o Baxter voltou. O Carlo volta amanhã. Ele foi visitar a mãe primeiro. Achei que…

278 *Donna Kauffman* 🐚 Delícia, Delícia

— Você achou. Mas eu sabia. Nós não conversamos, Char. Trocamos mensagens de texto. Enviamos e-mails. Mas nunca conversamos. Somos... amigos de correspondência. Amigos.

A resposta de Charlotte a isso foi tão suja que até mesmo Lani ficou chocada.

— Você acabou de dizer...?

— Falei mesmo. Uma coisa era quando ele estava na estrada, e vocês dois ficavam com esse joguinho bobo...

— Não é um joguinho bobo.

Certo, definitivamente era um jogo, admitiu Lani, *mas não havia nada de bobo nele.* Era tudo culpa sua. Fora ela quem dissera que não deveriam se comunicar de forma alguma, mas fora a primeira a ceder. Conseguira aguentar por três dias inteirinhos. Então, enviara uma mensagem de texto. Só para saber se tinha chegado bem no Texas. Ou fora isso o que Lani dissera a si mesma. E para agradecer por ele ter sido forte o bastante pelos dois, indo embora e colocando um ponto final na situação, do jeito certo, para que conseguissem ficar numa boa. Para que pudessem seguir em frente. Ele havia respondido à mensagem com outra, dizendo que estava bem e que era bom saber dela.

E assim foi. Os dois trocavam mensagens bobas falando sobre o que estava acontecendo. Nunca nada de pessoal, nada emocional. Apenas... duas pessoas, dois amigos... entrando em contato um com o outro. Ela enviara por e-mail uma cópia escaneada de um dos artigos mais... polêmicos de Alva, ao que ele respondera com um anexo de sua participação no Letterman fazendo o Top 10. Ela enviara a foto da primeira página do jornal local com o anúncio do noivado de Laura Jo e Felipe. E ele respondera com fotos de algumas das mais estranhas sobremesas regionais que Lani já vira na vida... junto com fotos de coisas tipo "Maior Novelo de Lã" e "Maior Marmota Norte-Americana do Mundo", que ele encontrava enquanto cruzava o país em seu ônibus de turnê chique.

Amizade. Uma boa amizade. Lani estava orgulhosa de si mesma pela forma tão madura como os dois estavam agindo, e foi isso o que disse a Charlotte.

— Nós estamos sendo adultos sobre isso. Pegando a parte boa do que tivemos aqui, a parte que podemos usar.

— Então por que é que dois adultos maduros não podem conversar no telefone?

O clube do cupcake   279

Lani não respondeu a essa pergunta, porque qualquer coisa que dissesse soaria tão tosca em voz alta quanto em sua cabeça. Em momento algum eles haviam dito que telefonemas eram proibidos. Só… nunca ligavam um para o outro.

Enquanto se tratasse apenas de palavras ou fotos em uma tela, sendo que nada disso incluía algo pessoal, tirando a participação dele no Top 10, Lani conseguiria lidar com essa história de amizade. Era melhor do que perdê-lo para sempre. Ainda bem que ninguém lhe mandara nenhuma fita dos episódios deles, ou Lani teria a assistido até cansar. Todos os dias. E todas as noites. Assim, simplesmente poderia sorrir com as mensagens de texto, sentir-se próxima e… não pensar no resto.

— Só que você não dorme bem, não está comendo direito e não parece estar aproveitando sua vida.

— Eu curto a minha vida, sim. Amo a minha vida. Isso é algo que não mudou, graças a Deus.

— Você usa sua vida aí como um escudo. Mas não acho que isso seja muito saudável.

Lani ficou em silêncio. Charlotte também. Por fim, Lani finalmente deixou escapar tudo que a enlouquecia havia nove longas semanas.

— Eu sinto falta dele, Char. Sinto tanta falta dele que mal consigo aguentar. É como se tivesse parado de respirar direito. É como se eu só conseguisse absorver o mínimo de ar que preciso pra sobreviver. — Ela suspirou, tremendo. — Pronto. Falei.

— Que bom. E o que você vai fazer agora?

Não se deu ao trabalho de fingir que não tinha pensado muito no assunto. Era tudo em que pensava.

— Eu… eu não sei. Não exatamente. Não quero desistir da confeitaria, mas também não quero ser amiguinha por correspondência do Baxter. Não acho que vou conseguir aguentar por muito mais tempo. Então, ou eu corto isso…

— Ou…?

Lani respirou fundo, e depois falou tudo de uma vez.

— Ou… fecho a confeitaria e me mudo de volta para Nova York. Eu não quero ser dona de um lugar aí, mas estou pensando em começar a trabalhar com bufê. Sei que vai ser devagar no início, e não posso sair daqui antes de resolver as coisas, então vou ter tempo de agendar serviços e já começar bem.

Ela prendeu a respiração, esperando ouvir os gritinhos agudos de alegria que com certeza viriam. Afinal, isso significava que também estaria voltando para Charlotte.

Em vez disso, seu anúncio foi seguido por um total e ensurdecedor silêncio.

— Você ouviu o que eu disse?

— Ouvi, sim. Mas pareceu tão triste. Como uma mulher indo para a forca.

O sotaque de Charlotte estava se tornando mais pronunciado enquanto a conversa entre as duas prosseguia, e Lani sabia que a amiga estava mais chateada do que deixava transparecer.

E o pior era que... Charlotte estava certa. Lani não sentia nem um pingo de animação com a ideia. Mas isso era tudo que tinha.

— Bom, que diabos você quer que eu faça então?

— Sendo egoísta, eu queria mesmo ouvir essas exatas palavras... mas com vontade. Como eu posso ficar feliz por falar "eu bem que avisei" se você continua se sentindo arrasada?

Lani sorriu ao ouvir isso, mesmo estando ainda chateada.

— Bom, você tem razão, eu não estou superanimada com a ideia, mas fico me dizendo que estar com o Baxter vai tornar tudo melhor. Eu odiava estar no set, em frente às câmeras, e ele tornou aquilo divertido. Talvez faça eu me sentir animada com o bufê. Ou com a ideia de virar chef particular. Não sei. Não me importo com o que vou fazer. Só precisa dar certo. Só precisamos ficar juntos.

— E Sugarberry? Eu não estou falando da confeitaria, mas da...

— Eu entendi. — Lani soltou um suspiro e se apoiou na bancada. — Eu não sei, Char. Só sei que estou me sentindo péssima aqui sem ele, então pelo menos quero... preciso... tentar ficar longe daqui com ele. Não sei o que mais poderia fazer. — Ela deu um pulo quando ouviu alguém batendo na porta dos fundos. — Ah, droga, agora, não!

— O que foi? — perguntou Charlotte.

— Tem alguém batendo na porta. Cedo assim, só pode ser a Alva. Desde que ela começou a escrever a coluna, conseguiu que o Dwight lhe desse uma mesa no jornal. Acho que ela chega todos os dias de madrugada. Arrumou até uma viseira com estampa de jornal, só que lavanda.

— Alva não anda fazendo bolos na sua casa depois do expediente? Como uma mulher da idade dela vive ligada na tomada?

O clube do cupcake   281

— Eu não sei, mas, se ela quisesse vender o segredo, morreria rica! E eu seria a primeira a pagar. Mais tarde te ligo.

Lani desligou o telefone e enfiou-o de volta no bolso.

— Estava destrancada. Espero que não tenha problema eu ter entrado.

Ela girou tão rápido que teve que se segurar à bancada para não perder o equilíbrio e ir parar direto no chão.

— Baxter?

Ele sorriu, mas o sorriso não se refletia em seus olhos.

— Quem mais invade a sua cozinha antes de o sol nascer? Devia parar com isso, eu sei.

O coração dela estava batendo tão rápido que parecia interferir em sua habilidade de processar o que seus olhos viam. Porém, até mesmo assim, Lani escutara o sotaque dele ficando mais forte.

— O que houve? Aconteceu alguma coisa? Alguém se machucou? Está tudo bem com você?

Então o sorriso dele se alargou, dando lugar ao que era a sua marca registrada.

— Não, não, querida, não se preocupa. Nós estamos bem. Todo mundo está bem. — Ele se movia de um lado para outro, inquieto, alternando o peso do corpo entre as duas pernas. — Bom, nem tanto. Eu não estou bem. Não estou nem um pouco bem.

— Baxter…

— Eu sei que a gente concordou. Sem futuro, sem jeito de dar certo. E você nem sabe o quanto eu fiquei feliz quando resolveu manter contato. Isso foi a única coisa que manteve a minha sanidade, acho. Mas é… não sei se consigo…

— Eu também não sei se consigo — disse Lani, terminando a frase para ele. — Isso estava me ajudando a aguentar, mas acho… acho que só está deixando o meu coração mais apertado, Baxter. Não dá pra ser só sua amiga. — A voz dela falhou nesta última parte.

— Eu sei — disse ele. — Comigo é a mesma coisa.

Naquele instante, Lani sabia qual era sua escolha. Ela amava Sugarberry, amava seu pai, amava a confeitaria e todos os seus clientes, só que amava Baxter mais. Como não percebera antes aquilo que, naquele momento era tão, tão óbvio?

— Bom, estava pensando — começou a dizer, para o caso de ele ter aparecido para falar que estava tudo acabado e não haveria mais mensagens de texto nem e-mails. Apesar do que, Baxter poderia simplesmente ter parado de escrever. Não poderia? Lani tentou impedir que seu coração saísse do peito de tão forte que batia, mas não conseguiu controlar o tremor saía em sua voz. — Pra falar a verdade, acabei de dizer isto à Charlotte. Eu... eu estou pensando em voltar pra Nova York. Trabalhar com bufê. Talvez ser chef particular. Não sei. Vou demorar um pouco até conseguir me mudar, preciso ver se posso quebrar o meu contrato de aluguel, essas coisas. Mas...

— Você não quer voltar, quer? — questionou Baxter.

Lani nunca o ouviria falar assim tão a sério. Também não conseguia ler as emoções no rosto dele, o que era estranho. Na verdade, o homem parecia meio inexpressivo naquele instante.

— O que eu quero... — Ela respirou fundo e simplesmente colocou tudo para fora. — O que eu quero é você. E você está em Nova York. Eu sempre vou amar Sugarberry, mas meu pai mora aqui, então vou ter uma desculpa pra vir visitar nos feriados e essas coisas.

— Você disse que contou à Charlotte. Mas contou a ele?

— Ao meu pai? Não, ainda não.

— Que bom.

Ela sentiu seu coração murchando dentro do peito.

— Ah.

Baxter cruzou a cozinha, e Lani teria se afastado do toque dele se tivesse previsto o movimento súbito. Já era difícil o suficiente simplesmente olhar para o homem enquanto ele recusava a sua oferta. Tocá-lo seria uma tortura.

— Que bom, porque arranjei um problema e queria que você ajudasse.

— Como assim?

— Nós terminamos de gravar a próxima temporada.

— Eu sei — disse Lani, confusa. — Falamos sobre o assunto nas mensagens. O tempo todo.

— Sei. Bom, surgiu uma oferta, e fiquei empolgado, mas vamos precisar aumentar o intervalo entre as temporadas... Já estávamos pensando nisso de qualquer forma. Nós começamos com duas por ano porque era uma boa maneira de lançar o programa e chamar atenção, mas agora já conquistamos o público. Resolvemos filmar as temporadas mais longas e fazer apenas uma por ano... o que me daria tempo pro outro projeto.

— Que seria...?

— Querem que eu faça uma série de livros de receitas. Um para os meus telespectadores, com receitas que possam tentar fazer em suas próprias cozinhas. E outro ensinando o pessoal de casa a virar chef, mas em termos leigos. Também vou fazer um livro de receitas baseadas nas paradas da turnê, mas a editora quer ver como os outros dois se saem antes.

— Isso é... isso é incrível! — disse Lani, surpresa, mas animadíssima por ele. — Vai ser o máximo! É algo perfeito para você.

— Eu também achei. O lance é que... eu preciso de uma cozinha.

— Você tem várias.

— Uma cozinha particular. Uma em que eu possa testar as receitas e resolver o que vou incluir nos livros, como passar as receitas para o papel. Tenho seis meses pra começar, talvez terminar um deles antes de precisar filmar a próxima temporada.

— Seis meses — repetiu ela, enquanto seu coração batia descompassadamente. — Então... o que você está dizendo, Baxter?

Ele estava parado bem perto dela, mas tocou suas bochechas com aquelas mãos grandes e quentes que Lani achava que nunca mais sentiria novamente.

— Estou dizendo que quero usar a sua cozinha. No seu chalé, ou eu poderia instalar uma lá em cima. Não me importo com onde seja, mas preciso de espaço, de paz e tranquilidade, e preciso de você. Do meu lado.

— Pra ajudar com os livros de receitas?

— Pra me ajudar a respirar — disse ele. — Lei, eu não consigo mais respirar direito. Parece que estou me afogando. Preciso de você na minha vida. Foi ruim da primeira vez, quando você saiu de Nova York, mas agora... eu não consigo respirar.

— Eu... eu acabei de dizer a mesma coisa. Pra Charlotte.

Pela primeira vez, os olhos dele brilharam, e aquele sorriso de sempre apareceu em seu rosto.

— Você vai me deixar voltar pra sua vida?

— Baxter, você nunca saiu dela!

Ele a pegou nos braços e a girou pela cozinha.

— Espera, espera... — disse Lani, rindo, louca de felicidade. — Eu estou... não estou entendendo. Você só vai ficar aqui por seis meses? Porque...

— Não. Eu tenho seis meses longe do estúdio. Depois vou precisar filmar o programa, o que vai levar cerca de três meses.

— Então vai voltar pra Nova York.

Baxter balançou a cabeça em negativa.

— Nós alugamos um lugar ótimo. Em Savannah. Ou vamos alugar. O pessoal está conversando com os proprietários sobre isso. É uma casa de fazenda com uma cozinha incrível, e filmaremos o *Hot Cakes* lá.

— A equipe inteira vem pra Geórgia?

Lani piscou, incapaz de acreditar no que estava ouvindo.

— Não, não. Alguns serão realocados. Eles que decidem.

— E o Carlo? — quis saber ela, pensando que seria cruel que conseguisse Baxter de volta, e Charlotte perdesse Carlo.

— Ele que sabe, mas não acho que vai querer se mudar. Vai poder voltar pro Gateau, se quiser.

— Que bom, que bom, então... — Lani mal conseguia pensar direito. — Então... quando?

— Duas semanas é cedo demais? Nós temos a pós-produção pra finalizar, e eu ainda preciso dar umas entrevistas. Quando começar a filmar a próxima temporada, vou ter que fazer isso de novo, então vou passar um tempo fora, mas talvez você consiga arrumar alguém pra cuidar da confeitaria, para poder vir junto e...

Lani agarrou o rosto dele e o beijou. Então deu um pulo e envolveu a cintura dele com as pernas, e beijou-o novamente. Baxter a abraçou apertado.

— Isso é um sim? — perguntou, mesmo sem fôlego enquanto a girava.

— Sim! Sim, sim, sim! Não consigo acreditar que isto está acontecendo. Não acredito que a solução tenha caído do céu!

— Eu posso ter dado um empurrãozinho...

Lani voltou a olhar para Baxter.

— Os livros de receitas? A ideia foi sua?

Ele deu de ombros.

— Talvez eu tenha sugerido a ideia para o meu agente, que começou a ver se alguém se interessava nela enquanto eu estava na estrada.

— Você é brilhante! — Lani o fez rir ao imitar o sotaque dele. — Espera, está disposto a sair... não vai sentir falta de Nova York? E quanto ao Gateau?

— O Gateau continua sendo meu. Enquanto estiver aberto, vai ser meu. Mas ele já funciona sem mim faz um tempinho. Eu posso controlar as coisas daqui que nem faço em qualquer outro lugar. Vou vender a casa. Não vou sentir falta dela.

O clube do cupcake   285

Mas ainda vou com frequência pra Nova York, pra reuniões, entrevistas, e pro Gateau, quando precisar.

— Mas não é a mesma coisa que morar na cidade, cercado por toda aquela energia...

— Você é a minha energia. Eu aprendi nos últimos meses que consigo viver sem a cidade. É aquilo que eu disse, a viagem pelo país abriu os meus olhos pra tantas coisas, coisas que eu nunca tinha experimentado, que nem sabia que existiam. E, sim — acrescentou ele, com um tom seco —, algumas preferia ter continuado sem saber.

Baxter deixou que os pés dela fossem para o chão, e depois a puxou para os seus braços.

— Mas uma coisa que achei legal e, na verdade, me impressionou, foi a forma como cada um dos donos das confeitarias e padarias que conheci valorizavam, acima de tudo, seus lares, suas famílias e suas comunidades. E é por causa disso que eles se deram bem na vida.

— Mas você se deu bem na vida, Baxter.

— Em termos de trabalho, sim, mas aqui — ele puxou a mão dela para junto de seu peito e colocou-a sobre seu coração —, não. Eu sei o que você tem nesta ilha. Eu vi. Vivi isso. O pouco tempo que passei aqui foi suficiente pra começar a me importar com as pessoas. Senti falta delas.

— A sua equipe é como se fosse a sua família.

Baxter balançou a cabeça em negativa.

— Eu me importo bastante com as pessoas que trabalham pra mim, mas, com algumas exceções, são poucos os que continuam com o programa por muito tempo. Não porque não querem, mas porque se trata de um mercado bastante instável. Você viu isso em Nova York. Tenho esperanças de que parte do pessoal que está comigo desde o início do programa, e até mesmo os que vieram antes, do Gateau, queiram vir pra cá. Seria bom se achassem que aqui é um lugar melhor pra criarem suas famílias ou começarem uma. Eu não sei. — Baxter acariciou o rosto dela. — Só sei que minha família, minha base... é você. E quero te ter na minha vida. Quero ver o que podemos fazer juntos. Eu já sei que não fico bem sem você. Eu te amo, Leilani.

— Eu também te amo. — Lágrimas caíam dos cantos dos olhos dela, mas eram de alegria. De muita alegria. — Eu não consigo acreditar nisso! Vou poder ficar com os cupcakes e com o homem dos meus sonhos!

RANCO... NÃO. VOCÊ NÃO PODE COLOCAR ISSO AÍ NA FRENTE DA CONFEITARIA. ELES SÃO COMPLETAMENTE... ERRADOS.
— MAS EU ENCONTREI AS FORMAS NA SUA COZINHA, *MA CHÉRIE*.

— Foi mesmo — disse Alva. — Na última sessão de boloterapia.

— Charlotte... — começou a dizer Lani, ao que a amiga ergueu as mãos.

— Eu não tomo conta dele. Não sou babá de ninguém!

— Essas formas eram suas — lembrou Lani.

— Acho que deveria colocá-las lá na frente — disse Alva. — Pra animar um pouquinho as coisas. Mas... não coloca a cobertura branca — avisou a Franco. — Não deveria ser cor-de-rosa? Sabe... cor de pele?

Lani achou que acabaria se engasgando.

— Tá, querem saber? Eu não me importo de fazer o Clube do Cupcake na confeitaria, já que não cabemos mais na cozinha do chalé, mas criei uma nova regra. O que acontece no Clube do Cupcake...

— Fica no Clube do Cupcake — recitaram os outros, mas nem todos soavam tão entusiasmados com isso.

"Os outros" agora consistiam em Charlotte, Franco, Alva, Dre e a última adição ao clube, Riley Brown, ex-estilista de comida de uma revista de culinária de Chicago que Lani pegara rearrumando suas vitrines umas semanas antes. Ela não sabia exatamente ao certo como Riley acabara virando parte do Clube do Cupcake, mas já havia tempo que desistira de controlar o que acontecia em sua vida.

288   **Donna Kauffman** 🍰 DELÍCIA, DELÍCIA

Tinham se passado dez meses desde que Baxter fizera dela a mulher mais feliz do mundo, um favor que Lani se esforçava todos os dias para retribuir. Carlo decidira acompanhar Baxter, o que fizera Charlotte acompanhar Carlo. Eles foram morar juntos em Savannah, onde Char abrira um bufê, que estava indo muito bem por sinal. E agora que fazia um calor de lascar, a amiga estava, na verdade, radiante. O calor e a umidade sufocantes lembravam-na das partes boas de sua infância em Nova Déli que ela havia esquecido... o que surpreendera Lani, apesar de achar isso ótimo.

O assistente de produção, Brenton, também havia acompanhado Baxter até o Sul, levando consigo seu comprometido parceiro, Franco, que, ao contrário de Charlotte, odiava o calor e a umidade com todas as fibras de seu grande ser, e dizia isso a qualquer um que quisesse ouvir. Mas ele estava completamente apaixonado por seu parceiro, então os dois haviam dado um jeito para que isso funcionasse, e viajavam para Nova York sempre que possível. Franco também era sócio de Charlotte no bufê.

Juntos, eles estavam transformando a vida de Lani em uma loucura novamente, mas na melhor forma possível. A confeitaria era um sucesso. A temporada do *Hot Cakes* apresentando a Cakes By The Cup tinha ido ao ar, e Lani estava, definitivamente, colhendo os benefícios disso. Baxter acabara seu primeiro livro de receitas, depois de uma pausa para filmar a quarta temporada do programa. Havia demorado mais do que previra, mas todo mundo estava animado com o resultado. No momento, estava em Nova York para discutir o layout e a arte da capa do livro, além de escolher fotos dentre as zilhões que tinham sido tiradas durante a fase de testes.

Lani conversara com Baxter sobre talvez usarem os serviços de Riley para cuidar da aparência das comidas do próximo livro. Já que a mulher estava em Sugarberry, parecia mais fácil usar seus serviços do que chamar alguém de Atlanta ou de Nova York sempre que quisessem tirar mais fotos. Lani tinha dado uma olhada no trabalho dela, e era incrível. Só não sabia se Riley aceitaria. A mulher ainda não contara a sua história, mas sabia que acabaria soltando em algum momento. O Clube do Cupcake arrancaria isso dela.

— O que você acha, mademoiselle Alva? — O sotaque francês de Franco sempre estava ligado no modo INTENSO quando estava junto com a senhora.

A velhinha simplesmente adorava Franco e não entendia muito bem todo esse lance de sotaque falso... o que tornava tudo aquilo ainda mais divertido.

— Um pouco mais cor-de-rosa, querido. — Alva olhou de relance para ele. — Ou mais marrom, talvez? — A mulher franziu a testa, e depois deu de ombros. — Já faz um tempinho.

— Algumas coisas a gente não esquece — respondeu Franco com uma piscadela.

Ela sorriu, tímida, e pareceu ficar mais radiante.

— Mais cor-de-rosa então — foi tudo que disse.

— Mas o que é isso?

Baxter! Lani girou, saiu correndo pela cozinha e pulou nos braços dele, que a abraçou apertado e deu-lhe um beijo intenso.

— Eu senti sua falta, querida.

— Você só ficou fora por dois dias! — comentou Charlotte.

— Você beija o Carlo desse jeito todo dia — comentou Franco.

A amiga apenas sorriu, encabulada, muito como Alva tinha feito.

— Eu acho lindo — disse a senhora. — Se vocês são jovens e estão apaixonados, não há por que esconder. Seja bem-vindo ao lar.

— Obrigado — disse Baxter. — É bom estar de volta.

Lar, pensou Lani, sabendo que aquilo era verdade.

— Pensei que você só voltaria à noite.

— Eu consegui um voo cedo, quis fazer uma surpresa. Mas aquilo ali é mesmo...

Lani afastou-o da bancada.

— O que acontece no Clube do Cupcake...

— Fica no Clube do Cupcake!

Todo mundo ergueu uma espátula, um saco de confeitar, batedeiras ou um cupcake em solidariedade.

— É verdade — disse Lani a ele. — E, de qualquer forma, você não ia querer saber mesmo.

— Talvez eu queira, mas agora... — Ele a pegou no colo. — Vocês podem ficar sem sua líder por algumas horinhas?

Outra saudação de sacos de confeitar e batedeiras foi a resposta.

— Maravilha.

Lani começou a colocar o saco de confeitar na bancada mais próxima, mas Baxter a interrompeu.

— Não, pode trazer.

290 **Donna Kauffman** Delícia, Delícia

Ele arqueou as sobrancelhas. As bochechas de Lani ficaram vermelhas como um tomate, mas o restante da sala soltou gritinhos.

— E o que acontece na casa Dunne fica na casa Dunne — avisou Lani.

— Mas você vai nos contar, não é, querida, como ficou a cobertura? — quis saber Alva.

— Ora, ora. A gente nunca confeita um cupcake e sai contando por aí — disse Baxter. — E, Franco? Pode colocar um cor-de-rosa mais escuro.

Lani ainda estava dando risada quando Baxter a carregou pela porta dos fundos.

O clube do cupcake   291

Quer levar para casa um pouco da doçura da Cakes By The Cup? Experimente a receita original de Donna Kauffman para os *Cupcakes de Pão de Mel*.

2 xícaras de farinha de trigo

½ colher de chá de fermento

1 colher de chá de bicarbonato de sódio

1 colher de sopa de gengibre em pó

2 colheres de chá de canela em pó

¼ de colher de chá de cravos em pó

⅛ de colher de chá de noz-moscada

1 pitada de sal, o mínimo possível, até ¼ de colher de chá (a gosto)

½ xícara de manteiga sem sal derretida

¾ de xícara de açúcar mascavo

2 ovos grandes

½ xícara de mel

1 xícara de água

1. Preaqueça o forno a 180°C. Forre uma forma de muffin de 12 com forminhas de papel.

2. Peneire a farinha, o fermento, o bicarbonato de sódio, o gengibre, a canela, os cravos, a noz-moscada e o sal em uma tigela separada, e reserve.
   (*Observação*: Acho que o sal só serve para destacar os sabores, então uso cerca de ⅛ de colher de chá, mas outras pessoas preferem usar mais. Então, adicione-o a gosto, até ¼ de uma colher de chá.)

3. Para evitar que o bolo fique pesado demais por bater os ingredientes além da conta (o que eu aprendi — provavelmente da maneira mais difícil — é que isso ativa o glúten na farinha, criando bolos densos, que não ficam muito leves ou molhadinhos, mas são ótimos pesos de papel, e o cheiro realmente é maravilhoso), use este truque que aprendi com meu namorado da TV, Bobby Flay: em vez de usar uma batedeira elétrica, misture à mão todos os ingredientes secos (da etapa 2). Em uma tigela separada, bata o açúcar mascavo e a manteiga derretida, junto com os ovos e o mel, tudo ao mesmo tempo, até que estejam bem misturados. Não bata demais. (A menos, é claro, que você queira pesos de papel com cheirinho doce.)

4. Alterne entre adicionar a água, a farinha e os temperos peneirados com os ingredientes molhados, mexendo-os com delicadeza, até que fiquem bem misturados. A massa deve ficar lisa, um pouco cremosa por causa dos ovos.

5. Divida a massa igualmente entre as 12 forminhas de papel. Bom, você sabe que odeio fazer contas. Então vou admitir que usei uma colher de sorvete, dessas que têm um cabo apertável (um termo supertécnico!) e coloquei uma colher da massa em cada uma das forminhas. Usando esse método, em vez de 12, minha massa rende cerca de 15. A sua pode variar.

6. Leve ao forno por 18 a 20 minutos. O bolo deve ficar firme, ou você pode fazer o teste do palito de dente. Ou os dois. Só não deixe queimar. Eu começo a verificá-los depois de 15 minutos, mas os meus sempre levam cerca de 20 minutos para ficar prontos.

7. Deixe que esfriem durante 10 minutos e depois os remova das formas, e deixe que esfriem mais antes de colocar a cobertura. Se você for como eu, pode haver um ou dois cupcakes a menos para cobrir na hora em que esta etapa superimportante tiver acabado. É claro que, se você for um confeiteiro dedicado, vai querer fazer um teste de degustação antes de misturar o sabor do pão de mel com a cobertura, não vai? Viu? Foi o que eu pensei!

O Clube do Cupcake   293

Cobertura de mascarpone com canela

230 g de queijo mascarpone à temperatura ambiente
½ xícara de manteiga à temperatura ambiente
½ colher de chá de extrato de baunilha
1½ xícara de açúcar de confeiteiro
¼ de xícara de creme de leite fresco
Canela (se tiver um moedor, pode moê-la na hora)

Eu tentei muitas versões diferentes de coberturas de mascarpone e descobri que gosto mesmo é daquelas com manteiga e creme de leite fresco, mas não consegui achar uma que tivesse ambos, então criei minha própria versão. Ela pode ser um pouquinho gordurosa, mas as melhores coberturas não são assim?

1. Misture gentilmente o queijo, a manteiga, a baunilha e o açúcar. Certifique-se de que tanto o queijo quanto a manteiga estejam molinhos, para que você não precise bater demais. Se isso acontecer, o mascarpone pode coalhar. (Mais uma vez, não vou revelar como sei disso, mas digamos que ouvi boatos... possivelmente vindos da minha própria cozinha.)
2. Bata o creme até que forme picos. Não deixe os picos ficarem muito duros, porque aí a cobertura se torna espumosa e batida demais.
3. Junte o creme batido com a mistura de queijo e açúcar, até que os ingredientes fiquem bem misturados. O resultado deve ser uma cobertura lisa, espessa e cremosa. Se possível, use-a de imediato. Caso contrário, coloque-a no refrigerador, mas a leve de volta à temperatura ambiente antes de usá-la. Você pode querer mexê-la levemente para que recupere a textura cremosa. Novamente, não bata demais, porque o queijo ainda pode coalhar.
4. Moa ou salpique canela por cima da cobertura a gosto. Mantenha-a refrigerada quando não estiver sendo devorada.
5. Aproveite!

294 **Donna Kauffman** 😋 DELÍCIA, DELÍCIA

Cupcakes Red Velvet

2½ xícaras de farinha

½ xícara de chocolate em pó

1 colher de chá de bicarbonato de sódio

½ colher de chá de sal

2 xícaras de açúcar

1 xícara (2 tabletes) de manteiga à temperatura ambiente

4 ovos à temperatura ambiente

1 xícara de creme de leite azedo

½ xícara de leitelho

1 frasco (30 gramas) de colorante vermelho de alimentos

2 colheres de chá de extrato de baunilha

1. Preaqueça o forno a 180°C. Forre uma forma de muffin de 30 com forminhas de papel. (Forminhas de papel superfofas, é claro.)
2. Em uma tigela separada, misture a farinha, o chocolate em pó, o bicarbonato de sódio e o sal, e reserve.
3. Use uma batedeira elétrica na velocidade média para fazer um creme com a manteiga e o açúcar até que fique leve e macio, o que leva cerca de 5 minutos (que demora um ano-luz para quem está segurando uma batedeira, então ajuste o timer para cinco minutos).
4. Bata os ovos, um de cada vez, até que sejam assimilados. (Sim, estou pedindo que você dê uma de Borg★ com seus ovos.)
5. Misture o creme de leite azedo, o leitelho, o corante de alimentos e a baunilha. (*Observação:* Não tem leitelho ou está cansada de ficar comprando só para usar uma xícara na receita? É só adicionar 1 colher de sopa de vinagre branco ou suco de limão por xícara de leite e deixar descansar por 5 minutos; depois, use conforme as instruções na receita. Ou use soro de leite em pó, seguindo as instruções da embalagem — é o que eu faço!)

★ Os Borg são os vilões de *Star Trek* (*Jornada nas Estrelas*). (N. T.)

O Clube do Cupcake   295

6. Bata gradualmente a mistura da farinha em baixa velocidade até que, você sabe, fique assimilada. Não bata demais (porque, como aprendemos com nosso namorado da TV, Bobby Flay, não queremos ativar o glúten). É claro que, se o Bobby Flay quiser ativar o *meu* glúten... bom... essa é outra história.

7. Coloque a massa nas 30 forminhas de papel até encher ⅔ de cada uma delas.

8. Leve ao forno por 20 a 25 minutos, ou até que os cupcakes passem pelo teste do palito.

9. Deixe-os esfriando durante 5 minutos. Remova-os das formas e deixe-os esfriarem mais antes de colocar a cobertura.

296 *Donna Kauffman* 🍰 Delícia, Delícia

Cobertura de cream cheese com baunilha

1 embalagem com 230 g de cream cheese à temperatura ambiente
¼ de xícara de manteiga à temperatura ambiente
2 colheres de sopa de creme de leite azedo
2 colheres de chá de baunilha
460 g de açúcar de confeiteiro (aproximadamente 3½ xícaras)

1. Bata o cream cheese, a manteiga, o creme de leite azedo e a baunilha até que a mistura fique leve e macia (cerca de 3 a 4 minutos em velocidade média).
2. Adicione gradualmente o açúcar até que a cobertura fique lisa.
3. Coloque a cobertura nos cupcakes, sirva-se de um copo de leite gelado... e prepare-se para ter um Momento Cupcake. Só avisando.